J. K. Bloom

Die Drachenhexe – 1

Die Drachenhexe (Band 1): Licht und Schatten

Einst belegte eine mächtige Hexe Prinzessin Freyja mit einem Fluch. Dieser war so abscheulich, dass sie zu einem wahren Monster ohne Gewissen heranwuchs, während dämonische Kräfte in ihr erwachten. Sie stürzte ihre Eltern vom Thron und ummantelte ihr Königreich mit ewiger Dunkelheit, in die kein Außenstehender mehr einen Fuß zu setzen wagte.

Erst als mit Lucien ein Engel geboren wird, schöpfen die fünf Lande wieder Hoffnung. Denn seine Aufgabe soll es sein, die dunkle Königin nach einem Jahrhundert ihrer Herrschaft zu vernichten und dem Verderben ein Ende zu setzen.

Doch als Licht und Schatten aufeinandertreffen, merkt Lucien, dass da noch ein Funken der guten Prinzessin in Freyja verborgen zu sein scheint – und begeht einen verhängnisvollen Fehler: Er zögert.

Die Autorin

J. K. Bloom schreibt schon, seit sie elf Jahre alt ist. Das Erschaffen neuer Welten ist ihre Leidenschaft, seitdem sie das erste Mal ein Gefühl für ihre Geschichten bekam. Sie ist selbst abenteuerlustig und reist sehr gern. Wenn sie ihre Nase nicht gerade zwischen die Seiten eines Buches steckt, schreibt sie, beschäftigt sich mit ihren zwei Katzen oder plant schon die nächste Reise an einen unbekannten Ort.

J. K. Bloom

DIE DRACHENHEXE

Band 1: Licht und Schatten

Fantasy

www.sternensand-verlag.ch I info@sternensand-verlag.ch

1. Auflage, Oktober 2019

© Sternensand Verlag GmbH, Zürich 2019

Umschlaggestaltung: Jaqueline Kropmanns

Lektorat: Sternensand Verlag GmbH I Natalie Röllig

Korrektorat: Jennifer Papendick

Karte: J. K. Bloom

Illustration S. 100: Laura Battisti I The Artsy Fox

Satz: Sternensand Verlag GmbH

Druck und Bindung: Smilkov Print Ltd.

ISBN-13: 978-3-03896-089-8

ISBN-10: 3-03896-089-8

Für Regina,

weil wir einfach das Böse lieben

ZUR HEXE GEBOREN

Freyja

Ich atmete den Duft von Rosenblüten und Veilchen ein. Um mich herum zwitscherten die Vögel, und der Wind brachte durch seine sanften Böen die Blätter zum Rascheln.

Gelangweilt lag ich auf einer Bank im Schlossgarten, den Blick zum hellblauen Himmel gerichtet, und ließ in meiner Hand eine Flamme entstehen. Ihre Kraft entfachte ein Kribbeln an meinen Fingerspitzen und ich war erstaunt, mit welcher Leichtigkeit ich das Feuer mittlerweile beschwören konnte. Die Magie, die mir innewohnte, war ebenso wie ich noch jung und entsprechend klein, doch ich wusste, dass sie mit jedem Jahr, mit dem ich älter wurde, wuchs.

Als ich gerade wieder die handgroße Flamme verschwinden ließ, hörte ich ein Rascheln, das in unmittelbarer Nähe bis zu meinen Ohren drang. Neugierig erhob ich mich und erschrak, als ich in die blauen Augen eines Adelskindes schaute, das hier am Hofe lebte. In seinem Ausdruck las ich Zorn.

»Hexe!«, beschuldigte es mich.

»Hexe!«, ertönte eine weitere Stimme hinter einem der Rosenbüsche.

Wut keimte in mir auf. »Ihr wagt es, eure künftige Königin zu beleidigen?«, warf ich den Kindern an den Kopf, die schon zum zweiten Mal kamen, um mir meinen Fluch vorzuhalten. Die Geschichte der verfluchten Prinzessin von Menam – meine Geschichte – war in aller Munde. Ein Magier des königlichen Hofes hatte damals, als meine Kräfte im Kleinkindalter das erste Mal sichtbar wurden, den Fluch festgestellt und behauptet, dass nur eine Hexe zu so etwas imstande sei. Wer sie war oder warum sie das getan hatte, konnte allerdings niemand sagen. Natürlich hatte ich seither versucht, herauszufinden, was es mit diesem Fluch auf sich hatte, aber ich war noch ein Kind und meine Möglichkeiten waren begrenzt. Und meine Eltern schwiegen eisern, sobald ich ihnen Fragen stellte – als ob sie dadurch den Fluch ungeschehen machen könnten. Stattdessen schleppten sie mich in die Kirche, wollten, dass ich jeden Tag zu Gott betete, und versuchten, mich mit heiligen Ritualen zu läutern. Bisher hatte jedoch nichts gewirkt, meine Kräfte waren geblieben und mit jedem Jahr noch stärker geworden.

»Hexen muss man verbrennen«, hörte ich ein Mädchen rufen, das aus einer der geschnittenen Lorbeer-Hecken sprang. »Nur Feuer kann sie töten.«

Ich sah mich um und erkannte die vielen Kinder, die mich nun umzingelt hatten. Einige kamen hinter den Büschen hervor und traten auf dem knirschenden Kiesweg zu mir. Es waren nicht nur adelige darunter, sondern auch welche vom gemeinen Volk, die sich anscheinend Zutritt zum Schlossgarten verschafft hatten. In ihren Augen konnte ich Hass und Abscheu lesen, als wäre ich die Verkörperung eines Monstrums.

Gerade als ich mich ihnen entziehen wollte, da ihre Überzahl mir Unbehagen bereitete, packte der Junge mit den blauen Augen mein Handgelenk.

Ich schaute ihn erschrocken an und bemühte mich, mich aus seiner Umklammerung zu befreien, doch er ließ nicht von mir ab. »Du gehst nirgendwohin, Hexe!«

Im selben Moment, in dem ich nach ihm treten wollte, landete eine Faust schmerzhaft auf meinem linken Auge. Ich schrie auf, riss mich endlich von dem Jungen los und hielt mir beide Hände an die pochende Stelle.

»Wie kannst du es wagen?«, knurrte ich in einem gebieterischen Ton – genauso wie es meine Mutter, die Königin, tat, wenn sie jemanden ihren Zorn spüren ließ.

Doch im Gegensatz zu ihr war es mir nicht möglich, Gnade walten zu lassen. Mitleid, Güte, Vergebung ... das waren für mich, seit ich denken konnte, nur leere Worte. Dinge, die mich die Kirche lehren wollte, um mich zu einem besseren Menschen zu machen. Früher hatte ich noch versucht, solche Gefühle zu empfinden, aber inzwischen war ich überzeugt, dass es einen guten Grund gab, warum ich es nicht können sollte. Mitleid war Schwäche, Güte Verschwendung, Vergebung eine Lüge. Das waren die Worte, die mir eine innere Stimme immer zuflüsterte, wenn ich mich einsam fühlte. Dann ging es mir sofort wieder besser, und mittlerweile hatte ich mich daran gewöhnt, allein zu sein, weil niemand mit mir spielen wollte. Ich war sogar froh darüber.

Aber diese Kinder hatten mich zu ihrem Feind gemacht und diesen sollten sie nun kennenlernen.

»Auf sie!«, schrie der Blauäugige, und die Kinder kamen aus ihren Deckungen hervorgeschossen. Sie quetschten sich

9

teilweise durch die hohen Hecken und Büsche, ignorierten die Dornen, die ihnen dabei ihre Haut und die Kleidung aufkratzten.

Dornen ... kam es mir in den Sinn.

Da ich nicht größer als diese Kinder war, traten sie mich mit Leichtigkeit nieder. Auf dem Boden zerrten die Mädchen an meinen Haaren und die Jungs stießen mir ihre Füße hart in die Magengrube. Schmerzhaft krallten die Kinder ihre Fingernägel in meine makellose Haut, hinterließen mit ihren Faustschlägen pochende Stellen in meinem Gesicht, während ich laut aufschrie und innerlich darum flehte, von der Erniedrigung befreit zu werden.

Ich schloss die Augen und krümmte mich auf dem Boden zusammen. Sie wollten einfach nicht aufhören, mir weiterhin wehzutun.

Was habe ich ihnen denn getan?

Wenn sie glaubten, dass ich – *das Böse* – den Tod verdient hätte, weil ein Fluch auf mir lag, dann sollten sie auch meine Macht zu spüren bekommen.

Dornen sollen ihre Haut genauso leidvoll zerkratzen, wie sie meine mit ihren Fingern aufschürfen. Die scharfen Stacheln sollen sich um ihre kleinen Körper winden und sie zerquetschen. Wenn sie dann, in all ihrer Pein, um Gnade flehen, werde ich ihnen keine gewähren. Sie sollen schreien, weinen und den Fehler bereuen, ihrer Königin Leid zugefügt zu haben ...

Kaum hatte ich an dieser Vorstellung festgehalten, die so mächtig und stark in meinen Gedanken klang, hörten die Schläge abrupt auf.

Als ich die Augen öffnete, sah ich Blutstropfen in den grauweißen Kies fallen. Ich erblickte neben den roten Flecken eine dicke Dornenranke, die sich aus dem Boden um eines der Kinder geschlungen hatte. Als ich mich umsah, erkannte ich, dass jedes der Kinder an einer der Ranken hing. Die scharfen Stacheln hatten sich durch ihr Fleisch gefressen, ihre Knochen gebrochen und ihnen das Leben ausgehaucht.

Ich schaute zu den blassen Gesichtern hinauf, deren Augen geschlossen waren. Selbst der Mund war zu einem Schrei geöffnet, doch die Dornen hatten ihnen keine Zeit gegeben, diesen aus ihrer Kehle herauszulassen.

Ich erhob mich vom Boden und zählte acht Dornenranken, wovon jede ein Kind umschlungen hielt. Als ich an den Toten vorbeilief, fand ich ein Mädchen mit aschblonden Haaren vor, aus dessen Mund Blut rann, das am Kinn zusammenlief und hinabtropfte. Der kleine Körper zuckte und aus der Kehle drangen erstickte Laute. Ihre ängstlichen Augen baten mich still um Gnade, flehten darum, verschont zu werden.

Doch statt Mitleid zu empfinden, überkam mich Hochmut. *Ich* hatte gesiegt. *Ich* war ihre Königin. Und sie waren selbst schuld daran, dass ich ihnen ihr kostbarstes Gut genommen hatte. Ihr Leben.

Ausdruckslos ging ich auf das blonde Adelskind zu und musterte den blutenden Körper. Dabei ließ ich die Hände über sein aufgeschürftes Gesicht gleiten – stolz auf mein vollendetes Werk. Aus dem Mundwinkel lief ein Blutrinnsal, das ich sorgsam mit dem Finger wegwischte.

»So zerbrechlich ...«, hauchte ich und ein kleines Lächeln stahl sich auf meine Lippen. »Du hättest besser nicht mit dem Feuer spielen sollen.«

Das Mädchen versuchte ein letztes Mal, nach Luft zu ringen, bevor die schweren Wunden ihren Tribut forderten. Es tat einen letzten Atemzug und die hellblauen Augen wurden mit einem Mal leer.

»Oh Herr!«, hörte ich eine mir bekannte Stimme vor Entsetzen aufschreien. »Was hast du getan?«

11

»Freyja!«, rief mein Vater Aurum, der König Menams. »Sag mir nicht, dass du das warst, Kind.«

Ich drehte mich zu den beiden um und sah, ohne dabei eine Miene zu verziehen, in ihre ängstlichen Gesichter. »Ungehorsam muss bestraft werden.«

Danach wischte ich mir das Blut von der Stirn und kehrte ihnen den Rücken zu. Mutter hörte ich leise in ihre Hände weinen, während ich nicht einmal einen Gedanken daran verschwendete, meine Tat als Sünde anzusehen.

Am nächsten Tag ...

Der Himmel war bewölkt, als ich am Fenster meines Schlafgemaches stand und zum Vorhof des Schlosses hinunterschaute. Regen prasselte unentwegt auf die Erde ein und vor den Toren des Schlosses entdeckte ich eine wütende Meute. Adelsleute und einige Mittelständler hielten brennende Fackeln in den Händen, von denen die meisten durch den Regen gelöscht wurden. Unter dem Steinbogen, am Gatter des Tores stehend, drückten die Menschen ihre Fackeln hindurch und forderten aufgebracht das Königshaus auf, die Hexe zu verbrennen. *Mich,* die Mörderin ihrer Kinder.

Der gestrige Vorfall hatte sich herumgesprochen und die Leute verurteilten mich als dämonisches Wesen mit dunkler Magie. Sie wollten mich an einen Pfahl binden und ein Feuer entzünden, um meinem Dasein ein Ende zu setzen. Die Eltern waren mehr als entsetzt über den Tod ihrer Adelskinder. Zornerfüllt hatten sie eine ganze Schar zusammengetrieben, die nun am Tor stand und meinen Kopf forderte.

»Freyja«, hörte ich die Stimme meines Vaters. »Bitte sieh dir das nicht an.«

12

Ich wagte es erst gar nicht, mich zu ihm umzudrehen, da ich wissen wollte, ob die Meute es schaffte, das Tor aus ihren Angeln zu reißen und ins Schloss einzudringen. Doch wie es schien, waren sie dafür nicht stark genug. »Warum nicht?«

»Deine Mutter und ich wissen, dass es ein Unfall gewesen ist. Du hattest deine Kräfte nicht unter Kontrolle«, erklärte mein Vater, doch seine Lippen zitterten, was mir Aufschluss darüber gab, dass er sich vor mir fürchtete.

Die Kinder hatten gestern ebenfalls Angst gehabt. Am Anfang erschien es ihnen ein Leichtes zu sein, auf mich einzuschlagen und meine Haut zu zerkratzen. Doch als sie Zeuge meiner Macht wurden, änderte sich diese Ansicht und sie verstanden viel zu spät, dass sie einen Fehler begangen hatten.

Ich bereute ihren Tod nicht. Keinen einzigen. Wenn ich an ihre leblosen, mit Blut besudelten Körper zurückdachte, überkam mich sogar Stolz. Diese Kinder hatten mich entwürdigen wollen und dafür waren sie bestraft worden.

»Sie haben mich geschlagen und getreten, Vater«, erklärte ich mit ausdrucksloser Stimme. »Sie haben mich als Hexe bezeichnet.«

»Du bist keine Hexe«, behauptete er. »Du bist meine Tochter.«

Nun wandte ich mich doch zu ihm und legte den Kopf schief. Unter Vaters Augen erkannte ich dunkle Ringe und er wirkte sehr müde, als hätte er die ganze Nacht nicht geschlafen. »Was ist eigentlich genau eine Hexe? Warum werden sie in allen Büchern für das Böse gehalten? Wegen ihrer Magie? Magier besitzen diese doch auch!«

Mein Vater setzte sich auf den Rand des Bettes. »Weißt du, die Hexen sind Diener des Teufels, Boten der Hölle. Ihre Magie ist dunkel und gefährlich. Sie bringt kein Leben, sondern nur den Tod.« Er presste die Lippen aufeinander und senkte den Blick. »Die Magier haben ihre Magie vom Himmel. Sie spendet Trost, heilt und vollbringt Gutes. Das ist etwas vollkommen anderes, verstehst du?«

Ich war also doch eine Hexe. Die Kinder *starben* durch meine Macht. »Aber dann haben diese Menschen da draußen doch recht. Ich bin eine Hexe, die dunkle Magie besitzt.«

Mein Vater sprang auf und schüttelte den Kopf. »So darfst du nicht denken. Es gibt auch ... weiße Hexen, die ihre magischen Kräfte für das Gute verwenden und sich von der Hölle abgewandt haben.«

»Ich diene dem Teufel ja gar nicht. Wie kann ich dann über diese Kräfte verfügen?«, wollte ich wissen.

Er seufzte und nahm meine Hände in seine. »Freyja, bitte hör auf zu denken, du wärst eine Hexe. Du bist keine.«

Er zitterte, das konnte ich spüren. Warum log Vater mich an? Selbst in seinen Augen erkannte ich, dass er mir nur etwas vormachte.

Ich löste mich von ihm, drehte den Kopf weg und schaute wieder aus dem Fenster. In mir fühlte sich alles so leer an.

Mein Vater wollte in mir irgendein Gefühl auslösen, über das ich allerdings nicht verfügte. Er glaubte, dass ich mich vor meinen Fähigkeiten fürchtete oder sie nicht akzeptieren konnte, doch da irrte er sich. Die Macht, die mir innewohnte, bläute den Menschen Angst und Respekt ein, was mir immer mehr gefiel. Schließlich hatte ich damit den Kindern Einhalt geboten, die auf mich losgegangen waren. Warum sollte es nicht auch mit dieser Meute klappen, wenn sie es schaffen würden, bis zu mir durchzudringen?

Nein, ich mochte meine Fähigkeiten. Sie waren stark, mächtig und schafften mir die Menschen vom Hals, die mir etwas Böses wollten.

14

»Freyja …«, begann mein Vater, doch dann kam eine dritte Stimme hinzu, die unser Gespräch unterbrach.

»Liebling, kommst du mal?«, hörte ich meine Mutter rufen, die in mein Gemach getreten war.

Ich drehte mich zu ihr. In ihrem Blick lag etwas Hoffnungsvolles, was mich gleich neugierig werden ließ. »Was gibt es, Mutter?«

Ihr goldblondes Haar, das meinem sehr ähnelte, hatte sie seitlich zu einem langen Zopf geflochten. Auf ihrem Kopf trug sie die gezackte Krone Menams. Sie verschränkte die Hände vor dem Körper und lächelte sanft. »Ich möchte dir etwas zeigen.«

Verwundert hob ich eine Augenbraue. »Und was?«

Sie wandte sich zum Gehen und schaute noch über ihre Schulter zu mir zurück. »Komm, ich zeige es dir.«

Da ich wissen wollte, was es war, folgte ich ihr zögerlich aus dem Zimmer heraus. Mein Vater gesellte sich schweigsam neben meine Mutter, als wüsste er bereits, um was es sich handelte.

Wir liefen in den Nordflügel und erklommen die Stufen des Turmes. Ich war hier noch nie gewesen, obwohl ich zwischen diesen kalten Steinwänden des Schlosses aufwuchs.

Als wir oben ankamen, standen wir vor einer massiven Eisentür, die mich beim bloßen Anblick frösteln ließ. In der Mitte entdeckte ich ein kleines Fenster mit Gitterstäben, durch das der Wind pfiff.

Was wollten wir hier?

Mutter öffnete die Tür mit einem rostigen Schlüssel und stieß sie mit einem Keuchen auf. Vater bedeutete mir hineinzugehen, doch ich zögerte.

Argwöhnisch blickte ich die beiden abwechselnd an. »Was ist dort?«

Mutters Lächeln verging, während sie den Raum betrat. »Es ist dein neues Schlafgemach.«

Aber ich mochte mein Zimmer. Wieso bekam ich ein neues?

»Das verstehe ich nicht«, entgegnete ich und spürte dabei gleichzeitig, wie Vater mir tröstend eine Hand auf die Schulter legte. In seinem Blick lag etwas Einfühlsames. »Es ist nur vorübergehend.«

Da ich wissen wollte, wie das Zimmer von innen aussah, machte ich einen Schritt hinein und schaute um mich. In der hintersten Ecke entdeckte ich ein Bett, das mit weißen Seidenvorhängen verziert war, die von cremefarbenen Schleifen am Balken festgehalten wurden. Rosenroter Teppich überdeckte die Hälfte des kalten Steinbodens und ein Bücherregal füllte gemeinsam mit einem Holztisch die Leere. Trotz der kostbaren Möbel und der Aufwendigkeit fühlte ich mich hier unwohl.

Mit einem unzufriedenen Ausdruck wandte ich mich zu meinen Eltern. »Ich mag es nicht und will es nicht.«

Mutter stellte sich mit Vater an die Schwelle der Tür, sodass ich keine Chance hatte, an ihnen vorbeizugehen. »Es ist zu deinem Besten«, meinte er und Tivana nickte zustimmend.

Mein Blick glitt zu dem durch den Wind klappernden Fenster neben dem Bücherregal. »Aber ... ich bin so weit weg von allem.«

Ich bemerkte, wie Mutter ihre Hand an die Klinke legte und meinen Vater zurück in den Flur drängte. In ihren Augen erkannte ich nun dieselbe Angst, die auch mein Vater zuvor gezeigt hatte. »Es ist nicht für immer.«

»Mutter!«, protestierte ich und wollte gerade auf sie zugehen, als bereits die Tür zuflog. Angsterfüllt stemmte ich die Arme gegen das massive Eisen und hämmerte mit meinen Fäusten darauf ein. »Lasst mich raus!«

»Wir wollen dich nur beschützen, Freyja«, rief mir meine Mutter noch zu. »Sie dürfen dich nicht auf dem Scheiterhaufen verbrennen.«

»Ich kann mich wehren«, schrie ich und schlug weiterhin auf das kalte Eisen. »Bitte!«

Doch es kam keine Antwort mehr. Ich hämmerte so lange auf die Tür ein, bis meine Hände wund wurden und zu brennen begannen. Als ich meine Magie zu Hilfe nehmen wollte, merkte ich, dass sie durch einen Bannzauber, der den Turm umgab, geschwächt wurde. Vermutlich steckte dahinter irgendein Magier, den meine Eltern beordert hatten.

Nach einer Weile ließ ich mich mit aufgeplatzten Händen und Blutergüssen an den Schultern an der Tür hinuntergleiten und blieb am Boden sitzen. Meine Heilungskräfte kümmerten sich nur langsam um die Verletzungen, sodass ich die Schmerzen noch ein wenig aushalten musste.

Wie konnten sie mir das nur antun? Sie sperrten mich einfach wie ein Tier in einen Käfig, um das Problem aus der Welt zu schaffen.

Neue Wut überkam mich und voller Verzweiflung schlug ich wild um mich, warf die Kissen quer durch das Zimmer, riss die Vorhänge von den Stangen und schleuderte einzelne Bücher gegen die Wand.

Ich verfluchte meine Eltern dafür, dass sie mich einfach hier zurückließen, um mich von der Außenwelt fernzuhalten. Warum taten sie mir das an? War das meine Bestrafung dafür, dass ich diese Kinder getötet hatte? Machten ihnen meine Kräfte solche Angst?

Irgendwann ließ ich mich auf die Knie fallen und legte das Gesicht in meine Hände. Tränen rannen mir über die Wangen und ich fühlte mich das erste Mal machtlos.

Machtlos, weil ich nicht fähig war, mich zu befreien.

Machtlos, weil ich durch meine Worte keine Freiheit gewann. *Machtlos*, weil ich mich an meinen Eltern für ihre unverzeihliche Tat nicht rächen konnte. In ihren Augen war ich schon immer das Böse gewesen. Die Hexe, die es einzusperren galt. Sie hatten mich nie wirklich als ihre Tochter betrachtet. Mit dem Turm schafften sie es, mich nun von den Menschen fernzuhalten, damit meine Kräfte keine weiteren Leben forderten. *Das werde ich ihnen niemals verzeihen. Niemals.*

Nach ein paar Monaten erfuhr ich, dass meine Eltern die Lüge erzählten, sie hätten mich in ihrem Garten verbrannt und ich sei nun keine Bedrohung mehr für das Königreich. Diese Behauptung machte mich rasend und ließ mich innerlich kochen. Wie konnten sie mich nur für tot erklären? Es bedeutete, dass sie mich aus diesem Turm nie wieder gehen lassen würden. Denn falls mich jemand erkannte, würde ihre Lüge auffliegen, und das durften sich meine Eltern als Herrscher von Menam nicht leisten.

Eine ewige Gefangenschaft also.

Das wäre die reinste Qual.

Ich fragte mich oft, wie sie behaupten konnten, meine Eltern zu sein, obwohl sie es zuließen, dass ich in all meiner Einsamkeit ertrank. Denn mit jedem Tag, der verging, wurde es schlimmer. Mein Hass wuchs und ich sehnte mich nach Vergeltung.

Eine Dienerin des Schlosses brachte mir immer dann etwas zu essen, wenn ich eingeschlafen war und sie sich in mein Turmzimmer hineinschleichen konnte. Zudem bekam ich einen großen Eimer mit frischem Wasser, wenn ich mich waschen sollte, und auch einen Nachttopf für meine menschlichen Bedürfnisse, den die Zofe regelmäßig leerte.

Meine Eltern ließen von den Magiern einen Magiewall in der Tür erstellen, der es verhinderte, dass ich entkam. Denn nachdem ich mehrmals versucht hatte, die Dienerinnen auszutricksen, um fliehen zu können – jedoch kläglich bei den Wachen scheiterte –, stellten sie jeden meiner Schritte unter Beobachtung, sobald jemand nur in meine Nähe kam. Vater rüstete seine Männer mit zusätzlichem magischen Schutz aus, den er in Alexandria, dem Magierorden, anfertigen ließ, damit diese meiner noch unausgereiften Macht trotzen konnten.

Sie wollten mit mir sprechen, um mir zu erklären, weshalb sie so handeln mussten. Doch ich hörte ihnen nicht zu.

Sie hatten mich einfach eingesperrt, weil sie meine Magie fürchteten. Aber was war mit ihrer Tochter, die sie angeblich nicht für eine Hexe hielten? Für das Böse? Warum sperrten sie mich dennoch ein, wenn sie von meiner Gutmütigkeit überzeugt waren? Ich könnte schließlich lernen, meine Macht zu kontrollieren.

An einem der heißen Sommertage las ich ein Buch, das mir eine der Dienerinnen brachte, da ich bereits alle anderen Geschichten kannte. Hier in dem Turm blieb mir nicht viel übrig, als zu tagträumen, aus dem Fenster zu sehen oder eben durch die Seiten eines Buches zu blättern.

Manchmal schaute mein Vater vorbei, um mit mir zu sprechen. Er kam nie herein, weil er noch immer Angst vor mir hatte. Stattdessen setzte er sich mit dem Rücken zur Tür und redete mit mir durch das kleine vergitterte Fenster.

Auch heute schien er nach mir zu sehen und ich schlug das Buch zu, als er durch die kleine Öffnung zu mir schaute. »Guten Abend, meine Kleine. Was liest du da?«

»Die schwarzen Seelen«, antwortete ich, legte die Geschichte auf den Nachttisch neben meinem Bett und ging zu meinem Vater hinüber.

Mit seinen grauen Augen blickte er in meine. »Und um was geht es?«

»Es geht um einen Krieger und eine Hexe. Sogar um dunkle Magie und Königreiche.« Ich strich mir eine aschblonde Strähne hinter das Ohr und verschränkte die Arme vor der Brust. »Alle sterben qualvoll.«

Er zog die Augenbrauen zusammen. »Wer hat dir das Buch gegeben?«

»Eine der Dienerinnen. Ich habe es ihr befohlen«, erklärte ich ihm mit einem spöttischen Lächeln auf den Lippen. »Alle anderen Bücher habe ich bereits gelesen.«

Mein Vater wirkte nervös und nicht glücklich darüber, dass ich diese Geschichte las. »Morgen bringe ich dir mal eines meiner Bücher mit, ja? Da geht es um Engel und Gott.«

Darüber hatte ich nur wenige Bücher gelesen, also nickte ich. Wenn ich schon keine Chance hatte, die Welt zu entdecken, dann musste ich es wenigstens durch die Geschichten tun. »Gut. Wo ist Mutter?«

Er senkte den Blick und umschloss mit den Fingern die Gitterstäbe des Fensters. »Ihr geht es nicht so gut.«

Obwohl ich noch immer Zorn für meine Eltern empfand, war da noch irgendetwas, was sich bei den Worten meines Vaters in mir regte. Es fühlte sich beinahe wie Angst an. »Wieso?«

»Sie ist krank und hat Fieber.« Er seufzte. »Aber langsam ist sie auf dem Weg der Besserung. Weißt du, deine Mutter sorgt sich um dich.«

Ich legte den Kopf schief. »Das verstehe ich nicht. Sie hat mich doch hier eingesperrt. Sollte sie dann nicht glücklich sein, mich weggeschlossen zu haben?«

Vater drückte seine Stirn gegen die Gitterstäbe. »Ja, ich weiß, aber genau das macht sie so traurig. Sie musste eine schwere Entscheidung treffen und hat deine Sicherheit gewählt. Wir brachten es nicht übers Herz, dich dem Feuer zu überlassen, also haben wir die Menschen angelogen, damit sie dich nach den Jahren irgendwann einfach vergessen.«

»Soll das etwa bedeuten, ich bleibe so lange hier, bis sie sich nicht mehr an mich erinnern können?«, wollte ich wissen.

Er nickte. »Genau. Und das wird auch nur noch eine Weile dauern. Dann kannst du wieder in dein altes Zimmer zurück. Ganz bestimmt.«

Meine Eltern sperrten mich also lediglich in den Turm, weil sie Angst hatten, dass ich verbrannt würde. Aber wie lange sollte es noch dauern, bis das Volk mich endlich vergessen hätte? Zehn Jahre? Zwanzig? Weniger als fünf?

»Ich will nicht warten. Es macht keinen Unterschied, ob ich in diesem Turm bin oder in meinem alten Zimmer«, protestierte ich weiter.

»Freyja«, begann mein Vater in einem traurigen Tonfall. »Bitte. Du wirst nicht ewig in diesem Turm bleiben.«

Aus irgendeinem Grund konnte ich seinen Worten keinen Glauben schenken. Sie würden mich niemals wieder gehen lassen – nicht solange meine Macht für sie eine Bedrohung darstellte. Eine leise, dunkle Stimme flüsterte innerlich: *Er lügt.*

Ich zischte herablassend und kehrte meinem Vater den Rücken zu. »Ich glaube dir nicht.«

»Freyja!«

Doch ich ignorierte ihn.

Eines Tages würde ich hier rauskommen. Aber nicht durch meine Eltern, sondern durch meine Kräfte. Und dann würde ich mich rächen. Rächen, für die qualvolle Zeit zwischen diesen kalten Wänden aus grauem Stein.

21

Sieben Jahre später …

Der Turm war mit der Zeit zu einem Ort geworden, den ich nur schwer akzeptieren konnte. Meine Eltern hatten sich immer mehr von mir distanziert, und ganz gleich, auf welche Weise ich auch versuchte zu entkommen, die Magie der Barriere, die in diesem Turm lag, war stärker.

Zweimal in der Woche kam ein Priester vorbei, der mit seinen Gebeten und Segnungen dunkle Magie bannen wollte. Dadurch schwächte er meine Kräfte und machte es mir unmöglich, diese gegen die magische Barriere einzusetzen.

Heute war mein sechzehnter Geburtstag und meine Eltern hatten beschlossen, mich besuchen zu kommen. In den letzten Jahren traute sich meine Mutter in mein Zimmer herein, um mir in all meiner Einsamkeit ein wenig Trost zu spenden. Wir wechselten nur wenige Worte, da ich ihre Anwesenheit nicht ertrug. Sie aus dem Weg zu räumen, hätte nichts gebracht, denn die Tür, durch die ich fliehen müsste, würde mich wegen ihrer Magie nicht hindurchlassen.

Ich hatte es schon oft genug versucht. Immer wieder und wieder plante ich neue Fluchtwege, doch jeder von ihnen war zum Scheitern verurteilt. Das Fenster konnte ich ebenfalls vergessen, denn ohne die Fähigkeit zu fliegen würde ich mich nur in den Tod stürzen.

Meine Magie war zwar mit den Jahren gewachsen, aber ich konnte sie nach wie vor nicht kontrollieren. Durch die regelmäßige Segnung des Priesters war es mir unmöglich, meine Macht zu entfalten, um Türen oder gar Wände zu zerbersten. Innerlich pochte sie jedoch wie ein wild schlagendes Herz, das sich mit jedem weiteren Klopfen durch meine Rippen zu drücken versuchte.

Als die Sonne am Horizont unterging, stand ich am Fenster und schaute auf die Stadt und damit auf die vielen Häuser hinunter, die unser Schloss umgaben. Zwischen den Straßen herrschte reges Treiben und auf dem großen Markt tummelten sich die Menschen für ein Fest.

Ich stellte mir vor, wie gern ich ebenfalls dort unten wäre und etwas anderes als diese grauen Wände und die trostlose Decke sehen könnte. Der Drang, nach draußen zu gehen, wurde mit jedem Jahr mächtiger.

»Freyja, wir wünschen dir alles Liebe zu deinem sechzehnten Geburtstag«, hörte ich meine Mutter vor der Tür sagen. »Dürfen wir reinkommen?«

Ich ignorierte sie schon seit vielen Monaten, gab ihr einfach keine Antwort mehr und tat so, als wäre sie nicht hier. Sieben verdammte Jahre hatten sie mich in diesem Raum gelassen und mir wieder und wieder versprochen, es wäre nicht für immer. Doch das hatte ich ihnen noch nie geglaubt. *Sie sind Lügner.*

Jemand kam ins Zimmer herein, und anhand der leichten Schritte wusste ich, dass es meine Mutter war. Der Magiewall flackerte hellblau auf, als würde er mich davor warnen, die nun geöffnete Tür zur Flucht zu nutzen. Kurz nach ihrem Eintreten fiel diese wieder ins Schloss und ich wusste, dass mein Vater draußen geblieben war. Mit den Jahren wurde seine Angst vor mir nur größer.

»Blau steht dir ausgezeichnet. Hat Ronja dir das Kleid genäht?«, fragte sie neugierig.

Ronja war unsere Schneiderin, die mir in den letzten Jahren meine Kleidung angefertigt hatte. Sie ließ sich nur dann sehen, wenn ihr keine andere Wahl blieb. Ihre Furcht spürte ich genauso deutlich wie die meines Vaters. Sie wusste um meine gefährliche Macht und wurde auch von meinen Eltern zur

Verschwiegenheit verpflichtet. Genau wie einige Diener, die vorbeikamen, um mir etwas zu essen zu bringen.

Aber ich hatte all das langsam satt. Ihre falsche Liebe und dieser Turm trieben mich allmählich in den Wahnsinn. »Raus hier«, knurrte ich und ballte die Hand zur Faust. »Ihr habt hier nichts verloren.«

»Freyja, bitte.« Sie klang verzweifelt. »Wie lange willst du uns noch dafür hassen?«

»Ich werde nie wieder etwas anderes für euch empfinden können. Ihr seid die Monster, nicht ich«, fauchte ich und drehte mich wütend zu ihr um. »Ihr habt mich hier eingesperrt! Sieben verdammte Jahre lang! Also hört auf so zu tun, als würdet ihr damit etwas Gutes bezwecken.« Ich knirschte mit den Zähnen. »Ihr sorgt euch nur um eure eigene Sicherheit.«

Meine Mutter machte einen Schritt auf mich zu, doch ich wich ihr wieder aus, indem ich zurücktrat. »Du verstehst es einfach nicht, Liebes.«

Ganz gleich, wie viel Flehen auch in ihrem Blick lag, wie sehr sie versuchte, mich dennoch zu lieben, da ich ihr eigen Fleisch und Blut war, ich wollte ihre Geborgenheit nicht. »Verschwinde!«

»Tivana, lass sie«, hörte ich meinen Vater hinter der Tür rufen.

Sie wandte sich zu ihrem Ehemann. »Ich werde sie nicht aufgeben.«

Das ist absoluter Unsinn! »Ich habe gesagt, du sollst verschwinden.«

Meine Mutter zog die Augenbrauen zusammen und näherte sich mir erneut. »Nein.«

Da brach die aufgestaute Wut aus mir heraus. »VERSCHWINDE!« Doch sie dachte trotz meines lauten Schreis nicht daran, sich einschüchtern zu lassen.»Ich brauche euch nicht mehr!«

Der Zorn übermannte mich, nahm jede meiner Poren ein, sodass sich meine Macht wie eine alles überragende Mauer in mir aufbaute. Sie stieg immer höher und höher, bis ein schwarzer Nebel meinen gesamten Körper einhüllte.

›Vernichte sie‹, flüsterte eine weibliche Stimme in mir. ›Durchbrich die Magie. Du bist viel stärker.‹

Das Blut rauschte durch meine Adern wie eine brennende Glut. Mein Herz pochte unaufhaltsam in der Brust und eine enorme Kraft stieg von meinem Bauch zu meinen Schulterblättern, zwischen denen ich einen Druck spürte. Eine Art Glied oder Knochen drückte gegen meine Haut, wand sich und versuchte hervorzubrechen.

Ein kurzer Schmerz schoss durch meinen Rücken, als plötzlich etwas hinter mir explodierte.

»Großer Gott!«, rief mein Vater durch die Tür und riss diese auf.»Tivana, lauf!«

Meine Mutter stolperte rückwärts, als sie mich mit solcher Angst in den Augen ansah, wie ich es zuletzt bei dem Adelskind gesehen hatte, das ich vor sieben Jahren durch meine Dornenranken tötete.

Ehe ich begriff, was mit mir passiert war, nahm ich plötzlich ein neues Glied an meinem Rücken wahr, das ich sowohl lenken als auch bewegen konnte. Im Augenwinkel entdeckte ich das Daumengelenk eines Fledermausflügels, das eine tödliche Kralle besaß.

Moment mal. Das sind meine *Flügel!*

Fasziniert von dem, was ich sah, berührte ich die feinen Häute und die starken Gelenke. Sie fühlten sich kraftvoll an und ragten beinahe bis zur Decke.

»Tivana! Komm!«, rief mein Vater erneut und lief zu ihr hin, um ihr beim Aufstehen zu helfen.

›*Nun flieg*‹, flüsterte die innere Stimme mir zu. ›*Flieg in deine Freiheit!*‹

Ich wandte mich zum Fenster und spürte ein Zucken in meinem Arm. Wie aus einem Instinkt heraus hob ich diesen, und eine enorme Druckwelle schoss aus meiner Hand heraus, um das Fenster in tausend Splitter zu zertrümmern. Klirrend fielen die Scherben zu Boden, während meine Eltern mir entsetzt dabei zusahen, wie ich auf die Öffnung in der Wand zuging.

»Freyja, nein! Bitte! Bleib hier«, schrie meine Mutter angstvoll, doch mein Vater hielt sie zurück.

Ich ignorierte ihr Flehen und nutzte die Chance, die mir geboten wurde.

Feuchte, kühle Luft wehte in mein Gesicht, als ich an das Fenster herantrat und ein Bein auf den Rahmen setzte. Obwohl ich Angst davor hatte, meine Flügel nicht richtig benutzen zu können, war da wieder diese Stimme, die mir Mut machte.

›*Du kannst das. Trau dich*‹, hauchte sie in mir.

Schließlich wagte ich den Sprung ins Freie und stieß mich vom Fensterrahmen ab. Mein Körper fiel und der Wind riss an meinem Kleid und den Haaren. Bevor ich jedoch nur in die Nähe des Bodens kam, rettete mich erneut mein Instinkt, der mich dazu veranlasste, die Flügel auszubreiten, um meinen Sturz abzufangen. Die schwarzen Schwingen hoben mich in die Luft und ließen mich über die Stadt gleiten.

Von so weit oben wirkten die Menschen wie Ameisen und die Häuser wie Eicheln. Durch die enorme Kraft der Flügel befand ich mich nach nur wenigen Augenblicken über den Kronen der Bäume.

Am Horizont war bereits die Sonne verschwunden und ich flog den letzten Strahlen entgegen. Bevor ich darüber nachdenken konnte, wohin mich mein Weg nun führen würde, ertönte erneut die Stimme in mir.

›Ich wusste, du schaffst es. Nun komm zu mir, mein Kind. Folge dem hellsten Stern am Himmel.‹

Auch wenn ich keine Ahnung hatte, wer da mit mir sprach, folgte ich ihrer Anweisung dennoch. Alles war besser als meine Eltern und dieser grauenvolle Turm.

Obwohl ich das erste Mal mit den Schwingen durch die Lüfte zog, gewöhnte ich mich sehr schnell an das Gefühl. Ein Kribbeln durchfuhr meinen Körper, als mir durch das Fliegen meine Freiheit noch viel bewusster wurde.

Ich bin diesem Turm entkommen! Diesem gottverdammten Königreich!

Genussvoll atmete ich die frische Luft ein, die nach Holz und Erde roch. Ich breitete neben mir die Arme aus und schloss für den Moment die Lider.

Sieben Jahre gefangen und nun bin ich frei.

Die dunkle Macht rettete mich, indem sie mir Flügel schenkte. Die Finsternis in meinem Inneren war kein Feind, sondern ein Freund, der mir seine Hand gereicht hatte, um mich zu beschützen.

Es dauerte eine Weile, bis ich endlich ein Zeichen erhielt. Mit meinen Schwingen war ich beinahe dreimal so schnell wie ein Pferd und erreichte daher einen hoch gelegenen Ort in den Bergen, weit im Norden des Königreiches.

Ich konnte eine große Flamme knapp über einem Höhleneingang ausmachen, die offensichtlich für meine Ankunft bestimmt war. Zielsicher steuerte ich das Feuer an und landete auf einem Felsvorsprung.

Gespannt, wer mich hierhergerufen hatte, wartete ich geduldig vor der Höhle auf ein weiteres Zeichen. Tatsächlich schlurfte aus der Dunkelheit eine alte, gebrechlich wirkende Frau mit einem Ast als Gehstock in der linken Hand auf mich zu.»Hallo, mein Kind.«

Ich hob eine Braue.»Wer seid Ihr?«

Die alte Dame grinste, sodass sie dabei gelbe, teils fehlende Zähne entblößte.»Mein Name ist Ravaga und ich bin die Hexe, die dich als Kind zusammen mit einem Dämon verflucht hat.«

Mir stockte der Atem bei dem, was sie sagte. Empörung überschäumte mich, da nur durch *sie* all diese Erschwernisse angefangen hatten. Wegen *ihr* musste ich die Kinder töten, wegen *ihr* wollten die Menschen mich brennen sehen und wegen *ihr* sperrten mich meine Eltern in einen Turm ein.

Sie hatte mir die dunkle Magie gegeben. Die Magie, die ich nicht richtig kontrollieren konnte.

Ich ballte eine Hand zur Faust und ging auf sie zu.»Du warst das?«, schrie ich erzürnt.»Nur wegen dir musste ich sieben Jahre …«

»Das war es wert. Deine Zeit kommt erst, Freyja«, entgegnete sie mit ruhiger Stimme und schien sich an meiner Wut auf sie nicht zu stören.

»Was sagst du da?«

Sie nickte mit einem schelmischen Lächeln auf den Lippen. Dabei fiel ihr eine grauweiße Strähne ihres dünnen Haares in die Stirn.»Du wirst in dein Königreich zurückkehren und Königin werden. Das verspreche ich dir. Doch bevor wir dies tun, muss ich dich noch eine Menge lehren. Deine Magie ist unkontrolliert und deine Gefühle ebenso. Du musst lernen, sie zu beherrschen.«

Ich wollte dieser Hexe nicht glauben und trat einen Schritt zurück.»Ich werde niemals Königin. Meine Eltern würden mir ihr Erbe nicht überreichen.«

28

Sie stieß mit dem Gehstock auf den Boden. »Alles zu seiner Zeit, mein Kind. Zuallererst will ich dich lehren, deine dunkle Magie zu kontrollieren. Wir haben noch viel vor uns. Komm!« Sie kehrte mir den Rücken zu, doch ich folgte ihr nicht. Warum verfluchte mich diese Hexe erst, bescherte mir die qualvollsten sieben Jahre meines Lebens und bot mir dann an, mich mit meiner Magie vertraut zu machen? Soviel ich aus Büchern wusste, würde eine Hexe solche Gutmütigkeit niemals freiwillig aufbringen. »Halt!«

Ravaga blieb stehen, wandte sich jedoch nicht zu mir.

»Wieso? Eine Hexe tut niemals etwas freiwillig. Also, warum?«, hinterfragte ich und verschränkte die Arme trotzig vor der Brust.

»Ich habe der Hölle geschworen, dich zur Königin Menams zu machen. Falls du es noch nicht weißt, Freyja, wenn man einen Pakt mit der Hölle eingeht, sollte man ihn ernst nehmen.«

Mich zur Königin?

»Was hast du davon?« So leicht würde ich nicht aufgeben. Wenn ich mich ihr anvertrauen sollte, musste sie mir alles erzählen, was sie wusste.

»Ewiges Leben. Meine Magie ist bereits stark verbraucht, sodass ich nicht mehr lange auf dieser Erde weilen werde. Wenn ich meinen Teil des Paktes erfülle, ist es mir gewährt, ewig zu leben«, erklärte sie.

»Erlange ich das auch?«

Ihre Hand umschloss den Stock fester, sodass die Knöchel weiß hervorstachen. »Ja. Wir beide werden niemals von der Zeit eingeholt werden.« Sie räusperte sich. »Und jetzt hör auf, weitere Fragen zu stellen. Dafür haben wir keine Zeit.«

Ich stieß einen Schwall Luft aus und war mir noch immer nicht sicher, ob ich ihr vertrauen sollte. Immerhin war sie eine

Hexe und hatte dazu auch noch Kontakt zur Hölle. Sollte man solch eine Person nicht eher fürchten?

Vor mir hatten die Menschen ebenfalls Angst und wollten mich als Hexe auf dem Scheiterhaufen brennen sehen. Wohin sollte ich also sonst gehen? Niemand wollte mich haben, und wenn doch, dann würde ich erneut in einem Turm landen, eingesperrt und allein gelassen.

Aber ... ich *wollte* zurück nach Menam. Vielleicht würde ich mithilfe der Hexe eines Tages zurückkehren und regieren. Meine Eltern glaubten, ich wäre nicht dazu auserkoren, Königin zu werden, aber mit Ravaga an meiner Seite könnte ich ihnen das Gegenteil beweisen.

Ich presste die Lippen aufeinander und stellte fest, dass meine Entscheidung längst gefallen war. Ravaga konnte mich lehren, meine Kräfte richtig einzusetzen, um noch mächtiger zu werden. Die dunkle Magie war es gewesen, die mich aus meiner Gefangenschaft befreite. Möglicherweise war sie auch meine einzige Waffe, um mich an meinen Eltern zu rächen.

Entschlossen machte ich einen Schritt nach vorne und folgte der Hexe in ihre Höhle hinein.

Anfangs beherrschte mich der Drang, meine verlorenen Jahre wieder aufzuholen, die meine Eltern mir genommen hatten. Ich wollte Dörfer besuchen, mir Feste ansehen und all das tun, was mir verwehrt geblieben war. Durch die vielen Bücher, die ich gelesen hatte, besaß ich den einen oder anderen Wunsch, doch Ravaga verbot es mir, allein loszuziehen. Erst wenn ich meine Kräfte unter Kontrolle hätte, dürfte ich mich von unserer Höhle entfernen – aber auch nur eine gewisse Distanz.

Um mich also zufrieden zu stimmen, zeigte sie mir in einer Wasserschale all die Dinge, die ich sehen wollte. Denn Ravagas vertraute Spione waren die Raben, die sich in ganz Menam verstreuten. In die Nähe des Schlosses gingen sie jedoch nicht, aus Angst, einer der Magier würde ihre Magie spüren.

Die alte Hexe zeigte mir das Leben in den Dörfern und in den kleineren Städten. Außerdem überflogen wir Orte, die ich kennen sollte, um die Welt und vor allen Dingen das System hinter den fünf Landen zu verstehen. Ravaga erzählte mir von Alexandria, dem Orden, der hinter einem magischen, unsichtbaren Wall lag, welcher keine dunkle Magie hindurchließ. Unzählige Hexen und sogar Dämonen hatten vor vielen Jahrhunderten versucht ihn zu durchdringen, jedoch erfolglos. In den Büchern hatte ich ab und zu etwas über ihn gelesen, brachte allerdings nur wenige Details in Erfahrung.

Sie zeigte mir noch viele andere Orte und als meine Neugierde allmählich gestillt wurde, brach sie ab und wendete sich der wirklich wichtigen Aufgabe zu. Mich zu einer erbarmungslosen Königin zu machen.

Ravaga war eine harte und grausame Lehrerin. Denn bevor wir uns meiner wahren Macht widmeten, wollte sie erst meinen Körper abhärten und zwang mich zu waghalsigen, beinahe schon tödlichen Aufgaben, die mich an meine Grenzen trieben. Sie unterrichtete mich im Kämpfen und ließ mich ständig gegen Schattengestalten antreten, die mich gnadenlos blutig schlugen. Meistens hatten sie die Gestalt eines riesigen Tieres oder eines muskelbepackten Mannes und bewegten sich übernatürlich schnell. Sie besaßen kein Gesicht, sondern wirkten wie schwarze Silhouetten.

Anfangs hätte ich niemals geglaubt, dass diese Hexe so erfahren wäre, doch sie belehrte mich eines Besseren. Selbst wenn ich auf die Knie fiel oder niedergestreckt am Boden lag, gebot sie dem Kampf keinen Einhalt. Das Schattenwesen prügelte weiter auf mich ein, bis ich das Bewusstsein verlor.

Ravagas Macht verwehrte es mir, meine eigene im Kampf anzuwenden, da ich sie noch nicht richtig unter Kontrolle hatte. Schwerter zu schwingen und Magie einzusetzen, wollte sie zunächst trennen, um mir in Ruhe sowohl das eine als auch das andere beizubringen.

Als ich Ravaga fragte, wie sie nur so grausam sein könne, erklärte sie mir immer wieder, der Schmerz sei es, der mich lehrte. In den ersten Monaten wollte ich dieser Theorie nicht glauben, doch nach und nach verstand ich, was sie meinte.

Wenn das Schattenwesen mich erneut niederzustrecken drohte, erwachten in mir ungeahnte Überlebensinstinkte. Ich spürte dabei die Angst vor dem Schmerz, der mich erwarten würde, wenn ich der Qual kein Ende bereitete. Dieser Gedanke begleitete mich bei jedem Kampf, bis ich eines Tages das Schattenwesen mit meinem Schwert zerschlug.

Ravaga meinte, dass ich schnell lernte. Um die dunkle Magie zu praktizieren, begannen wir mit einer kleinen Geschichtsstunde über den Teufel, die Hölle und den Himmel. Jeder kannte die Geschichte um Luzifer, den Sohn Gottes, der Neid für die Menschen empfand und sich gegen seinen Vater auflehnte.

Er wurde dadurch aus dem Himmel verbannt und herrschte nun im tiefsten und dunkelsten Winkel der Welt. *Der Hölle.*

Hexen waren Dienerinnen der Hölle und durch Ravagas Fluch hatte sie mich zu einer gemacht. Jedwede Art von dunkler Magie ging auf die Dämonen zurück, da wir von ihnen unsere Kräfte erhielten. Diese wiederum bekamen ihre vom Teufel.

Ravaga erzählte mir, dass sie noch nie Kontakt zu Luzifer gehabt habe, aber öfter mit Dämonen spreche, den Wächtern der Hölle. Sie besaßen eine weitaus größere Magie als Hexen, waren jedoch nicht fähig dazu, lange in der Menschenwelt zu verweilen – es sei denn, sie handelten im Auftrag des Teufels. Die dunkle Magie zu verstehen, war kein Leichtes. Ravaga gab jedoch nicht so schnell auf und ließ mich wieder und wieder dasselbe tun, selbst wenn ich es bereits im Schlaf konnte. Sie glaubte, dass ich dadurch meine Fähigkeiten besser und schneller hervorrufen könnte.

»Eine langsame Hexe ist eine tote Hexe«, zitierte sie zum gefühlt hundertsten Mal, während ich auf einem Schemel saß und mich auf die Flammen des Lagerfeuers konzentrieren sollte, um ihre Bewegungen zu kontrollieren.

Doch wie sollte ich es schaffen, das Feuer zu beherrschen? Ich konnte es in meiner Hand entstehen lassen, es aber nicht dazu zwingen, sich in bestimmte Richtungen zu bewegen, als würde ich eine Marionette am Faden führen.

»Noch mal!«, brüllte sie streng.

Ich streckte die Hand aus und versuchte nach den Flammen zu greifen, doch außer stark zitternden Fingern und einem Krampf im Oberarm geschah nichts.

»Oh Luzifer! Konzentrier dich endlich, Freyja«, schalt sie mich und verpasste mir einen Schlag auf den Kopf. Ich zuckte dabei zusammen und sah sie mit finsterer Miene an. »Los, noch mal!«

Als ich wieder meinen Arm ausstreckte, dachte ich darüber nach, Ravaga nicht erneut enttäuschen zu wollen. Dieses Mal hatte ich mir fest vorgenommen, meine Aufgabe zu erfüllen. Denn ich war keine Versagerin – als zukünftige Königin durfte ich mir so etwas nicht erlauben.

Ich beschwor all meine Kraft, die ich in mir spürte, herauf und dachte gar nicht daran, dem Schmerz, der sich in meiner Brust langsam ausbreitete, nachzugeben. Die Magie wollte aus meinem Brustkorb dringen und unkontrolliert in alle

Richtungen schießen. Doch ich musste sie zu beherrschen lernen, damit sie mir eines Tages gehorchte.

Plötzlich zog sich ein brennender Schmerz durch meinen Arm und endete in meinen Fingerspitzen. Die Flammen verlangsamten sich vor meinen Augen und ich gab in meinem Kopf den Befehl, sie zum Stehen zu bringen.

Nur einen Wimpernschlag später waren die Flammen wie eingefroren und ihre Wärme ließ den Schmerz in meiner Brust verebben.

»Sehr gut, Freyja. Halte das Feuer fest und bringe es dazu, dass es sich nach deinen Vorstellungen bewegt«, wies Ravaga mich weiter an, während sie mich umkreiste.

Ihr Lob spornte mich nur noch mehr dazu an, meine Aufgabe zu bewältigen. Ich ignorierte das Pochen in meinem Arm und stellte mir eine Schlange vor, die sich durch den Sand bewegte. Genau dieselbe Bewegung befahl ich nun dem Feuer und tatsächlich formten sich die Flammen zu einer Linie, um sich vor meinen Augen durch die Luft zu winden.

Beeindruckt blickte ich der brennenden Silhouette nach und ließ diese Kreise in der Luft ziehen.

Ravaga legte eine Hand auf meine Schulter. »Wir kommen voran, Freyja. Nicht mehr lange, dann wirst du in dein geliebtes Königreich zurückkehren können und dir das nehmen, was dir rechtmäßig zusteht.«

Ich ließ die Flammen verschwinden und erwischte mich dabei, wie sich mir ein kleines, vergnügtes Lächeln auf die Lippen stahl.

Der Thron. Meine Krone. Mein Reich.

ZUR DUNKLEN KÖNIGIN ERKOREN

Freyja

Es vergingen erneut viele Monate und es waren nur noch wenige Tage bis zu meinem siebzehnten Geburtstag. Ravaga hatte mir heute einen freien Tag gegeben, an dem ich tun und lassen konnte, was ich wollte.

Da ich nur selten im Wald unterwegs war, beschloss ich heute, mir die Zeit zwischen den Schatten der Bäume zu vertreiben.

Ich stellte mich an den Rand des Felsvorsprunges und blickte in die Ferne. Unter mir lag ein Meer aus Laubbäumen und Tannen, das von einem breiten Fluss gespalten wurde.

Da ich nun nicht mehr am Hofe war, hatte mir Ravaga eine einfache Lederrüstung angefertigt, mit der ich sowohl kämpfen als auch fliegen konnte. Die Schulterblätter waren am Rücken frei, sodass meine Flügel durch die Öffnungen explodierten, ohne dabei meine Kleidung zu zerreißen.

Ich breitete die Arme aus und ließ mich in den Abgrund fallen, während meine Flügel aus dem Rücken schossen. Die Schwingen fingen mich auf und ließen mich knapp über den Baumkronen des Waldes fliegen.

In den letzten Monaten hatte ich neben der Schwertkunst und der Magie meine Flugkünste erweitert, als Ravaga es mir erlaubte, die Höhle zu verlassen. Ich wollte selbst den Vögeln überlegen sein und die höchsten Berge überwinden.

Als ich eine Lichtung sichtete, machte ich auf dieser halt und setzte mich in das weiche Gras in der Nähe eines Baches. Ich beobachtete, wie am Horizont die Sonne unterging und die Sterne langsam im Dunkelblau der Nacht erschienen.

Ravaga sagte immer, dass ich als Hexe niemals Angst zeigen dürfe. Die Dunkelheit war mein Begleiter und die Finsternis floss durch meine Adern. Für mich gab es keinen Grund, mich vor den Schatten der Wälder zu fürchten. Vielmehr bemerkte ich, wie ich mich mit jedem Monat, der verging, der Nacht näher fühlte als dem Tag. Ich war lebendiger in der Dunkelheit, mächtiger und begann, den Tag und das Licht immer häufiger zu meiden. Die Schatten wurden zu meinen Gefährten und meinen Vertrauten.

Als der Mond hell am Nachthimmel leuchtete, beschloss ich, einen weiteren Flug über den Kronen der Bäume zu wagen. Doch das Geräusch von rauschendem Wasser erlangte meine Aufmerksamkeit und ich ging neugierig einen Hang hinab.

Am Ende entdeckte ich zwischen den vielen Tannen einen Felsen, aus dem Wasser in einen kleineren Fluss fiel. Ich beförderte mich in die Lüfte, um mir den Ort ein wenig näher anzusehen.

Beinahe wäre es mir nicht aufgefallen, aber hinter der Wassermasse gab es eine Höhle, die mich neugierig werden ließ.

Die Bäume schienen ihn mit ihren Kronen von oben gut versteckt zu halten.

Ich glitt wieder zu Boden und erklomm die unebenen Felsen, bis ich hinter dem Wasserfall stand und die gigantische Höhle entdeckte.

Meine Augen brauchten dank der Magie in mir kein Licht, da sie auch so alles in der Dunkelheit sehen konnten. Von den Decken hingen große Felsenspitzen herab und aus einigen Rissen tropfte Wasser.

Als ich gerade einen Schritt nach vorne tat, knirschte etwas unter meinen Stiefeln und ich hob meinen Fuß an. Anscheinend war ich in das Nest einer Höhlenechse getreten, die ihre Eier auszubrüten versuchte.

Angewidert von der blutig klebenden Masse unter meinem Stiefel wischte ich die Schalen und das schleimige Innere an einer Steinkante ab und ging weiter. Nur wenige Augenblicke später hörte ich das Trippeln winziger Füße über dem Boden und drehte mich um.

Das weiß gefleckte Echsenweibchen stand nicht weit von ihren zertretenen Eiern entfernt und beobachtete mich aus der Ferne. Offensichtlich war sie wütend darüber, dass ich ihre Nachkommen mit einem einzigen Fußtritt vernichtet hatte.

Der Gedanke amüsierte mich und ich beschwor meine Magie herauf. »Glaub mir, damit tue ich dir sogar einen Gefallen«, flüsterte ich und ließ eine Flamme zwischen meinen Fingern entstehen, die ich mit einer kleinen Handbewegung auf die Echse schleuderte.

Das Feuer ummantelte ihren Körper und sie gab fiepende Geräusche von sich, bevor sie nach wenigen Sekunden verstummte. Das Feuer schmolz das Fleisch von ihren Knochen und verbrannte diese zu Asche.

Ich empfand kein Mitleid für dieses dumme Tier. Ihre Kinder wären früher oder später sowieso von einem Raubtier getötet worden oder an ihrer Sterblichkeit zergangen. Was kümmerte es mich also, ob sie heute oder in naher Zukunft starben?

Als ich den Blick von der toten Echse abwenden wollte, entdeckte ich im Augenwinkel, wie ein einzelnes Ei in eine Mulde rutschte. Mein erster Gedanke war, dass ich es einfach ignorieren sollte, um meinen Weg fortzuführen, doch dann kam mir eine Idee.

Ich ging zu dem winzigen Ei und hob es auf. Zwischen meinen Finger war es warm und ich konnte darin etwas Lebendiges spüren. In den anderen Eiern waren Echsen gewesen, die nicht mehr lange gebraucht hätten, bis sie geschlüpft wären. Hatte dieses also Glück gehabt und überlebt?

Da fiel mir etwas ein. Ich suchte mir eine geschützte Stelle an einer Wand, in der sich ein Loch befand. Das Ei legte ich hinein und beschwor meine Magie, die ich zu einer schwarzen Flüssigkeit werden ließ, wie es mir Ravaga vor wenigen Tagen beigebracht hatte. Darin waren mein Blut und die Magie enthalten, die durch meine Adern strömten. Sozusagen ein winziges Stück meiner selbst.

Ich ließ es in das Loch fließen und legte das Ei hinein. Morgen wollte ich wiederkommen, um mir anzusehen, was daraus geworden war. Vielleicht kreierte mein Blut aus der Echse ein Monstrum oder vernichtete das noch ungeschlüpfte Lebewesen qualvoll in seiner Schale.

Amüsiert über mein kleines Spiel mit meiner Macht drehte ich mich um und verließ die Höhle, um mich auf den Weg zu Ravaga zu machen.

Mit meinen Schwingen hob ich mich in die Lüfte und lenkte in die Richtung der Höhle.

Während ich mich knapp über den Baumkronen bewegte, bemerkte ich ein Licht inmitten des Waldes, das von einem Lagerfeuer stammen musste. Wer würde so tief zu den Bergen vordringen? Hier würde sie nichts erwarten außer karges Gestein und dunkle Wälder, in denen man sich verirrte.

Neugierig, wie ich war, flog ich in die Richtung des Lichtes und landete auf einem dicken Ast in den Bäumen. Aus dem Schatten heraus schaute ich auf das Feuer hinab und sichtete dabei einen Soldatentrupp. Ihre Embleme verrieten mir, dass sie zu den Männern des Schlosses gehörten.

Was taten sie hier?

Gespannt lauschte ich ihren Gesprächen, die dank meiner übernatürlichen Sinne leicht zu verstehen waren. »Sie ist vermutlich sowieso gestorben oder ein Opfer der Tiere geworden«, brummte einer und rieb die Hände aneinander, bevor er diese in die Nähe des Feuers hielt.

»Blödsinn«, stritt ein anderer mit murrendem Unterton ab. »Dieses Kind ist ein Monster und wird sich mit ihrer Magie verteidigen. Vermutlich hat sie sich in irgendeiner Höhle verkrochen oder ist sogar in ein anderes Land geflohen.«

Ein Dritter zischte und nahm einen kräftigen Schluck aus einem Becher, den er in der Hand hielt. »Wohin soll sie denn fliehen? Greystone? Snowcrow? Glaub mir, sie wäre in keinem der fünf Lande sicher. Hexen werden unverzüglich aufgespürt und verbrannt.«

»Sie sind ja auch die Diener des Teufels, Rim«, kommentierte der Soldat, der sich am Feuer aufwärmte. Er hatte seinen Helm abgelegt, sodass ich erkannte, dass er eine Glatze besaß.

Rim, der sich einen weiteren, großzügigen Schuss Wein in seinen Becher schenkte, schüttelte den Kopf. »Ich kann es einfach nicht fassen, dass der König uns all die Jahre belogen hat.

Jetzt müssen wir uns vor diesem Miststück in Acht nehmen, weil es aus seinem Käfig entflohen ist.«

Diese Männer sprachen über mich? Und dann besaßen sie noch die Dreistigkeit, mich als *Miststück* zu bezeichnen? Zorn wallte in mir auf. Dafür sollten sie büßen! Ich würde ihm schon zeigen, wie sehr er mich zu fürchten hatte.

»Die Macht der Magier und der Glaube an Gott werden uns beschützen«, warf der Kerl ein, der am Baum lehnte und die Hände vor dem Körper verschränkt hatte.

Rim schnaubte, dieses Mal lag jedoch Spott darin. »Wenn ich einem Monster gegenüberstehe, hilft mir nur noch eine Sache: mein Schwert oder meine Beine.«

»Schluss jetzt mit dem Gejammere«, meinte der Glatzkopf und erhob sich. »Wir haben eben den Befehl vom König erhalten, nach der Prinzessin zu suchen. Lasst uns noch ein paar Tage hierbleiben und dann mit der Kunde zurückkehren, dass wir nichts gefunden haben.«

Mein Zorn verebbte genauso schnell wieder, wie er gekommen war. Die Soldaten waren also gar nicht motiviert, nach mir zu suchen? Sie glaubten, ich wäre sowieso ein Opfer des Waldes geworden? Wie gern ich ihnen das Gegenteil beweisen würde, doch Ravaga hatte mir untersagt, mich irgendeinem Menschen zu zeigen. Sie sollten denken, ich wäre gestorben. Denn mit der Vollendung meines achtzehnten Lebensjahres würde ich zurückgehen und mir meine Krone nehmen.

Ich kehrte den Soldaten den Rücken und flog zu der Höhle zurück, in der mich die alte Hexe bereits erwartete.

Mit einem kalten Blick schaute ich zu ihr. »Soldaten des Königs sind hier. Sie haben den Befehl erhalten, nach mir zu suchen, doch sie glauben daran, dass ich längst das Weite gesucht habe.«

Ravaga hob eine Braue und sah mich mit ihren dunklen Augen an. »Soldaten? Sie werden nicht lange bleiben. Halte dich nur von ihnen fern.«

Ich hätte eine Idee, von der ich jedoch wusste, dass sie der Hexe nicht gefallen würde. »Und wenn wir sie einfach aus dem Weg räumen?«

»Vermisste Soldaten werden den König aufhorchen lassen. Also nein«, knurrte sie und wandte sich von mir ab, um sich zu ihrem Schlafplatz zu begeben. »Morgen liegt ein weiterer Tag vor uns, Freyja. Ruh dich also aus.«

Auch wenn es mir gefallen hätte, die Soldaten aufzumischen und sie das Fürchten zu lehren, hatte Ravaga recht. Damit würden nur noch mehr von ihnen folgen.

Aber vielleicht könnte jemand anderes, anstelle von mir, meine Todesgelüste besänftigen. Eine Art Bestie, zum Beispiel.

Einen einzigen Soldaten würde ich am Leben lassen, damit er dem König berichten konnte, dass ein Monster in diesen tiefen Wäldern sein Unwesen trieb, weshalb sie nie wieder hierher zurückkehrten.

Mir kamen die Schatten in den Sinn, doch es waren eher schweigsame, für meinen Geschmack sogar zu langweilige Monster, die infrage kämen.

Nein, ich wollte eine Bestie in Furcht einflößender Form und Größe besitzen.

»Wann erlange ich meine Unsterblichkeit, Ravaga?«, wollte ich noch wissen.

»Bald, mein Kind. Sehr bald.«

Damit verschwand sie hinter einer Felswand und ließ mich zurück.

Ich ging zu dem gehäuften Stroh, das bereits in der Mitte durchgelegen war, und machte es mir darin gemütlich. Mein Körper sehnte sich danach, mich bald wieder in meinem alten

Bett im Schloss ausruhen zu können. Kein Turm und keine Gefangenschaft mehr, sondern nur Menam und ich.

Mit diesem Gedanken sank ich in den Schlaf.

Am nächsten Morgen weckte mich Ravaga, die gerade dabei war, in einem Kessel etwas zuzubereiten. »Wir müssen unsere Lehrstunde verschieben. Ich habe Schreie im Wald ausgemacht. Vielleicht sind es die Soldaten. Kannst du nachsehen, was sie vorhaben? Aber halte dich zurück! Ich will nicht, dass sie dich sehen.«

Mit einem Gähnen erhob ich mich aus dem ungemütlichen Strohbett, nickte und trat zum Höhleneingang. »Schreie?«

»Von einem Tier oder etwas Ähnlichem. Es wird von den Rufen der Soldaten begleitet, deshalb dachte ich zunächst, sie würden etwas jagen, doch das zähe Geschöpf scheint ihnen eine riesige Angst zu bereiten«, erklärte sie mir und ich ging zum Felsvorsprung, wovon ich den besten Überblick hatte.

Als ich nach merkwürdigen Geräuschen lauschte, bemerkte ich tatsächlich nicht weit von der Höhle entfernt ein furchtbar qualvolles Schreien.

Um der Sache auf den Grund zu gehen, beschwor ich meine Flügel und stürzte mich in die Lüfte. Am Tag musste ich viel eher aufpassen, nicht gesehen zu werden, da es keine Schatten mehr gab, die mich versteckt hielten.

Die Schreie und Rufe führten mich zu einem mir bekannten Ort. Es handelte sich dabei um den Wasserfall, hinter dem sich eine Höhle befand. Sechs Soldaten standen mit erhobenen Schwertern auf dem unebenen Pfad, der hinter die Wassermasse führte.

»Töte es endlich, Rim!«, brüllte einer der Männer, die sich offensichtlich vor dem Tier zu fürchten schienen.

»Spieß den Drachen auf!«

Ein … *Drache?* In dieser Höhle? Sie würden niemals eine Chance gegen ihn haben. Kein Wunder, dass sie sich vor dem Geschöpf fürchteten. Ein bisschen bedauerte ich es, gestern dem Tier nicht begegnet zu sein – mich einem echten Drachen zu stellen, wäre eine Herausforderung gewesen.

Doch als ich einen tierisch gellenden Schrei hörte, wusste ich, dass es kein ausgewachsenes Exemplar war. Es handelte sich dabei um ein Jungtier, das um sein Überleben kämpfte.

Mir fiel wieder mein Ei ein, das ich am Tag zuvor mit meiner Macht zurückgelassen hatte. Aber das wäre unmöglich. Soweit es mir Ravaga erzählt hatte und es auch in den Büchern stand, wurden die Drachen auf eine Insel – abseits der fünf Lande – zurückgetrieben. Damals hieß es, sie wären durch Dämonenblut entstanden, andere behaupteten jedoch, sie seien schon immer ein Teil der Natur gewesen. Also, wie sollte ich mit meiner Magie einen erschaffen haben?

Da es mich nicht kümmerte, ob dieser überlebte oder nicht, kehrte ich den Soldaten den Rücken zu und hoffte inständig, dass das Jungtier sogar einen von ihnen tötete, bevor es selbst starb.

Als ich gerade zurückfliegen wollte, erklang erneut ein erbitterter Schrei, der mein dunkles Herz höherschlagen ließ. Offensichtlich hatte einer der Soldaten den Drachen erwischt, und dieser musste nun eine tödliche Wunde erlitten haben.

Obwohl mich das Ganze eigentlich nichts anging, konnte ich mir nicht erklären, weshalb mich mit einem Mal doch der Drang überkam, das Jungtier zu retten. Drachen waren sehr selten, besonders in unserer heutigen Zeit. Legenden besagten, dass sie vor vielen Jahrhunderten auch *Chimären* genannt wurden, sogenannte Mischwesen, die zur Hälfte Tier und Dämon waren. Man machte Jagd auf sie und schaffte es sogar, ihre Art zu vermindern. Wenn es sie überhaupt noch gab, dann nur noch vereinzelt und selten.

Möglicherweise könnte ich auch meinen Nutzen aus diesem Geschöpf ziehen, wenn ich es rettete. Wie mächtig würde eine Hexe sein, die an ihrer Seite einen tödlichen Drachen hatte? Er wäre dazu fähig, für mich eine ganze Stadt in Brand zu setzen, die Menschen das Fürchten zu lehren, und durch seine einzigartige Drachenhaut böte er mir Schutz.

Von meinem neuen Gedanken angetan, wandte ich mich wieder zum Soldatentrupp und dachte fieberhaft darüber nach, wie ich ungesehen das verletzte Wesen retten könnte.

Da fiel mir ein Felsen auf, der oberhalb des Wasserfalls nur darauf wartete, auf den Trupp hinuntergestoßen zu werden. Ich breitete die Hände neben mir aus und beschwor die Macht der Erde, um die Magie auf den spitzen Felsen zu konzentrieren.

Unter meinen Füßen begann es zu beben und auch die Soldaten bemerkten das neu hinzugekommene Problem. Panisch rannten sie den Pfad zurück, während im selben Moment der Felsen aus seiner Verankerung gerissen wurde und hinabstürzte.

Laut krachend zerbarst er zu einem Trümmerhaufen, unter dem nun zwei der Männer begraben lagen. Schreiend sprang einer ins Wasser und die restlichen flüchteten in den Wald. Rim, der Soldat, der offensichtlich den Drachen verletzt hatte, türmte ebenfalls aus der Höhle, um von keinen weiteren Trümmern erfasst zu werden.

Erst als ich mir sicher sein konnte, dass sie außer Sichtweite waren, flog ich an der Felswand entlang und verschwand hinter dem Wasserfall.

Dahinter erspähte ich vorerst nichts bis auf eine schwarze Flüssigkeit, die sich in einer langen Spur bis hinter ein herabgefallenes Gesteinsstück zog.

Zuerst glaubte ich, dass ich mit meiner Magie den Drachen getötet hätte, doch dann hörte ich das Wimmern und

Schnaufen des Tieres. Hastend rannte ich zu dem Wesen und entdeckte es zitternd an den Felsbrocken gedrückt.

Als der Drache meine Anwesenheit wahrnahm, versuchte er erneut zu fliehen, um sich vor mir zu retten, doch die blutende Wunde am Bauch bereitete ihm Mühe, sich zu bewegen.

Während ich das Tier so leidend und sterbend ansah, stach etwas so schmerzhaft in meine Brust, dass ich aufkeuchte. Ein Gefühl schlich sich zwischen meine Gleichgültigkeit und den Gedanken, das Tier für meine eigenen Zwecke zu missbrauchen. Ich empfand … Mitleid. Noch nie in meinem Leben hatte ich dieses Gefühl verspürt und wusste nicht, wie ich damit umzugehen hatte.

So schnell diese Emotion gekommen war, so schnell verging sie wieder. Sie hatte mich lediglich dazu gebracht, das Tier vorsichtig auf den Arm zu nehmen, statt es grob am Hals zu packen. Es war nicht größer als ein Jagdhund und demnach auch nicht allzu schwer zu tragen. Ich achtete darauf, dass es nicht nach mir schnappte oder sich aus meiner Umklammerung wand.

So seltsam es wirkte, der Drache schien mir zu vertrauen, auch wenn ich das von Tieren nicht gewohnt war. Spürte er, dass ich ihm zu helfen versuchte?

Da ich keine Heilfähigkeiten auf andere übertragen konnte, blieb mir nur noch eine Möglichkeit. Ravaga musste den Drachen retten.

Bevor das Geschöpf zu viel Blut verlor, erhob ich mich mit ihm und bemühte mich, seine Wunde nicht zu berühren.

»Sch«, flüsterte ich. »Ich brauche dich noch.«

Das Wesen reagierte auf meine Stimme und wurde ruhiger. Seine schwarzen Augen sahen mich nun mit solcher Eindringlichkeit an, als wollte es meine Vertrauenswürdigkeit überprüfen.

Fasziniert fuhr ich über die rauen Schuppen des einzigartigen Geschöpfes, und dabei fiel mir auf, dass seine kleinen Flügel den meinen sehr ähnlich waren. Selbst das Daumengelenk besaß eine scharfe Kralle, mit der es seine Feinde leicht töten konnte.

Doch bevor der Drache wieder unruhig wurde, ergriff ich die Chance und flog hinter dem Wasserfall hervor. Kraftvoll schoss ich durch die Bäume und kehrte eilig in die Höhle zurück.

Ravaga stand noch unverändert am Kessel, um in diesem zu rühren. »Freyja! Was hast du da?«, fuhr sie mich gleich an.

»Ein Drachenjunges«, antwortete ich mit ruhiger Stimme.

»Kannst du es retten? Ich will es behalten.«

Sie warf den Kopf lachend in den Nacken, was mich ein wenig überraschte. »Was willst du damit? Schmeiß es den Abgrund hinab. Die Krähen werden sich darum kümmern.«

Doch dieses Mal würde ich nicht so leicht aufgeben. Auch wenn ich es mir nicht erklären konnte, da dieses Junge mir im Grunde gleichgültig war, wollte ich es behalten. »Ich weiß, dass du es heilen kannst. Tu mir den Gefallen.«

Sie ließ den Holzlöffel in den Kessel fallen und zog die Augenbrauen zusammen. »Du dummes Ding! Ein Drache ist unnütz und macht nur Probleme. Töte ihn!«

Das Junge winselte in meinen Armen. »Nein.«

»Freyja!«, ermahnte mich die Hexe erneut und stemmte einen Arm in die Hüfte.

»Wenn er einmal groß ist, wird er mir dienen«, verkündete ich. »Mit einem Drachen an meiner Seite werde ich viel furchteinflößender sein. Sein Feuer kann ganze Städte vernichten.«

»Drachen hören auf niemanden. Er wird dir nicht gehorchen«, erwiderte sie und kehrte mir den Rücken zu. »Ich werde dir nicht helfen, diese Bestie zu retten.«

Diese sture alte Frau! Wieso kann sie nicht das tun, was ich ver-
lange? Ständig erteilt sie mir Befehle, aber jetzt bitte ich sie ein Mal
um etwas … Dann muss ich eben selbst etwas unternehmen.

Entschlossen, den Drachen nicht aufzugeben, legte ich ihn
an eine geeignete Stelle auf dem Boden und machte mich an
Ravagas Arzneisalben zu schaffen. Da ich keine Ahnung von
Kräuterkunde hatte, geschweige denn wusste, wie man diese
richtig anwendete, nahm ich eine streng riechende, milchige
Salbe aus dem Regal und schnappte mir ein paar Leinenver-
bände.

Gerade als ich diese auf die blutende Wunde auftragen
wollte, stand Ravaga wieder neben mir. »Drachen besitzen eigene Heilfähigkeiten. Du musst nur die Wunde verbinden
und ein paar Stunden warten.«

Warum hat sie das nicht gleich gesagt?

Grimmig knirschte ich mit den Zähnen. »Und dann ist er
wieder gesund?«

Sie nickte. »Es kann sein, dass eine Narbe zurückbleibt, aber
das sollte weder dich noch den Drachen stören.«

Ich tat, was sie mir auftrug, und umwickelte den Bauch des
kleinen Geschöpfes mit Leinentüchern. Er blieb ruhig liegen,
atmete schwer ein und aus, als würden ihn die Schmerzen
Stück für Stück verzehren.

Ravaga kümmerte sich wieder um das Essen, während ich
neben dem Geschöpf liegen blieb und neugierig über seine
Haut fuhr. Sein Kopf war bereits für ein so junges Tier groß
und in seinem Blick lag etwas Anmutiges. In diesem Moment
wurde mir bewusst, dass dieser Drache zu einer wahren Bestie
heranwachsen würde. Zu *meiner* Bestie.

Ich würde ihn lehren, sein Feuer einzusetzen, Schlachten zu
gewinnen und Menschen zu töten. Er sollte niemals auch nur
zögern, wenn ich ihm einen Befehl erteilte, und seiner Herrin
bis in alle Ewigkeit dienen.

Ein diabolisches Grinsen legte sich auf meine Lippen. »Wir beide werden unaufhaltsam sein«, flüsterte ich und fuhr an seinem Hals entlang.

Seine schwarzen Schuppen waren hart wie Gestein und fühlten sich rau und kantig an. Die großen, runden Augen besaßen einen senkrechten Schlitz, der sich nur im Schein des Lichtes von der dunkelgrauen Iris abhob.

An seinen Nüstern befanden sich weiche Kämme, die sich bis zu seinem Kopfansatz hinaufzogen. Sie wurden bis zu seinem Halsansatz zu größeren und stärkeren Zacken, zwischen denen feine Häute saßen, die an einen Fisch erinnerten. Sein Schwanz besaß ein stumpfes, aber dafür kraftvolles Endstück, das wie der Kopf eines Streitkolbens aussah.

An seinem silbrig weißen Bauch machte ich halt und da kam mir erneut die Echse von gestern in den Sinn. Hatte diese nicht denselben Schimmer besessen? Mein Blick glitt zu den Flügeln des Drachen und dann zu meinen eigenen. Sie waren identisch.

Das Ei. Meine dunkle Magie, die ich beschwor, erinnerte ich mich. Hatte ich etwa meinen eigenen Drachen erschaffen? Konnte so etwas überhaupt möglich sein? Aber wie? War das nicht nur den Dämonen vergönnt?

Bevor ich überhaupt weiter darüber nachdenken konnte, hörte ich Ravagas Stimme erneut. »Offensichtlich hat der Dämon dir mehr Macht verliehen, als ich es selbst für möglich gehalten habe«, bemerkte sie und rieb sich grüblerisch über das Kinn. »Vielleicht lieh er dir einen winzigen Teil seines Blutes, damit du eine mächtige Kreatur erschaffen kannst.«

Ich zog einen Mundwinkel in die Höhe. »Dann darf ich ihn behalten?«

Ravaga wirkte im ersten Moment so, als würde sie wirklich darüber nachdenken zu antworten, doch stattdessen gab sie nur ein genervtes Schnauben von sich und drehte mir den Rücken zu.

Der Drache schloss die Augen, als würden meine Berührungen ihm den Schmerz nehmen. »Du gehörst mir, Noron.« Seine schillernde Schwärze erinnerte mich an das besondere Gestein in den Bergen, den Onyx. Auf einer alten Sprache wurde er auch ›Noron‹ genannt.

Eine Hexe und ihr Drache. Wie sehr würden die Menschen mich bald fürchten?

Ich konnte meinen achtzehnten Geburtstag kaum erwarten.

Einige Monate später …

Ich war bereit. Bereit zurückzukehren.

Mein machtgieriges Herz sehnte sich nach der Krone, die ich nun, nach der Erfüllung meines achtzehnten Lebensjahres, an mich reißen konnte. Ich würde meine Eltern dafür büßen lassen, dass sie mir sieben Jahre meines Lebens geraubt hatten, obwohl ich ihr eigen Fleisch und Blut war.

In der Nacht, in der ich mein achtzehntes Lebensjahr erfüllt hatte, überkam mich ein Kraftschub, eine Art warmes Kribbeln, das mir Aufschluss darüber gab, dass sich in mir etwas verändert hatte. In einem Spiegel erkannte ich, dass meine Augenfarbe von einem Himmelblau zu einem Blutrot gewechselt hatte, und ich fühlte mich noch viel lebendiger als zuvor. Alle dunklen Wesen besaßen rote Iriden, praktisch eine Symbolisierung, dass man der Finsternis angehörte.

Von Zorn und der Entschlossenheit erfüllt, meiner Bestimmung entgegenzutreten, stellte ich mich an den Abgrund der Felsspalte und sah zu der untergehenden Sonne am Horizont. Wir würden sie in der Nacht überraschen, wenn die Schatten Norons und meinen Körper verschlangen.

»Bist du so weit?«, rief ich, ohne mich dabei zu Ravaga umzudrehen, die noch immer nicht aus der Höhle getreten war. »Wo ist dein Drache?«, schallte es zurück.

Ich schloss die Lider und rief in meinen Gedanken nach Noron, der sich im tiefen Wald versteckt hielt oder den Himmel erforschte, wenn ich beschäftigt war.

Doch kaum hatte ich seinen Namen in meinem Kopf ausgesprochen, schoss er auch schon vor mir am Felsvorsprung vorbei. Inzwischen war er zu einem ausgewachsenen Drachen herangewachsen und besaß dieselben blutroten Augen wie ich, die ich durch meine Unsterblichkeit erhalten hatte. Doch bei ihm zeigten sie sich nur, wenn wir beide nach Blut lechzten oder dieses bereits vergossen hatten. Norons Schuppen glänzten schwarz, und selbst der silbrige Schimmer an der Bauchseite war während seines Heranwachsens in ein Dunkelgrau übergegangen.

Die Böen seiner Flügelschläge warfen meinen hohen Zopf über die Schulter und wehten meinen schwarzen Umhang zurück. Ravaga hatte vor wenigen Monaten eine dunkelrote Rüstung besorgt, die ich nun an meinem Körper trug. Woher sie diese allerdings hatte, wollte sie mir nicht verraten.

An meinem Gürtel befand sich ein silbernes Schwert, mit dem ich mich jedem entgegenstellen würde, der es auch nur wagte, meiner Machtergreifung im Wege zu stehen.

Als Noron neben mir landete, kletterte Ravaga auf den Rücken des Tieres und ich ließ meine Flügel zum Vorschein kommen.

»Und denk daran, deine dunkle Magie freizusetzen. Die Menschen müssen spüren, was du bist«, erinnerte mich die Hexe an unseren Plan, den wir in den letzten Wochen gemeinsam geschmiedet hatten.

Oh, ich freue mich darauf. Ich kann ihr Blut bereits riechen. »Verlass dich darauf. Das werde ich.«

Anschließend flogen wir gemeinsam der Sonne entgegen, um zum Schloss zurückzukehren, in dem noch niemand ahnen würde, dass ihnen ein grausames Schicksal bevorstand.

In der Nacht erreichten wir die Stadt und das Schloss. Auf den Straßen war es leer und ich beschloss, auf dem Marktplatz meine Anwesenheit zu verkünden. Gerade als ich die Füße auf dem Boden aufsetzte, entdeckte mich auch gleich eine Patrouille. Mit erhobenen Schwertern näherten sie sich mir, behielten jedoch ausreichend Abstand, aus Angst, ich könnte mich jeden Moment auf sie stürzen. *Vielleicht werde ich das auch. Meine Rache lechzt schon seit einer Weile nach Blut.*

»Stehen bleiben!«, rief eine der Wachen, deren Gesichter aufgrund der Helme nicht zu erkennen waren. »Wer seid Ihr?«

Ich begann spottend zu lachen und zog dabei mein Schwert aus der Scheide. »Erkennt Ihr Dummköpfe etwa Eure Königin nicht?«

»Ein solches Monster wie Ihr wäre niemals unsere Königin«, entgegnete der andere feindselig. »Waffe fallen lassen!«

Ich würde nicht einmal im Traum daran denken. Alte Rachegelüste erwachten in mir zum Leben und ein innerer Drang trachtete nach dem Blut der beiden Soldaten. »Ihr wagt es also, euch gegen Eure Königin zu stellen?«

Der Mutigere von beiden machte einen weiteren Schritt nach vorne. »Waffe fallen lassen, habe ich gesagt!«

Erbärmlich!

Mit einem Sprung stürzte ich mich auf die beiden und rammte dem Vordersten meine Klinge durch die Brust. Mit Wucht glitt diese durch seinen Körper. Seine Rippen brachen hörbar und ihm entfuhr ein erstickter Laut.

»Mit dieser Schnelligkeit hast du nicht gerechnet, was?«, zischte ich an seinem Ohr, bevor ich einen Fuß in seinen Bauch stemmte und das Schwert herauszog. Rote Flüssigkeit tropfte von meiner Klinge auf den Boden.

Blitzschnell kümmerte ich mich um den nächsten Soldaten, der sich mit mir einen Zweikampf lieferte. Es dauerte keine zehn Sekunden, da schlug ich ihm die Hand ab, sodass sein Schwert klirrend zu Boden fiel. Danach trennte meine Klinge seinen Kopf von den Schultern. Blut schoss fontänenartig aus seinem Körper und ergoss sich zwischen den Rillen der Pflastersteine.

Laut krachend fiel der Helm zu Boden, während die Hand auf dem toten Körper seines Freundes landete. Achtlos ging ich über sie hinweg und machte mich weiter auf den Weg zu den Toren des Schlosses.

In mir stieg Vorfreude auf. Wie würden meine Eltern mich ansehen? Entsetzt? Enttäuscht? Wütend?

Nur weil sie meine dunkle Magie nicht akzeptieren konnten, sollte ich damals mein Leben eingesperrt in einem Turm verbringen? Nein, das war nicht das Schicksal, das mir bestimmt war. Ich sollte Königin werden und über Menam herrschen.

Als ich die Straße nach oben lief, begegneten mir noch einige andere Wachen, die mich aufzuhalten versuchten. Doch meine Klinge kannte keine Gnade. Sie durchbohrte jeden Knochen und trennte jedes Glied vom Körper.

Auf dem Weg nach oben hinterließ ich eine Spur aus Leichen und Blut. Die Leute verschanzten sich in ihren Häusern und trauten sich kaum, hinauszuschauen. Die Schreie weckten die Bewohner und doch wagte niemand außer ein paar waghalsigen Söldnern und Soldaten den Versuch, mein haltloses Niedermetzeln aufzuhalten.

An den Toren angekommen, sah ich Noron bereits am Himmel kreisen und befahl ihm in meinen Gedanken, Ravaga herabzulassen. Sie sollte mich mit ins Schloss begleiten, um mit mir gemeinsam das Königreich zu erobern.

Noron landete auf dem großen Platz vor den Toren des Schlosses und die alte Hexe gesellte sich zu mir. »Sei vorsichtig. Der König weiß Bescheid.« Ich schüttelte den Kopf. »Ich fürchte mich nicht vor diesen gebrechlichen Menschen«, gab ich spottend von mir.

Entschlossen, mein Ziel schnellstmöglich zu erreichen, öffnete ich mit meiner Magie das Tor. Ein paar Palastwachen kamen auf mich zu gerannt, doch ich schleuderte sie mit einer Druckwelle zurück. Ihre Körper prallten gegen die Wände oder kamen hart auf dem Boden auf.

Da ich dieses Gebäude so gut wie meine Westentasche kannte, eilte ich ins Schloss hinein, lief durch die Flure und nutzte entweder mein Schwert, um mir den Weg freizukämpfen, oder verwendete meine Magie.

Es dauerte nicht lange, bis ich den Thronsaal erreichte und meinen Vater erblickte, der auf dem Podest stand und mich mit einem reumütigen Ausdruck in den Augen ansah. »Ich habe es mir irgendwie gedacht, dass sie dich zu sich gerufen hat.« Sein Blick glitt zu Ravaga, die sich direkt hinter mir befand. »Sie hat dich zu diesem Monster gemacht, Freyja. Du wärst niemals ...«

»Sei still!«, rief ich und zerschnitt mit meiner freien Hand die Luft. *Das wahre Monster steht direkt vor mir!* »Du und Mutter habt mich sieben Jahre lang in einen Turm gesperrt, um mich von der Welt fernzuhalten.« Ein Knoten löste sich in meinem Inneren, als hätte ich schon lange darauf gewartet, endlich diese Worte auszusprechen. »Jetzt werde ich mich rächen und mir das nehmen, was mir rechtmäßig zusteht.«

Er senkte das Kinn. »Es tut mir leid, Tochter. Aber ich kann das nicht zulassen.«

Im selben Moment strömten unzählige Wachen aus allen Türen, um uns Einhalt zu gebieten. Sie umringten uns, damit keine Möglichkeit mehr bliebe, zu entkommen.

Ich drehte mich einmal um die eigene Achse, um mir die Position meiner Feinde einzuprägen. Die Anwesenheit der hundert bewaffneten Soldaten machte mir keine Angst.

Dachte mein Vater wirklich, dass ich zurückkehren würde, wenn ich mich vor ein paar Männern fürchten müsste? Er hatte in den letzten Jahren überhaupt nichts gelernt.

Das war einfach zu lächerlich.

»Ich habe schon deine Mutter verloren, Freyja. Bitte lass mich nicht dich auch noch verlieren«, gestand er bedauernd.

Was? Mutter war tot? Auch wenn es nicht bis an mein kaltes Herz heranreichte, spürte ich dennoch einen kleinen Stich unter meinen Rippen.

»Schade, ich hätte mich zu gerne an ihrem Leid geweidet«, gab ich in einem gehässigen Tonfall zurück.

Vater schienen meine Worte hart zu treffen. »Sie ist in all dem Kummer um dich gestorben!«

Was interessierte mich das? Meine Einsamkeit im Turm hatte sie damals auch nicht gekümmert, also weshalb sollte mich nun ihr Tod etwas angehen? »Gut für sie, denn durch meine Hand wäre sie niemals so gnadenvoll gestorben.«

Der König begann wütend zu werden und ballte demonstrativ eine Hand zur Faust. »Diese Hexe hat dich wahrlich zu einem Monster heranwachsen lassen.«

Die alte Frau trat mit einem schelmischen Grinsen nach vorne. »Ihr wisst, dass das nicht wahr ist, Aurum. Ihr habt Freyja zu einem werden lassen. Sie sieben Jahre in den Turm zu sperren, hat ihren Hass nur noch geschürt.«

»Aber ihr habt sie verflucht!«, knurrte er.

»Eigentlich tat dies der Dämon, mit dem ich einen Pakt einging«, erklärte sie.

»Ihr sollt verdammt sein, alte Hexe!«, brüllte er außer sich.

Da lachte diese laut gellend los. »Mit Vergnügen, König Aurum.«

Ich hob mein Schwert und hielt es meinem Vater entgegen. »Leg deine Krone nieder. Ab heute werde ich die neue Königin Menams sein und jeder, der sich nicht beugen will, wird durch meine Hand sterben.«

Aurum schaute zu seinen Wachen. »Ergreift sie!«

Im selben Moment rief ich nach Noron. Ein lauter Drachenschrei flutete den Thronsaal, sodass alle Anwesenden innehielten, um nach dem Wesen Ausschau zu halten, das ganz in ihrer Nähe zu sein schien.

Über meinem Kopf entdeckte ich einen Schatten, der hinter dem bunten Glasfenster, welches das Dach des Thronsaales zierte, auftauchte. Darauf war ein Bild von Gott zu sehen, der die Hand über einen Menschen hielt, um ihn zu segnen.

Genau durch dieses Gebilde krachte Noron hindurch und landete mit seiner gigantischen Größe hinter uns. Glassplitter fielen laut klirrend zu Boden, was auf den ersten Blick wie glänzender Regen wirkte. Mit meiner Magie schützte ich Ravaga und mich vor den niederprasselnden Scherben, während einige Soldaten davon getroffen wurden und Schnittwunden erlitten.

Sein Schwanz schlug eine Wölbung in die weiße Fassade, sodass der Stuck auf den Boden bröckelte. Noron füllte beinahe den gesamten Thronsaal und trotz der hohen Decke berührte sein Kopf das obere Ende.

Die Soldaten wichen erschrocken zurück und fürchteten die Anwesenheit des Geschöpfes. Noron stieß einen weiteren Schrei aus und widmete diesen meinem Vater, der unerschrocken auf der Stelle stehen blieb. Obwohl sich der König tapfer gab, erkannte ich dennoch Angst in seinen Augen.

Mir gefiel dieser Anblick. *Er soll bereuen, was er mir angetan hat.*

»Ich gebe euch eine letzte Chance«, rief ich in den Saal hinein und schaute dabei besonders die Soldaten an, von denen jedoch keiner zurückwich. Waren sie ihrem König so treu ergeben? *Wie jämmerlich.*

»Dein Drache wird uns nicht aufhalten, Freyja«, protestierte mein Vater.

Sein Widerstand war schon beinahe närrisch. Er würde diesen Kampf niemals gewinnen können. Meine Kräfte waren dafür viel zu stark.

»Wie du willst«, meinte ich mit finsterer Stimme. »Dann sterbt! Alle!«

Ich ging zum Angriff über, während sich die Soldaten in Bewegung setzten. Sie hoben ihre Schwerter in die Luft, als sie mit einem lauten Gebrüll auf uns zuliefen. Ich benutzte meine Magie, um sie wie lästiges Ungeziefer gegen die Wand zu schleudern. Mein Ziel war der König, den ich als Erstes mit meinem Schwerthieb durchbohren wollte.

Ehe ich ihn erreichte, wurden Pfeile auf mich geschossen, sodass ich diesen ausweichen musste und der König die Chance ergriff, durch eine Tür zu fliehen. Soldaten wollten sich in Scharen auf mich werfen, doch bevor sie mich überhaupt berühren konnten, tauchte Norons Schwanz auf, der sie wie unerwünschte Fliegen davonwirbelte.

Ich lief meinem Vater hinterher, während sich Noron und Ravaga um die Soldaten kümmerten. Seine Schritte hallten im Korridor wider und ich folgte dem Geräusch.

Da ich zu einem übernatürlichen, schnellen Spurt ansetzte, der die Welt um mich herum verschwimmen ließ, während nur ein kleiner Teil klar vor meinen Augen war, holte ich

Aurum in wenigen Sekunden ein. Ich landete mit ihm in meinem alten Zimmer, in dem ich vor neun Jahren gelebt hatte. Am Fenster kam er zum Stehen und wandte sich mir zu.

Mit meiner Magie verschloss ich die Tür, damit uns niemand störte. »Das ist dein Ende«, verkündete ich und hielt ihm meine Schwertspitze unter das Kinn. »Gib mir die Krone.«

Aurum warf mir einen kalten Blick zu, gehorchte jedoch und reichte mir das goldene Schmuckstück herüber. Ich nahm dieses an mich und sah ihm ein letztes Mal in die Augen, bevor ich ihm mein Schwert in die Brust rammen wollte.

Aber wäre das nicht ein zu gnadenvoller Tod? Mein Vater hatte auf keinen Fall ein solches Ende verdient. Er sollte leiden. Leiden, wie ich es sieben Jahre lang getan hatte.

Da kam mir eine besonders grauenvolle Folter in den Sinn. »Du hast den Tod nicht verdient. Du solltest genauso gefangen sein, wie ich es einst war.«

Bevor der König jedoch verstand, was ich damit meinte, sprang ich auf ihn zu und hielt meine Hand an seine Stirn. In Gedanken rief ich die dunkle Magie herauf und ließ diese in seinen Körper hineinfließen.

Aurum wurde ohnmächtig und brach auf dem Boden zusammen. Mit diesem Zauber hatte ich ihn in einen ewigen Schlaf befördert, in dem seine Seele in einer Welt aus Finsternis und Einsamkeit gefangen sein würde. Sein Körper würde nicht mehr altern, er würde für immer genau so bleiben, wie er in diesem Moment war. Der gefallene König von Menam – ein Mahnmal für die Ewigkeit.

Ich ließ den König achtlos liegen und verließ wieder das Gemach, um in den Thronsaal zurückzukehren, in dem es angenehm still war.

Dort angekommen, entdeckte ich überall am Boden liegende Wachen, deren Körper zerquetscht, verdreht oder gar zerrissen waren. Blut besudelte die Fassade und ergab mit all den Leichen ein schaurig-schönes Szenario. Die rote Flüssigkeit lief in der Mitte des Saales zu einer riesigen Lache zusammen.

Der Anblick gefiel mir und zauberte ein Lächeln auf meine Lippen. Sie hatten die Wahl gehabt und sich lieber für den Tod entschieden.

»So viele Seelen«, wisperte Ravaga und atmete tief ein. »Das ist köstlich.«

Ich stellte mich vor den Thron und betrachtete diesen eingehend. Als eine Vorstellung in meinem Kopf Gestalt annahm, trat ich mehrere Schritte zurück und beschwor meine Magie herauf.

Mit ausgestrecktem Arm rief ich nach der Erde, sodass diese die beigen Fliesen spaltete und ein Felsen in die Höhe wuchs. Laut krachend türmte sich immer mehr Gestein und Geröll auf, sodass es wie ein hohes Podest wirkte. An der Spitze stand der Thron und um diesen zu erreichen, formte ich mit meiner Macht eine Treppe aus hartem Stein.

Ich hatte lange auf den Moment gewartet, meinen Thron zu besteigen und endlich über Menam zu herrschen. Erfüllt von Zufriedenheit stieg ich mit einem siegreichen Lächeln die Stufen hinauf.

Meine Eltern hatten mich unterschätzt und geglaubt, sie wären fähig dazu gewesen, meine Magie zu bannen, indem sie mich von den Menschen fernhielten. Aber sie hatten sich getäuscht und dieser Irrtum wurde meinem Vater nun zum Verhängnis. Niemand könnte jemals wieder über mich gebieten oder sich über mich stellen.

Als ich den Thron erreichte, ließ ich mich darauf fallen und nahm die Krone zwischen meine Hände. Sie glänzte in einem besonders schönen Gold und hatte in jeder ihrer Zacken das Emblem des Landes Menam eingraviert.

Boshaft lachend setzte ich mir das Schmuckstück auf den Kopf und spürte, wie mich der Triumph überkam.

Ich habe es endlich geschafft. Das Königreich ist mein.

Noron platzierte sich hinter dem Podest, sodass ich im Augenwinkel seine Nüstern wahrnahm, aus denen eine Rauchwolke drang.

»Nutze die neu gewonnenen Seelen, um es zu beenden, Freyja«, wies Ravaga mich an.

Ich schloss die Augen und legte meine Arme auf die Lehne des Throns. Meine Finger umschlangen das polierte Holz und ich atmete tief ein. Ravaga hatte mir in den letzten Monaten beigebracht, meine wahre Kraft freizulassen, um nun das Land zu unterjochen und nie wieder zuzulassen, dass jemand meiner Herrschaft entkam.

Ein Druck bildete sich in meiner Brust, und mein dunkles Herz lachte erfreut über die Enthüllung meiner Macht. Finsternis umwaberte mich, als ich die Augen öffnete und spürte, wie alle Kerzen im Raum gelöscht wurden. Schatten formten sich zu tierischen Gestalten und umstellten das Podest.

Ich blies die gestaute Luft aus, als der Druck in meiner Brust nachließ und ein schwarzer Nebel explosionsartig den ganzen Raum füllte. Es wurde so finster um mich herum, dass ich nur Norons rot leuchtende Augen sehen konnte.

»Menam wird sterben«, verkündete ich in einem unheilvollen Tonfall.

Meine Stimme hallte im Saal wider und verbreitete sich über das ganze Land. Wie ein weit entfernter Laut drang sie zu jedem Dorf, jeder Stadt und jedem Lebewesen, das sich innerhalb von Menam bewegte. Ich spürte, wie meine Macht in jeden Winkel von Menam kroch und sich in die Herzen der ängstlichen Menschen schlich.

»›Schattentod‹ wird sich erheben. Wer sich nicht meiner Herrschaft beugt, wird den Tod finden.«

Der Mond warf einen weißen Schein auf mich herunter, sodass die rote Lache zu meinen Füßen schimmerte. Das Blut der Soldaten begann sich zu bewegen und kroch schlangenartig am Geröll empor, auf dem ich mit meinem Thron saß. Es wand sich um das Gestein und anstelle der Erde und der kleinen Steine, die ich zu großen Haufen geformt hatte, spiegelten sich all die Seelen wider, die ich mir genommen hatte. Sanft drückten sich Arme oder Gesichter gegen die Oberfläche, als wären sie im Inneren eines Körpers gefangen. Dabei gaben sie klagende Laute von sich, die wie Musik in meinen Ohren klangen.

Doch ich war mit Menam noch nicht fertig. Bevor die Leute fliehen konnten, erschuf ich eine unüberwindbare Nebelbarriere, die das ganze Land umrandete. Jeder, der es wagte zu fliehen, würde sterben und seine Seele in die Hände der Finsternis geben, die diese an mich weiterreichte. Denn je mehr Leben mir gehörten, desto mächtiger wurde ich.

Das Land würde nie wieder die Sonne aufgehen sehen, da ich das Licht verabscheute und eine ewige Nacht heraufbeschwor. Ich verbannte den Schlaf, um den Bewohnern von Schattentod die Träume zu nehmen. Einige der Seelen versklavte ich dazu, als Schatten in tierischer Gestalt durch die Wälder zu streifen, die meine Augen und Ohren sein sollten.

Für meinen Vater hatte ich eine ganz besondere Idee. Ich erschuf aus den Knochen der Soldaten einen Sarg, in den ich den König mit meiner Magie legte. Anschließend flog Noron diesen zu Ravagas Höhle, während ich einen Eingang kreierte, der in ein unterirdisches Labyrinth führte, das sich nach einer gewissen Zeit immer wieder verändern sollte. Nur ich kannte den richtigen Weg.

Am Ende des Irrgartens ließ ich den Sarg magisch in eine Kammer gleiten und versiegelte diese mit einem Bann, den nur eine stärkere Macht brechen konnte. Damit ließ ich meinen Vater auf ewig eingesperrt in der Dunkelheit, in der Erwartung, dass seine Seele qualvolles Leid ertragen musste.

Zufrieden mit meiner Arbeit kehrte ich zu meinem Schloss zurück, von wo aus ich bis in alle Ewigkeit mit Ravaga und Noron an meiner Seite über das Land regieren würde.

In den kommenden Jahrzehnten wagten die Menschen mehrfach den trostlosen Versuch, mich zu stürzen, was jedes Mal ihr Ende bedeutete. Niemand schaffte es, bis zu meinem Thronsaal zu dringen, da meine Schatten ihnen zuvorkamen.

Mit den Jahren waren die Bewohner aus dem Schloss und der Stadt geflüchtet, um sich zu retten. Menschen schlossen sich zu einem Widerstand zusammen, um sich gemeinsam gegen die Schatten zu behaupten. Diese scheuten das Licht, weshalb Feuer die einzige Waffe war, mit der die Bewohner überleben konnten.

Alle anderen, die vereinzelt oder gar hoffnungslos herumirrten, fielen meiner Dunkelheit zum Opfer.

Die Wälder, Steppen und Blumenwiesen vertrockneten und gingen unter dem fehlenden Licht ein. Staubige Felder, verdorrte Bäume und verlassene Städte gesellten sich zu der Asche der Toten.

DIE ERSTE VISION

Einhundert Jahre
nach der Machtergreifung …

»*Elena! Es … es ist ein Junge!*«, *rief Frederic freudig aus, als er sein*
Neugeborenes in Händen halten durfte.

Doch die Hebamme nahm es ihm im nächsten Moment wieder ab,
um das Kind zu waschen. »*Es ist nur für einen kleinen Augenblick,*
dann gebe ich ihn wieder zurück«, *meinte die Frau, die in den letzten*
Jahren eine gute Freundin der Bauernfamilie Meridiem geworden
war. »*Wie werdet ihr ihn nennen?*«

»*Lucien*«, *keuchte seine Gemahlin Elena, die noch von der Geburt*
geschwächt war. Auf ihrer Stirn glänzten Schweißperlen und ihre
Wangen glühten rot. Sie schloss erschöpft die Augen, doch auf ihren
Lippen lag noch immer ein glückliches Lächeln.

»*Ein schöner Name, Liebling*«, *gab Frederic stolz von sich und*
schaute der Hebamme dabei zu, wie sie das Kind in einer Schale säu-
berte.

Als sie gerade mit einem Tuch über die kleinen Arme des Jungen
fuhr, hielt sie mit geweiteten Augen inne. Wie erstarrt sah sie auf

das Kind hinab und drehte sich dann zu Frederic um. »Es ist …
es …«

Der Vater bekam sofort Panik, als er den Schreck der Hebamme
erkannte, und ging auf das Neugeborene zu. »Was ist mit ihm?«,
fragte er aufgebracht.

Selbst Elena horchte auf und sah zu ihnen hinüber. »Was hat mein
Kind?«

Frederic erblickte ebenfalls das weiß schimmernde Symbol auf dem
Handrücken von Lucien. Er wusste nicht, was das zu bedeuten hatte,
hoffte jedoch, dass es kein Fluchmal war, das manche Hexen auf un-
geborene Kinder aussprechen konnten.

Ob seine Frau mit dem Bösen in Kontakt gekommen war? Nur
wann? Und vor allen Dingen wo? Er hatte sie doch neun Monate
lang in seinem Haus gehütet, damit ihr und dem Kind nichts wider-
fuhr.

Wie konnte das nur passieren?

Voller Entsetzen nahm er der Hebamme das Kind aus den Armen
und starrte noch immer auf das weiße Mal an seiner Hand.

Die Hebamme zitterte am ganzen Leib, trocknete ihre Hände mit
einem Tuch ab und ging kurz im Zimmer auf und ab, bis ihr einfiel:
»Ich werde unseren Priester holen gehen. Vielleicht weiß er, was Lucien fehlt.«

»Denkst du, das ist eine gute Idee?«, meinte Frederic unsicher.
»Was ist, wenn er uns das Kind wegnehmen wird?«

Sie schüttelte den Kopf. »Ich werde nicht zulassen, dass ihr einem
bösen Fluch erliegen könntet.« Damit verschwand sie hektisch aus
dem Zimmer und verließ das Haus.

Frederic stand bebend neben seiner Frau, der Tränen die Wangen
hinunterrannen. »Er ist nicht verflucht«, schluchzte sie. »Niemals.«

Die Vision veränderte sich und plötzlich konnte ich den Jungen wieder sehen, der etwas älter geworden zu sein schien.

Lag die Geburt also bereits in der Vergangenheit und dies war nun die Gegenwart?

»Vater«, schluchzte Lucien, als Frederic mit gesenktem Blick vor der Tür seines Hauses stand und es nicht über sich brachte, Loucas dem Sechsten, Herrscher des Königreiches Greystone, in die Augen zu sehen. Der König hatte die Hand seines Sohnes ergriffen, der zitternd neben ihm blieb. »Ich will nicht mitgehen.«

»Du musst, Lucien«, erwiderte seine Mutter, die sich an ihren Mann geklammert hatte und an seiner Schulter weinte. »Du musst deiner Bestimmung folgen. Du bist die letzte Hoffnung für das verfluchte Land.«

Lucien weinte nur noch mehr. »Ich will aber kein Engel sein! Ich will bei euch bleiben. Ihr seid doch meine Familie.«

»Lucien!«, rief seine Schwester Lia, die aus dem Haus gestürmt kam, um ihrem Bruder in die Arme zu fallen. Sie hielten sich fest umschlungen, als wären sie beide unzertrennlich.

»Lia, bitte lass König Loucas mit Lucien ziehen. Es liegt nicht in unserer Hand, etwas zu ändern«, bat Frederic seine Tochter mit sanfter Stimme.

König Loucas hob gebieterisch das Haupt. Mit seinen grauen Augen sah er herablassend zu dem Engelskind, als wäre er von diesem rührseligen Abschied genervt. »Ich habe nicht ewig Zeit. Du wirst deine Familie eines Tages wiedersehen, aber das entscheide ich erst, wenn ich sehe, dass du Fortschritte machst. Ich verspreche es.«

Luciens Mutter ging zu seiner Schwester hinüber und entriss sie, wenn auch mit schwerem Herzen, seinen Armen. Beide Geschwister schrien laut auf, als ahnten sie, dass sie sich wohl nie wiedersehen würden.

Wer wusste schon, ob der König auch Wort hielt?

»Lia!«, rief Lucien, doch der König verabschiedete sich mit einem knappen Nicken.

Als er der Familie den Rücken zuwandte und ihr Kind mitnahm,
brach Luciens Mutter auf dem Boden zusammen. Sie gab sich laut
schreiend ihrer Trauer hin, das Gesicht in ihren Hände liegend.
Frederic schlang tröstend seine Arme um den zitternden Körper
seiner Gemahlin und vergoss ebenfalls Tränen des Kummers.

Erst als ich die Augen öffnete, bemerkte ich, dass ich geschlafen haben musste. Wie konnte das passieren? Und was war das für ein merkwürdiger Traum, den ich gehabt hatte? Hexen schliefen nicht. Niemand tat das in Schattentod. Dank meiner Magie brauchten sie das auch nicht, dennoch hatte ich es auf eine unerklärliche Weise getan. Also welche Macht wagte es, die meine zu beeinträchtigen? Etwa dieses Engelskind in meinen Träumen? Dieser Lucien aus Greystone? Doch er war nur ein unbedeutendes Kind.

Ravaga hatte mich einiges über die Engel gelehrt. Sie wachten im Himmel über die Menschen, während die Magier, die ihre Kräfte durch das Licht erhalten hatten, gegen die Dunkelheit ankämpften.

Vor sehr vielen Jahrhunderten hatte sich einmal ein Engel namens Azrael zu Zeiten der Hexenaufstände gezeigt. Damit war er der erste Engel, den ein Mensch jemals zu Gesicht bekommen hatte.

Ein Magier aus Alexandria schrieb ein Buch über diesen Seraph, der die Menschen vor den Aufständen schützen wollte. Da das Lichtwesen vom Himmel persönlich geschickt worden war, um die Magier zu unterstützen, lehrte dieser die Menschen Rituale und Zauber. Er brachte ihnen bei, wie man Schneefeuer entzündete, die nicht nur die Körper der Hexen verbrannten, sondern auch ihre Seelen. Der Engel gab ihnen hilfreiche Formeln und Riten, mit denen sie sich gegen das Böse wehren konnten.

Als es zur großen Schlacht kam, wurde Azrael allerdings von der Dunkelheit verzehrt. Durch sein Opfer schafften die Menschen es jedoch, zu siegen und den Krieg für sich zu gewinnen. Den Hexen wurde Einhalt geboten, womit die Aufstände beendet waren.

Danach gab es nie wieder auch nur ein Zeichen der Engel. Immer mal wieder geschahen einige Wunder, von denen man glaubte, dass diese durch den Himmel ausgelöst wurden, doch daran hielten bisher nur die Kirche und Gläubige fest.

Nun tauchte dieser Lucien auf, der angeblich das Kind eines Engels sein sollte. In den Aufzeichnungen über Azrael gab es eine Passage, in der geschrieben stand, der Engel habe behauptet, ihre Magie könne die Menschen auch beeinflussen, ohne dass sie davon etwas mitbekämen. Möglicherweise hatte die Mutter dieses Bastardkindes nicht bemerkt, von einem Engel verführt worden zu sein, oder sie hatte die Erinnerung daran verloren.

Verirrte Seelen, die in den letzten Wochen nach Schattentod gefunden hatten und ein Opfer meiner Macht geworden waren, hinterließen Bruchstücke ihrer Erinnerungen, sodass ich unverständliche Andeutungen über einen Engel vernahm, mir aber nie einen Reim darauf machen konnte. Durch die Vision, die ich nun erhalten hatte, konnte ich mir endlich erklären, welcher Engel damit gemeint war.

Die Menschen außerhalb meines Landes sahen dieses Kind als eine Art Segen des Himmels an und schienen es trotz seiner Andersartigkeit zu akzeptieren.

»Was ist los, Freyja?«, hörte ich plötzlich Ravaga im Raum sagen.

Ich blickte zu ihr hinab und erhob mich vom Thron, um mit meinen Schwingen hinunterzufliegen. »Ich träumte«, antwortete ich und zog die Augenbrauen zusammen. »Jemand beeinflusst meine Kräfte.«

Ravaga nickte, als verstünde sie, was ich meinte. »Es gibt nur eine Macht, die zu so etwas fähig ist«, erklärte sie verheißungsvoll. »Der Himmel hat einen Feind auf die Erde gesandt, der für deine Kräfte eine ernsthafte Bedrohung werden könnte.«

Ich zischte missbilligend. »Es ist ein Mischwesen. Eine Menschenfrau hat es auf die Welt gebracht. Soll ich mich etwa vor einem Halbwesen fürchten?«

»Nimm das Licht der Engel ernst, Freyja. Wir wissen nicht, wie mächtig er ist.« In ihrer Stimme lag Sorge, was ich von Ravaga überhaupt nicht gewohnt war. Fürchtete sie etwa dieses Kind?

Hundert Jahre hatte niemand meine Macht bedroht und das würde für die nächsten auch so bleiben.

Ich wandte ihr den Rücken zu und hob mich in die Lüfte, um durch die offene Decke zu fliegen, die damals Noron zerstört hatte, als wir das Königreich übernahmen.

Nichts außer Spinnweben, Staub und Schlingpflanzen, die sich durch die Fassaden fraßen, hatte sich hier verändert. In dem mittlerweile teils in sich zerfallenen Schloss fühlte ich mich mit all seiner Stille und Leere am wohlsten.

DAS ENGELSKIND

Lucien

Sieben Jahre später ...

»Los, greif mich noch mal an!«, befahl mir Owen, mein Lehrmeister, der von König Loucas beauftragt worden war, mich das Kämpfen zu lehren.

Ich hob mein Schwert, das noch immer viel zu schwer in meinen Händen wog. Entschlossen, dieses Mal die scharfe Klinge länger halten zu können, stürmte ich auf ihn zu. Doch kaum kreuzten sich unsere Waffen, wurde ich zurückgeschleudert, verlor das Gleichgewicht und fiel schmerzhaft auf mein Hinterteil.

Enttäuscht und wütend zugleich sah Owen mit seinen grünen Augen zu mir herab. »Schwach, Lucien. Wir sind nicht einmal eine halbe Stunde hier und schon fängst du an, aufzugeben.« Er umkreiste mich wie ein Adler seine Beute. »Los, aufstehen und dann versuchen wir es noch einmal.«

Vorher hatte ich immer ein Holzschwert in der Hand gehalten, aber diese neue Klinge brachte meine Arme zum Beben. Da ich nur in Anwesenheit des Großmeisters Cartis Magie anwenden durfte, musste ich nun ohne auskommen.

Doch ohne sie würde ich es niemals schaffen, mich gegen Owen zu behaupten. Dafür war ich noch viel zu schwach und unerfahren.

Mein Lehrmeister war ein groß gewachsener Mann mit langen braunen Haaren, die er immer zu einem Zopf zusammenband. Um seinen Mund wuchs ein leichter Bart und an der rechten Braue prangte eine schillernde Narbe. Außerdem gehörte er zu den besten Kämpfern Greystones.

»Es ist zu schwer«, beteuerte ich keuchend. »Warum darf ich nicht meine Magie anwenden? Dann könnte ich auch mein Schwert tragen.«

Owen schüttelte den Kopf. »Nein. Du sollst lernen, dich auch ohne Magie zu verteidigen.«

»Aber ...«, wollte ich protestieren, doch Owen unterbrach mich sofort wieder.

»Keine Widerrede, Lucien!«, entgegnete er in einem strengen Tonfall. »Los, greif mich an.«

Ich holte tief Luft, versuchte erneut mein Schwert aufrecht zu halten und lief auf ihn zu. Den ersten Hieben konnte ich standhalten, doch dann versagte meine Kraft, und die Spitze der Klinge sauste wieder zu Boden.

Schweiß trat auf meine Stirn und meine Brust hob und senkte sich schwer.

Owen gab noch immer nicht auf. »Ich verstehe das, Lucien. In deinem Alter habe ich nicht anders mein Schwert benutzt, aber du musst lernen, dich durch diesen Schmerz zu beißen. Nur mit viel Übung und Krafttraining kann ich aus dir einen hervorragenden Kämpfer machen.«

Ich fiel auf die Knie, hielt mich jedoch noch am Griff fest, während die Spitze im trockenen Erdboden steckte. »Wozu das alles?«

Als der König mich damals vor sieben Jahren meiner Familie entriss und mir auf seinem Schloss ein neues Zuhause gab, hatte er erklärt, dass mir ein wichtiges Schicksal bevorstünde. Inzwischen war ich zwölf Jahre alt und wurde tagtäglich für eine Aufgabe ausgebildet, der ich mich noch ganz und gar nicht gewachsen fühlte.

Vor hundert Jahren hatte eine dunkle und mächtige Hexe das Königreich Menam übernommen, das heute als Schattentod bekannt war. Ihre Macht beeinflusste viele der angrenzenden Länder. Menam lag inmitten der anderen Königreiche, und früher führten viele Handelsrouten hindurch.

Als die Nebelbarriere entstand, waren nicht nur unzählige Waren verschwunden, sondern auch Menschen und Reichtümer. Selbst als man Brieftauben losschickte, um diese über die Barriere fliegen zu lassen, kamen sie niemals an ihrem Zielort an. Schattentod war also den Ländern ein Dorn im Auge und eine Bedrohung für alle.

Mit meiner Geburt und dem Engelsmal an meiner Hand erkannten die Menschen, dass ich offensichtlich ein Halbwesen war. Meine Mutter konnte sich nicht erklären, wie all das geschehen war, da sie niemals einen Engel zu Gesicht bekommen hatte.

Durch das Buch, in dem viele Einzelheiten über den Seraph Azrael standen, fand man auch das Zeichen der Engel, das nun an meinem Handgelenk prangte.

Meine erste Kraft hatte ich mit fünf Jahren gespürt, als plötzlich weißes Licht in meiner Handfläche glimmte. Danach fügte sich eine Fähigkeit nach der anderen, und durch Cartis, der als Magier wusste, wie man Magie kontrollierte, konnte ich meine Kräfte inzwischen viel gezielter einsetzen. /   /

70

»Du wirst Menam von seinem Elend befreien, Lucien. Alle Welt zählt auf dich. Und nun komm«, forderte er mich auf. »Der Tag ist noch jung.«

Ich gab einen erschöpften Laut von mir und erhob mich, wenn auch wackelig.

Gegen Abend hatte ich Unterricht bei meiner Ziehmutter Anna, die nebenbei die jüngste Schwester des Königs war. Sie lehrte mich den Umgang mit dem Adel und wie man sich am königlichen Hof zu benehmen hatte. Oftmals begleitete sie meinen Unterricht, wodurch ich Schreiben und Lesen sowie vieles über die Geschichte unserer Welt lernte.

Doch ganz gleich, was mir auf dem Herzen lag, Anna war immer für mich da. Selbst als mich in den ersten Monaten das Heimweh quälte und ich mich geweigert hatte, den Befehlen des Königs zu gehorchen, war sie meine tröstende Schulter gewesen.

»Wann darf ich eigentlich wieder zu meinen Eltern, Anna?«, fragte ich, während ich irgendwelche Schriften über höfische Gesten abschreiben musste, um mir die Sätze besser einzuprägen.

Sie saß am Fenster und schaute auf den Innenhof hinaus. Ihr langes schwarzes Haar hatte sie zu einem seitlichen Zopf geflochten und trug heute ein Kleid aus Samt in ihrer Lieblingsfarbe Rot. »Oh, verzeih, Lucien. Ich habe vergessen, dir Bescheid zu geben. Morgen steht eine Kutsche bereit, die uns ins Dorf fährt. Louc kommt ebenfalls mit.«

Ein Lächeln breitete sich in meinem Gesicht aus. Ich hatte meine Eltern seit einigen Monaten nicht mehr gesehen. Der König erlaubte es mir, wenn ich gute Fortschritte machte, meine Familie ab und an zu besuchen. Anna und der Sohn des Königs begleiteten mich meistens. »Ich freue mich!«

Anna hob ihren Mundwinkel und deutete mit der Hand auf das Papier vor mir. »So und jetzt streng dich noch einmal an, damit sich der morgige Tag auch lohnt.«

Eifrig nickte ich und schnappte mir wieder meine Feder, die ich unbewusst neben mich gelegt hatte.

Obwohl ich mich vor Freude kaum auf mein Geschriebenes konzentrieren konnte, gab ich mir dennoch alle Mühe, meine Aufgabe ordentlich zu verrichten.

Am nächsten Tag weckte mich Anna in den frühen Morgenstunden. Ich wurde von einem Kammerdiener angezogen und verschwand anschließend mit ihr auf den Vorhof, auf dem bereits die Kutsche wartete.

Aufgeregt lief ich die Treppen hinab und wollte gerade einsteigen, als Louc nach mir rief. »He, Lu!«

Loucs vollständiger Name war eigentlich Loucas Adrian Robert der Siebte, einziger Sohn des Königs und damit Thronfolger. »Du wirst ja wohl nicht ohne mich losfahren.«

»Wir sitzen auch noch nicht in der Kutsche, Louc«, entgegnete Anna, die dabei die Augen verdrehte.

Der Prinz sah seinem Vater sehr ähnlich. Mit den grauen Augen und dem honigblonden Haar war er eine jüngere Version des Königs – zumindest konnte ich das anhand der Gemälde in der Galerie beurteilen. »Ach, das war doch nur so dahergesagt, Tante Anna.«

Sie begutachtete Louc mit einem strengen Blick. »Und was hatten wir über das ›Dahersagen‹ besprochen?«

Louc rümpfte nur die Nase und legte dann einen Arm freundschaftlich um meine Schulter. »Hat Owen dir wieder den Hintern versohlt? Habe gehört, dein Training lief nicht so gut«, flüsterte er, sodass nur ich es verstehen konnte.

Obwohl Louc immer versuchte, besser als ich dazustehen, meinte er es im Grunde nur gut. Seit ich hier am Hofe war, hatten wir oft zusammen die Zeit verbracht und waren seitdem gute Freunde geworden. Anna meinte, dass Louc mich als seinen Bruder betrachtete, den er nie gehabt hatte.

Beschämt schaute ich zu Boden und mir fiel es schwer, zuzugeben, dass ich gestern bei Owen versagt hatte. »Mir fehlte die Kraft, um das Schwert zu halten.«

Louc lachte frech und stieg mit mir in die Kutsche. »Vielleicht sollte ich Owen fragen, ob ich beim Training dabei sein darf. Dann kann ich dir ja mal zeigen, wie es richtig geht.«

Immer glaubte er, der Beste von allen zu sein, dabei machte Louc genauso viele Fehler wie ich. Anna riet mir oft, über Loucs Angebereien einfach hinwegzusehen, da er diese von seinem Vater habe. Eine Mutter hatte er nicht mehr, da die Königin bei seiner Geburt verstorben war.

Anna stieg in die Kutsche und die Tür wurde geschlossen. »Louc, Schluss jetzt. Lass Lucien in Ruhe. Er hat gestern einen anstrengenden Tag gehabt.«

Er schwieg, ich ebenfalls.

Als die Kutsche losfuhr, wendete ich meinen Blick nach draußen und sah zu, wie wir das Schloss hinter uns ließen und uns in die Richtung meines Dorfes aufmachten.

Mit der Kutsche dauerte es nur eineinhalb Tage, bis wir bei meinen Eltern ankamen. Als wir an unserem Haus haltmachten, entdeckte ich bereits meine Mutter, die in der Tür stand und mir freudig zuwinkte.

Voller Aufregung wartete ich darauf, bis der Kutscher die Tür öffnete und ich hinausspringen konnte. Beinahe wäre ich über die zwei Stufen gestolpert, doch ich fing mich im letzten Moment auf. Mit Freudentränen in den Augen warf ich mich in die Arme meiner Mutter, die mich beherzt an sich drückte. »Hallo, mein Junge!«, rief sie erfreut und schluchzte in meine Schulter. »Schön, dass du wieder da bist.«

»Lu!«, kreischte eine mir bekannte Stimme, die ich sofort wiedererkannte.

Augenblicklich ließ ich von meiner Mutter ab und wandte mich dem Mädchen mit den blonden Zöpfen zu, das freudestrahlend auf mich zu gerannt kam. »Lia!«

Ich lief ihr ebenfalls entgegen und als wir uns in der Mitte trafen, nahmen wir uns fest in den Arm. »Ich bin wieder da, kleine Schwester.«

»Das ist so schön«, jauchzte sie an meiner Schulter. »Wie lange werdet ihr hier sein?«

Mein Lächeln verging. »Nur ein paar Tage, dann muss ich wieder zurück ins Schloss.«

Sie vergrub den Kopf an meiner Schulter. »Wann wirst du bleiben? Ich meine, für immer?«

Wenn ich das wüsste. Der König hatte mir eine Aufgabe gegeben und die restlichen vier Lande zählten auf meine Fähigkeiten als Engel. Wenngleich es mir Angst bereitete, mich irgendwann einer Hexe entgegenzustellen, um dieser die Stirn zu bieten, wusste ich im Inneren, ich musste es tun.

Anna erzählte mir oft, dass die Menschen solche Angst vor der Barriere hatten und die Kirche daran festhielt, eines Tages von der Macht der Hexe verschlungen zu werden. Bevor das geschähe, musste jemand ihr Einhalt gebieten, und anscheinend konnte nur ich dies tun.

Lia und ich lösten uns voneinander und gingen gemeinsam zum Haus zurück. Meine Mutter verneigte sich vor Anna und dem Prinzen, bevor sie die beiden ins Haus bat.

Vater kam ebenfalls die Treppe herunter und begrüßte mich herzlich. Obwohl er nicht mit mir blutsverwandt zu sein schien, war er dennoch in meinen Augen mein richtiger Vater. Er gab mir die Liebe, die der König mir niemals schenken könnte, auch wenn ich öfter im Schloss lebte als hier auf dem Hof meiner Eltern.

Die Erwachsenen unterhielten sich, während Lia, Louc und ich draußen übers Feld gingen.

Ich merkte schnell, dass der Prinz unheimlich gerne vor meiner Schwester mit seiner Stärke angab und ihr davon erzählte, wie gut er bereits mit dem Schwert kämpfte. Lia war davon leider auch noch unglaublich beeindruckt, sodass ich ein wenig in den Hintergrund rückte.

Ich konnte nur die Augen verdrehen und ihrem Gespräch lauschen. Nach einer Weile rief meine Mutter nach Lia, sodass diese zurück zum Haus eilte und ich mit Louc allein war.

Er schlug mir freundschaftlich mit der Hand gegen den Oberarm. »Hey, Lu, ich habe eine geniale Idee.«

Überrascht hob ich die Augenbrauen und blieb neben einer Eiche stehen. »Welche?«

»Lass uns zur Nebelbarriere gehen«, meinte er aufgeregt.

Mir lief ein Schauer über den Rücken. »Bist du verrückt?«, flüsterte ich, aus Angst, jemand könnte unser Gespräch mitkriegen.

Doch Louc schien Feuer und Flamme für diese Idee zu sein. Er stupste mich mit dem Ellenbogen erneut an. »Das wäre die perfekte Mutprobe. Wir gehen nur hin, stellen uns davor und rennen anschließend zurück.«

Ich schüttelte entsetzt den Kopf. »Nein! Das ist verboten!«

»Sie werden nichts merken. Wir sagen, dass wir in den Wald gehen, um ein wenig mit dem Schwert zu trainieren, und stehlen uns gleich darauf davon.«

»Anna wird das herausfinden und dann kriegen wir richtig Ärger«, argumentierte ich wütend.

Louc kräuselte die Lippen und verschränkte beleidigt die Arme vor der Brust. »Ach, du bist so ein Angsthase, Lucien.«

Was fiel ihm ein? Ich war kein Angsthase! Verärgert ballte ich eine Hand zur Faust. »Bin ich nicht!«

Louc wandte sich wieder zu mir. »Beweise es! Wie willst du der Hexe die Stirn bieten, wenn du dich noch nicht einmal an ihre Barriere herantraust.«

»Das werde ich, aber erst, wenn dein Vater mir den Befehl erteilt.« Meine Stimme bebte vor Wut. Louc stellte mich so dar, als könnte ich mich niemals gegen die Hexe behaupten. Dabei war ich auf dem besten Weg, dieses Ziel eines Tages zu erreichen. Zumindest hoffte ich das.

»Beweise es jetzt!«, hielt er dagegen.

Ich hatte es satt, dass er mich ständig dastehen ließ, als wäre ich ein Nichtsnutz und nicht in der Lage, eine königliche Aufgabe zu erfüllen. Anscheinend musste ich ihm endlich das Gegenteil beweisen, damit ich seine Anerkennung erhielt.

»Also gut!«, entfloh es mir. Louc sollte endlich einsehen, dass ich für diese Aufgabe bestimmt war. »Wir tun's!«

Der Prinz riss überrascht die Augen auf und packte mich erfreut an den Schultern. »Wirklich? Dann werde ich mich darum kümmern, dass Anna und die anderen nichts davon mitbekommen.« Er legte einen Arm um meine Schulter und grinste mich an. »Ich bin schon sehr gespannt, wie die Nebelbarriere aussieht.«

Obwohl ich Louc einerseits meinen Mut beweisen wollte, spürte ich, wie sich in mir ein schlechtes Gewissen ausbreitete. Wenn irgendjemand mitbekam, was wir vorhatten, würde es Ärger geben.

Dennoch war der Gedanke, Louc meine Fähigkeiten zu beweisen, stärker. Ich würde zu gerne sein Gesicht sehen, wenn wir vor der Nebelbarriere standen und er zuerst Angst bekäme. Dann wäre ich der Mutigere von uns.

Wir kehrten zum Haus zurück, um uns auf den morgigen Tag vorzubereiten.

Als die Sonne am Horizont aufging, frühstückte ich gemeinsam mit meiner Familie am Tisch. Louc und Anna schliefen in einem Zelt, das die Soldaten in der Nähe des Bauernhauses aufgestellt hatten. In unserem Dorf gab es keine Gaststätte und in dem Haus meiner Eltern war kein Platz für zwei weitere Personen. Wenn wir auf Reisen waren, mussten wir meistens ein Nachtlager aufschlagen, in dem wir übernachteten, und hatten daher ohnehin das Zelt dabei.

Als ich aus dem Haus trat, kam gerade Louc mit zwei Holzschwertern auf mich zugelaufen, wovon er mir eines in die Hand drückte. »Auf geht's, Lu!«, rief er und zwinkerte mir zu, als wollte er mir damit sagen, dass er alles geregelt hatte und wir nun so tun sollten, als würden wir auf der Lichtung in der Nähe trainieren.

Mit einem mulmigen Gefühl im Bauch folgte ich Lucien in den Wald.

Als wir aus den Augen der anderen verschwanden, wechselte der Prinz die Richtung. »Komm, hier entlang!«

Mit einem frechen Grinsen im Gesicht begann er zu laufen. »Wenn wir rennen, sind wir schneller da und auch wieder zurück. Also leg dich ins Zeug«, feuerte er mich an.

Ich seufzte schwer, versuchte jedoch, mit seiner Geschwindigkeit mitzuhalten.

Anfangs kamen wir recht weit, doch nach einer Weile ging uns beiden die Puste aus und wir trabten nur noch ab und an.

Als die Sonne am höchsten stand, erreichten wir die Nebelbarriere, die wir von einem Hügel aus beobachteten. Sie ragte schier endlos in den Himmel und verschmolz mit dem Blau.

Das schmutzige Grau, das der Farbe einer Gewitterwolke ähnelte, war so dicht, dass man nicht hindurchsehen konnte.

Ihr Anblick verpasste mir eine Gänsehaut und ich wollte nicht glauben, dass wir wirklich hierhergekommen waren. Und all das nur, um uns zu beweisen? Was geschah, wenn die Hexe plötzlich heraustrat, um uns zu töten? Niemand in diesem Land näherte sich freiwillig der Barriere.

Mein schlechtes Gewissen wurde immer größer, doch Louc schien das ganz anders zu sehen. »Wow! Sieh dir das an, Lu! Sie ist wirklich genauso furchterregend wie in den Geschichten.«

Nervosität erfasste mich und meine Hände wurden ganz feucht. »Und du hältst das noch immer für eine gute Idee?«

Louc nickte. »Wieso? Hast du Angst?«

So etwas würde ich niemals vor ihm zugeben. »Natürlich nicht!«

Er schubste mich. »Wer als Erster unten ist!«, rief er und rannte los.

Um die Wette nicht zu verlieren und mir damit eine weitere Blöße vor dem Prinzen zu geben, lief ich ihm hinterher.

Wir kamen beinahe zeitgleich an der Barriere an, die aus der Nähe wie ein grauer, düsterer Rauch erschien. Die Schwaden bewegten sich darin und die Schauermärchen über diesen Ort kamen mir wieder in den Sinn.

»Wenn man hineintritt, kommt man nie wieder heraus, weil man dann stirbt und die Seele der Hexe gehört«, erklärte Louc, dessen Worte mir eine Gänsehaut bescherten.

Mein Herz schlug wild in der Brust und je länger ich davorstand, desto größer wurde meine Angst. Ich schluckte schwer. »Aha«, gab ich von mir. »Stimmt das?«

Louc lachte. »Keine Ahnung. Probieren wir es aus, oder?«

»Was?«, entfuhr es mir entgeistert. »Auf keinen Fall! Ich gehe da nicht rein!«

Er verdrehte die Augen. »Du sollst ja auch nicht reingehen, sondern sie nur mit deiner Hand berühren. Du bist doch der besondere Engel. Dir kann gar nichts passieren.«

Mein ganzer Körper zitterte und ich trat einen Schritt zurück. Wie konnte er sich da so sicher sein? »Nein, ich mache das nicht.«

»Jetzt komm schon!«, drängte Louc, doch ich schüttelte nur den Kopf.

Er packte meinen Arm und zerrte mich in die Richtung der Barriere. Panisch versuchte ich mich von ihm zu lösen, aber sein Griff war stark.

»Louc, lass mich los!«, schrie ich angsterfüllt.

Gerade als wir nur eine Handbreit vom Nebel entfernt waren, wirbelte mich Louc kraftvoll herum und ließ mich dann los. Während ich stolperte, entfloh mir ein panischer Schrei und ich merkte, dass ich durch die Nebelbarriere fiel.

Das Letzte, was ich sah, bevor sich meine Sicht in graue Rauchschwaden verwandelte, waren Loucs schreckgeweitete Augen und seine ausgestreckten Arme, als wollte er wieder nach mir greifen.

»Lucien!«, kreischte jemand, bevor mein Hintern hart auf dem Boden landete und um mich herum dichter Nebel meinen Körper umhüllte.

Die Angst nahm so sehr von mir Besitz, dass ich mich im ersten Moment nicht traute, mich zu bewegen.

»Was hast du getan?!«, brüllte eine mir bekannte Stimme, die allerdings nur sehr dumpf zu mir drang. Anna?

»I-ich wollte nur …«, stammelte Louc furchtsam. »Oh Gott! Es tut mir leid, Tante Anna!«

»Lucien!«, rief sie erneut nach mir. »Sag doch bitte etwas.«

»Anna?«, fand ich endlich wieder meine Worte, während mein ganzer Körper dabei bebte.

»Lucien? Geht es dir gut?«, wollte sie in all ihrer Panik wissen.

Ich blickte an mir herab und merkte, dass mich eine Art weißer Schimmer wie eine zweite Haut umgab. Diese verhinderte es, dass ich den Nebel berührte, der zum Teil sogar von mir wich.

Wie war das möglich? Hatte ich das meinen Engelsfähigkeiten zu verdanken?

Der Schutz nahm mir ein wenig die Angst, sodass ich mich vom Boden erhob und probend meinen Arm auf und ab bewegte. Der Nebel wurde jedes Mal durch den weißen Schimmer zurückgedrängt, ganz gleich, wie hastig meine Bewegung auch war.

Obwohl mir das Herz bis zum Hals schlug, wagte ich den Versuch und trat in Richtung Anna und Louc. Mir spukten die Gerüchte um die Nebelbarriere im Kopf herum und ich fürchtete mich davor, diese zu verlassen.

Wie ein Feigling legte ich die Arme um mich und kniff die Augen zusammen. »Ich habe Angst, Anna.« Dann schaute ich an mir herab und fuhr über meine Unterarme. »Da ist so ein Schimmer auf meiner Haut.«

»Lu, vielleicht sind das deine Fähigkeiten!«, meinte Anna hoffnungsvoll. »Wenn du ein Engel bist, wäre es doch möglich, dass die Barriere dir nichts anhaben kann.«

Meine Fähigkeiten und Annas Worte machten mir tatsächlich Mut, sodass ich einfach die Augen schloss und nach draußen trat.

Wie erstarrt blieb ich stehen und wartete auf den Moment, in dem der Fluch von mir Besitz nahm und die Barriere ihren Tribut forderte. Doch nichts dergleichen geschah.

Stattdessen schlossen sich mir vertraute Arme sanft um mich. »Oh, Lucien!«, schluchzte Anna und legte ihren Kopf auf meinen. »Dir geht es gut.«

Ich riss die Lider auf und sah zu ihr hoch. »W-was machst du hier?«, stammelte ich.

Ihre Wangen waren feucht und in ihren Augen schimmerten Tränen. »Ihr wart nicht auf der Lichtung gewesen und dann haben wir überall nach euch gesucht. Lia hat zum Glück gesehen, wie ihr beide Richtung Nebelbarriere gerannt seid. Wir wären schneller da gewesen, doch Lia hat sich anfangs nichts dabei gedacht, als ihr davongelaufen seid. Zum Glück hatten wir Pferde und konnten so rasch hier sein.«

In diesem Moment überkam mich eine so große Erleichterung, dass ich mich in Annas Arme fallen ließ und ebenfalls Tränen der Erleichterung vergoss.

Ich hatte es überlebt!

»Es tut mir leid, Lu«, hörte ich den Prinzen neben mir schluchzen. »Das war keine Absicht.«

»Du hältst jetzt den Mund, Loucas!«, fauchte seine Tante. »Das, was du getan hast, war unverantwortlich! Lucien hätte sterben können. Wir wissen alle, wie gefährlich diese Nebelbarriere ist. Was habt ihr euch nur dabei gedacht?«

Mir war bewusst gewesen, dass es Ärger geben würde, doch das war mir in diesem Moment gleich.

Für mich zählte nur ein Gedanke: Ich lebte.

Mit einem tiefen Atemzug löste ich mich von Anna und entdeckte einige Soldaten auf Pferden, mit denen sie uns wohl gefolgt war.

»Mach so etwas nie wieder, hörst du?«, bat Anna mich besorgt und ich nickte nur.

Diesen Tag würde ich nicht mehr so schnell vergessen. Auch wenn die Nebelbarriere mir nichts anzuhaben schien, war es dennoch ein hohes Risiko gewesen, das Louc und ich eingegangen waren. Das wurde mir erst in diesem Moment wirklich bewusst.

Ich hätte sterben können. Ich hätte verdammt noch mal sterben können.

ENGELSERWACHEN

Lucien

Sechs Jahre später …

»… wirst du mir in all deiner Heiligkeit den Weg weisen und mögen die Engel über mich wachen«, sprach ich mein Gebet zu Ende, als ich vor dem Altar kniete und zwischen meinen Händen eine Kette mit einem Kreuz hielt. »Amen.«

Ich erhob mich und schaute zu dem bunten Fensterglas hoch, auf dem Gott dargestellt wurde. Priester Artis lehrte mich, meinen Glauben zu stärken und darauf zu hoffen, eines Tages von den Engeln erhört zu werden. Er war der Meinung, dass ich durch meine Abstammung mit ihnen verbunden war und sie ein Auge auf mich werfen würden. Immerhin hatten sie mich aus einem bestimmten Grund in diese Welt gesetzt.

Mit den Jahren hatte sich meine Entschlossenheit, meine Aufgabe als Halbwesen zu erfüllen, gefestigt. Die Menschen sahen zu mir auf, glaubten daran, dass ich das Böse in Menam besiegen würde, um den Frieden über die fünf Lande zurückzubringen.

Ich kehrte dem Altar den Rücken zu und legte mir die Gebetskette um den Hals. Anna hatte sie mir geschenkt, als ich sechzehn Jahre alt geworden war. Heute war ich zwei Jahre älter und ich fühlte mich immer mehr meiner Aufgabe gewachsen.

Gedankenversunken trat ich aus der Kirche und lief über den großen Platz, um zum Schloss zurückzukehren. Als ich am Markt vorbeiging, grüßten mich einige der Menschen, die mich wiedererkannten.

An meinem sechzehnten Geburtstag hatte der König mich dem Volk vorgestellt und die Kunde verbreiten lassen, dass ich der Engel sei, der die Hexe besiegen und Frieden über alle Länder bringen würde. Dadurch betrachteten mich die Menschen wie eine Art Heiligen, für den ich mich selbst allerdings nicht hielt.

Ich wollte einfach nur das Böse bekämpfen, auch wenn ich diesem noch nie wirklich begegnet war. In den Büchern, die ich in der Bibliothek studierte, konnte ich einiges über die Dunkelheit in Erfahrung bringen, jedoch nicht alles. Die Finsternis war genauso sehr ein Rätsel wie die Zurückhaltung der Engel.

Oft hatte ich mir schon die Frage gestellt, weshalb sie lieber ein Mischwesen erschufen, anstatt jemanden ihresgleichen hinunterzuschicken, um die Bedrohung aufzuhalten.

Aber das würde ich wohl nie beantwortet bekommen. Schließlich war es eindeutig, dass die Engel die Menschenwelt zu meiden versuchten – aus welchen Gründen auch immer.

Neben Informationen über den Himmel und die Hölle studierte ich zudem Aufzeichnungen über die Königsfamilie aus Menam. Ich erfuhr, dass Freyja, die Hexe und Herrscherin von

Schattentod, durch eine dunkle Macht verflucht worden war und somit zu einem bösartigen Wesen heranwuchs. Sie zeigte bereits in frühen Jahren Anzeichen für ihre Grausamkeit, als sie einige Adelskinder mit Dornenranken tötete. Vermutlich war es für ihre Eltern ein entsetzliches Schicksal gewesen, mit anzusehen, wie die eigene Tochter zu einem Monster wurde. Und all das nur wegen der Hölle und einer weiteren Hexe, die einen Pakt mit dem Teufel eingegangen war.

So traurig diese Geschichte auch klingen mochte, Freyja musste vernichtet werden. Ihre Macht wuchs mit jeder Seele, die sie verschlang, und in weiteren hundert Jahren könnte sie bereits so viele gesammelt haben, dass sie die restlichen Länder ebenfalls einnahm.

Als ich am Schloss ankam und die Wachen für mich das Tor öffneten, lief ich zur Eingangshalle, in der mich mein Lehrmeister Owen abfing. »Oh, Lucien!« Ich drehte meinen Kopf zu ihm. »Cartis hat nach dir gesucht. Du müsstest ihn im Rosengarten finden.«

Überrascht über den Besuch des Großmeisters nickte ich Owen zu und machte mich sofort auf den Weg zum genannten Ort, der gleich hinter dem Schloss lag.

Zwischen hohen Hecken und prachtvollen Blüten ging ich den weißen Kiesweg entlang, bis ich zu der Bank kam, auf der ich Cartis sitzen sah. Er trug eine weiße Robe, an deren Brust das Wahrzeichen des Magierordens Alexandria prangte.

»Cartis«, begrüßte ich ihn mit einem Lächeln auf den Lippen.

Der alte Mann erhob sich und nahm mich brüderlich in den Arm. »Dann hat Owen dich wohl gefunden«, meinte er und ließ wieder von mir ab, um sich zu setzen.

»Ja, hat er.« Ich nahm neben ihm Platz. »Was gibt es?«

Nervös fuhr er sich über die grauen Haare und sah mich unsicher an. »Sag mal, hast du in den letzten Jahren irgendwie …
nun ja, ein Glied an deinem Rücken gespürt?«

Ich hob verwirrt eine Braue. »Ein … *Glied*?«

»Oder einen Muskel oder etwas in der Art?«

Ich schüttelte den Kopf. »Nein, nicht dass ich wüsste. Wieso
fragst du?«

Er rieb sich nachdenklich übers Kinn. »An deinem Rücken
ist ein merkwürdiges Licht, das ich nicht ganz einordnen
kann.«

»Wie sieht es denn aus?«, wollte ich wissen und blickte über
meine Schulter.

Cartis hatte mir einmal erklärt, dass nur mächtige Wesen, die
über starke Magie verfügten, Licht erkennen könnten. Der
Großmeister mochte zwar weise und erfahren sein, aber selbst
er gehörte nicht zu den mächtigsten Magiern des Landes.

Sogar ich war nicht fähig, meinen eigenen Lichtschimmer,
den andere Magiewesen offensichtlich sehen konnten, zu erkennen. Deshalb zweifelte ich manchmal an meiner so großen
Macht, über die ich verfügen sollte. Meine Fähigkeiten waren
tödlich, besonders für die Finsternis, doch waren sie auch
stark genug, diese zu bezwingen?

Er erhob sich und betrachtete meinen Rücken inständig.
»Wie zwei kleine Höcker, als würde aus deinem Rücken etwas
wachsen.«

Ich grinste breit. »Du denkst doch wohl nicht, dass ich Flügel
besitze, oder?«

»Sollte das der Fall sein, dann gehörst du eindeutig zu einer
hohen Engelsgruppe. Denn nur die Seraphim und Erzengel
verfügen über Flügel«, erklärte er mir.

»Aber wären diese nicht bereits gewachsen? Schließlich bin
ich schon achtzehn Jahre alt und sie hatten genug Zeit gehabt,

aus meinem Rücken zu sprießen. Findest du nicht?«, stellte ich seine Theorie infrage.

Cartis seufzte schwer. »Das ist auch wieder wahr.«

Ich erhob mich und klopfte ihm brüderlich auf die Schulter. »Mach dir keinen Kopf. Ich bekämpfe eine Hexe auch ohne Flügel.«

Er presste die Lippen aufeinander. »Ja, dennoch wäre es vorteilhaft, welche zu besitzen.«

Gerade als ich etwas sagen wollte, rief jemand meinen Namen. »Lu!«, ertönte die Stimme von Louc, der durch den Garten gelaufen kam. »Hast du einen Moment?«

Seit dem damaligen Vorfall mit der Nebelbarriere hatte sich Louc verändert. Er hatte begonnen, mich zu respektieren, und sich das, was er mir vor sechs Jahren angetan hatte, nie wirklich vergeben. Er zeigte es nicht, aber ich konnte es deutlich in seinen Augen sehen.

Loucas war etwas größer und breitschultriger als ich, sein Haar goldblond wie das seines Vaters einst. Seine grauen Augen glichen der Farbe einer dichten Wolkendecke.

Cartis wandte sich zum Prinzen. »Ich lasse euch allein.« Damit verschwand er und ich blieb mit Louc zurück.

In seinen Augen spiegelte sich Angst wider. »Vater geht es schlechter seit gestern.«

Bedauern überkam mich. Der König fühlte sich seit beinahe einer Woche gesundheitlich schlecht. Die besten Ärzte kümmerten sich um ihn und selbst die Magier taten alles, was sie konnten, doch die Heilmagie war die komplizierteste von allen Zaubern.

»Und niemand kann etwas machen?«, erkundigte ich mich, weil ich selbst nicht glauben wollte, dass keiner in der Lage war, den König zu heilen.

Louc schien deswegen sehr niedergeschlagen zu sein. »Er atmet kaum noch. Sie sagen, seine Lungen füllen sich immer wieder und wieder mit Wasser, und wenn ihm niemand dieses regelmäßig entzieht, erstickt er.«

Ich sah mitfühlend zu ihm auf. Selbst ich konnte gerade noch so meine eigenen Wunden heilen, doch innerliche Krankheiten waren viel komplexer als offene Wunden. Außerdem verfügte nicht jeder über die Gabe der Heilung.

»Ich weiß nicht mehr, was ich tun soll«, kam es verzweifelt über seine Lippen. Enttäuscht blickte er zu Boden. »Die Ärzte sagen, wenn es diese Nacht nicht besser wird, könnte es sein, dass er den morgigen Tag nicht überlebt.«

»Das muss doch nichts heißen«, versuchte ich ihn aufzumuntern. »Möglicherweise schafft er es oder …«

Ich wusste, dass es um den König schlecht stand. Wenn bereits so viele Ärzte und Magier ratlos waren und seit sieben Tagen keine Lösung fanden, warum sollten sie es dann diese Nacht tun? Die Chancen, dass er es überlebte, standen schlecht.

Auch wenn ich in den letzten Jahren selten mit König Loucas zu tun gehabt hatte, war ich ihm dennoch für vieles dankbar. Er schenkte mir eine Ausbildung, stellte mir Owen und Anna zur Seite und gab mir ein Zuhause in seinem Schloss. Außerdem durfte ich bei guten Bemühungen meine Familie sehen, obwohl ich ihm versprechen musste, nachdem ich die Hexe getötet hatte, an der Seite des Königs zu bleiben.

»Lu«, begann Louc und sah mich mit zusammengezogenen Augenbrauen an. »Wenn er stirbt … ich fühle mich nicht bereit, das Königreich …« Er brach ab und wandte den Blick gen Boden.

Ich legte eine Hand auf seine Schulter. »Er schafft es, Louc.«

Auch wenn ich den Prinzen bisher immer nur stark und selbstbewusst erlebt hatte, fehlte davon nun jede Spur. So hatte ich ihn noch nie gesehen und er schien sich nicht nur um den Tod seines Vaters zu sorgen, sondern auch darum, was geschähe, wenn dieser nicht mehr regieren könnte.

Trotz allem wusste ich, dass Louc mich nun brauchte. Er hatte nie Geschwister gehabt, doch in den letzten Jahren war er eine Art Bruder für mich geworden. Genau wie ich für ihn.

Wir verließen den Rosengarten und gingen zurück in die Eingangshalle. »Ich werde noch eine Brieftaube losschicken. Vielleicht ist Alexandria eine Lösung eingefallen oder sie schicken jemanden vorbei.«

Louc ging in den nächsten Flur hinein und verschwand hinter der Ecke.

Ich beschloss, mich zum Musikzimmer aufzumachen, in dem ich Anna fand, die an einer Harfe saß und ihre Finger sanft über die Saiten fahren ließ.

Damit ich sie nicht unterbrach, blieb ich einfach im Türrahmen stehen und lauschte den wunderschönen Klängen. Ich liebte die Harfe und ganz besonders, wenn Anna spielte. Dabei hatte ich immer das Gefühl, dass sie eine Geschichte erzählte, die manchmal sehr traurig war und dann sehr glücklich ausging. Die hohen und tiefen Töne hinterließen eine Gänsehaut auf meiner Haut und erst nach mehreren Liedern bemerkte sie mich.

Angespannt atmete sie aus. »Lu«, gab sie ein wenig überrascht von sich. »Was machst du hier?«

»Dich besuchen«, antwortete ich und schenkte ihr ein kurzes Lächeln, bevor es wieder verebbte, als mir der König erneut in den Sinn kam. »Louc ist ziemlich niedergeschlagen wegen seines Vaters.« Ich holte tief Luft, um die schweren Worte auszusprechen, die mir auf dem Herzen lagen. »Ich denke nicht, dass er es schafft.«

Mir war zwar bewusst, ich hatte Louc etwas anderes gesagt, doch das tat ich nur, um ihn aufzumuntern. In Wahrheit glaubte ich an kein Wunder.

Anna senkte den Blick und verschränkte die Hände in ihrem Schoß. »Ja, ich denke auch, dass mein Bruder es nicht schaffen wird. Es hat sich sieben Tage lang nichts getan.«

»Louc denkt, er sei der Aufgabe nicht gewachsen, König zu werden. Ich habe das Gefühl, er will den Thron nicht – zumindest *noch* nicht.«

Anna erhob sich, glättete ihr Seidenkleid und kam dann zu mir herüber. Sie sah mich mit diesem mütterlichen Blick an, in dem sowohl Hoffnung als auch Sorge lagen. »Niemand ist jemals wirklich bereit, Lu«, erklärte sie mir und legte behutsam eine Hand an meine Wange. »Genau, wie ich nie bereit sein werde, dich nach Schattentod gehen zu lassen.«

Ich seufzte schwer. »Aber eines Tages wird es so weit sein.«

Sie legte ein wenig den Kopf schief und löste sich von mir. »Fühlst du dich denn bereit? Für die Hexe?«

Um diese Frage zu beantworten, musste ich nicht lange nachdenken. Owen schlug mich noch immer im Zweikampf und selbst Louc war mir um einiges voraus. Außerdem besaß ich nicht genügend Informationen über die Finsternis.

Bereit war ich also noch lange nicht.

Heftig schüttelte ich den Kopf. »Nein, auf keinen Fall. Doch die Zeit wird irgendwann kommen.«

Sie nickte. »Das mag sein, aber du wirst dich niemals so fühlen. Und dennoch stehst du eines Tages diesem dunklen Wesen gegenüber.«

Damit ging sie an mir vorbei und ich blieb noch eine Weile in der Tür stehen.

Ich hoffe, die Engel haben den Richtigen erwählt. Denn wenn nicht, werde ich aus Schattentod niemals wieder zurückkehren und meine Seele würde der Hexe gehören.

Für immer.

Am nächsten Tag erwachte ich in meinem Zimmer und wusste, dass etwas geschehen war. Obwohl wie jeden Morgen Stille auf den Korridoren herrschte, erschien mir die Ruhe nun anders. Es fühlte sich wie eine Vorahnung an und ich glaubte, dass es etwas mit dem König zu tun hatte.

Als der Kammerdiener in mein Gemach hineinkam, lag in dessen Augen Trauer und ich wusste, woher diese stammte.

Mir wurde plötzlich ganz anders und ein Schaudern überkam mich. »Der König?«, fragte ich mit zitternder Stimme.

Er senkte das Kinn und schüttelte dann den Kopf. »Es tut mir leid, mein Herr. Er ist vor wenigen Stunden …«

Obwohl ich es geahnt hatte und bereits versuchte, die schlimmsten Befürchtungen zu akzeptieren, fühlte es sich in diesem Moment ganz anders an.

Trauer überschwemmte mich wie eine Welle und ließ nichts als Leere zurück. In meiner Brust zog sich etwas zusammen und der Gedanke, den König gestern das letzte Mal gesehen zu haben, verpasste mir einen Tritt in den Magen.

Mein Mund erschien mir plötzlich trocken. »Der Prinz?«

»Ist bei ihm und möchte, dass ihn niemand stört, solange er von seinem Vater Abschied nimmt«, teilte er von Trauer erfüllt mit.

Ich nickte nur und blickte zu dem Jungen. »Ist schon in Ordnung, Robin. Ich denke, wir brauchen nun alle ein wenig Zeit.«

Mit einer Verbeugung verschwand er aus dem Zimmer und ließ mich allein.

Louc würde mich nun brauchen. Das wusste ich. Doch zu allererst musste ich ihm die Zeit geben, sich von seinem Vater zu verabschieden.

Ich begegnete dem Prinzen erst gegen Abend, als dieser allein im Thronsaal saß, auf einem Stuhl direkt neben dem des Königs. Er wirkte betrübt und nachdenklich zugleich.

Mit trostloser Miene nahm ich neben ihm auf einem weiteren Stuhl Platz. »Es tut mir leid um deinen Vater, Louc«, begann ich. »Er hat sehr gelitten.«

Der Prinz erwiderte nichts, sondern hob nur den Kopf und ließ sich in die Lehne fallen. Sein Ausdruck veränderte sich, wurde undurchdringbar, als würde er all seine Gefühle hinter einer dicken Mauer verschließen. »Ein Magier behauptete, dass die Finsternis ihm diese unheilbare Krankheit eingeflößt habe.«

Ich zog überrascht eine Braue hoch. »Was?« Die Finsternis? Aber wie soll sie ins Schloss gekommen sein? »Und dieser Magier ist sich ganz sicher?«

Loucs veränderte Miene gefiel mir nicht, da sie mich frösteln ließ. Was ging ihm wohl durch den Kopf? Rache? Verachtung für die Finsternis, die überall lauerte? Der Prinz ignorierte meine Skepsis. »Wie kommst du mit deinem Training voran, Lucien?«

Ich konnte mich gar nicht daran erinnern, wann er das letzte Mal meinen vollen Vornamen ausgesprochen hatte. Wieso war er plötzlich so kalt? Selbst das Thema ließ mich stutzig werden, da es gerade keine Rolle spielte, zu wissen, wie weit ich mit Owen gekommen war.

»Ist das im Moment von Belang?«

Loucs Züge verhärteten sich. »Für mich schon. Ich will, dass die Finsternis ausgelöscht wird. Ein für alle Mal. Angefangen mit diesem Miststück von Hexe.«

Er wollte sich für den Tod seines Vaters rächen. Glaubte er wirklich, dass nur die Finsternis daran Schuld trüge? Selbst Magier konnten sich einmal irren.

»Sind die Untersuchungen denn schon …?«

Bevor ich etwas erwidern wollte, erhob sich Louc von seinem Stuhl und sah zu mir herab. »Ich kümmere mich um die restlichen Angelegenheiten und du solltest dein Training mit Owen fortführen. Er wartet bereits in der Arena auf dich.«

Ohne eine Antwort abzuwarten, drehte er mir den Rücken zu und verließ den Thronsaal.

Was ging in Louc nur vor? Ließ er sich nun Stück für Stück von Rachegelüsten treiben? Glaubte er wirklich, dass er damit glücklich würde?

Jedenfalls war dieser Prinz nicht der, den ich kannte. In seinem Ausdruck lagen so viel Verbitterung und Hass, die ich noch nie an ihm gesehen hatte.

Was hatte der Tod seines Vaters nun in Louc geändert? Seine Sichtweise?

Erneut verkrampfte sich mein Magen, als ich mir Loucs gefühllosen Blick zurück in Erinnerung rief.

Hätte sich sein Vater wirklich Rache gewünscht?

Angespannt umklammerte ich die Stuhllehne und schaute vor mir auf den Boden.

König Loucas hätte niemals gewollt, dass sich sein Sohn der Vergeltung hingab. Ein zukünftiger König durfte sich von solch einem Gefühl nicht leiten lassen. Niemals.

Aber was war, wenn seine Entscheidung feststand und ich ihn davon nicht mehr abbringen konnte?

DIE DRACHENHEXE

Freyja

Nach weiteren drei Jahren ...

Meine Atemzüge waren so leise, dass ich sie kaum wahrnahm. Das Klopfen meines Herzens schlug kaum merklich gegen die Rippen und hinterließ dabei ein zartes Pochen auf der Haut.

Mit den Fingern umschlang ich die Armlehnen des Throns, der aus hartem Stahl bestand, überzogen mit Drachenschuppen. Ich spürte die raue Oberfläche des einst großen Geschöpfes, das bereits bei unserer ersten Begegnung den Tod fand.

Die Bestie war vom König des Nachbarlandes geschickt worden, in der Hoffnung, sie könnten damit die Drachenhexe – *das Böse* – aufhalten. Doch in meinen Adern floss die unermessliche Macht eines Dämons, mit der ich sogar selbst einen Drachen erschaffen hatte.

Ich verachtete die Menschen, weil sie Angst zeigten und zerbrechlich wie Glas waren. Sie ließen sich so einfach unterwerfen, fürchteten meine Macht und den Tod, der folgen würde, wenn sie sich meinen Befehlen widersetzten.

Als ich ein Knurren hörte, öffnete ich die Lider und sah zur Decke des Thronsaals hinauf, die mir einen Blick auf die Nacht bot. Das Licht des Vollmondes erleuchtete den Thron mit seinen grauen Stufen. Ein riesiger Schatten legte sich über mich.

Noron.

Der Drache füllte den Saal mit seiner beeindruckenden Größe, als er durch die offene Decke glitt und beim Aufkommen den Raum zum Beben brachte. Durch die hohe Position meines Throns konnte Noron problemlos den Kopf zu mir recken und sah mich mit seinen blutroten Augen an. Sein Körper bestand aus schwarzen, undurchdringbaren Schuppen, die von Rauch eingehüllt waren. Er verschmolz mit der Dunkelheit des Raumes und im Schein des Mondes wirkte sein Körper wie eine schwarze Nebelschwade.

Ich legte meine Hand auf die Nüstern des Tieres und spürte seine warme, raue Haut, die leicht bebte, wenn er ausatmete.

Wie viele Menschen hatte er bereits für mich getötet? Wie viele Kriege hatten wir gemeinsam gewonnen? Wie oft brannte sein Drachenfeuer das Fleisch von den Knochen unserer Opfer?

Schritte hallten über den dunklen Fliesenboden und ich wusste augenblicklich, wem sie gehörten. Denn es gab nur eine menschengleiche Person, die diesen Raum betreten durfte.

»Es ist ... ungewöhnlich ruhig, findest du nicht? In den letzten einundzwanzig Jahren hat es kein Land mehr gewagt, Krieger oder ganze Truppen nach Schattentod zu senden. Bereitet dir das keine Sorgen?«, fragte Ravaga und trat an die erste Stufe der Treppe, die zu meinem Thron hinaufführte. Mit ihren schwarzen Augen sah sie mich erwartungsvoll an.

In den letzten Jahrzehnten hatte ich in diese eintönige Ruhe mit ein paar gequälten Seelen ein wenig Abwechselung hineingebracht. Wenn ich tief in mich hineinging, alle Gedanken und Erinnerungen zusammenbrachte, labte ich mich an dem Leid, das ich in all den Jahren verursacht hatte. Ich liebte es, die verzweifelnden oder auch weinenden Klagelaute der Verstorbenen zu hören oder die vergangenen Folterungsprozesse in meinem Kopf wieder aufleben zu lassen. Manchmal überkam mich sogar der Blutdurst, bei dem es mich juckte, sowohl Blut auf meinen Lippen zu schmecken, als auch, es über meine Haut fließen zu sehen. Menschen, die sich dem Widerstand in Menam angeschlossen hatten und in meine Hände glitten, hob ich mir für besondere Qualen auf, die sie nie wieder vergessen würden. Doch am liebsten mochte ich es, wenn sie durch den unerträglichen Schmerz und die unaufhörliche Folter langsam ihren Verstand verloren und selbst zu fleischlechzenden Bestien wurden.

Wenn ich mal nicht in meinem Thronsaal saß oder eine Seele quälte, zog ich mit Noron durch das Land, entdeckte neue Orte, scheuchte die Bewohner einiger Dörfer auf, die vor mir kreischend wegliefen, oder durchkämmte längst verlassene Städte. Manchmal fand ich dabei nützliche Dinge wie Bücher oder sogar neuartige Waffen, die ich mit in mein Schloss nahm.

Während ich durch Menam flog, kam ich manchmal wochenlang nicht zurück und es gab Tage, da weilte ich einfach an einem Ort, der mir gefiel.

Ich ließ von meinem Drachen ab, der sich in die Dunkelheit des Saals zurückzog, und drehte mich zu ihr. »Nicht im Geringsten. Ganz gleich, was sie vorhaben, sie werden es nicht wagen, weitere Truppen durch meine Nebelbarriere zu senden.«

Ravagas Lippen wurden zu einer schmalen Linie. »Aber sie haben es beinahe ein Jahrhundert lang versucht. Warum jetzt auf einmal nicht mehr?«

Ich seufzte, genervt von ihren überflüssigen Sorgen, die mich selbst dann nicht kümmern würden, wenn sie gerechtfertigt wären. »Es war nur eine Frage der Zeit, bis sie gemerkt haben, dass es keine Hoffnung mehr gibt.«

»Fühlst du es denn nicht?«

Meine Miene blieb ausdruckslos. »Was?«

Ravaga lauschte der Finsternis. »Dieses Knistern in den Schatten.«

Ich wusste, worauf sie hinauswollte. Sie deutete damit diesen Engel an, der vor einundzwanzig Jahren auf die Welt gekommen war und die Menschen nun an Hoffnung glauben ließ. Doch er hatte noch nie Schattentod betreten, geschweige denn den Versuch gewagt, mich zu besiegen. Ein einziges Mal vor neun Jahren hatte ich seine Anwesenheit in der Nebelbarriere gespürt, aber dann war er auch gleich wieder geflohen – dieser Feigling.

Wieso sollte ich ihn also als Bedrohung ansehen? Was konnte mir ein Halbwesen schon anhaben?

Dennoch beunruhigte mich der Gedanke, dass seine Anwesenheit mich träumen ließ und damit meine eigene Macht beeinflussen konnte.

Ich wollte jedoch nichts unternehmen, um es aufzuhalten. Denn dafür müsste ich Schattentod verlassen, was ich unter keinen Umständen tun würde. Hier lag meine Bestimmung, meine Zukunft, meine Ewigkeit. Solange mich niemand darin störte, würde ich auch keinen Finger rühren, um unbedeutende Visionen loszuwerden. In Schattentod fühlte ich mich vollkommen und zufrieden.

»Hast du immer noch diese Träume?«, fragte Ravaga in die Stille hinein, die eingekehrt war, als ich anfing nachzudenken.

»Beinahe jeden dritten Tag«, gestand ich und ballte die Hand zu einer Faust. Ich sah immer wieder dasselbe. Der Schlaf übermannte mich so plötzlich wie eine Ohnmacht. Zuerst träumte ich von dem Säugling, der als Halbwesen zur Welt gebracht wurde, und dann wie der König von Greystone diesen seinen Eltern entriss.

Ravaga wusste, dass ich nicht gerne darüber sprach, da ich im Gegensatz zu ihr die Visionen tolerierte. Sie drängte mich jedes Mal dazu, Schattentod zu verlassen und nach der Ursache zu suchen. Doch das konnte sie vergessen. Ich blieb hier. Sollte sie sich selbst um den Engel kümmern – ich würde es bestimmt nicht tun, solange er mich nicht in meinem Reich belästigte.

»Du könntest alle fünf Länder zu Schattentod machen. Dann bräuchtest du es auch nicht zu verlassen und bekämst die Möglichkeit, nach dem Engel zu suchen«, sprach sie erneut das leidige Thema an.

Mein Drache regte sich im Hintergrund, als er meine gereizte Unruhe bemerkte. Ravaga wollte es einfach noch immer nicht verstehen.

»Und warum sollte ich das tun? Es liegt nicht in meinem Interesse«, entgegnete ich mit knurrendem Unterton und lehnte mich in den Thron zurück.

»Du willst also einfach hier tatenlos herumsitzen?«, zischte Ravaga und drehte mir den Rücken zu.

Genau das will ich.

Sie schnaubte. »Was ist mit Macht? Dürstet es dich nicht danach?«

Ich schloss die Augen und horchte in mich hinein. In mir herrschte nicht der Wille oder der Drang, meine dunklen Kräfte auszuweiten und nach Größerem zu streben. Natürlich lechzte die Finsternis in mir danach, Körper zu zerfleischen,

Menschen mit meiner Magie zu quälen oder ihre Seelen zu verschlingen, doch nichts davon brachte mich dazu, meinen Thron zu verlassen.

Bevor sie aus dem Raum verschwand, fügte sie hinzu: »Ich denke, du solltest eine Macht ernst nehmen, die deine zu überwinden scheint.« Damit ging sie und ließ mich allein.

Recht hatte sie. Bis jetzt hatte es niemanden gegeben, der mich bezwingen konnte, geschweige denn einen Einfluss auf meine Kräfte hatte. Trotzdem überkam mich jedes Mal ein ungutes Gefühl, wenn ich daran dachte, meinem Land den Rücken zu kehren.

Ich stützte meinen Kopf mit dem Arm ab und umfasste mit der freien Hand die Lehne meines Throns.

Warum gab es diesen Engel? Wurde er wirklich vom Himmel geschickt? Wegen mir? Überkamen mich deshalb die Visionen, um mich einzuschüchtern?

Ein Lächeln stahl sich auf meine Lippen. Das klang nach einer neuen Herausforderung. Möglicherweise störten sich die Engel daran, dass ich unzählige Seelen quälte, mit den Menschen spielte und das Land in einen höllengleichen Ort verwandelt hatte.

Am liebsten hätte ich laut gelacht.

Dieser Himmel. Immer glaubten sie, das Recht zu besitzen, das Dunkle vernichten zu müssen, obwohl es längst ein Teil ihrer Welt geworden war.

Über hundert Jahre lang hatte mich niemand besiegen können. Das würden auch jetzt nicht die Engel vermögen.

DER ENGEL

Lucien

Vor wenigen Tagen …

Die Wachen des Königs begleiteten mich den Korridor entlang, der zum Thronsaal führte. Ich hatte mich auf diesen Tag
vorbereitet und wusste, dass es ab sofort kein Zurück mehr
gab. Bevor ich meine Reise jedoch antrat, musste ich ein letztes
Mal vor den König treten.

Die silbernen Flügeltüren mit dem Wappenzeichen des Landes Greystone wurden von den Wachen aufgestoßen, sodass
ich in den prachtvollen Raum mit seinen hohen Decken hin-
eingehen konnte. Die Wände waren weiß und mit goldenen
Maserungen veredelt. Ein roter Teppich zog sich bis zum
Thron hinauf, auf dem der König saß. Louc, der vor drei Jahren seinen Vater verloren hatte und seitdem über Greystone
herrschte.

Kurz vor den Treppenstufen, die zu ihm hinaufführten,
blieb ich stehen und ging ehrfürchtig auf ein Knie, um mich

vor ihm zu verneigen. »Mein König«, begrüßte ich ihn achtungsvoll.

Der junge Thronfolger wedelte mit der Hand in der Luft, um mir zu bedeuten, mich zu erheben. Mit einem Nicken stellte ich mich aufrecht hin und blickte in seine grauen Augen.

Obwohl ich mit diesem Mann groß geworden war, spürte ich, dass seit drei Jahren zwischen uns eine tiefe Kluft herrschte. Er nahm seine Aufgabe als König ernst und das war etwas, für das ich ihn bewunderte. Dennoch konnte ich oft in seinem Gesichtsausdruck alten Hass erkennen, welcher der Finsternis galt, der er die Schuld am Tode seines Vaters gab.

In den letzten drei Jahren war dadurch meine Ausbildung verstärkt worden, damit ich mich zu einem gnadenlosen Kämpfer entwickelte, der nur noch das Ziel verfolgte, Freyja zu töten.

Doch das war nicht das, was ich wirklich wollte. Die Hexe sollte aufgehalten werden, weil sie die anderen Königreiche bedrohte, und nicht, damit der König seine Rache erhielt.

»Lucien«, begann Loucas und sah mit kaltem Ausdruck zu mir herab. »Du wirst mit einem Pferd zu deinem Heimatdorf reiten und von dort aus zu Fuß weitergehen. Zwei meiner Soldaten werden dich bis zur Barriere begleiten.«

»Wie Ihr wünscht.« Ich nickte und verneigte mich vor ihm.

Er gab mir die Chance, meine Familie ein letztes Mal zu sehen, bevor ich mich der Aufgabe widmete, für die ich mein ganzes Leben lang vorbereitet wurde.

Dennoch konnte ich in seinem Ausdruck keinerlei Gefühlsregung erkennen, was mich ein wenig enttäuschte. Wir waren jahrelang Waffenbrüder gewesen und nun kam es mir so vor, als wäre all dies niemals geschehen.

War es ihm gleichgültig, dass ich eventuell versagen könnte und nie wieder zurückkehrte? Von Anna hatte ich mich bereits verabschiedet, da sie vor mir gewusst hatte, dass Louc mich heute losschickte, um meine Bestimmung zu erfüllen. Ihr tat es besonders weh, mich gehen zu lassen.

Mit einem letzten Blick in seine Augen wandte ich ihm den Rücken zu und ging zurück zu den Flügeltüren. Kurz bevor ich deren Schwelle erreichte, hörte ich, wie er mich noch für den Moment aufhielt.

»Lucien.«

Erwartungsvoll drehte ich mich in seine Richtung. Loucas hatte ein wenig sein Haupt gesenkt und in seiner dunklen Stimme lag nun eine unerwartete Sanftheit.

»Viel Glück.«

Mein Heimatdorf war eineinhalb Tagesritte von der Hauptstadt entfernt, aber ich genoss die Landluft und das kurzzeitige Gefühl von Freiheit. Ich hatte meine Eltern und meine Schwester Lia einige Monate nicht mehr gesehen, doch wir hielten regelmäßigen Kontakt durch Briefe.

Als ich in meinem ehemaligen Zuhause ankam, fielen wir uns in die Arme. Hier fand ich immer Zuflucht und Trost, während ich in meinem goldenen Käfig, an der Seite des Königs, die strenge Haltung als Angehöriger des Adels wahren musste.

Der rührselige Moment hielt nur für einen Wimpernschlag, denn ich durfte keine Zeit verlieren. Die Drachenhexe und die Nebelbarriere warteten bereits auf mich und ich spürte in mir den Drang, mich meiner Aufgabe zu stellen.

Die Soldaten warteten vor dem Haus, während wir hineintraten.

Drinnen schlang Lia die Arme um meinen Körper. »Ich werde dich bis zur Grenze begleiten.«

Mit einem Nicken gab ich mich einverstanden und widmete mich meinen Eltern. Sie schauten mich mit glasigen Augen an und trotz ihres traurigen Blickes erkannte ich eine Spur Stolz. »Auch wenn du die Drachenhexe besiegen solltest und danach dem König dienst, wirst du uns doch besuchen können, oder?«, meinte mein Vater.

Da ich kein Mann von leeren Versprechungen war, schüttelte ich vorerst nur den Kopf. »Ich weiß es nicht.« Mutter presste sich eine Hand auf den Mund, um ihr Weinen zu unterdrücken. »Bevor Loucas entschieden hat, was aus mir werden soll, will ich nichts versprechen.«

Vater nahm meine Hand und drückte diese fest. »Wir werden dich vermissen und du wirst immer einen Platz auf unserem Hof haben.«

Ich nickte und spürte einen dicken Kloß in meinem Hals.

Wieso musste mir diese Bürde auferlegt worden sein? War es überhaupt gerecht, ein Kind seinen Eltern zu entreißen, um es für seine eigenen Zwecke zu benutzen? Vermutlich nicht, doch darum hatte sich der alte König aus Greystone nie geschert. Ihn interessierten nur meine Kräfte und die Hoffnung, dass ich eines Tages die Hexe besiegen würde.

Beide lächelten mich, trotz ihrer traurigen Augen, an. »Wir sind sehr stolz auf dich, mein Sohn«, schluchzte Mutter, und Tränen liefen über ihre Wangen. Sie strich sich eine graue Strähne hinters Ohr. »Sei einfach vorsichtig.«

Ich nahm sie herzlich in den Arm und drückte ihr einen Kuss auf die Stirn. »Macht euch keine Sorgen um mich.«

Doch das sagte ich nur, um mir meine eigene aufkeimende Angst nicht einzugestehen.

Nachdem ich mich von Mutter gelöst hatte, nahm mich mein Vater ebenfalls in den Arm, darum kämpfend, nicht zu weinen. »Pass auf dich auf. Lass dich nicht von der Dunkelheit verleiten.«

Als ich von meinem Vater zurücktrat, drückte er sanft meine Schulter. »Du wirst es schaffen. Wir glauben an dich.«

Dankbar lächelte ich ihn an und kämpfte ebenfalls mit der Trauer in meiner Brust.

Lia nahm meine Hand. »Komm, Bruderherz. Bis zur Nebelbarriere ist es noch ein Stück.«

Nickend drehte ich meinen Eltern den Rücken zu, schaute jedoch noch ein letztes Mal über meine Schulter, um mir ihre so vertrauten Gesichtszüge einzuprägen. Ich würde sie furchtbar vermissen.

Jeweils mit einem Bündel geschultert liefen Lia, die zwei Soldaten und ich den Hang hinab, um ein Tal zu durchqueren, hinter dem die Nebelbarriere lag. Meine Schwester erzählte mir, was in den letzten Monaten geschehen war, in denen wir uns nicht gesehen hatten. Dafür war ich ihr sehr dankbar, denn dadurch musste ich nicht darüber nachdenken, dass ich mich auch von ihr bald verabschieden würde.

Als wir nach einem halben Tag jedoch am Ziel angelangt waren, wurde mir abwechselnd heiß und kalt. Hier würden sich unsere Wege trennen.

Die eher schweigsamen Soldaten gaben uns ein wenig Freiraum, indem sie bereits den Hang zur Barriere hinuntergingen, um dort auf mich zu warten.

Lia nahm meine Hand und drückte diese fest, als wir auf einem Hügel stehen blieben und hinab auf die endlose Nebelbarriere Schattentods blickten. »Du wirst mir fehlen, Bruder«, schluchzte sie und schlang ihre Arme um meinen Körper.

Ich lächelte aufmunternd und strich ihr über die blonden Haare. In der gleißenden Abendsonne wirkten sie wie flüssiges Gold. Als sie von mir abließ, waren ihre Wangen rot und feucht. Mit ihren kristallblauen Augen sah sie mich sehnsüchtig an.

»Pass auf dich auf und denk daran, dass du mir ein Versprechen gegeben hast«, sagte ich in einem ernsten Tonfall und sie nickte.

Für mich stand Familie immer über allem, selbst über König Loucas von Greystone. Deshalb mussten sie mir versprechen, niemals nach mir zu suchen oder sich den Kopf darüber zu zerbrechen, ob ich noch lebte oder bereits ein Opfer der Hexe geworden war. Diesen Schmerz würde ich ihnen nicht antun wollen. Sie sollten mich vergessen, denn bei dieser Aufgabe gab es kein Zurück mehr.

»Ich finde es so traurig, dass wir nicht noch mehr Zeit zusammen verbringen konnten.« Sie seufzte enttäuscht. »Deine Kampfausbildung und Belehrungen am Hofe des Königs hatten immer Vorrang.«

Ich nahm ihre zarten Hände und gab ihr einen Kuss auf die Stirn. Ihre Gefühle waren verständlich. Sie hatte nur einen Bruder und würde sich allein fühlen, da sie diesen vielleicht nie wiedersähe. Aber seit meiner Geburt war der heutige Tag geplant worden, an dem ich Abschied nehmen musste. Loucas verließ sich auf mich.

Lia trat zurück und verschränkte die Hände hinter dem Rücken, als befürchtete sie, mich sonst gleich wieder in den Arm zu nehmen. Traurig blickte sie zum Boden und ich bemerkte dabei, wie eine Träne über ihre Wange kullerte. Ich empfand denselben Schmerz, der sich bis zu meinem Herzen grub. Eine Welt ohne meine Familie erschien mir noch unwirklich, doch ich spürte, dass sie mit jedem weiteren Schritt Richtung Schattentod greifbarer wurde.

Ihr verzweifelter Anblick ließ mich nun an meiner bevorstehenden Reise zweifeln. Ich würde ihre blonde Mähne vermissen, mit der sie wie ein verspieltes, schüchternes Mädchen wirkte. Ihre liebliche Stimme würde mir keinen Trost mehr schenken, wenn ich betrübt war, und ihre Berührungen würden mir nicht mehr die Hoffnung geben, nach der ich in meiner Verzweiflung suchte. Meine Vergangenheit endete hier, ganz gleich, ob ich meine Aufgabe bewältigte oder nicht.

Dennoch wollte ich mich nicht auf diese Weise von ihr verabschieden. Meine Arme umschlossen wie von selbst ihren Körper, drückten sie fest und ließen sie anschließend los. »Sag Mutter, sie soll endlich aufhören, sich Vorwürfe wegen des Engelsmals zu machen, und Vater, er soll den Umzug in eine Stadt nochmals überdenken. Vielleicht findet ihr dort leichter eine Arbeit und du einen Ehemann.«

Sie schluchzte erneut, nickte jedoch und legte die Arme um ihre Mitte. »Ich werde den König ewig dafür hassen.«

Mit ruhigem Ausdruck im Gesicht sah ich sie an. Ich konnte ihren Zorn verstehen, da ich ebenfalls Wut für die Bürde empfand, die mir seit meiner Geburt auferlegt worden war. »Ich weiß.« Ein tiefer Atemzug verließ meine Lippen. »Leb wohl, Lia.«

Ich musste die Chance des Abschieds ergreifen und ging mit weichen Knien den Hang hinab. Hinter mir hörte ich sie leise weinen, was es umso schwerer machte, voranzukommen. Alles in mir schrie, stehen zu bleiben, den König zu vergessen und bei meiner Familie glücklich zu werden. Doch ich wusste, dass meine Engelskräfte die einzige Hoffnung für alle fünf Königreiche waren.

Ich drehte mich nicht mehr um, da ich befürchtete, zu Lia zurückzulaufen. Meine Familie wegen eines wichtigen Auftrags zu verlassen, war das Schwerste, was ich in meinem Leben tun musste. Dagegen war die harte Ausbildung beim König nichts. Ich hoffte nur, dass sich all der Schmerz lohnte.

Vor der Nebelbarriere, die sich wie eine Kuppel über das gesamte Land gelegt hatte, blieb ich ehrfürchtig stehen. Die

Soldaten trauten sich erst gar nicht so nah heran und standen daher mehrere Schritte hinter mir.

Bilder von jenem Tag, als ich in die Barriere gestolpert war, stiegen in mir hoch. Aber ich war kein kleiner Junge mehr wie damals – ich war jetzt ein Krieger, ausgebildet, die dunkle Hexe Freyja zu besiegen und die Finsternis zu bezwingen.

Dennoch zog sich beim Anblick der düsteren Nebelschwaden vor mir mein Herz zusammen.

Diese dunkle Magie war der Beweis, mit welcher Macht ich mich anlegte. Es könnte sein, dass ich hineinspazierte und bereits von der Hexe abgefangen wurde, da sie mich spürte. Nach den Erzählungen und Legenden zu urteilen, war sie unbesiegbar. Doch durch meine Engelsgaben hatte der alte König geglaubt, ich wäre dazu fähig, ihr den Garaus zu machen. Denn Licht und Schatten waren elementare Feinde, die weder miteinander noch ohne einander leben konnten.

»Wir werden Fräulein Lia sicher zurückgeleiten, Sir Lucien«, versprach der eine Soldat dumpf durch seinen silbernen Helm. »Wir wünschen Euch viel Glück und werden zu den Engeln beten, dass sie Euch im Kampf gegen das Böse unterstützen mögen.«

Das Gefühl, von nun an auf mich allein gestellt zu sein, bereitete mir Unbehagen, doch ich durfte mich davon nicht beeinflussen lassen.

Ein letztes Mal sah ich über meine Schulter und verabschiedete mich von den beiden mit einem aufrichtigen »Danke«. Danach wendete ich mich wieder der Barriere zu.

Mein Engelsmal war im Moment der einzige Lichtschein, den diese Welt bot.

Mit gefalteten Händen sprach ich ein kurzes Gebet und bat die Engel um ihren Schutz. Sie sollten mir im Kampf beistehen, da es immerhin ihr Wille gewesen war, mich in diese Welt zu setzen.

Dann atmete ich tief ein und tat den ersten Schritt in die Barriere hinein. Augenblicklich wich der dunkelgraue Nebel von mir und das dreiecksähnliche Symbol auf meinem Handrücken begann weiß zu leuchten.

Ich spürte dabei keinen Schmerz, nur ein leichtes Kribbeln. Es regte sich jedes Mal, wenn ich meine Fähigkeiten anwendete.

Meine Gabe war es, reines Licht in jeglicher Größe und Stärke zu beschwören. Ich konnte es manifestieren, formen oder sogar aufteilen. Nebenbei besaß ich außergewöhnliche Sinne, Schnelligkeit und Stärke, die wohl mit der von Dämonen zu vergleichen waren.

Mit einem schweren Atemzug ging ich tiefer hinein und spannte dabei meinen gesamten Körper an. Die eingeschränkte Sicht löste Nervosität in mir aus und je länger mein Weg dauerte, desto merkwürdiger empfand ich diesen Ort.

Wie weit hatten es die anderen bisher geschafft? Kamen sie überhaupt bis nach Schattentod?

Der dichte Schleier nahm beinahe kein Ende, doch als mir ein fahles Licht im Nebel auffiel, folgte ich ihm. Ich stellte fest, dass ich die Nebelschwaden durchbrach und mich vor dem Ufer eines Sees befand.

Obwohl auf der anderen Seite des Schleiers noch die Sonne geschienen hatte, herrschte hier Nacht. Ein heller Mond weilte an einem sternenbesetzten Himmel. Sein weißer Glanz brachte die stille Oberfläche des Wassers zum Schimmern.

Anscheinend hatte das Land schon lange keine Sonne mehr gesehen, denn die Gräser und Büsche waren verwelkt. An den Ästen der Bäume hingen nur noch braune, trockene Blätter. Die Hecken waren nackt, hatten ihr farbenfrohes Blütenkleid verloren und wirkten nun in der Dunkelheit wie zu fürchtende Schattenwesen mit krallenartigen Pranken.

Da die Hexe bereits über hundert Jahre hier regierte, konnte ich mir nur durch die Erzählungen am Hofe des Königs eine ungefähre Vorstellung von Schattentod machen. Doch dieses Übel und diese Dunkelheit, die sich jetzt vor mir ausbreiteten, lagen weit von dem entfernt, was ich erwartet hatte.

Schattentod war wahrhaftig das Werk einer dunklen Hexe.

Trotz meines Mutes fürchtete ich mich vor dieser Welt. In der Ferne erklangen Laute, die sich manchmal wie Wehklagen anhörten, oder sogar Schreie, bei denen ich mir nicht sicher war, ob sie von einer Krähe oder einem Menschen stammten. Dieser seelenberaubte Ort war weitaus schlimmer als jede Geschichte, die ich darüber gehört hatte.

Ich beschloss, am See entlangzulaufen und meine Sehkräfte mit der Magie eines Engels zu verstärken. Doch schnell wurde mir klar, dass mir nach wenigen Sekunden die Augen brannten, als würde ich diese zu sehr überanstrengen. Ob das an diesem Ort lag? Beeinträchtigte er doch meine Kräfte?

Durch den großen Mond am Himmel stellte ich fest, dass vorerst meine menschliche Sehkraft ausreichte und ich noch keinem Feind begegnet war, bei dem ich sie anwenden müsste. Außerdem brauchte ich meine Kraft für den Kampf mit der Hexe. Es wäre also klug, mir diese einzuteilen.

Angriffsbereit umklammerte ich den Griff meines Schwertes und blieb wachsam, um auf Schattenwesen zu achten, die den Menschen die Seelen raubten.

Louc hatte mir versichert, dass sich die Hexe in ihrem Schloss befinden musste. Es würde etwa zwei Tage dauern, bis ich es zu Fuß erreichte.

Als mein Blick über den ruhigen See glitt, sah ich in der Ferne, wie etwas Schlangenartiges kurz die Oberfläche durchbrach. Scharfe Zacken ragten aus seinem Rücken.

Was zum Teufel war das?

Wie gebannt verharrte ich in meiner Bewegung und lauschte dem leisen Rauschen des Wassers.

Doch etwas anderes erregte meine Aufmerksamkeit. Ich spürte eine Präsenz hinter mir.

Tatsächlich huschte eine Gestalt im Augenwinkel von einem Baumstamm zum anderen. Durch die Dunkelheit war es mir nicht möglich, zu erkennen, was es gewesen sein könnte. Mir war nur klar, dass es sich schnell bewegte.

Ein Schattenwesen?

Pirschend näherte ich mich dem Unbekannten und zog das Schwert aus der Scheide. Als ich hinter den dicken Baumstamm sehen wollte, fand ich nichts vor, hörte jedoch, wie ein Knacken direkt über meinem Kopf ertönte.

Reflexartig blickte ich nach oben und entdeckte eine kleine, menschenähnliche Gestalt, die von einem Ast sprang und sich auf mich warf. Sie breitete die dürren Arme aus und stürzte mit mir auf den Boden. Ein fauliger Atem, wie der eines verwesten Tieres, kroch in meine Nase.

Schützend hob ich die Hände vor mein Gesicht und versuchte, die Kreatur wegzudrücken, doch sie klammerte sich an meine Schultern und kratzte mit ihren scharfen Krallen meine Haut am Hals auf.

Mit einer geschickten Umdrehung schaffte ich es, das Wesen zu packen und es auf den Boden zu drücken. Meine Hände umschlangen den Hals der Abscheulichkeit. Die Kreatur war irgendwann einmal ein junges Mädchen gewesen. Seine Haut hatte einen grauweißen Teint, die Augen leuchteten in einem blauen Schimmer und es schien blind zu sein.

Als das verdorbene Monster aufhörte zu atmen und das Leben aus dem erkaltenden Körper wich, betrachtete ich es. Auf seiner Haut entdeckte ich unzählige Schürfwunden und Narben, seine Hände waren rau und wund gerieben. Das Mädchen hatte den Verstand verloren.

Es hatte sich animalisch verhalten, als wäre es ein Tier und ich seine Beute. Nach seiner äußerlichen Erscheinung zu urteilen, schien das Geschöpf bereits seit einer Weile so zu leben.

Der Gedanke, dass sich diese Dunkelheit auf die restlichen Länder ausbreiten könnte, verpasste mir eine Gänsehaut.

Wie viele Menschen würden deswegen sterben und zu solchen Monstern werden, die sich gegenseitig an die Kehle sprangen? Die Welt würde einer Hölle gleichkommen.

Genau aus diesem Grund war es so wichtig, dass ich diesem Grauen ein Ende setzte. Ich würde es nicht ertragen, wenn meine Familie dasselbe Schicksal ereilte wie diese Kreatur, die ich getötet hatte.

Wenn nicht nur die Schattenwesen eine Gefahr für mich darstellten, könnte mein Weg beschwerlich werden und mehr Zeit in Anspruch nehmen. Außerdem musste ich irgendwann einen Ort finden, an dem ich mich ausruhen konnte, ohne Angst haben zu müssen, im Schlaf getötet zu werden.

Ich bekreuzigte mich und sprach ein stummes Gebet für die Kreatur. Als ich weitergehen wollte, erhaschte ich in ihrem halb offenen Mund etwas Dunkles zwischen den Zähnen und schaute nach. Um mehr sehen zu können, beschwor ich eine kleine Lichtkugel in meiner Hand. Meine Kraft rauschte durch meine Adern und pulsierte spürbar unter meiner Haut. An den Fingerspitzen kribbelte es leicht und durch mein besonderes Gespür war es mir möglich, die Kugel sogar zu bewegen.

Als ich das Licht über ihren Kopf hielt, entdeckte ich nicht nur Hautfetzen zwischen ihren Zähnen, sondern auch rote Stellen. Durch ihre mit Blut befleckten Lippen konnte ich erahnen, um was es sich dabei handelte.

Rohes Fleisch.

Ob sie mich deshalb attackiert hatte? Um zu essen? Doch wenn es zwischen ihren Zähnen hing, hatte sie dann nicht erst vor Kurzem jemanden verspeist? Möglicherweise kannte dieses Wesen kein Sättigungsgefühl. Wie ein Untoter.

Ein eiskalter Schauer lief mir den Rücken hinunter, als mir bewusst wurde, dass diese Menschen, die hier seit Anbeginn Schattentods lebten, keine Möglichkeit mehr fanden, Nahrung zu beschaffen. Das Land war so trocken und verdorben, dass es beinahe unmöglich wurde, zu überleben. Ihnen blieb also nichts anderes übrig, als sich gegenseitig zu fressen.

Der Gedanke jagte mir eine Heidenangst ein und verschlimmerte meine Vorstellungen von der Hexe. Wie konnte man einem einst so schönen Land das Leben aushauchen? Hier gab es nichts. Kein Grün, keine Menschen, keine Dörfer – so weit das Auge reichte.

Gerade als ich den Blick von dem toten Wesen abwenden wollte, bemerkte ich eine Gestalt hinter mir und griff nach meinem Schwert, das ich beim Angriff fallen gelassen hatte.

Ruckartig drehte ich mich zu dem Fremden um und erkannte eine Frau mittleren Alters mit dunklen, zerzausten Haaren und einem finsteren Ausdruck im Gesicht. Ihre Haut war zwar ebenfalls blass, aber sie wirkte im Gegensatz zu der toten Kreatur hinter mir menschlicher.

»Du bist gar nicht verflucht«, sagte sie und verzog dabei keine Miene. Unter ihren Lidern befanden sich dunkle Ringe, die auf Erschöpfung hinwiesen.

»Nein. Der Nebel kann mich nicht berühren«, antwortete ich und machte vorsichtig einen Schritt zurück. Ich befürchtete, sie könnte mich wie die Kreatur angreifen. In Schattentod sollte man niemandem trauen.

»Du … leuchtest so schön. Ist das Sternenglanz? Unsere Herrin kann Licht nicht ausstehen, weißt du?« Sie legte ein wenig den Kopf schief und ich wusste, dass auch mit ihrem Verstand etwas nicht stimmte. Ihr Gesichtsausdruck glich dem eines Kindes, obwohl sie laut ihrem Aussehen über vierzig Jahre sein müsste.

»Deine Herrin? Die Hexe?«, hakte ich nach, obwohl ich mir sicher war, dass sie über die dunkle Königin sprach.

Sie nickte deutlich. »Möchtest du sie kennenlernen? Sie ist so wunderschön. Ich kann dir ihr Schloss zeigen, wenn du willst.«

Ein seltsames Lächeln stahl sich auf ihr Gesicht, worin ein Funken Wahnsinn zu erkennen war. Genau denselben Anschein hatte ich auch bei dem kleinen Mädchen entdeckt.

Ob sie mich wirklich zum Schloss führte? Oder eher in die Höhle des Löwen, in der sie mich verspeiste?

»Das ist nett von dir, aber ich kenne den Weg bereits«, log ich zur Hälfte, da ich nur den alten Weg kannte, der auf den Karten verzeichnet war. Mittlerweile hatte sich die Umgebung deutlich verändert.

»Dann begleite ich dich.«

Ich presste die Lippen zusammen. Ihre Anwesenheit ließ mich unheimlich nervös werden. Sollte sie es nur ein einziges Mal wagen, mich hinterrücks anzugreifen, würde ich ganz schnell ihr Leben beenden.

Da ich vorerst keinen Kampf befürchtete, ließ ich meine Lichtkugel verschwinden und beschloss, mich auf das Wesen einzulassen. »Nun gut. Geh vor«, befahl ich und sie setzte sich, ohne zu zögern, in Bewegung.

Zu meinem Glück tat sie, was ich verlangte, und schwieg fürs Erste. Als ich mir ihren Körper anschaute, fiel mir das lumpige, schmutzige Kleid auf, das bis zu den Knien reichte. Ihre Füße waren schwarz vor Dreck. Die Bewohner Schattentods schienen sich um Sauberkeit nicht zu scheren. Selbst an ihren Händen klebten Schlamm und Blut, was mir nur im Schein des Mondes auffiel.

»Ich bin Zett«, rief sie mit beschwingter Stimme, was mir gleichzeitig einen Schauer über den Rücken jagte. Ihre Launen schwankten stark und ein solches Verhalten kannte ich nur bei Verrückten.

»Zett, wie der Buchstabe Z?«

»Zett wie Zett«, raunte sie und hielt sich den Zeigefinger vor die Lippen. »Aber psst, so heißen hier viele.«

Also jeder nennt sich ›Zett‹? Warum das denn? Aufgrund verrückter Gedanken? Jedenfalls würde ich ihr Verhalten darauf zurückführen.

»Und warum nennt ihr euch so?«, erfragte ich, bemühte mich jedoch, nicht interessiert zu klingen, da ich sonst befürchtete, dass sie zu aufdringlich wurde.

»Buchstaben kann man sich leichter merken. Meine Familie heißt auch so.«

Eine wirklich faszinierende Theorie, dachte ich mir ironisch.

»Vermisst dich deine Familie denn nicht?«, fragte ich.

Das Gespräch wurde mit jedem weiteren Wort unangenehmer. Doch ich glaubte, dass ich durch Zett mehr Informationen über die Hexe bekäme. Vielleicht entlockte ich ihr wichtige Details, die mir im Kampf einen Vorteil verschafften.

»Nein. Sind tot. Mausetot«, erklärte sie, als würde sie es nicht kümmern, was mit ihrer Familie passiert war.

Ich unterdrückte ein »Mein Beileid«, da es dafür keinen Grund gab. Diese verrückten Menschen waren fernab jeglicher Realität. Ihre suspekte Welt war ein absolutes Chaos, das von niemandem gerettet werden konnte. Ich sollte aufpassen, was ich ansprach und wie ich es formulierte.

»Sind denn alle Menschen hier so wie du, Zett?«, hakte ich nach.

Sie schüttelte den Kopf, wobei eines ihrer ungepflegten Haare an ihrer Wange haften blieb. »Die anderen verstecken sich vor der Hexe. Ihre Vorfahren gehörten einst zu den königlichen Dienern und Soldaten. Durch ein Buch haben sie Schutzzauber entworfen, um sich vor dem finsteren Wahn der Königin zu schützen.«

»*Finsterer Wahn?*«

So wie Zett diesem verfallen war? Bedeutete das etwa, nicht alle Menschen hatten ihren Verstand verloren?

Nervös schürzte ich die Lippen. »Wo kann ich denn schlafen, falls ich müde werde? Kennst du einen guten Ort?«

Sie zuckte mit den Schultern. »Niemand schläft in Schattentod.«

Was? Ich horchte in meinen Körper hinein und suchte nach einem Anflug von Müdigkeit oder Erschöpfung. Doch ich fühlte mich kraftvoll, als wäre ich gerade erst aufgestanden.

Ob das an der Angst und der Anspannung lag, die ich seit dem Betreten von Schattentod verspürte?

»Das ist ... gut«, gestand ich mit einem erzwungenen Lächeln und versteckte, so gut es ging, mein wahres Empfinden. Wenn man in Schattentod tatsächlich nicht schlafen konnte und diese Magie mich beeinflusste, dann fand ich keine Erklärung dafür, weshalb der Nebel meiner Macht ausgewichen war.

Bedeutete das, meine Immunität hielt nicht jedem Zauber stand?

Zett blieb diesmal stumm.

»Sag mal, ich habe gehört, hier sollen sich Schattenwesen herumtreiben. Wo sind sie?« Mit vorsichtigen Blicken prüfte ich meine Umgebung, doch wir waren die einzigen Besucher im kargen Waldabschnitt.

»Sie sind geflohen, als sie das Licht gesehen haben. Sie mögen dich nicht. Du bist zu hell«, knurrte sie und verschränkte beleidigt die Arme vor der Brust. *Sehr launisch.* »Als Kind habe ich Licht gemocht, Feuer auch. Aber dann überfiel der Drache unser Dorf und wir mussten fliehen. Von da an umgab mich Dunkelheit und je länger ich in ihr lebe, desto eher wird mir klar, dass wir das Licht nicht brauchen.«

Den Drachen gab es ja auch noch. Bekanntlich soll er ganze Heere und Städte in Schutt und Asche gelegt haben. Vermutlich würde dieser Kampf noch schwerer werden, als ich anfangs gedacht hatte.

Ich zog eine Augenbraue hoch. »Warum begleitest du mich dann?«

Sie verschränkte die Hände hinter dem Rücken und schwieg.

Ihre Erklärung, dass die Schattenwesen vor mir zu fliehen schienen, schenkte mir ein wenig Erleichterung. Vorerst sollte sich mir niemand in den Weg stellen – bis auf die Zett-Menschen.

Vielleicht erreichte ich dadurch schneller das Schloss. Trotzdem fürchtete ich mich davor, der grausamsten Hexe der fünf Lande zu begegnen.

All die Menschen, die von meinen Engelsgaben wussten, setzten Hoffnungen in mich. Sie glaubten, ich wäre in der Lage, die Hexe zu töten. Doch wer garantierte mir, dass ich diese Aufgabe auch erfüllte?

Es vergingen Stunden, vielleicht auch ein ganzer Tag. Mein Körper verspürte keinen einzigen Anflug von Müdigkeit. Dank der ewigen Nacht verlor ich das Zeitgefühl und konnte nur grob abschätzen, wie lange ich bereits unterwegs war.

Zett hatte seither geschwiegen und warf manchmal nur noch den Kopf über ihre Schulter, um zu prüfen, ob ich ihr weiterhin folgte.

Der Marsch bis zum Schloss hatte mir viel Zeit zum Nachdenken gegeben. Ich malte mir Strategien aus, versuchte mir ansatzweise vorzustellen, mit welchen Tricks mich die Hexe besiegen könnte und ob es ein Duell gäbe oder ich mehrere Feinde zu schlagen hätte. Allerdings mündete jeder meiner Gedankengänge in weiteren offenen Fragen.

Ich hatte keinen Zweifel daran, dass sich die Hexe daran weidete, Schmerz und Leid zu verbreiten.

Steuerte wirklich die Dunkelheit sie? Oder war es der Hass, der sie kontrollierte?

Mir lief ein Schauer über den Rücken, als ich daran dachte, dass nur sehr wenige Menschen die wahre Geschichte des Mädchens kannten, das durch eine Hexe verflucht worden war. Die meisten glaubten, Freyja sei als Hexe geboren worden und dass Tivana und Aurum selbst der Dunkelheit angehört hätten. Doch nach so vielen Jahren konnte man es den Bewohnern der fünf Lande nicht verübeln, wie sie über Schattentod dachten.

Als wir einen Hügel erklommen und am höchsten Punkt zum Stehen kamen, erblickte ich in der Ferne das Schloss von Menam. Ein dunkler Nebel hüllte es wie ein Umhang ein, nur vereinzelt erkannte ich eine Fackel in einem der Türme brennen. Alles andere wirkte düster und verlassen.

Zett zeigte mit dem Finger auf das Schloss. »Der Thronsaal befindet sich genau in der Mitte. Dort findest du unsere Herrin.«

»Sollte nicht allzu schwierig sein, hinaufzukommen«, sagte ich eher zu mir selbst.

Als ich gerade losgehen wollte, merkte ich, dass Zett stehen blieb. Ich drehte mich mit hochgezogener Augenbraue zu ihr um.

»Hier in Schattentod zu sterben, ist nicht wirklich schön. Die Schatten quälen die verstorbenen Seelen«, meinte sie, als wäre es nichts Wichtiges. »Nein, nein. Nicht schön ist das.«

»Aha«, murmelte ich, um überhaupt irgendeine Antwort zu geben. Das bisschen Vernunft, das sie noch besaß, schien sich gerade wieder zu verabschieden. »Dann leb wohl, Zett.«

Ich kehrte ihr den Rücken endgültig zu, bevor noch weitere, zusammenhanglose Worte aus ihrem Mund kämen.

Vorsichtig lief ich den steilen Hang hinab und schaute ehrfürchtig den Türmen entgegen, während ich ein Gebet murmelte. Es war nicht nur die Hexe, die Macht hatte, sondern auch ihr schwarzer Drache, der mit seinen brennenden Flammen ganze Orte vernichtete.

Mir wurde unwohl, als ich daran dachte, dass der Kampf zwischen mir und der Hexe nur wenige Schritte entfernt war. Obwohl ihr Schloss noch weit in der Ferne lag, kam es mir so vor, als stünde ich bereits vor den Toren.

Ob es noch Menschen gab, die darin lebten? Waren sie bereits alle zu den verrückten Monstern mutiert?

Ich umklammerte den Griff meines Schwertes.

Das Schloss.

Die Hexe.

Ein hoffentlich letzter Kampf.

EIN SCHICKSAL VOLLER UNKLARHEITEN

Freyja

Das Erste, was ich gespürt hatte, war die Angst meiner Schatten. In meinem Kopf hörte ich ihre Stimmen, wie sie sich vor dem Lichtwesen fürchteten, das es gewagt hatte, die Nebelwand zu überwinden und nach Schattentod zu kommen. Seine Magie blendete sie, brannte in ihren Augen, sodass ich ihn selbst nur als hellen Punkt in meiner Dunkelheit wahrnahm.

Mich überkam Wut, weil ich tatsächlich geglaubt hatte, der Engel würde es unterlassen, in mein Reich zu dringen. Damals als kleiner Junge war er sofort vor meiner Finsternis geflohen und ich hatte ihn heimlich für seine Feigheit ausgelacht. Doch nun schien er sich stark genug zu fühlen, eine Hexe wie mich herauszufordern.

Unterschätzen durfte ich ihn nicht, auch wenn ich es gerne getan hätte. Ich war ihm über hundert Jahre voraus und trotzdem überwand er meine Nebelbarriere, deren Fluch keinen Einfluss auf ihn hatte. Wie stark waren seine Kräfte? Wie sehr sollte ich mich vor seiner Engelsmagie in Acht nehmen?

Obwohl bereits zwei Tage vergangen waren, seit er die Nebelbarriere überwunden hatte, und es für mich ein Leichtes gewesen wäre, ihn anzugreifen, wollte ich auf ihn warten. Er sollte zu mir kommen, damit ich ihn hier in diesem Thronsaal vernichten konnte. Sein Kopf würde eine hübsche Trophäe an meinem Seelenpodest ergeben.

»Er steht vor dem Tor«, berichtete Ravaga, die am Fuße des Podestes wartete.

Das tiefe Grollen meines Drachen erfüllte den Raum. Er lechzte bereits nach der neuen Herausforderung. Noron spürte, was ich fühlte und dachte. Wir waren seit dem ersten Tag, als ich ihn in dieser Höhle im Wald mit meiner Magie erschaffen hatte, miteinander verbunden.

»Das weiß ich«, beteuerte ich genervt und angespannt zugleich.

Ravaga sog genießerisch die Luft ein. »Junges Blut.« Ich sah zu ihr hinunter und erkannte, dass ihr Blick ernst wurde. »Ich nehme eine starke Magie wahr.«

»Nicht nur du«, gab ich zu und biss unruhig auf meine Unterlippe. Seine Lichtmagie pulsierte förmlich, als wäre sie eine alles zerstörende Walze, die mich zu durchdringen versuchte.

»Er wird alles daransetzen, dich zu töten. Willst du keine Vorkehrungen treffen?«, fragte Ravaga, die ihre Arme um ihre Mitte geschlungen hatte. Diese Geste zeigte sie nur, wenn sie angespannt war, was äußerst selten geschah.

Ich zog eine Augenbraue in die Höhe und lehnte mich in meinem Thron zurück.

Welch wundervollen Klang würde es ergeben, wenn meine Dunkelheit auf sein Licht traf? Wer würde zuerst in die Knie gehen?

Aufregung ließ mein schwarzes Herz in der Brust wild hämmern. Ich konnte mich nicht einmal mehr daran erinnern, wann ich mich das letzte Mal auf eine solche Herausforderung gefreut hatte.

Sein Blut wird mein sein. Seine Seele wird mir in den nächsten hundert Jahren Freude bereiten. Wie sehr schreit ein leidender Engel? Dringen seine Wehklagen möglicherweise bis zum Himmel?

Ein warmer Schauer durchfuhr mich.

Oh, ich kann sein Eintreten kaum erwarten.

»Ich werde versuchen, sein Wesen zu lesen, wenn er den Saal betritt«, kündigte sie an und positionierte sich in einer dunklen Ecke des Raumes.

Ein spöttisches Lächeln stahl sich auf meine Lippen. *Wie eigenartig von ihr.* »Eine solche Angst habe ich noch nie bei dir gesehen. Was fürchtest du wirklich?«

»Ich habe Angst um dich, das ist alles.«

Wenn mir etwas von Ravagas Lehren im Gedächtnis geblieben war, dann, dass sich eine Hexe um die andere niemals sorgte. Meine Verbündete log also. *Interessant.* Ob sie das mit Absicht aussprach, oder war sie tatsächlich so dumm zu denken, ich würde ihren Worten Glauben schenken?

»Angst, ja?«, hakte ich nach und schlug ein Bein über das andere. »Hast du Geheimnisse vor mir, Ravaga?«

Ich wusste schon immer, dass sie mir nicht alles verriet und ihr Wissen auch mit ihrem Leben beschützte. Doch vielleicht konnte ich ihr in dieser Situation etwas entlocken.

Ihre Arme wanderten wieder neben ihren Körper und mit ruhigem Gesichtsausdruck schaute sie zu mir herauf. »Du weißt, was du wissen musst.«

»Oh, ich würde aber gerne wissen, was *du* weißt«, forderte ich sie wieder heraus, was sie in den meisten Fällen zur Weißglut trieb.

Dies war einer der Unterschiede zwischen ihr und mir. Durch die Dunkelheit in meinem Herzen beherrschte ich mein temperamentvolles Feuer, das mich immer wieder zu übermannen versuchte. Die Finsternis war das wachende Zepter, das meine anderen Gefühle wie Angst oder Wut in Schach hielt. Mit jedem Jahr, das verging, wurde ich kälter.

»Hör auf damit! Wir haben größere Sorgen«, zischte sie.

Ich hob eine Augenbraue. »Sorgen? Wegen eines jungen Mannes? Er hätte bereits beim Betreten Schattentods umkehren sollen.« Ich lachte spottend. »Ich würde zu gerne wissen, was er von meinem Schattentod hält. Besonders von den Kindern, die ich in den Wahn getrieben habe.«

»Er hat deinen Fluch überwunden, Freyja«, entgegnete sie. »Er ist damit der Erste, der dein Land verlassen kann, ohne zu sterben. Der Erste, der deine Schatten besiegt hat, ohne gegen sie gekämpft zu haben. Der Erste, der auf den Treppen deines Schlosses steht.«

Als sie den letzten Satz vollendete, lauschte ich wieder dem Flüstern meiner Schatten und sie bestätigten mir, das Ravaga recht hatte. Er stand tatsächlich auf den Treppen des Schlosses und es dauerte nicht mehr lange, bis er meinen Thronsaal betreten würde.

Ich nahm einen tiefen Atemzug und erntete dadurch einen skeptischen Blick von Ravaga, die mir meine Angst nicht ansehen sollte. Ich war die gefährlichste Hexe der fünf Lande und durfte keine Furcht vor einem kleinen Licht haben. Denn ganz gleich, wie sehr ich auch vorgab, mir würde die Anwesenheit des Engels nichts ausmachen, wusste ich, dass mir kein leichter Kampf bevorstünde. Er wurde in König Loucas' Schloss ausgebildet und in seine Obhut gestellt. Außerdem stand ihm seine Lichtmagie zur Seite, die meiner Dunkelheit schaden konnte.

Nein, das würde kein Kampf wie jeder andere werden.

Als ich auf meine Hand schaute, bemerkte ich einen sanften, schwarzen Rauch, der meinen Körper umgab. Dieser Anblick schenkte mir Mut, da er sich nur zeigte, wenn ich große Kräfte sammelte. Dank der ewigen Nacht und meiner umherstreifenden Schatten war es ein Leichtes, meine Macht zu stärken.

»Er kommt«, flüsterte Ravaga und ich spürte, wie sich bei ihren Worten all meine Muskeln anspannten.

Ein Kribbeln durchfuhr mich und ließ meinen Magen verkrampfen. Mir wurde sogar abwechselnd heiß und kalt.

Tatsächlich ertönten hinter der Tür Schritte, die kein menschliches Gehör vernommen hätte. Doch Ravaga spitzte die Ohren, faltete nervös ihre Hände und blickte wie gebannt auf die Tür.

Ich tat es ihr gleich, umfasste die Lehne meines Thrones und beugte mich leicht nach vorne. Mein Drache bewegte sich im Hintergrund, als würde er in eine Angriffsstellung übergehen.

Die Schritte verstummten, da er genau vor der Tür zum Stehen gekommen sein musste. Nun, da er so nah war, hörte ich sogar seinen unrhythmischen Atem. Er fürchtete mich.

Plötzlich kam es mir merkwürdig vor, über die Empfindungen des Engels nachzudenken. Dieser Mann auf der anderen Seite der Tür besaß dieselbe Anspannung wie ich. Zwei mächtige Wesen, denen ein alles entscheidender Kampf bevorstand.

Die Türen wurden mit Wucht aufgedrückt und sein Eindringen raubte mir für den Moment den Atem. Er hatte es wirklich bis hierher geschafft. Noch nie hatte jemand in all den Jahrzehnten meinen Thronsaal betreten.

Mein Blick fiel zuerst in seine weißgrauen Augen, mit denen er den Raum absuchte. Womöglich war seine Sehkraft der Dunkelheit nicht gewachsen. Das schwarze, stufige Haar, das einen Teil seiner Ohren bedeckte, verschmolz mit den Schatten des Raumes. Statt die Treppe und damit den Thron zu entdecken, bemerkte er Ravaga, die ihn mit ihren schwarzen Hexenaugen ansah.

Ihr Anblick ließ ihn scharf einatmen. Die alte Frau mit dem gekrümmten Rücken und dem eingefallenen Gesicht wirkte auf kein sterbliches Wesen freundlich. Ravagas scheußliches Aussehen entlarvte sie sofort als Hexe, da die meisten von ihnen nicht mit ewiger Jugend beschenkt wurden. Nur mit seiner eigenen Magie, die dafür auch ausreichen musste, konnte man seine Schönheit zurückerlangen.

Trotz der Gefahr, die er entdeckt hatte, zog er noch immer nicht sein Schwert.

Was machte ihn so sicher, dass wir ihn nicht angreifen würden? Wartete er darauf, wer den ersten Schritt tat? Vielleicht war ihm auch klar geworden, dass das Stück Eisen in seiner Hand keine Hexe endgültig töten konnte.

Bevor ich zu einem Angriff übergehen wollte, musste ich mehr über das Lichtwesen erfahren. An seinem Rücken machte ich leuchtende Flügel aus. Sie waren grell, schmerzten in meinen Augen und verströmten die Art von Bedrohung, vor der ich mich tatsächlich fürchtete.

Reines Licht.

Wenn ihn der Himmel geschickt hatte, schien ich wahrhaftig eine Bedrohung für die Länder zu sein.

Am liebsten hätte ich vor Freude gelacht. Dieses Gefühl machte mich nicht nur stolz, sondern sprach mir auch mehr

Mut zu. Wie würde der Himmel es finden, wenn ich ihr Lichtwesen in Stücke zerriss und seinen Kopf als Trophäe für mein Schloss nahm?

Oh, das wäre viel zu herrlich.

Die Vorstellung gefiel mir.

»Ravaga, richtig?«, fragte er die alte Hexe und verpasste mir dabei eine Gänsehaut.

Selbst seine Stimme glich der eines Engels, sanft und gutmütig. Allerdings schwang dabei auch ein herrischer Ton mit, was ihm Entschlossenheit und Mut verlieh.

Es überraschte mich, dass er zuerst Ravaga ansprach, statt Ausschau nach dem wahren Übel zu halten.

»Oh, ein Seraph«, rief die Hexe und sie klang dabei leicht beschwingt. »Es ist mir eine Ehre, zum ersten Mal einem Engel gegenüberzustehen.« Ein spöttisches Grinsen breitete sich in ihrem Gesicht aus. »Wenn auch nicht für lange.«

Der Engel hob die Augenbraue und umklammerte mit seiner Hand den Griff seines Schwertes. »Du irrst dich. Ich bin kein Seraph.«

Wie konnte er sich da so sicher sein? Laut den Aufzeichnungen besaßen nur die Seraphim und Erzengel Flügel.

Ravaga zog offenbar dieselben Rückschlüsse, denn sie lachte. »Traurig, dass du nicht einmal weißt, wer du wirklich bist.«

Der Engel schien der alten Hexe kein Wort zu glauben und zog langsam sein Schwert aus der Scheide. »Ich weiß sehr wohl, zu was ich fähig bin.«

Entweder er kannte die Hierarchie der Engel nicht oder er war sich nicht bewusst, was er an seinem Rücken trug. Doch das konnte nicht sein.

Ravaga verspottete den jungen Mann weiter. »Du hast keine Ahnung. Oder glaubst du wirklich, du kannst hier einfach hereinspazieren und eine Drachenhexe töten?«

Seine Miene wurde finster und er wandte den Kopf zu mir nach oben. Mit dieser Geste überraschte er mich, da ich tatsächlich gedacht hatte, ich wäre ihm am Anfang nicht aufgefallen.

Welch unglaubliche Dreistigkeit!

Er wusste, dass ich auf meinem Thron saß, und trotzdem hatte er mich ignoriert – als wäre ich für ihn keine große Gefahr. Ich würde ihm schon noch beweisen, wie grauenvoll eine Drachenhexe sein konnte, wenn sie erst einmal seine Seele besaß.

Schließlich kehrte er Ravaga den Rücken zu, als wäre sie nicht mehr sein Problem, und schaute zu mir herauf, da seine Sehkraft sehr wohl für meine Dunkelheit auszureichen schien. Ich erblickte seinen leicht stoppeligen Bart, die markanten Gesichtszüge, die hohen Wangenknochen und die engelsgleichen Feinheiten. Das dunkle Haar ergab einen starken Kontrast zu seiner blassen Haut. Ein Mensch wäre vor seiner Schönheit niedergekniet, doch bei mir hinterließ sie nur ein leichtes Kribbeln auf der Haut.

»Du siehst fast noch so aus wie auf den Gemälden«, begann er und spannte die Schultern an. Er machte sich für den Kampf bereit. »Allerdings jetzt mehr wie eine dunkle Hexe.«

Ich erhob mich von meinem Thron und verschränkte die Arme vor der Brust. »Du kannst es wohl kaum erwarten, deinen Kopf zu verlieren, oder?«, gab ich in einem drohenden Tonfall zurück.

Lucien hob sein Schwert, als würde er mir damit bedeuten, dass wir endlich unseren Kampf austragen sollten. »Oder du deinen!«

Für einen kurzen Moment schaute ich zu Ravaga, deren Augen vor Angst weit aufgerissen waren. Die Arme hatte sie erneut um ihre Mitte gelegt. Sie musste etwas in ihm erkannt haben. Doch was?

»Mein Drache wird dich einfach zerquetschen«, drohte ich ihm, was insgeheim auch ein Befehl für Noron sein sollte.

Des Engels Blick huschte zur Dunkelheit, in der sich mein Drache versteckte, und ich wies ihn in meinen Gedanken an, sich zu zeigen. Aber nichts geschah.

Verflucht noch mal! Wer ist dieser Engel?

Seine Immunität ließ Zorn in mir aufwallen. Kampfbereit stieß ich mich von der obersten Stufe ab, sprang in die Tiefe und landete mit leicht gebeugten Knien auf dem Boden. Gleichzeitig hörte ich, wie mein Umhang, bestehend aus Rabenfedern, über die Fliesen strich.

Ich verließ nur ungern meinen Thron und da ich durch meine Kräfte keine menschlichen Bedürfnisse mehr hatte, tat ich dies auch selten. Wenn ich mich einmal nicht im Thronsaal befand, streifte ich mit Noron umher oder wühlte mich durch das eine oder andere interessante Buch in der Bibliothek.

»Mein Licht macht ihm Angst«, bemerkte er und schien über seinen mächtigen Schutz dankbar zu sein.

Mit einem hörbaren Zischen zog ich mein blutrotes Schwert aus der Scheide, dessen Klinge ich mir damals vom besten Schmied Menams hatte anfertigen lassen. »Dann wird dir mein Schwert ein Ende bereiten.«

Schwarzer Nebel ummantelte meine Klinge wie ein loderndes Feuer und die des Engels begann grell zu glühen.

Wir schossen aufeinander los und unsere Klingen kreuzten sich klirrend. Ihr Schall drang durch den hohen Saal und die enorme Kraft, die wir ausübten, hinterließ eine spürbare Druckwelle. Wir stießen uns wieder voneinander ab und schlitterten ein Stück weit rückwärts über den sich leicht spiegelnden Boden.

»Ich habe schon lange keinen würdigen Gegner mehr gehabt. Es wird mir guttun, dir den Kopf von den Schultern zu schlagen«, rief ich, erfreut über den Kampf.

Der Engel hob sein Schwert erneut und stürmte auf mich zu. Ich lief ihm ebenfalls entgegen und als sich unsere Klingen trafen, krachte Stahl auf Stahl.

»Ich werde Menam von deiner Scheußlichkeit befreien«, knurrte er und zog die Brauen zusammen.

Was glaubte er, wer er war? Der Retter eines bereits verlorenen Landes?

»Ich bin die rechtmäßige Königin und du wirst mir gar nichts anhaben können«, zischte ich feindselig, und erneut schlugen unsere Klingen aufeinander.

Der Engel ging unglaublich geschickt mit seiner Waffe um, viel besser, als ich es erwartet hätte.

Wer ihn wohl in Greystone gelehrt hatte? Ob der König seine besten Lehrmeister dafür aufopferte? War ihm die Befreiung Menams so wichtig? Bisher hatte sich kein anderes Land so viel Mühe gegeben, mich zu töten.

Immer wieder trafen wir aufeinander, wichen den Hieben des jeweils anderen aus und nahmen dabei den gesamten Saal ein. Als ich die Elementar-Magie in mir heraufbeschwor, prallte diese an einem unsichtbaren Schild an seinem Körper ab.

Mein Blick glitt für einen kurzen Moment zu Ravaga, die uns angespannt zusah und sich währenddessen nicht gerührt hatte. Sie wusste, dass ich den Kampf allein ausfechten wollte, weswegen sie sich bedeckt hielt. Trotzdem lagen ihre Augen auf den Bewegungen des Engels.

Versuchte sie herauszufinden, ob er eine Schwachstelle hatte?

Das ständige Aufeinandertreffen unserer Klingen dauerte mir zu lange. Er besaß die gleichen geschmeidigen Bewegungsabläufe wie ich, sodass es ewig dauern würde, bis einer schneller ermüdete als der andere.

Nein, ich musste mir etwas Neues einfallen lassen. Wenn ihm meine Magie und meine Schwertkunst nicht schaden konnten, dann würde ich mir Hilfe von außerhalb nehmen.

Als meine Idee Form annahm, brachte ich meine Umgebung durch mächtige Kraft zum Beben. Dabei lösten sich zum Teil einige Fliesen vom Boden und die noch unversehrten Fensterscheiben zersplitterten, ohne dass ich sie dabei berührt hätte. Der schwarze Nebel um meinen Körper wurde dichter.

»Mal sehen, ob dich dein Schild noch immer rettet.«

Kaum hatte ich mein Vorhaben angekündigt, setzte ich es auch schon um. Die scharfen Splitter und schweren Fliesen schossen auf den Engel los, der in letzter Sekunde versuchte, ihnen auszuweichen. Doch glücklicherweise traf ihn ein Stück Glas, das ihm eine blutige Wunde am Kopf verpasste.

Der Schmerz schien ihn wütender zu machen.

Mit erhobenem Schwert lief er auf mich zu und wurde mit jedem weiteren Schritt schneller. Seine Klinge flog so ungestüm durch die Lüfte, dass ich seine Schläge nur noch parieren konnte. Er schaffte es sogar, mich an eine Wand zu drängen, von der aus ich nicht mehr entkommen konnte. Ehe er zu einem finalen Hieb ausholte, entkam ich mit einer geschickten Umdrehung der Bedrängnis.

Der Engel sah meine Flucht jedoch voraus und verpasste mir mit einem blitzschnellen Schlag einen Schnitt an der Hüfte.

Ich schrie vor Schmerz auf und hielt mir reflexartig die Hand an die blutende Wunde. Entsetzt sah ich in seine Richtung und biss verärgert die Zähne zusammen. Er wirkte ebenfalls überrascht, als ob er nicht glauben könnte, dass seine Klinge mich getroffen hatte.

Unterschätzt hat er mich jedenfalls nicht.

Im Hintergrund bemerkte ich, wie sich Ravagas Körper anspannte.

Die Wunde tat verdammt weh und schwächte meinen Körper, doch ich durfte dem Engel nicht zeigen, dass mir die Verletzung etwas ausmachte. Noch war dieser Kampf nicht zu Ende.

Als mir die metallische Note meines Blutes in die Nase kroch, wurde mir zum ersten Mal bewusst, wie lange ich dieses schon nicht mehr gerochen hatte.

»Dieser herrliche Duft«, entfuhr es mir genüsslich.

Es war nicht nur irgendein Blut, sondern das einer Drachenhexe. Der bittere Geruch, als wäre es mit einem tödlichen Gift vermischt, legte sich sanft auf meine Zunge.

Als ich meine Hand hob, kostete ich einen Tropfen des Blutes und es schmeckte noch genauso, wie ich es in Erinnerung hatte.

Danach begann ich, schallend zu lachen. »Ist das alles, Engel?«

Der Feind wirkte bestürzt über mein seltsames Verhalten, das einem Wahnsinn glich.

Was hatte er erwartet? Blut und Leid waren das Einzige, was mich wirklich glücklich machte.

Als er wieder zum Angriff überging, wurde meine Miene ernst und ich hob trotz des brennenden Schmerzes mein Schwert. Meine Wunden heilten schnell, also brauchte ich ihn nur eine Weile hinzuhalten, bis diese sich schloss.

»Ich mag dich, Engel. Du bist eines Kampfes würdig«, gab ich in einem herablassenden Tonfall von mir und bemerkte, wie das Blut an meiner Hüfte hinabbrann.

Wütend knirschte er mit den Zähnen. »Lange wirst du nicht mehr durchhalten«, rief er überzeugt und umklammerte den Griff seines Schwertes fester.

Mein Blick fiel auf seine Flügel, die nicht aus Federn bestanden, sondern von purem Licht erfüllt waren. Ihre Magie würde ihn in die Lüfte heben und nicht ihre Schlagkraft, so wie es bei meinen Schwingen der Fall war.

Ein tiefes, diabolisches Lachen verließ meine Lippen. »Jetzt werden wir sehen, wessen Mächte stärker sind.«

Ich wollte mich mit ihm in der Luft messen, da ich auf meine Drachenschwingen vertraute und mir sicher war, dass ich besser fliegen konnte als er. Ihre Kraft und ihre Bewegungen waren mir so vertraut wie meine dunkle Magie.

Ich spannte die Arme an und fühlte, wie sich meine Schwingen durch die Haut drückten, um aus meinen Schulterblättern herauszubrechen. So schwarz wie die Nacht und in der Form von Fledermausflügeln ragten sie bis hoch über meinem Kopf auf.

Als ich mich in die Luft hob und darauf wartete, dass der Engel mir nachsetzte, bemerkte ich sein Zögern. Etwas überrascht schaute ich zu ihm hinab und erkannte in seinen Augen eine leichte Verwirrung.

Weshalb flog er mir nicht nach? Wollte er den Kampf denn nicht fortsetzen?

Da begann Ravaga laut und boshaft zu lachen. Ihre Stimme schallte durch den gesamten Saal. »Er weiß nicht, dass er welche hat«, rief die alte Hexe gackernd. »Er scheint sie weder zu spüren noch zu sehen.«

Der Engel ballte die Hände zu Fäusten und blickte zu mir nach oben. Dann bedeutete es, dass er seine wahre Macht noch gar nicht gefunden hatte? Er nutzte nur einen kleinen Teil seiner Lichtmagie, statt die gesamte Kraft zu entfalten. Vermutlich wusste er noch nicht einmal, wie er das anstellen sollte.

Er würde zerbrechen und sterben.

Sein Tod würde unausweichlich sein.

Oh Luzifer, wann hatte ich mich das letzte Mal so sehr auf den Schrei eines Sterbenden gefreut? Ich konnte seine Seele bereits in meinen Händen spüren.

Ich grinste diabolisch. »Dann weiß er auch nicht, wie man sie benutzt«, erklärte ich mir und wusste in dem Moment, wie ich den Engel besiegen konnte, ohne ihm dabei ein Schwert durch die Brust zu rammen.

Von meinem Vorhaben angetan, schoss ich auf ihn zu, schlug ihm das Schwert durch meinen rasend schnellen Sturz aus der Hand, sodass es klirrend zu Boden fiel, und umschlang mit den Armen seinen Körper. Ich merkte, dass er noch immer nicht zu ahnen schien, was ich mit ihm vorhatte.

Als ich höher flog und damit durch die offene Decke des Thronsaales schoss, erkannte ich die Angst in seinen Augen. Instinktiv krallte er sich an meine Arme, um nicht in die Tiefe hinabzustürzen.

Am Fuße des Throns, dessen Podest vom Mond silbern beleuchtet wurde, entdeckte ich Ravaga, die zu uns heraufsah. Ihre Miene war dabei finster und irgendetwas irritierte mich in ihrem Ausdruck.

Gefiel ihr mein Vorhaben etwa nicht? Glaubte sie, es würde nicht funktionieren und der Engel würde in seiner Not die Flügel doch benutzen? Aber selbst dann wären seine Flugkünste nicht ausreichend, um mir im Kampf überlegen zu sein.

Als ich spürte, dass wir weit genug oben waren, packte ich den Krieger am Saum seines Kragens. »Was ist das für ein Gefühl, Engel?« Ich lachte voller Vorfreude auf seinen tödlichen Sturz.

Er blickte über seine Schulter in die Tiefe und merkte, dass das Schloss nur noch handgroß zu sehen war. Meine Schwingen wirbelten ihm dabei peitschende Böen ins Gesicht und ich amüsierte mich darüber, dass er aus dieser Höhe keine Überlebenschance haben würde. Der Fall würde seinen Tribut fordern.

»Sag mir eines, Engel. Fürchtest du dich?«, rief ich durch den eisigen Wind.

Sein Ausdruck wurde finsterer und im selben Moment, in dem ich mich von ihm losreißen wollte, ließ er einen Arm neben seinen Körper fallen. Ehe ich ahnte, was er vorhatte, zückte er blitzartig einen Dolch und stieß mir diesen in die Brust.

Ein Ruck fuhr durch meinen Körper und ein Schrei entglitt meiner Kehle.

Wie hatte er die Waffe so schnell aus seinem Ärmel ziehen können?

Dieser verfluchte Engel ...

Der Schmerz bohrte sich tief durch meine Knochen und zerriss meine Lunge, sodass ich keinen einzigen Atemzug mehr tun konnte.

Der Engel umschlang mit der einen Hand meinen Rumpf, packte mit der anderen meinen Nacken und sah mir tief in die Augen. »Wenn ich sterbe, dann reiße ich dich mit in den Tod.«

Meine Flügel sackten zusammen, da ich die Kontrolle über sie verlor. Durch das Erschlaffen meines Körpers löste sich der Engel von mir und wir stürzten gemeinsam in die Tiefe hinab.

Wie hatte ich den Dolch nur übersehen können? Bisher waren mir die Waffen meiner Feinde immer ins Auge gefallen. Hatte mich meine Vorfreude so sehr geblendet, dass ich die wirkliche Gefahr verleugnete?

Panisch sah ich zum Lichtwesen, das mit einem verzerrten Gesichtsausdruck auf das Schloss zuraste. Trotz meiner Panik versuchte ich, meine Flügel zu benutzen, doch all meine Muskeln fühlten sich taub an und nur der beißende Schmerz war in meiner Brust zu spüren.

Der Wind riss an meinen Haaren und brannte in meinen Augen, während ich mit der herannahenden Ohnmacht kämpfte.

Das hier konnte nicht mein Ende bedeuten. Eine Drachenhexe starb nicht durch ein einfaches Lichtwesen. Nein, das durfte nicht wahr sein. Ravaga würde mich retten. Sie würde ...

Doch dann durchzog mich eine fremde Wärme, und eine leuchtende Kraft umhüllte meinen Körper wie ein Kokon. Mit weit aufgerissenen Augen blickte ich zu dem grellen Licht, das nicht nur den Engel verschluckte, sondern auch meinen eigenen Körper.

Augenblicklich wurde meine Welt schwarz.

DIE PRINZESSIN

Lucien

In der Welt, in der ich erwachte, war es vorerst dunkel, doch dann erblickte ich ein kleines Licht, das sich als eine einfache Holztür herausstellte.

Wo war ich gelandet? Was war das für ein Ort? Ein Traum?

Wie gebannt erhob ich mich vom schwarzen Untergrund und lief auf die verschlossene Tür zu.

Als ich sie öffnete, strömte zuerst grelles Licht in meine Augen, sodass ich schützend einen Arm vor mein Gesicht hob. Es stellte sich heraus, dass hinter dem Durchgang eine vollkommen andere Welt lag, die einem Schlossgarten glich.

Am höchsten Punkt des hellblauen Himmels schien die Mittagssonne und erleuchtete eine wunderschöne Wand aus Rosensträuchern. Bunte Schmetterlinge flatterten von Blüte zu Blüte und bereicherten sich an deren Nektar. Vögel zwitscherten überall und auch einige Hasen genossen den grünen Klee im saftigen Gras.

Eine Mischung aus Blumendüften und frisch geschnittenen Wiesen kroch in meine Nase. Ein wohliges Gefühl machte sich dabei in meinem Magen breit.

Als die Tür hinter mir zufiel, verschwand diese auch gleich wieder. Da ich dies für eine Art Traumwelt hielt, weil es sich so anfühlte, wusste ich, dass ich nur abwarten musste, bis ich erwachte – falls ich je wieder die Augen aufschlug.

Vielleicht war dies mein Himmel, *das Ende.*

Gerade als ich den ersten Schritt tat, hörte ich, wie sich mir jemand eilig näherte. Eine junge Frau mit aschblonden, langen Haaren huschte durch den Bogen, der einen Durchgang in den Rosensträuchern bildete. Einige Strähnen waren geflochten und zusammengebunden, sodass es wie ein majestätisches Diadem wirkte. Sie trug ein zartes himmelblaues Kleid, das ihrer Augenfarbe glich. Es betonte ihre schlanke Figur und ihre Schönheit.

»Hallo, Lucien«, begrüßte sie mich.

Verdammt, woher kam sie mir so bekannt vor? Ob ich ihr schon einmal im Schloss von Greystone über den Weg gelaufen war?

Überrascht hob ich eine Augenbraue. »Du kennst mich?«

Ob das ein Trick der Hexe war? Eine Illusionswelt? Schließlich fühlte sich alles viel zu echt an und ich verfügte über mein volles Bewusstsein, als wäre ich wach.

Sie verschränkte die Finger vor dem Körper. »Seit dem Tag, an dem du geboren wurdest.«

Diese Lippen und diese Wangen … woher kamen sie mir so bekannt vor?

»Und wer bist du?«

Sie lächelte zaghaft. »Ich gebe dir einen Hinweis: die Drachenhexe.«

Was? Diese wunderschöne, anmutige Frau soll die Drachenhexe sein?

Im Gegensatz zu dem Monster, das Schattentod beherrschte, strahlte sie eine gewisse Liebenswürdigkeit aus.

Ich machte einen Schritt zurück und wollte zu meinem Schwert greifen, als ich merkte, dass es nicht mehr da war. »Freyja?«

Sie nickte. »Ja, Prinzessin Freyja aus Menam. Du musst dich nicht vor mir fürchten.«

»Wer sagt mir, dass das hier kein Trick ist?«, zischte ich und mein Blick wurde finsterer. »Die Drachenhexe … du kannst nicht sie sein. Sie sieht anders aus.«

Sie seufzte. »Ich bin hier eine Gefangene, weißt du?«

Ich sah mich um. »Was meinst du damit? Was ist das für ein Ort?«

Sie legte sich einen Zeigefinger an die Lippen. »Ich wurde von der Drachenhexe getrennt. An diesem Ort werde ich nun seit meiner Geburt festgehalten, bekomme jedoch alles mit, was die Drachenhexe erlebt.«

Dann stand also quasi ein Teil der ehemaligen Prinzessin von Menam vor mir?

»Wie?« Ich hob eine Braue.

»Es gibt in meiner Welt einen Spiegel, den ich heraufbeschwören kann«, erklärte sie und malte einen Halbkreis in der Luft. Wie von selbst erschien plötzlich ein mit goldenem Rahmen verzierter Spiegel, den ich für einen kurzen Moment betrachtete. Darin konnte ich nur Schwärze erkennen anstatt meines Spiegelbildes. »Im Moment scheint sie zu schlafen.«

»Oder sie ist tot«, sagte ich.

Die Prinzessin schüttelte den Kopf. »Nein, ist sie nicht.« Mit einer weiteren Armbewegung verschwand der Spiegel wieder vor meinen Augen, als wäre er nur eine Illusion. »Wenn ich merke, dass die Drachenhexe Menschen quält, muss ich wegsehen. Das Leid, das sie verursacht, ertrage ich nicht.«

»Wer hat dich weggesperrt?«, fragte ich, da ein Teil von mir gegen meinen Willen begann, ihren Worten Glauben zu schenken. Ich spürte instinktiv, dass dieses Mädchen vor mir die Wahrheit sprach. Ob das mit meinen Engelkräften zu tun hatte? Ich beschloss dennoch, vorsichtig zu bleiben. »Die Drachenhexe?«

Die Prinzessin verneinte es mit einem Kopfschütteln. »Etwas ... anderes. Es ist ... sehr mächtig.« Eine Gänsehaut überzog ihre nackten Schultern und sie schaute kurz zu den hohen Lorbeer-Sträuchern, welche die Sicht auf die prächtigen Rosen verdeckten.

Ich ließ den Blick noch einmal über den Garten schweifen. »Könntest du mir erklären, warum ich hier bin?«

Sie schaute mich erschrocken an, als hätte ich sie wieder an etwas erinnert. »Wir haben nicht viel Zeit.« Die Prinzessin sah zwischen mir und dem Bogen hin und her, hinter dem sich ein prachtvolles Blütenparadies verbarg. »Ich werde überwacht, weil sie befürchtet, dass ich den Schlüssel um die Drachenhexe und mich verrate.«

»Sie?«, hinterfragte ich sofort.

Die Prinzessin biss sich unsicher auf die Unterlippe.

Diese Frau sprach in absoluten Rätseln und ich verstand kein einziges Wort. Waren sie und die Drachenhexe nicht ein und dieselbe Person?

»Bitte drücke dich deutlicher aus«, forderte ich sie auf.

Doch da rief eine Frau mit krächzender Stimme Freyjas Namen. Die Prinzessin zuckte ängstlich zusammen und umfasste meine Hand.

»Nimm das«, flüsterte sie und reichte mir einen schwarzen Ring mit einem weißen Diamanten darin. Er schimmerte in einem unnatürlichen Licht. »Du bist die einzige Hoffnung, die wir haben. Gib es der Drachenhexe nur, wenn es dir dein Herz sagt.«

Ich hob überrascht die Brauen und spannte meine Muskeln an. »Was? Der Drachenhexe? Warum sollte ich das tun? Vermutlich hat sie mich sowieso gerade getötet.«

Sie schüttelte den Kopf und erneut ertönte Freyjas Name, doch dieses Mal lauter. Mit einer raschen Handbewegung ihrerseits tauchte die Tür wieder neben mir auf.

Diese Welt wurde zwar nicht von ihr erschaffen, da niemand sein eigenes Gefängnis errichtet, dennoch schien sie einige Dinge zu lenken und zu kontrollieren.

»Nein, ihr habt überlebt.«

»FREYJA!«, kreischte die unbekannte Stimme erneut, klang jedoch dieses Mal viel gereizter.

Die Prinzessin schlang ihre zarten Arme um meinen Oberkörper und schob mich anschließend in die Richtung der Tür, die sich auf magische Weise öffnete.

»Bitte, Lucien. Denk an meine Worte und gib ihr den Ring nur, wenn es dir dein Herz befiehlt«, wiederholte sie ihr Anliegen und verlieh ihm dieses Mal mehr Dringlichkeit. »Es ist die einzige Chance, Licht und Dunkelheit in Einklang zu bringen.«

Sie schubste mich aus ihrer Welt und ich landete wieder in dem finsteren Nichts.

Als ich zurückblickte, lächelte sie voller Hoffnung. »Folge dem Licht, Lucien, und lass dich nicht von der Dunkelheit bekehren. Denn wo Schatten leben, da gibt es auch Licht.«

Damit schloss sich die Tür und ich war allein. Selbst als ich am Knauf drehen wollte, blieb mir das erneute Betreten von Freyjas zweiter Welt verwehrt.

Ihre Worte spukten mir im Kopf herum und langsam fragte ich mich, ob es sich bei der Prinzessin um das tiefe Unterbewusstsein der Hexe gehandelt hatte.

Doch wieso sollte ich die Gabe dazu haben, in ihren Kopf einzudringen?

Ganz gleich, wie sehr ich versuchte, mir darauf einen Reim zu bilden, es ergab keinen Sinn. Trotzdem wollte ich ihre Bitte akzeptieren und den Ring erst einmal für mich behalten, sofern ich diesen auch in der Wirklichkeit besaß. Die Vorstellung war beinahe absurd.

Als ich mich wieder der Dunkelheit widmete, ergriff mich ein weiteres, grelles Licht und katapultierte mich von der Traumwelt in die Wirklichkeit.

Dessen war ich mir allerdings erst bewusst, als ich die Augen aufschlug und den düsteren Nachthimmel von Schattentod erblickte.

Ich lag auf dem Rücken und meine Brust schmerzte beim Atmen.

Warum hatte ich überlebt? Wie war das möglich?

Während ich mich ächzend erhob und mit den Händen über mein Gesicht reiben wollte, spürte ich einen Gegenstand in meiner Rechten. Als ich meine Faust öffnete, entdeckte ich den schwarzen Ring mit dem weißen, leuchtenden Stein.

Was auch immer gerade geschehen war – ich hatte es mir nicht eingebildet. Ich war einer Prinzessin begegnet, die behauptete, sie sei ein Teil der Drachenhexe. Und sie hatte mir einen Ring gegeben, den ich nun in der Hand hielt.

Obwohl wir uns in der Realität befanden, kam mir alles plötzlich so unwirklich vor.

Ich nahm einen tiefen Atemzug, um meine restlichen Sinne zu wecken. Das Schloss war fort und ich befand mich an der Grenze zu Schattentod. Neben mir schimmerte der graue Nebel, der das ganze Land umgab.

Wie kam ich hierher? Wer hatte mich überhaupt gerettet? Die Prinzessin aus meiner Traumwelt? Hatte sie mir wirklich geholfen?

Kopfschüttelnd verstaute ich den Ring in meinem kleinen Geldsäckchen am Gürtel und klopfte mir den Schmutz von der Lederrüstung. Selbst mein Schwert, das ich während meines Kampfes verloren hatte, befand sich wieder an meiner Seite.

Da fiel mir auf, dass ich nicht allein war. Nur wenige Schritte vom See entfernt, den ich nach meiner Ankunft in Schattentod entdeckt hatte, lag die Drachenhexe. Ihre Schwingen waren verschwunden und mit geschlossenen Augen wirkte sie weniger furchterregend.

Ich lief zu ihr hinüber, beugte mich über sie und musterte ihre Züge. An ihren Lippen klebte noch immer das eigene Blut, von dem sie probiert hatte, und die Wunde an ihrer Hüfte war verschlossen. Doch als ich den Riss, den mein Dolch verursacht hatte, überprüfte, bemerkte ich eine zarte, weiß schillernde Narbe auf ihrer Haut. Und sie atmete, war also nur bewusstlos.

Wie konnte sie diese Verletzung überlebt haben? Wer hatte sie vor dem Tod bewahrt? Und was hatte diese schimmernde Linie auf ihrer Haut zu bedeuten? Ihre Form erinnerte mich an einen lang gezogenen Blitz und ihre Farbe an Schnee.

Mir kam die Prinzessin wieder in den Sinn und ihre Worte gaben mir das Gefühl, dass hinter den Schatten der Drachenhexe mehr steckte als die bloße Dunkelheit.

Als sie von ›getrennt‹ sprach, meinte sie da eine Seelenteilung? War das der Grund, weshalb die Drachenhexe so bösartig geworden war?

›Folge dem Licht, Lucien, und lass dich nicht von der Dunkelheit bekehren. Denn wo Schatten leben, da gibt es auch Licht‹, hallten die Worte der Prinzessin in meinem Kopf.

Auch wenn die Zweifel blieben, so hatte ich eines mit aller Deutlichkeit gespürt: Sie war so anders gewesen als das Monstrum, das vor mir lag.

»Du musst sie deinem König bringen«, hörte ich plötzlich eine Stimme neben mir und erblickte die Gestalt von Zett.

Wie kam sie so schnell hierher?

»W-was …?«, entfuhr es mir überrascht.

»Die Drachenhexe ist zu mächtig in ihrem Land. Ich kann ihre Präsenz in ganz Schattentod fühlen.« Zetts Blick huschte über ihre Schulter in Richtung der Nebelbarriere. »Doch ich glaube, dass du uns retten kannst, Engel. Jetzt hast du die Chance dazu.«

Ich zog misstrauisch die Brauen zusammen. »Was meinst du damit?«

Zett suchte mit ihren blauen Augen, die so wirkten, als wäre sie blind, unruhig die gesamte Gegend ab. »Die Magie ist so stark und ich glaube, dass sie außerhalb von Schattentod keine Macht mehr hat, diese zu benutzen.«

»Heißt das etwa, der Fluch wäre dann gebrochen? Die Drachenhexe würde ihre Macht verlieren?«, hinterfragte ich und blickte unsicher zur regungslosen Hexe am Boden.

Zett zuckte mit den Schultern. »Vielleicht, vielleicht auch nicht. Niemand hat jemals zuvor die Drachenhexe bezwungen.«

Ihre Worte erinnerten mich an meine Aufgabe. Ich hatte Loucas das Versprechen gegeben, die Drachenhexe zu töten, und das war die Gelegenheit. Ich zog mein Schwert aus der Scheide und hielt es über die Hexe, die es noch nicht einmal spüren würde, wenn ich ihr die Klinge durch das Herz jagte.

Mit beiden Händen umfasste ich den Griff und schaute auf den ohnmächtigen Körper der dunklen Königin hinab. Mit meinem Schwertstoß wäre alles vorbei, Schattentod würde untergehen und ich hätte Menam vom Bösen befreit.

Ich atmete tief ein, hob die Klinge an und blickte in das Gesicht der Hexe. Dabei blitzte für einen kurzen Moment vor meinem geistigen Auge das liebliche Lächeln der Prinzessin auf.

Würde sie dann ebenfalls sterben? Der anscheinend gute Teil von Freyja?

Der Gedanke ließ mich zögern. Die Prinzessin hatte mir eine Aufgabe zugeteilt, die ich nicht erfüllen konnte, wenn ich der Hexe nun den finalen Stoß verpasste. Wenn sie dem Tod der Drachenhexe zugestimmt hätte, hätte sie mir niemals den Ring anvertraut.

Durfte ich also einfach über das Leben der Prinzessin entscheiden?

›Tu es!‹, fauchte jemand, aber es klang, als wäre diese Stimme nur vom Wind getragen worden.

Als ich mich umsah, war Zett verschwunden und ich mit der Hexe allein.

War es richtig, sie zu töten? Konnte ich mit dem Gewissen leben, zwar das Böse ausgelöscht, doch womöglich die Prinzessin dafür geopfert zu haben? Sie war mir sicher nicht ohne Grund erschienen in dieser komischen Traumwelt. Ich wollte einfach nicht glauben, dass die Drachenhexe fähig gewesen wäre, so etwas Schönes wie diesen Schlossgarten zu erschaffen. Sie hasste das Licht, liebte die Dunkelheit.

Was, wenn die Prinzessin in der Lichtwelt wirklich meine Hilfe brauchte? Konnte ich sie ihr verwehren? Durfte ich das?

Ich schwankte zwischen der Pflicht, die dunkle Herrscherin zu töten, und meinem Gewissen, das sich mit jeder Sekunde stärker in mir regte.

Angespannt biss ich mir auf die Unterlippe und spürte, wie meine Hände bebten. Die Entscheidung fiel mir unglaublich schwer, da ich zwischen der Drachenhexe und der Prinzessin hin- und hergerissen war. Es erschien mir richtig, eine Seelenhälfte für tausend andere Leben zu opfern.

Dennoch ließ ich die Klinge langsam sinken. Nein, ich konnte mir diese Bürde nicht auferlegen. Der König sollte über das Leben der Hexe entscheiden.

Auch wenn ich jahrelang dazu ausgebildet worden war, sie zu töten, hielt mich der Gedanke an die Prinzessin davon ab. Sie hatte es nicht verdient, aufgrund eines Fluches zu sterben. Vielleicht war es möglich, den Bann – sollte es denn wirklich einen geben – zu brechen und ihre Seelenteile wieder zusammenzufügen. Ich musste dem erst auf den Grund gehen, ehe ich blindlings einem Befehl folgte.

Ich seufzte schwer und steckte das Schwert zurück in die Scheide.

Möglicherweise hatte Zett recht und die Drachenhexe würde ihre Macht verlieren, wenn ich sie mit nach Greystone nahm. Schließlich hatte sie niemals ihre eigene dunkle Welt verlassen wollen.

Ich beugte mich hinunter, hob den Körper der Hexe vom Boden hoch und warf mir diesen über die Schulter. Entschlossen, sie zurück zu meinem König zu bringen, schritt ich auf die Nebelbarriere zu, um das finstere Land zu verlassen.

Ich hatte irgendwie mit Gegenwehr gerechnet, da ich immerhin die dunkle Königin dabeihatte, aber der Nebel ließ mich ohne Weiteres eintreten. Also ging ich so lange geradeaus durch die Schwaden, bis ich ein sanftes Licht erkannte und wusste, dass es Greystones Sonne war, die mich durch den Nebel begrüßte.

Doch kaum hatte ich den ersten Schritt ins grüne Gras dahinter getan, durchfuhr mich ein eisiger Schauer. Das warme Licht am Himmel erlosch, als dunkle, beinahe schwarze Gewitterwolken wie ein böses Unwetter die Umgebung einnahmen.

Oh Gott, was hatte ich getan?

DIE
ZWEITE VISION

›Ich kann dich spüren‹, hörte ich eine mir bekannte Stimme im Kopf.

War das nicht meine eigene? Nur freundlich und liebenswürdig? Was ging hier verdammt noch mal vor sich? Wo war ich?

›Wer bist du?‹, knurrte ich feindselig.

›Erkennst du mich denn nicht? Wir wurden vor über einem Jahrhundert voneinander getrennt.‹

Diese Welt fühlte sich wie ein Traum an, unwirklich, aber trotzdem wusste ich, dass sie real war. Ravaga hatte mir während meiner Lehre erzählt, sie und der Dämon hätten den guten Teil meiner Seele damals von mir trennen müssen. Eigentlich hatte ich geglaubt, sie hätte ihn vernichtet, doch die Anwesenheit der Prinzessin bewies das Gegenteil.

›Wie bist du in meinen Kopf gekommen?‹

›Ich habe einen Weg zu dir gefunden. Dank des Lichts, dem du begegnet bist‹, antwortete sie und ihre liebevolle Stimme machte mich krank.

Mich überkam das starke Bedürfnis, ihre kleine, zerbrechliche Seele in meinen Fingern zu zerquetschen. Ich wusste, dass ich eine andere Königin geworden wäre, die vermutlich so etwas wie Gnade gekannt hätte, wenn mir der Fluch nicht auferlegt worden wäre. Doch damals hatte ich noch geglaubt, dieser unnütze Teil meiner Seele wäre von der alten Hexe endgültig vernichtet worden.

Aber er lebte.

›Welches Licht? Dieser Engel?‹ Unmöglich. Ich hatte mit eigenen Augen gesehen, wie er mit mir in den Tod stürzte. Das konnte nicht sein. ›Er lebt?!‹, schrie ich außer mir.

›Ja, und du auch‹, teilte die liebliche Stimme mit. ›Und dafür bin ich ausnahmsweise sehr dankbar.‹

Ihre Stimme war wie ein nerviges Klingeln in meinen Ohren, das ich unbedingt loswerden musste. Doch diese Scheinwelt hielt mich gefangen und verwehrte es mir, mich auf meine andere Seelenhälfte zu stürzen.

›Du hättest längst ausgelöscht werden sollen.‹

Die Prinzessin seufzte. ›Man kann eine Seele nur als Ganzes vernichten. Das solltest du als Peinigerin am besten wissen‹, warf sie mir vor.

›Du hast also all die Jahre zugesehen?‹, fragte ich finster und erfreute mich an dem Gedanken, dass der gute Teil mit ansah, wie ich mich an den vielen Seelen labte.

›Ja‹, hörte ich sie schwach sagen.

Da entfuhr mir ein lautes, dunkles Lachen, das die hohle, schwarze Welt, in der ich weder sehen noch fühlen konnte, erfüllte.

›Dein Herz ist voller Dunkelheit, leer und einsam‹, sagte sie in einem traurigen Tonfall. ›Ich bin hier, um dich davon zu befreien.‹

›Du und welche Armee?‹, verspottete ich sie.

›Keine Armee. Der Glaube an das Licht.‹

Bevor ich ihr erneut antworten konnte, brach die Welt um mich herum zusammen und ich spürte, wie ich langsam zurück in die Realität glitt.

VERLUST DER MACHT

Freyja

Ich erschrak, als ein ohrenbetäubendes Donnern über mich hereinbrach. Außerdem bemerkte ich, dass mich jemand über seine Schulter geworfen hatte und es merkwürdig hell für die ewige Nacht in Schattentod war.

Panisch versuchte ich mich aus der Umklammerung zu befreien und wurde von dem Fremden heruntergelassen. Als ich in das Gesicht meines Entführers sah, begann die Wut in mir zu brodeln.

Lucien. Dieser *verdammte* Engel.

Doch das war nicht das Einzige, was mich wütend machte. Hinter ihm entdeckte ich die Nebelmauer Schattentods, die ich zum ersten Mal von *außen* betrachtete. Langsam löste sich der dichte Schleier, und der tödliche Fluch um Schattentod brach in sich zusammen.

Ich befand mich in Greystone – *nicht* in Schattentod.

Das darf nicht wahr sein!

Das hat er nicht gewagt …

Der Zorn wuchs und entfachte ein so enormes Feuer in mir, dass Hitze in meinen Kopf schoss. »Wieso?«, brüllte ich. »Was hast du getan?«

Er sah mich mit einer Mischung aus Furcht und Misstrauen an, als sein Blick immer wieder zur Mauer huschte, die mit jedem Moment, der verging, an Stärke verlor. Ich spürte plötzlich nichts mehr. Als wäre die Dunkelheit nur ein kleiner, unbedeutender Teil.

»Das ist Ravaga«, raunte er und die dunklen Wolken verwandelten den Tag in eine Nacht. Wie ein Lauffeuer nahmen sie den gesamten Himmel ein, und Schattenwesen strömten aus der in sich zusammenfallenden Nebelmauer. Sie breiteten sich aus und flohen in die dunklen Wälder hinaus. Die Sonne zog sich zurück, wurde schwächer und verschwand letztendlich am Horizont ganz.

Als ich versuchte meine Schatten zurückzurufen, hörte ich ihr Flüstern nicht mehr, das Gefühl ihrer Anwesenheit verblasste und die einst dunkle Kraft, die mich über ein Jahrhundert umgeben hatte, verebbte. Auch der schwarze Rauch um meinen Körper löste sich auf.

»*Du* hast das getan!«, kreischte ich und blickte voller Entsetzen zu meinen Händen. »Schattentod stirbt wegen dir.«

Da ertönte ein diabolisches, lautes Lachen am Himmel, das ich sofort zuordnen konnte. Die Wolken lösten sich langsam auf und hervor traten unzählige Sterne und der Mond. In seinem Schein erhob sich mein Drache, auf dessen Schultern eine Person saß.

Ravaga. Es war von Anfang an ihr heimtückischer Plan gewesen und dieser dumme Engel war darauf hereingefallen. Ravaga hatte versucht, mich aus Schattentod zu vertreiben. Sie wollte die Macht, die der Dämon damals auf mich übertragen hatte, für sich selbst nutzen und das konnte sie nur schaffen, indem sie zur alleinigen Hexe in Schattentod wurde. Denn der Dämon hätte ihr niemals noch mehr Macht gewährt, da sie in seinen Augen unbedeutend war. Die Hölle verlieh einem nur dämonische Kräfte, wenn sie sich sicher war, dass sie im Gegenzug viele Seelen bekäme. Durch mich hatte sie mehr als genug erhalten.

Und Ravaga kannte viele Zauber und Rituale, in denen man die eine Macht auf eine andere übertragen konnte. Sie musste bereits seit meiner Geburt alles vorbereitet haben.

Durch die Übertragung der Macht konnte sie nun die restlichen Länder einnehmen und aus allen ein Schattentod machen.

Wie konnte ich nur so blind gewesen sein?

Deshalb wollte sie an meiner Seite bleiben. *Deshalb* gab sie vor, wir wären Verbündete. *Deshalb* schlug sie mir vor, Schattentod zu verlassen und die anderen Länder zu erobern. Ihr ging es nie um meine Herrschaft, sie wollte sie selbst.

Mein Glück war es, dass Schattentod mein Zuhause war und ich niemals den Drang verspürt hatte, dieses verlassen zu wollen. So viele Jahre auch ins Land gezogen waren, die verdorrten Pflanzen und die zerfallenen Städte waren meine Heimat und hatten mir nie das Gefühl gegeben, es verlassen zu müssen.

»DU«, schrie ich den Engel an und hatte das Bedürfnis, ihn mit meiner Magie zu zerreißen. Doch ganz gleich, wie sehr ich die Wut auch in mir schürte, meine Kräfte blieben verschwunden. Eine Hexe ohne Macht war sterblich und schwach.

»I-ich ...«, stammelte er unsicher und blickte ebenfalls zu der Gestalt am Himmel hinauf. Ravaga kontrollierte meinen Drachen, da sie nun über meine Magie verfügte. Noron würde sich dagegen nicht wehren können, zumal ich nicht einmal in der Lage wäre, ihn zu befreien.

Wütend lief ich auf den Engel zu, stürzte mich auf ihn und warf ihn zu Boden. »Du Monster! Du hast das alles zu verantworten. *Ich bring dich um!* Ich reiße dich in Stücke!«

Mit bloßen Fäusten schlug ich auf seine Arme ein, die er schützend über sein Gesicht hob. Ich zerkratzte ihm die Haut, die ich mit den Nägeln zu fassen bekam.

»Hör auf, Hexe!«, brüllte er und benutzte seine Lichtmagie, die mich hart von ihm wegstieß. »Was geht hier vor sich?«

Ich erhob mich vom Boden. »Es war von Anfang an Ravagas Plan gewesen, sich meiner Kräfte zu bemächtigen, um selbst Herrscherin zu werden!«

Ich erinnerte mich wieder daran, wie sie mich angesehen hatte, als der Engel und ich uns in der Luft befanden. Ob sie uns auch gerettet hatte, weil sie mich aus Schattentod erst vertreiben musste, bevor sie an meine Macht herankam? Oder steckte dahinter noch viel mehr?

»Freyja!«, hörte ich meinen Namen durch den finsteren Himmel donnern. Sie musste sich irgendwo über uns befinden. »Komm zu mir, mein Kind!«

Was wollte sie von mir? Sie hatte meine Kräfte bereits, sodass sie aus mir keinen Nutzen mehr ziehen konnte. Weshalb wollte sie mich also zu sich rufen? Um mich zu töten? Nein, das würde ich dieser hässlichen, alten Hexe kein zweites Mal gönnen.

»Dieses Teufelsweib!«, wütete ich und tat etwas, was ich in den letzten hundert Jahren nicht getan hatte. Ich rannte weg, direkt in die tiefen Wälder von Greystone.

»Stopp! Hexe!«, schrie der Engel mir nach. Durch seine übernatürliche Schnelligkeit holte er mich in wenigen Sekunden ein und warf sich mit mir erneut zu Boden. »Du gehst nirgends hin! Ich bringe dich zu König Loucas.«

»Dann bist du ein Narr«, knurrte ich und spürte, wie er auf dem Rücken meine Hände zusammenhielt und sie mit einem Seil festband. »Ravaga will etwas von mir. Du hast sie doch gehört. Sie wird mir folgen und deine gesamte Stadt vernichten, um mich zu bekommen.«

»Freyja, ich bin noch nicht fertig mit dir!«, schallte es durch die Baumkronen und ich merkte, dass die Hexe ganz nah war.

»Ich werde meine Aufgabe erfüllen«, gab er nicht auf, klang dabei jedoch etwas verunsichert.

Dadurch, dass er sein gesamtes Gewicht auf meinen Körper verlagerte, schmeckte ich Erde auf meiner Zunge. Ich spuckte sie aus und hob den Kopf, so gut es ging, an. »Warum willst du nicht begreifen, dass Ravaga die Macht übernommen und nun alle fünf Länder in eine ewige Nacht verwandelt hat?« Irgendwie musste ich den Engel doch dazu bewegen, dass er endlich von mir abließ. »Was bringt es dir, wenn du mich dem König auslieferst?« Ich spürte, wie er für den Moment zögerte und innehielt. »Gar nichts! Die Welt wirst du dadurch nicht retten können. Für das Chaos bist du ganz allein verantwortlich!«

Oh Luzifer, wieso will er es einfach nicht begreifen? Es kommt mir beinahe so vor, als wäre er zu dumm, um zu verstehen, dass Loucas gegen diese Hexe nichts ausrichten kann.

Statt die Tage am Hofe des Königs zu verbringen, hätte er besser die Finsternis studieren sollen. Er wusste *nichts* über uns.

Das Seil lockerte sich an meinem Arm und im selben Moment nahm ich eine weitere Präsenz wahr. Als ich nach vorne schaute, sah ich die Gestalt einer wunderschönen schwarzhaarigen Frau, die ich sofort als Ravaga wiedererkannte. Sie musste nun mächtig genug sein, um ihr junges Aussehen zurückgewonnen zu haben. An ihrem Körper trug sie eine schwarze Rüstung, die meiner sehr ähnelte und sie dadurch noch düsterer erscheinen ließ.

»Sehr gut«, sagte sie mit ihrer betörenden Stimme. »Somit kann ich euch beide haben.«

Der Engel erhob sich und zog sein Schwert, das er auf Ravaga richtete. »War das die ganze Zeit dein Plan gewesen, Ravaga?«, knurrte er voller Zorn.

Ravaga lachte. »Selbstverständlich und du warst dumm genug, um darauf hereinzufallen!« Sie schaute zu mir herab. »Im Gegensatz zu meiner kleinen Königin, die sich fast einhundert Jahre dagegen gesträubt hat.«

Luciens Körper bebte vor Wut. Im selben Moment, in dem sie das letzte Wort aussprach, stürzte sich der Engel auf sie und hätte um ein Haar ihren Hals erwischt.

Ich nutzte die Gelegenheit und befreite meine Hände aus dem gelockerten Seilstrang. Ravaga zog einen längeren Dolch hervor, um sich zur Wehr zu setzen. Doch der Engel ließ sich davon nicht beeindrucken und parierte ihren Hieb. Ein Kampf begann, der mit bloßem Auge kaum nachvollziehbar war. Sie verschwanden mehrmals an Ort und Stelle, um wie aus dem Nichts irgendwo anders wieder aufzutauchen. Früher hätten meine Augen diese übernatürliche Schnelligkeit mit Leichtigkeit verfolgen können. Aber jetzt …

Alles war verschwunden … verloren … und das nur wegen dieses Engels. Außer dem schwarzen Teil meiner Seele und der zerbrechlichen Hülle, die mit Leichtigkeit von Ravaga zerquetscht werden könnte, blieb von meiner dunklen Macht nichts mehr übrig.

Als ich merkte, dass die beiden nicht mehr auf mich achteten, ergriff ich unauffällig die Flucht. Ich wollte nicht in die Hauptstadt gebracht werden, vor allen Dingen nicht zum König.

An meiner Schläfe rann eine Schweißperle hinab und ich wischte sie aus meinem Gesicht. Mein Herz schlug laut in der Brust, da das Laufen mich anstrengte.

Als ich nach kurzer Zeit eine Lichtung erreichte, fiel mir ein Schatten auf, der blitzschnell an mir vorbeihuschte. Erschrocken blieb ich stehen und wäre beinahe gestürzt. Bereit für einen möglichen Kampf, ballte ich die Fäuste und ging in eine Angriffsstellung über.

Zwar wusste ich, dass ich die Stimmen der Schattenwesen nicht mehr hören konnte, aber dafür spürte ich ihre Anwesenheit noch. Sie hatten mich umzingelt, lauerten in der Dunkelheit. Da ich nicht mehr fähig war, sie zu kontrollieren, nahm ich an, dass Ravaga nun ihre neue Herrin war, die ihnen Befehle erteilte.

Gerade als ich über meine Schulter blickte, griff mich jemand frontal an. Ich wurde zu Boden gerissen, konnte mich jedoch rasch wieder auf die Beine kämpfen.

Kurz darauf sprang mich ein schwarzer Hund an, der ebenfalls zu ihnen gehörte. Er biss mir in den Arm, sodass Blut aus der Wunde quoll. Ich schrie auf und versuchte den Schatten loszuwerden, doch mein menschlicher Körper war machtlos.

Dieser Schmerz ... Ich hatte mich schon lange nicht mehr so schwach gefühlt. Meine Glieder begannen zu zittern, als eine dunkle Kralle brennende Striemen an meinem Hals hinterließ. Blut rann an meinen Schultern herab und ich keuchte auf.

Meine Beine brachen zusammen und ich sank auf die Knie.

Ich hasste diesen Zustand und dass es mir so schwer fiel, mich meinen einstigen Verbündeten entgegenzustellen. Um die Blutung zu stoppen, drückte ich mit den Fingern auf den tiefen Schnitt am Hals und spürte die warme Flüssigkeit, die sich über meine Hände ergoss.

Verdammte Kreaturen!

Bevor sich ein dritter Schatten dazugesellte, blitzte grelles Licht vor meinen Augen auf und die Wesen verwehten wie Sandkörner im Wind.

Lichtmagie.

Mein Blick glitt über die Lichtung und da erkannte ich Ravaga, die in gebieterischer Haltung auf mich zuging. Im selben Moment, in dem ich mich fragte, wo sich der Engel befand, tauchte dieser wie aus dem Nichts auf und stellte sich zwischen mich und die Hexe.

War es ihm wirklich so wichtig, mich dem König auszuliefern, dass er seinen Feind vor Ravaga beschützte? Aus welchem Grund ließ er mich nicht einfach von ihr töten?

»Wozu brauchst du sie?«, knurrte der Engel.

Ravaga hob gebieterisch das Kinn. »Das geht dich nichts an«, entgegnete sie kühl und bewahrte dabei eine unheimliche Ruhe. »Ich kriege noch meine Gelegenheit.«

Nachdem sie das gesagt hatte, löste sich ihr Körper in Rauch auf.

Ich erhob mich mit einem schmerzerfüllten Stöhnen und rutschte mit der Hand zu der Wunde am Arm. Als ich sie berührte, brannte sie wie Feuer und ich biss mit verzerrtem Gesicht die Zähne zusammen.

Überrascht über Ravagas ungewöhnlichen Rückzug sah ich zum Engel. »Sie fürchtet dein Licht, sonst wäre sie nicht geflohen.«

»Wofür braucht sie dich?«, fragte er energisch. »Sie hat doch bereits deine Macht, oder?«

Ich wandte den Blick von ihm, da ich selbst keine Ahnung hatte, was sie noch von mir brauchen könnte. Mit meiner Entmachtung fügte sie mir mehr Leid zu, als sie wohl dachte. »Woher soll ich das wissen?«, entgegnete ich gereizt.

Er ballte eine Hand zur Faust. »Weil du doch mit ihr hundert Jahre lang zusammen warst!«

»Sie hat all dies *vor* meinem Fluch geplant«, erwiderte ich wütend und spürte gleichzeitig, wie schwer es mir fiel, dies offen zuzugeben.

»Kannst du mir das erklären? Warum gab sie dir überhaupt erst die Macht, wenn sie sie selbst haben wollte?«, hinterfragte er.

»Sie trickste die Hölle aus, indem sie einen Dämon heraufbeschwor, der einem Kind von königlichem Blute eine dunkle Macht übertrug«, erklärte ich etwas, das mir selbst erst in den letzten Augenblicken klar geworden war. »Als Hexe konnte ich der Hölle viele Seelen beschaffen, da mir das ganze Land gehörte und meine Eltern es nicht übers Herz brachten, mich in jungen Jahren zu töten. Ich war also perfekt dafür geschaffen. Als sie den Dämon zu mir brachte, spaltete sie meine Seele und hinterließ anscheinend heimlich einen Übertragungszauber, der nur wirkte, wenn ich Schattentod verließ.«

Der Engel wirkte überrascht. »*Ravaga* hat also deine Seele gespalten?«

Ich schnaubte verächtlich. »Wer sonst?« Irgendetwas schien ihm an meiner Antwort nicht zu gefallen. »Kennst du noch eine andere Hexe, die die Welt beherrschen will?«

Er schüttelte den Kopf und senkte den Blick. »Nein, aber es könnte auch der Dämon gewesen sein, der dir die Macht verlieh.«

Ich lachte, auch wenn dieses sich mit dem Schmerz vermischte, den ich durch die blutigen Wunden verspürte. »Es ist mir egal, wem ich zu Dank verpflichtet bin. Ich bin froh, dass diese Schwäche von mir getrennt wurde.«

Trotzdem beunruhigte es mich, zu wissen, dass der andere Teil meiner Seele noch irgendwo war und offensichtlich nun eine Verbindung zu mir hatte.

Seitdem dieser Engel Schattentod betreten hatte, brachte er nicht nur mir den Untergang, sondern auch den restlichen Ländern, die er beschützen wollte.

Ein Grinsen legte sich über meine Lippen, als ich auf eine Idee kam. »Du willst mich also immer noch zu deinem König schaffen? Wie wird er reagieren, wenn du ihm erzählst, wer für das Chaos hier verantwortlich ist?« Dieser Loucas wäre überhaupt nicht begeistert. »Alles, was du je geliebt hast, wird nun von Ravaga vernichtet.«

Er horchte bei meinem letzten Satz auf, als wäre ihm dadurch etwas eingefallen. »Lia«, flüsterte er voller Entsetzen und stürmte, ohne dabei auf mich zu achten, über die Lichtung davon.

Kaum war er zwischen den Schatten verschwunden, fiel mir erst auf, dass sein strahlendes Licht, das ich mit meiner Magie zuvor noch gesehen hatte, nun verschwunden war.

Ein merkwürdiges Geräusch ertönte hinter mir und ich bemerkte ein paar Schatten, die erneut versuchten, mich zu umzingeln. Vor ihnen wegzulaufen, kostete mich einiges an Kraft. Ohne eine Waffe würde ich nichts ausrichten können, sodass ich mich dazu entschied, dem Engel zu folgen. Mein Schwert musste ich in Schattentod verloren haben, als der Engel und ich gekämpft hatten.

Zurzeit war sein Licht das Einzige, was mir die Schatten vom Leib hielt. Der Wille, nicht in Ravagas Hände zu geraten, war stärker und übermannte selbst die Wut auf das Lichtwesen. Der Engel hätte es verdient zu sterben, doch meine Rache an ihm musste erst einmal warten.

Da ich mit seiner Geschwindigkeit nicht mithalten konnte, wurde der Abstand zu ihm immer größer und meine Ausdauer versagte bereits nach kurzer Zeit. Der Gedanke, der ihn immer weiter vorantrieb, verlieh ihm noch mal mehr Kraft, sodass ich ihn aus den Augen verlor.

Schließlich musste ich anhalten, um nicht zusammenzubrechen. Meine Wunden, die noch immer an meinem Arm und Hals klafften, schwächten mich und das warme Blut durchtränkte mein Wams, tropfte von meinem Ärmel in das Gras.

Ich keuchte und fiel auf die Knie.

Diese Hilflosigkeit machte mich wahnsinnig. Noch nie zuvor war ich solchem Leid ausgesetzt gewesen. Mein ganzer Körper zitterte vor Anstrengung, meine Beine schmerzten vom Laufen und ich hatte das Gefühl, in meiner Brust brannte Feuer.

Wie konnte ein Mensch nur so leben? Mit all diesen Schwächen? Meine Wunden heilten nicht, ich verlor an Kraft und spürte Müdigkeit, über die ich keine Kontrolle mehr hatte.

Ich schlug wild mit den Armen auf den Boden ein, wütete laut fluchend über meine Hilflosigkeit und den Engel, der an diesem Zustand Schuld trug. Als mir letztendlich der Schmerz Einhalt gebot, schrie ich aus voller Leibeskraft meinen gesamten Zorn hinaus. Meine Stimme hallte im Wald wider, fegte über das Feld, das vor mir lag, und scheuchte ein paar Krähen auf, die in einer Baumkrone gesessen hatten.

Es war erbärmlich.

Als erneut die Geräusche der Schatten lauter wurden und ich in meinen Augenwinkeln einen von ihnen erhaschte, erhob ich mich aus dem Gras. Ich ging mit zügigen Schritten weiter, merkte, wie die Schatten mich verfolgten, und hoffte, dass Ravaga mich nicht abfangen würde. In diesem Zustand könnte ich mich noch nicht einmal gegen einen Menschen behaupten. Er würde mich mit einem einfachen Hieb niederstrecken.

An der Spitze eines Hügels sah ich hinter dem Feld, in einem weiteren Waldabschnitt, wie dicke Rauchwolken in den dunklen Himmel emporstiegen. Im silbernen Mondschein bemerkte ich einen Schatten, der durch die Luft flog. Nach der Statur und der Größe zu urteilen, war es Ravaga, die gerade dabei war, ein Dorf zu verbrennen. Sie liebte das Feuer, weil es den Menschen auf eine qualvolle Weise das Fleisch von den Knochen brannte, bis davon nichts mehr übrig blieb.

Seit der Geburt des Engels stolperte der eine oder andere Mensch zu uns nach Schattentod. Ravaga und ich waren dazu fähig, ihre Gedanken zum Teil zu lesen, wenn wir sie ihrer Lebenskraft beraubten oder ihre Seelen verzehrten. Wir erfuhren, dass das Dorf des Engels nur eineinhalb Tagesmärsche von Schattentod entfernt lag, südlich des großen Sees. Genau deswegen kannte Ravaga auch den Wohnort seiner Familie.

Als ich kurz vor dem Waldabschnitt einen sich bewegenden Schatten entdeckte, wusste ich, dass es sich dabei um den Engel handelte, der in die Richtung des Feuers lief.

Ab diesem Moment war mir klar, zu wem er eilte. Dort wohnte seine Geliebte oder seine Familie, die er vor Ravagas Flammen zu bewahren versuchte.

Doch ich kannte die Hexe schon zu lange, um zu wissen, dass er zu spät kam. Offensichtlich rächte sie sich auf diese Weise an ihm, da er ihr verweigert hatte, mich auszuhändigen.

Ich setzte mich wieder in Bewegung und rannte ebenfalls in die Richtung des Dorfes. Ravaga war gerissen. Sie kombinierte Rache und Ablenkung in einem Akt, um mich anschließend aufzuspüren und mitzunehmen – wofür sie mich auch immer brauchte. Denn während der Engel versuchte, das Dorf zu retten, würde sie sich auf den Weg machen, um mich abzufangen.

Doch das musste ich verhindern. Auch wenn der Gedanke lächerlich war, hoffte ich darauf, Lucien zu erreichen.

Schmerz und Erschöpfung ignorierend, erhöhte ich meine Geschwindigkeit, um wenigstens noch den Wald zu erreichen, bevor Ravaga es gelingen würde, mich auf dem offenen Feld zu entdecken.

Der Abschnitt erschien mir ewig lang, doch als ich die Schatten des Waldrandes erkennen konnte und einen Weg durch die hohen Sträucher fand, kam es mir vor, als hätte ich mein Ziel bereits erreicht.

Mit einem siegreichen Lächeln auf den Lippen legte ich mich noch ein letztes Mal ins Zeug, als ich schwere Flügelschläge hörte und sich ein schwarzer Drache direkt vor mir niederließ. Ich blickte erschrocken in Norons Augen, der mir durch seine riesige Gestalt das Weiterkommen verwehrte. Das Blut rauschte in meinen Ohren und es fiel mir schwer, trotz des Schmerzes einen gefassten Gesichtsausdruck aufzusetzen.

»Freyja«, ertönte Ravagas heitere Stimme, die von Noron ins hohe Gras sprang. Ich trat einige Schritte zurück.

Als ich weglaufen wollte, spürte ich einen Fesselungszauber, der sich meiner bemächtigte und mich an Ort und Stelle festhielt.

So ein einfacher Zauber ... und trotzdem ist er für mich unüberwindbar.

Ich schaute sie zornig an. »Was willst du von mir? Reicht es nicht schon, dass du mich meiner Macht beraubt hast?«

Sie grinste gehässig und legte ihre Hand auf die rauen Schuppen meines Drachen. Damit demonstrierte sie mir, dass nun sie seine neue Herrin war. Der Anblick schürte meine Wut nur noch mehr. »Traurig, dass eine einst so mächtige Hexe in ihren hundert Jahren der Herrschaft nichts davon bemerkt hat.« Sie ließ von Noron ab und umkreiste mich wie ein Adler seine Beute. »Du siehst so erbärmlich aus mit deiner menschlichen Hülle.«

Ich warf ihr einen giftigen Blick zu. »Halt deinen Mund!«

Sie begann zu lachen, schritt auf mich zu und bohrte mit einer unvorhersehbaren Handbewegung ihren Daumen in meine tiefe Wunde, die mir einer der Schatten am Hals zugefügt hatte. Der Schmerz überrollte mich wie eine alles zerstörende Walze und mir entglitt ein leidvoller Schrei. Es fühlte sich beinahe so an, als würde sie mit ihren bloßen Fingern den Kehlkopf meinem Hals entreißen.

Als sie endlich von mir abließ, wäre ich wohl zurückgetaumelt, doch die magische Fessel fing mich auf. Schweiß glitt an meinen Schläfen hinab und ich keuchte schwer – nicht weit davon entfernt, vor Erschöpfung zusammenzubrechen.

Ravaga schien meine Qual zu gefallen. »Ich freue mich schon darauf, wenn wir beide allein sind.«

Ich atmete tief ein, was mir das Gefühl gab, neue Kraft zu schöpfen, sodass ich den Rücken durchdrücken und mein Kinn heben konnte. Ohne meine Heilfähigkeiten waren Leid und Schmerz alles andere als ein Vergnügen. »Eines Tages schmorst du in der verdammten Hölle, Miststück.« Ravaga kicherte leise, was ihren Wahnsinn umso mehr bestätigte. »Keine Sorge, ich bringe dich persönlich zu Luzifer.« Sie lachte erneut. »Er wird mich mit offenen Armen empfangen.«

»Oh, das bezweifle ich, Ravaga. Warst nicht du es, die einen seiner Dämonen hinterrücks betrogen hat, um an mehr Macht zu kommen?«, zischte ich.

Sie tat einen Schritt auf mich zu und spuckte mir herablassend ins Gesicht. Ihr Speichel rann an meiner Wange hinab und ihre plötzliche Wut amüsierte mich.

Ein diabolisches Grinsen stahl sich auf meine Lippen. »Es ist wirklich lächerlich, dass du noch immer behauptest, gegen mich siegen zu können.« Mir entfuhr ein Schnauben. »Und wenn ich dich nicht zur Hölle bringen kann, dann wird es der Engel tun.«

Ravagas Gesicht verfinsterte sich. »Ich werde nicht sterben.«

Ha! Dafür hat sie zu viele Feinde, die ihr den Tod wünschen. »Ich habe ihm dafür ein Geschenk dagelassen, das er nicht so schnell vergessen wird.«

Mein Blick glitt zum Himmel.

Das Dorf. Das Feuer. Lucien, der versucht, ihr Leben zu retten.

Sie beschwor regelrecht seinen Zorn herauf. Sollte jemand dabei getötet werden, den er liebte, würde der Engel Ravaga Rache schwören.

Bevor sie den nächsten Schritt tat, wollte ich wissen, was sie mit mir vorhatte. »Was nun?«

Ihre Augenbrauen zuckten. »Wie hättest du es denn gerne? Qualvoll? Schnell?« Sie zog einen Dolch aus dem Schaft an ihrem Hüftgürtel und hielt mir diesen entgegen. »Wie fühlt es sich an, so menschlich zu sein, *Eure Majestät?*«

Sie würde mich nicht provozieren können. Dazu herrschte noch zu viel Dunkelheit in meinem schwarzen Herzen. Trotz meiner fehlenden Kräfte schien die Finsternis mich nicht vollkommen verlassen zu haben.

Im selben Moment, in dem sie den Dolch in meine Brust jagen wollte, hielt sie inne und schaute auf das aufgerissene Leder, das der Dolch des Engels durchtrennt hatte. Meine Selbstheilung musste mich gerettet haben, auch wenn ich nicht wusste, wie wir so schnell aus Schattentod entkommen konnten.

»Was ist das?«, murmelte sie.

Sie berührte das Leder an meiner Brust und zog den Riss im Kleid auseinander, um auf meine Haut zu sehen.

Ich tat es ihr nach und was ich entdeckte, raubte mir den Atem.

Wieso war mir das vorhin nicht aufgefallen? Was war das für ein merkwürdiger Riss in der Haut? Er wirkte, als hätte sich die Wunde verschlossen und eine weiße Narbe hinterlassen, die im Mondlicht schimmerte.

»Licht … es ist Licht«, stellte sie fest und machte einen Schritt zurück. »Der Schatten-und-Licht-Fluch.«

»Wovon sprichst du, Ravaga?«, knurrte ich und fühlte mich ahnungslos.

»Dich zu töten, könnte ein Teil des Lichtes auf mich übertragen«, bemerkte sie und ließ den Dolch sinken. »Ich brauche eine andere Waffe, um dich zu töten.« Sie steckte ihren Dolch zurück in den Schaft.

»Willst du mich jetzt etwa hier stehen lassen?«, fragte ich und hoffte inständig, sie würde es bejahen.

Doch Ravaga schüttelte den Kopf. »Nein, ich nehme dich natürlich mit.«

Auf keinen Fall! Dann war ich dem Tode geweiht. Es musste eine andere Möglichkeit geben, mich zu wehren.

Denk nach, Freyja!

Als ich einen Blick zu meinem Drachen warf, der mich nicht aus den Augen ließ, fiel es mir wieder ein. *Unser Blut!* Noron hatte seit seiner Erschaffung immer zu mir gehalten, was bedeutete, dass er sich vielleicht gegen den Zauber von Ravaga wehren könnte. Durch unser Blut besaßen wir eine tiefere Bindung zueinander, sodass die Chance, an Norons Willensstärke zu appellieren, nicht ganz abwegig war.

Ravaga bemerkte meinen aufmerksamen Blick, der nur Noron galt. »Versuchst du etwa, deinen Drachen auf deine Seite zu ziehen?«, fragte sie spottend. »Lächerlich. Du besitzt keinerlei Magie mehr, sodass eure Bindung zueinander nur sehr schwach ist.«

»Du bist ein verdammtes Miststück, Ravaga! Ich hätte dich töten sollen, als ich es noch konnte«, ärgerte ich mich über den dummen Fehler, ihr vertraut zu haben – auch wenn ich wusste, dass sie Geheimnisse vor mir hatte.

Sie erfreute sich darüber, dass ich sie beleidigte, und warf ihr langes, schwarzes Haar zurück. »Wie würdest du es eigentlich finden, wenn dich dein eigener Drache tötet?«

Mein Herz pochte in meiner Brust und ihr Vorhaben bereitete mir Unbehagen.

Wenn ich doch wenigstens meine Kräfte hätte oder mich aus dem Bannzauber befreien könnte ...

Ich versuchte sie umzustimmen. »Seit wann so großzügig, Ravaga? Hexen kennen keine Gnade«, begann ich. »Mein Drache würde mich schnell und schmerzlos töten, was eigentlich gar nicht deine Art ist.«

Sie trat beiseite und Noron schritt zu mir. »Oh, er wird dich sehr langsam verdauen«, erklärte sie.

Der mächtige Drache hob den Kopf und ich blickte ihn, ohne mit der Wimper zu zucken, an. Ich durfte keine Furcht zeigen, selbst wenn ich diese mehr als deutlich spürte. Noron gehörte mir, er war *mein* Drache und wurde aus meinem Blut erschaffen. Er könnte nicht seine eigene Schöpferin töten.

Noron ... *lass nicht zu, dass sie dich kontrolliert. Wehr dich gegen ihre Magie. Wehr. Dich.*

Plötzlich fühlte ich einen merkwürdigen Impuls, der sich von meinem Herzen bis zu den Zehen drückte. Er ging mir durch Mark und Bein wie ein Kraftstoß, der mir früher die Finsternis verliehen hatte.

Da bemerkte ich, wie Noron den Hals anspannte, als wollte er Anlauf nehmen, um mich in wenigen Zügen zu verspeisen. Ich legte die Arme um meine Mitte, spannte meinen gesamten Körper an und kniff die Augen zusammen, um mich auf das Unvermeidbare vorzubereiten.

Doch statt Schmerz spürte ich einen heißen, kräftigen Atemstoß, als mich Noron laut anbrüllte, sodass es in meinen Ohren klingelte. Nachdem er fertig war, öffnete ich die Augen und schaute in die schwarzen Iriden meines Drachen. Sein Kopf war nur eine Handbreit von mir entfernt, wobei mich seine Nüstern fast berührt hätten.

Ravaga wandte sich an Noron. »Tu es endlich!«

Im selben Moment machte ich instinktiv einen Schritt zurück und merkte dabei, dass ich mich wieder bewegen konnte. Überrascht schaute ich zu Noron hoch. Hatte *er* den Bannzauber gelöst? Ich hatte keine Ahnung, dass Drachen dazu fähig waren.

Doch ich stellte seine Hilfe nicht weiter infrage, sondern zog blitzschnell den langen Dolch aus Ravagas Hüftgürtel und verpasste ihr leider nur einen kleinen Kratzer am Arm, als sie sich im selben Moment reflexartig von mir wegdrehte.

Sie schrie auf und hielt ihre Hand an die blutende Wunde, während ich in den Wald losrannte und nicht mehr zurückblickte.

GEBROCHENES HERZ

Lucien

Gebrochen, verletzt und hasserfüllt kniete ich vor dem Körper meiner toten Schwester Lia. Ihre Haut war aschfahl, leblos, *kalt*. Als ich sie gefunden hatte, waren ihre Augen weit aufgerissen gewesen. Was so unnatürlich wirkte, bewies jedoch, dass Lia von einem Schatten getötet worden war, die durch das Seelenrauben den Körper erstarrt zurückließen. Sie und Ravaga töteten das ganze Dorf, indem sie die Bewohner bei lebendigem Leib verbrannten oder sich ihres wichtigsten Gutes bedienten. Der Ort glich einem Friedhof.

Meine Wut, Enttäuschung und Selbstvorwürfe nahmen ein unglaubliches Ausmaß an. Wenn ich Freyja niemals über die Grenze gebracht hätte, wäre Lia noch am Leben. Hass konnte man das nicht mehr nennen, ich verabscheute mich.

Doch warum hatte es sich richtig angefühlt, Schattentod zu verlassen? War der Drang, nach Greystone zu gehen, so stark, dass ich dafür gleich alle fünf Lande Ravaga und dem Bösen ausgeliefert hatte?

Nein, ich war schlimmer als Freyja und Ravaga zusammen.

Was ich getan hatte, war unverzeihlich und konnte nicht wiedergutgemacht werden. Ein ganzes Dorf war gestorben und weitere würden folgen aufgrund einer einzigen falschen Entscheidung, die ich getroffen hatte – wenn auch unwissentlich.

»Halt!«, rief eine mir bekannte Stimme und ich blickte über meine Schulter.

Zett kam auf mich zu gerannt und ich war überrascht, dieses Wesen außerhalb von Schattentod zu sehen – das nun nicht mehr existierte.

»Was willst du hier?«, fragte ich misstrauisch.

»Das war eine Falle. Sie wollte dich von der Königin weglocken«, sagte sie leise und schaute betrübt auf den Boden. »Ich hasse die Königin. Aber sie darf nicht sterben.«

Ich zischte herablassend. »Freyja soll ihr Schicksal selbst in die Hand nehmen. Ich werde mich vorerst um Ravaga kümmern. Wenn diese tot ist, werde ich Freyja jagen, dem König übergeben und er kann mit ihr machen, was er will.«

Zett rieb sich über das schmutzige Gesicht, und die blautrüben Augen schimmerten im Mondlicht. »Kennst du das Buch der Dämonen? Es war ein wunderschönes, rotes Buch, das einst in der Bibliothek der Königin stand. Ich habe früher dort heimlich gelesen.«

Zett kam zu einem absolut falschen Zeitpunkt.

»Ich habe jetzt keine Zeit für dich. Tut mir leid«, erwiderte ich unwirsch.

Sie wirkte traurig und senkte den Blick.

Aus diesem Wesen werde ich wohl nie schlau.

»Du kannst mir ein andermal deine Abenteuer in der Bibliothek erzählen«, schickte ich hinterher.

Dann hob ich Lia behutsam auf meine Arme und lief auf die grüne Wiese des Dorfplatzes zu. Neben einem halb verbrannten Karren schnappte ich mir ein Leinentuch und überdeckte damit Lias Körper. Bei ihrem Anblick rannen mir erneut Tränen über die Wangen und ich sackte kraftlos neben ihr zusammen.

Ich war keine Hilfe für diese Länder. Lias Tod hatte ich ganz allein zu verantworten, genau wie den der Dorfbewohner und vermutlich auch den meiner Eltern. Hoffentlich konnten sie rechtzeitig entkommen, denn im Dorf hatte ich sie nicht gefunden. Womöglich waren sie in die Hauptstadt gegangen, um neue Vorräte zu kaufen.

Meine Hände gruben sich tief in die Erde der Wiese und mein Kopf sank auf Lias Brust. »Bitte verzeih mir. Ich habe das niemals gewollt. Es war nicht meine Absicht …«

Zett schien mir gefolgt zu sein und hockte sich gegenüber von mir neben meine Schwester. Sie betrachtete den Körper unter dem weißen Leinentuch und berührte vorsichtig ihren Arm.

Was tat sie da? Was sollte das? Sie kannte Lia noch nicht einmal und besaß nicht das Recht dazu, sie zu berühren!

»Verflucht noch mal! Verschwinde, Zett!«, wütete ich und erhob mich mit bebenden Schultern. »Mach, dass du endlich wegkommst! Du hast hier nichts verloren.«

Sie zuckte erschrocken zusammen und versuchte hastig aufzustehen, wodurch sie jedoch ins Stolpern geriet und hinfiel. Sie warf mir einen ängstlichen Blick über die Schulter zu, bevor sie sich wieder aufrappelte und davonrannte.

Gleich darauf verflog meine Wut auf die in Lumpen gekleidete Frau. Sie konnte nichts für ihre Verwirrtheit. Schließlich kannte sie nichts anderes außer Grausamkeit und eine Welt, die diesem Ort hier sehr ähnelte. Zett hatte womöglich früh ihre Eltern verloren und besaß kein behütetes Zuhause, in dem sie sich sicher fühlen konnte. Wo sollte sie also schon hingehen, statt demjenigen zu folgen, der ihr zum ersten Mal Beachtung geschenkt hatte?

Vielleicht hätte ich nicht so streng mit ihr sein dürfen. Vermutlich hasste sie mich jetzt – genau wie der Rest der Welt.

Ich blickte zu den Rauchschwaden und lauschte der unheimlichen Stille im Dorf. Ravaga hatte jeden Einzelnen von ihnen getötet, keine Gnade walten lassen und Lias Seele genommen.

Unter dem weißen Leinentuch schaute ein Stück von Lias blondem Haar hervor, das ich zwischen meine Finger nahm. Der Anblick erinnerte mich daran, wie ich mich damals an meinem fünften Geburtstag von meiner Familie verabschieden musste, um dem König zu dienen. Sie hatte in meinen Armen gelegen und ihr Haar hatte nach Kirschblüten geduftet. Über ihre Wangen waren so viele Tränen geflossen, da sie sich davor gefürchtet hatte, mich nie wiederzusehen.

Ich ließ von ihrem Haar ab und legte die Hände auf meine Oberschenkel. Wütend über mich selbst ballte ich sie schließlich zu Fäusten und ließ enttäuscht den Kopf hängen.

Ich war keine Rettung für die fünf Lande, sondern eine Schande.

Tränen tropften mir auf das Engelsmal, und Wut überkam mich. Seit meiner Geburt war mir eine Aufgabe zugeteilt worden, bei der ich mir immer eingeredet hatte, ich wäre ihr gewachsen, um damit die wahre Angst zu überspielen, versagen zu können. Doch das war eine Lüge. Was auch immer die Pläne der Engel hätten sein sollen, dieses Ausmaß konnte nicht in ihrem Sinne gewesen sein.

Vor meinem geistigen Auge stellte ich mir Loucas' enttäuschten Ausdruck vor. Er würde mich wohl wegsperren lassen, aus Angst, dass ich eine weitere Katastrophe heraufbeschwor. Dabei hätte ich diese Strafe verdient. Wenn ich keinen Frieden bringen konnte, dann mussten sich andere Erlöser dieser schwarzen Welt annehmen.

Ich schloss die Lider und erinnerte mich an Lias warmes Lächeln, das mir in dieser verzweifelten Situation Hoffnung geschenkt hätte. Doch das würde sie nie wieder zeigen, weil ihr eigener Bruder sie getötet hatte.

Meine Tränen mochten zwar getrocknet sein, aber der Schmerz saß tief in meiner Brust. Die einzige Hoffnung, die ich hatte, waren meine Eltern, von denen ich inständig hoffte, dass sie geflohen waren. Sie würden mich wohl beide verachten, wenn sie erführen, wer für die ewige Nacht verantwortlich war. Ob ich ihnen je wieder in die Augen sehen könnte?

»Leb wohl«, flüsterte ich und gab meiner Schwester an der Stelle einen Kuss, an der ich ihre Stirn vermutete. Ich würde mir die Zeit nehmen und sie anständig begraben.

Als sich mir Schritte näherten, erkannte ich wieder Zett, die mit gesenktem Blick neben mir stehen blieb. »Die Schatten flüstern andauernd. Sie … lassen mich nicht in Ruhe.«

Was? Sie konnte die Schatten hören? Wie denn das? Oder war es wohl eher ihr eigener, verwirrter Verstand, der mit ihr sprach? Wie sollte ich Zetts Worten glauben, wenn sie irgendetwas zwischen einem unberechenbaren Monster und einer unschuldigen Frau war? –

Sie holte tief Luft. »»… und als sie sich am Herzen der mächtigen Hexe labte, sprach sie die Worte der Finsternis.‹« Was zitierte sie da? Jedenfalls klang es danach. Zett merkte, dass ich ihr aufmerksam zuhörte, und fuhr deshalb fort: »»Aus den dunklen Schatten kroch die Mächtigste aller Dämoninnen hervor, Lilith. Sie ist die rechte Hand des Teufels, die Königin, die über die schreienden Seelen der Hölle gebietet.‹«

»Woher hast du diesen Text, Zett?«, fragte ich und erhob mich vom Boden.

Sie wirkte ängstlich und trat mehrere Schritte zurück. »›Mit ihrem Blut und ihrer Macht erschuf sie das Höllentor, das nicht nur finsteren Kreaturen in die Welt der Menschen Einlass gewährte, sondern auch den Teufel aus den tiefsten Winkeln der Finsternis befreite.‹«

»Zett?«, hakte ich nach und versuchte zu verstehen, weshalb sie ausgerechnet diese Geschichte ansprach. »Was hat es damit auf sich?«

»Das Herz einer Hexe kann gefährlich sein. Wenn es noch schlägt, ist es der Schlüssel zu Lilith«, erklärte sie und zitterte gleichzeitig am ganzen Körper. »Wenn der Teufel kommt … Wenn der Teufel kommt …«

»Zett«, sagte ich in einem sanften Ton und ging vorsichtig auf sie zu. »Der Teufel wird nicht kommen.«

Sie schaute mich entsetzt an. »Woher willst du das wissen? Die Hexe wird das Herz essen und das Armageddon herbeibeschwören.« Sie legte die Arme um ihre Mitte, als würde sie frieren. »Dann sind wir tot. Tot. Tot …«

»Welche Hexe meinst du?«, wollte ich weiter wissen, da ich noch immer nicht begriff, was sie mir zu sagen versuchte. »Ravaga ist sehr böse. So böse …«

Ich erinnerte mich daran, wie sehr Ravaga die Drachenhexe selbst nach ihrer Entmachtung haben wollte. Wenn es stimmte, was Zett sagte, dann war es ihr Plan, die Dämonin namens Lilith heraufzubeschwören, die dazu imstande war, den Teufel aus der Hölle zu befreien. Das Armageddon auszulösen.

Mein Herz schlug panisch in meiner Brust. »Zett, woher hast du diese Zeilen?«

Sie schüttelte heftig den Kopf und ging in die Knie. Dabei hielt sie sich die Hände an die Schläfen und wippte leicht mit den Füßen auf und ab. »Viele kennen das rote Buch. Böse. Sehr böse. Die Schatten kennen es auch. Sie ... sie reden ständig davon. Immer wieder flüstern sie, dass der Teufel kommt.«

Die Drachenhexe. Ich hatte sie zurückgelassen. Wenn es stimmte, was Zett erzählte, dann wollte Ravaga ihr Herz, um es zu essen.

Gott möge mir beistehen.

Diese Vorstellung war absurd, zumal das Herz noch schlagen musste. Sie würde es ihr lebendig aus der Brust reißen – nicht gerade die schönste Art zu sterben, selbst für eine bösartige Königin, die es im Grunde verdient hatte.

»Zett, bleib hier, bewache Lias Leichnam. Ich komme zurück, in Ordnung?«, bat ich sie, doch sie schien mir gar nicht richtig zuzuhören. Sie war wieder in ihrem eigenen Wahn gefangen.

Mit der Hoffnung, dass es noch nicht zu spät war, rannte ich an einer Hausecke vorbei und lief den Hügel hinauf, über den ich auch gekommen war.

Ich hätte die Drachenhexe – auch wenn ich sie aus tiefstem Herzen hasste – nicht allein lassen sollen. Ohne ihre Kräfte war sie Ravaga hilflos ausgeliefert.

Da ich keine Ahnung hatte, ob Freyja mir überhaupt gefolgt war, beschloss ich, meine Suche an dem Ort zu beginnen, an dem ich sie zurückgelassen hatte. Ich landete wieder im finsteren Wald, der vor der Katastrophe durch die Sonne viel lebendiger und farbenfroher gewirkt hatte. Durch die ewige Nacht war alles eintönig und still geworden.

Selbst die Vögel zwitscherten nicht mehr, von den Waldtieren fehlte jede Spur und alles schien wie ausgestorben zu sein. Ravaga hatte dem Land das Leben genommen und stattdessen die Dunkelheit in jeden Winkel gleiten lassen.

Eine Gänsehaut überzog mich, als ich daran dachte, dass wir genauso enden könnten wie das kleine verrückte Monstermädchen aus Schattentod, das mich damals angegriffen hatte. Es gäbe kaum noch Nahrung, die Menschen würden an der Dunkelheit zergehen und in Unterdrückung leben.

Trotz der Trostlosigkeit, die alle fünf Lande nun heimsuchte, musste ich nach vorne blicken. Um nicht noch für weitere Tote verantwortlich zu sein, brauchte ich einen Lichtblick, der mir wieder Hoffnung gab. Und der war im Moment das schlagende Herz der Drachenhexe.

Mir fiel auf, dass trotz der neuen ewigen Nacht meine Sehkräfte, die ich bewusst aktivieren musste, um sie zu benutzen, kein Brennen in den Augen hinterließen und dies mich auch nicht mehr anstrengte. Mit dieser Fähigkeit sollte ich die dunkle Königin leichter finden.

Als ich in der Nähe einer Lichtung ankam, hörte ich ein Kreischen, woraufhin ein Fluchen erklang, das mich sofort die Drachenhexe wiedererkennen ließ. Alarmiert folgte ich den Geräuschen und entdeckte Freyja mit einem Dolch gegen drei Schatten kämpfend – woher sie die Waffe auch immer hatte. Vermutlich stahl sie sie aus dem Dorf.

»Verzehrt ihr euch nicht schon genug an meinem Blut?«, schimpfte sie und holte zum nächsten Schwung aus, als ich ihr ein wenig nachhalf und drei Lichtkugeln beschwor, die die Schatten vernichteten.

Auch wenn ich niemals geglaubt hätte, ein solches Empfinden für die Drachenhexe aufbringen zu können, war ich über ihre Unversehrtheit tatsächlich erleichtert. Ravaga hatte sie noch nicht in die Finger bekommen.

Sie schaute mich finster an. »Was tust du hier, Engel?«

Ihre Schroffheit ließ mich kalt werden. »Wo ist Ravaga?«

Ehe sie antwortete, bemerkte ich die tiefen Wunden an ihrem Körper. Sie hatte viel Blut verloren und es war ein

Wunder, dass sie sich überhaupt noch gegen die Schattenwesen hatte behaupten können. »Woher soll ich das wissen? Ich bin schon froh, ihr noch um ein Haar entkommen zu sein.«

Nun ja, dank mir.

»Hast du gewusst, dass sie dein Herz essen will, um eine mächtige Dämonin namens Lilith zu beschwören?«, brachte ich es gleich auf den Punkt.

Trotz des noch pochenden Schmerzes in meinem Inneren war ich erstaunt darüber, dass ich in dieser Situation gelassen blieb. Vor der Hexe wollte ich keine Schwäche, sondern Stärke zeigen, damit wir so gut wie möglich zusammenarbeiten konnten. Denn darauf kam es in den nächsten Tagen an, wenn ich Ravaga töten wollte.

»Lilith«, spie sie halb lachend, halb zornig aus. »Das wollte dieses alte, hässliche Weib also!« Sie ballte die Hände zu Fäusten. »Es war bestimmt ebenfalls ein Teil ihres diabolischen Planes. Woher weißt du das eigentlich?«

»Ihr Name ist Zett und sie ist eine der vielen Menschen, die du in deinem Land zu kannibalischen Monstern hast werden lassen!«, erklärte ich und machte ihr gleichzeitig einen Vorwurf. »Sie sagt, sie hört die Schatten flüstern.«

Die Drachenhexe hob eine Augenbraue in die Höhe. »Unmöglich. Kein Mensch kann die Schatten vernehmen. Sie muss sich das einbilden.«

Zetts traurige Augen kamen mir wieder in den Sinn, als ich sie vorhin angeschrien hatte, während sie Lia berühren wollte. Sie war so menschlich, obwohl ihr Verstand sie manchmal in den Wahnsinn trieb. »Bist du dir absolut sicher?«

Die Drachenhexe schaute mich kühl an. »Ja. Menschen entwickeln keine übernatürlichen Kräfte.«

Ich überlegte kurz. »Sie muss ja auch keiner sein.«

Vielleicht war sie eine Magierin oder ebenfalls eine Hexe, die einfach nur verrückt geworden war. Doch irgendwoher musste Zett diese Informationen haben.

Die Drachenhexe grinste gefährlich. »Es sei denn, sie ist besessen.« Sie kicherte vergnügt und legte den Kopf in den Nacken. »Dann könnte sie natürlich die Schatten hören.«

Ich sah sie misstrauisch an. »Besessen? Wie ... von einem Dämon?«

Die Hexe nickte. »Korrekt. Auch ich bin in der Lage, von jemandem Besitz zu nehmen.« Als sie die Worte aussprach, erkannte sie ein wichtiges Detail, sodass ihr Lächeln erstarb. »... war. Ich *war* in der Lage.« Ihre Augen funkelten mich daraufhin wieder wütend an, da sie mir noch immer die Schuld für ihre Entmachtung gab.

Zu Recht, wie ich zugeben musste.

»Aber wer hat von ihr Besitz ergriffen?«, fragte ich besorgt.

»Gequälte Seelen, Geister, Dämonen ... es gibt viele düstere Wesen, die dazu in der Lage sind«, erklärte sie und stemmte eine Hand in die Hüfte. Ihr Ausdruck wurde finster. »Auch Ravaga könnte von Zett Besitz ergriffen haben.«

Ich blickte auf. Womöglich spielte die Hexe mit uns. »Wir sollten zurückkehren und Zett aufsuchen.«

Die Drachenhexe lachte spottend. »Wir?« Sie machte einen bedrohlichen Schritt auf mich zu und mir kroch dabei eine metallische Note in die Nase. »Hast du schon vergessen, was du mir angetan hast?«, keifte sie feindselig.

»Willst du etwa sterben? Dein Herz an Ravaga verfüttern? Ich denke, selbst *du* bist zu stolz dafür, durch die Hexe, die dich verraten hat, auch noch zu sterben«, hielt ich ihr vor.

Damit hatte ich offensichtlich einen wunden Punkt getroffen, denn die Drachenhexe schwieg und warf mir ihre üblichen Todesblicke zu. Nach kurzem Zögern ging sie an mir vorbei und rammte dabei schmerzhaft meine Schulter. »Ich werde deine Seele schon noch zu fassen bekommen und mich dann ganz langsam an ihr verzehren.« Sie schaute kurz über die Schulter zu mir. »Du wirst durch *meine* Hand sterben.«

Auch wenn mir ihre Drohung eine leichte Gänsehaut verpasste, lief ich der Drachenhexe nach. Sie hasste mich und das aus gutem Grund. Ich selbst tat es, da ich statt der Rettung der Menschen sie dem Armageddon näherbrachte.

Gemeinsam liefen wir ins Dorf zurück und ich merkte, wie sehr sie damit zu kämpfen hatte, aufrecht zu gehen.

Als wir auf dem Marktplatz ankamen, hielt ich nach Zett Ausschau, die spurlos verschwunden war.

»Zett?«, rief ich in die Stille und unterdrückte den Drang, zu der Stelle zu schauen, an der ich Lia unter dem Leinentuch abgelegt hatte. »Zett!«

»Wenn sie besessen ist, dann wird dieses Etwas sie kontrollieren. Sie wird nicht kommen, wenn ihr Peiniger das nicht will«, meinte die Drachenhexe und setzte sich schwer atmend auf einen Heuballen nahe einer Scheune. Ihr Blick wanderte zum Leinentuch, unter dem Lia lag. »Offensichtlich hat es deine Kleine nicht geschafft.«

Wut schäumte in mir auf und ich machte mit geballten Händen einen Schritt auf sie zu. »Pass verdammt noch mal auf, was du sagst!«, knurrte ich drohend.

Sie zuckte nur mit den Schultern und wandte dabei den Kopf zur Seite.

Ich drehte mich um meine eigene Achse, um alle Winkel zu überprüfen. Vielleicht versteckte sie sich einfach nur. »Bleib hier. Ich sehe mich im Dorf um.«

Sie nickte und ließ sich erschöpft ins Heu fallen. Es war seltsam, das Leid der Drachenhexe auf solche Weise mit anzusehen. Doch von Mitleid fehlte jede Spur, auch wenn ich wusste, dass der andere, reine Teil ihrer Seele noch irgendwo in ihr existierte. Vielleicht fügten sich beide zusammen, wenn ich Ravaga tötete. Von dieser alten Hexe hingen eine Menge Schicksale ab. In meinem Magen bildete sich ein schmerzhafter Knoten.

Während ich durchs Dorf lief, achtete ich auf den dunklen Nachthimmel, aus Angst, Ravaga könnte wieder die Drachenhexe aufsuchen. Da meine Schuldgefühle schwerer wogen als der Hass auf die dunkle Königin, wollte ich versuchen, sie zu beschützen. Denn Zetts rätselhafte Worte klangen so, als würden sie der Wahrheit entsprechen.

Nach einiger Zeit merkte ich, dass ich in dem Dorf niemanden antraf, sondern nur ständig in die weit aufgerissenen Augen der Toten schaute, deren Seelen von den Schatten geraubt worden waren. Ihr Anblick bereitete mir Unbehagen, erinnerte mich jedes Mal daran, was ich dieser Welt angetan hatte.

Ich musste das wieder in Ordnung bringen – so schnell wie möglich. Und ich wusste auch schon wie.

Da Zett nirgends zu finden war, kehrte ich zur Drachenhexe zurück. Sie lag noch immer auf dem Heuhaufen, ihre Augen waren geschlossen und sie musste vor Erschöpfung eingeschlafen sein.

Ich griff nach einer Schaufel, die ich im Dorf gefunden hatte, und begann, meine tote Schwester in der Wiese zu bestatten, während ich ein leises Gebet sprach.

Eine Weile noch stand ich an ihrem Grab, ehe ich tief durchatmete und mich der schlafenden Drachenhexe zuwandte. Selbst wenn von ihr im Moment keine wirkliche Gefahr ausging, schnappte ich mir dennoch den Dolch, den sie noch in ihrer Hand festgehalten hatte, und machte ihn an meinem Gürtel fest.

Anschließend berührte ich sie an ihrem unverletzten Arm und sie schrak hoch. Als sie mich wiedererkannte, wurden ihre Züge finsterer.

»Was?«, brummte sie und musterte mich kritisch.

»Wir gehen«, meinte ich mit kalter Stimme. »Ich muss dafür sorgen, dass dich Ravaga nicht in die Finger bekommt. Wenn das vollbracht ist, kümmere ich mich um sie.«

»Ich soll dich von jetzt an begleiten?«, fragte sie skeptisch.

»Du hast keine andere Wahl, wenn du überleben willst.«

Sie wusste, dass ich recht hatte, und erhob sich stumm, um mir zu folgen. Dabei fiel ihr wohl auf, dass der Dolch aus ihrer Hand verschwunden war. »Gib mir meine Waffe zurück!«, zischte sie.

Ich schüttelte den Kopf. »Nein. Es ist besser, wenn du keine besitzt.«

Auch wenn ihr meine Entscheidung nicht zu gefallen schien, antwortete sie daraufhin nichts, warf mir jedoch einen feindseligen Blick zu, bevor wir uns auf den Weg machten.

Wir ließen das Dorf hinter uns und die Drachenhexe brach nach dem Erklimmen eines Hügels auf ihren Knien zusammen.

»Dieser verdammte Körper … der Schmerz endet nicht, sondern wird immer schlimmer … Wie ich die Menschen verachte mit ihren zerbrechlichen Hüllen«, keuchte sie und fiel auf die Seite.

Ich kniete mich zu ihr und begutachtete ihre Wunden. »Das muss verbunden werden.«

»Was du nicht sagst, Engel«, murrte sie.

An ihren Schläfen rannen Schweißperlen hinab, ihr Gesicht wirkte bleich und ich fragte mich, wie sehr sie gegen die Qualen ankämpfen musste, um mir gegenüber nicht schwach zu wirken. Allein ihr Zusammenbruch gab mir Aufschluss darüber, dass sie an ihre Grenzen ging.

Ich erhob mich wieder und blickte zum Dorf hinab. Bestimmt würde ich zwischen den Trümmern noch etwas Brauchbares finden, um zumindest die klaffenden Wunden zu verbinden. Da die Drachenhexe keinen Schritt mehr gehen konnte und dringend Ruhe benötigte, rannte ich schnell zurück und begann mich in den Häusern umzusehen. Wenn ich auf der Straße war, während ich alles absuchte, hielt ich die Ohren nach Flügelschlägen offen – aus Angst, Ravaga kehrte mit dem Drachen zurück. Außerdem durfte ich auch nicht zu viel Zeit vergeuden, bevor sich die Schatten über die Drachenhexe hermachten.

In dem sechsten Haus fand ich einen kleinen Medizinschrank, in dem Salben angereichert waren und wovon eine nach Beinwurz, ein wenig Johanniskraut und Kamille roch. Während meiner Ausbildung am Hofe des Königs lehrte mich Anna, meine Ziehmutter, über Pflanzenheilkunde, weshalb ich auch wusste, dass die Salbe gegen Wunden äußerlicher Art half.

Aus einem weiteren Schrank entwendete ich ein altes Leinentuch, das ich zerteilen konnte, und lief zügig wieder den Hügel hinauf. Mir entfuhr ein erleichterter Seufzer, als ich den Körper der Drachenhexe unberührt im Gras liegen sah.

Ich ging zu ihr und drehte sie auf den Rücken. An ihrem Hals hatte sich schon zum Teil eine Kruste gebildet, trotzdem musste ich die Wunden reinigen.

»Das wird jetzt brennen«, warnte ich sie vor und rieb ihr die milchige Salbe über die offenen Wunden.

Sie schrie laut auf, krümmte sich und aus ihrem Augenwinkel traten Tränen.

»Das wirst du mir büßen«, fluchte sie.

Ich erwiderte nichts, sondern riss das Laken in lange Streifen, um diese um ihren Hals zu binden.

»Du wagst es, mich zu entmachten und dann auch noch zu quälen?«

»Du hast noch nie eine Wunde versorgt, oder?«, bemerkte ich und dachte mir im Nachhinein, dass die Frage vollkommen überflüssig war.

All ihre Wunden hatten sich früher in Windeseile verschlossen. Krankheiten oder Entzündungen kannte die Hexe nicht, weswegen sie auch nicht wusste, dass es höllisch brannte, wenn man eine Heilsalbe auf eine blutige Stelle auftrug.

Als ich ihren Hals versorgt hatte, sah sie noch viel erschöpfter aus als vorher. Ihr Körper zitterte, vermutlich vor Anstrengung. An ihrem Arm musste ich erst die Schienen lösen, bevor ich den Stoff vorsichtig zur Seite ziehen konnte, da der Schorf bereits an den Fetzen klebte.

»Die zum Teil verwachsene Kruste wird jetzt wieder aufreißen und bluten. Halte am besten still.«

Die Drachenhexe sog scharf die Luft durch ihre Zähne, als ihre Wunde erneut beansprucht wurde. Doch so schmerzhaft es sich auch anfühlte, ich konnte die Salbe nur auftragen, wenn ich den Stoff entfernte.

Sie sah mich für den Moment feindselig an. »Beeil dich«, knurrte sie und ich verkniff mir einen bissigen Konter.

Nachdem ich den letzten Stofffetzen entfernt hatte, trug ich direkt die beruhigende Salbe auf und verband ihren Arm mit den restlichen Leinentüchern.

»Geschafft«, keuchte ich und auch auf meiner Stirn spürte ich einige Schweißperlen.

Die Brust der Drachenhexe hob und senkte sich schwer. Mit jedem Atemzug glaubte ich, dass sie weniger Luft bekäme.

»Soll ich dir aufhelfen?«, fragte ich höflich und meinte es tatsächlich ernst.

»Finger weg, Engel«, fauchte sie so scharf, als würde sie im nächsten Augenblick Feuer speien. Ich wusste, dass ihre Wut nicht unbedingt mir galt, sondern ihrem neuen Dasein als Mensch. »Ich brauche nur einen Moment.«

Als ich ein Rascheln zwischen den Büschen bemerkte, erkannte ich die vielen Schatten, die uns umgaben. Mit ihren rot glühenden Augen blickten sie zu uns herüber, beobachteten unsere Bewegungen aus der Ferne. Sie waren die Augen von Ravaga, da diese sie jetzt kontrollieren konnte. Ob sie uns in diesem Moment beschattete?

Wie auch immer, wir mussten hier schleunigst weg.

Die Drachenhexe erhob sich, wenn auch auf wackeligen Beinen. Als sie stand, verzog sie schmerzerfüllt das Gesicht. »Dafür wird Ravaga büßen.«

Ich schaute unbeeindruckt zu ihr. »Du solltest zuerst mal daran denken, wie du am Leben bleibst. Die Wunden sind tief und du brauchst Ruhe.«

Sie lachte keuchend auf. »Soll ich dich noch mal daran erinnern, dass all das hier deine Schuld ist? Menam gehörte mir und es wäre auch weiterhin so geblieben, wenn du dich einfach von Schattentod ferngehalten hättest. Der König hat dich doch nur geschickt, um Menam zu übernehmen und dieses als sein Land zu erklären.«

Ich zog die Augenbrauen zusammen. »Er wollte das Böse aus der Welt schaffen.«

Sie machte einen ersten Schritt und drückte ihren verletzten Arm an die Brust. »Unsinn. Er will ein weiteres Land erobern – etwas, wonach die meisten machthungrigen Könige trachten.«

An diese Vorstellung wollte ich nicht glauben. Der alte König war für seine Strenge bekannt gewesen, aber niemals würde er ein Kind seiner Familie entreißen, um es für seine eigenen Landeroberungen zu missbrauchen. Außerdem saß Loucas der Siebte auf dem Thron, der wohl andere Ansichten hatte als sein Vater zuvor.

Ich hielt kurz inne. Doch wer würde nach dem Sturz der Drachenhexe in Menam regieren? Ein Kribbeln durchfuhr mich, denn die Antwort wagte ich in meinem Kopf nicht auszusprechen. Trachtete der König wirklich nach Landeroberungen? Hatte er Menam so sehr gewollt, dass er mich nur wegen seiner eigenen, egoistischen Gründe ins Schloss brachte, damit ich Schattentod vernichtete? Es klang herzlos, habgierig und doch … könnte es stimmen, was die Drachenhexe behauptete. Die viel wichtigere Frage war, würde der neue König dieses Ziel weiterverfolgen?

»Etwas abseits des Dorfes gibt es eine Gaststätte«, begann ich und zeigte mit dem Finger nach Süden. »Dort wäre es möglich, vorerst zu rasten.«

»Und dann?«, fuhr sie mich bissig an. »Lieferst du mich dort ab?«

Nein, Ravaga würde sie finden.

Mein Licht war das Einzige, was sie zurzeit schützte. Aber mir fiel noch eine andere Möglichkeit ein, die Drachenhexe von Ravaga fernzuhalten.

»Ich bringe dich zum Magierorden Alexandria«, beschloss ich. »Ihr Schutzwall lässt keine dunkle Magie in ihre Stadt und da du deiner Kräfte entledigt wurdest, sollte es kein Problem sein, dich dort aufzunehmen.«

»Alexandria?«, zischte sie empört. »Eine dumme Idee. Sie würden mich sofort töten, wenn sie erfahren, wer ich bin.«

»Wir bringen dich schon sicher unter«, argumentierte ich, war mir dabei jedoch nicht wirklich sicher, ob die hohen Magier ihr Gehör schenken würden. Im Moment war es allerdings die einzige Lösung, die es gab. »Du kannst sonst nirgends hingehen, also komm«, forderte ich sie auf und sie lief mir schweigsam hinterher, auch wenn sie mir dabei ihre Todesblicke zuwarf.

Wir folgten seit Stunden einem langen Waldpfad, der mir zum Glück bekannt war. Ab und an musste ich uns einige Schattenwesen vom Leib halten und durch das langsame Vorankommen, das die geschwächte Drachenhexe zu verantworten hatte, kam mir der Weg ewig lang vor.

Obwohl sie noch immer unter großen Schmerzen litt, kritisierte sie jede meiner Fähigkeiten. Sie meinte, ich würde mein Gleichgewicht nicht richtig verlagern, wenn es einige Schatten trotz meines Lichtes wagten, mich anzugreifen. Sie behauptete, ich hätte keine Ausdauer, keine guten Reflexe und wäre ein *Tölpel*, was meine Schwertkünste anging. Dabei hatte *ich sie* während unseres Duells im Schloss verletzt. Doch auf diese Weise rächte sich die Drachenhexe an mir – zumindest besänftigte es ein wenig ihren Hass auf mich.

»Wie fühlt sich das eigentlich an, wenn die eigenen Schatten gegen einen kämpfen?«, fing ich mit dem unangenehmsten Thema an, um es ihr heimzuzahlen.

»Es fühlt sich genauso an, wie wenn man eigentlich Flügel besitzt, aber nicht weiß, wie man diese einsetzt«, entgegnete sie mit einem halbwegs breiten Grinsen auf den Lippen.

Touché.

»Also hilflos«, fügte ich hinzu. »Wenigstens besitze ich noch meine Lichtmagie.«

Ich konnte sehen, wie sie die Hand ihres gesunden Armes zu einer Faust ballte, danach schwieg sie allerdings. Mit Freyja war es beinahe unmöglich, ein normales Gespräch zu führen, ohne dass sie ihren ganzen Hass dabei freisetzte.

Mich mochte sie zwar verabscheuen, aber zum Glück behandelte sie mich nicht wie eine niedere Kreatur. Schon beim ersten Mal, als ich sie oben auf ihrem Thron habe sitzen sehen, wusste ich, dass sie mir ihren Respekt entgegenbrachte, weil sie meine Kräfte spürte.

»Ich hätte da auch mal eine Frage, Engel«, begann sie und tatsächlich ärgerte ich mich noch immer darüber, dass sie mich nicht beim Namen nannte. Gut, ich brachte es ebenfalls nicht über mich, sie Freyja zu nennen, da es mich zu sehr an die Prinzessin erinnerte, die ich in meinem Traum getroffen hatte. »Wie fühlt es sich an, nicht zu wissen, wer deine Mutter geschwängert hat?«

Ich knirschte mit den Zähnen, unterdrückte jedoch die aufkeimende Wut. Sie wusste davon? Vielleicht hatten es ihr die Schatten zugeflüstert oder die Seelen, die ihr in den letzten einundzwanzig Jahren noch zum Opfer fielen.

»Das geht dich nichts an.«

Die Hexe lachte amüsiert. »Nennt man so etwas nicht Vergewaltigung? Ich meine, deine Mutter hat bestimmt nicht eingewilligt.« Sie drehte sich mit teuflischem Gesichtsausdruck zu mir um. »Oder etwa doch? Bedeutet das, sie hat deinen Stiefvater betrogen?«

»Hexe«, ermahnte ich sie und hätte sie am liebsten für diese freche Anschuldigung verprügelt.

Unglaublich, dass sie selbst nach dem Tod von Lia eine solche Dreistigkeit besaß. Sie wusste, dass ich es im Moment nicht einfach hatte – *als ob sie das jemals kümmern würde.*

Den Spielchen der Drachenhexe musste man die kalte Schulter zeigen, sonst trieb die dunkle Königin einen in den Wahnsinn. Sie provozierte ihren Tod regelrecht. Ich war gezwungen, mich zusammenzureißen, um ihr nicht den Kopf von den Schultern zu schlagen.

»Ich interessiere mich eben für dich. Finden die Menschen so etwas nicht immer schön?«, sprach sie weiter.

Ich ignorierte es.

Sie drehte sich zu mir und betrachtete mich mit einer Mischung aus Boshaftigkeit und Vergnügen. »Wie haben eigentlich die Frauen reagiert, als sie davon erfuhren, dass du magische Kräfte hast? Oder hast du es ihnen verheimlicht? War dir nie bewusst, dass du eine von ihnen verletzen könntest, während ihr …«

Ich zerschnitt mit den Armen energisch die Luft. »Hör endlich auf, Hexe! Hast du kein anderes Gesprächsthema, als ständig Fragen über mein Leben zu stellen?«

Sie lachte. »Wie du willst, wir können dieses Thema gerne auch auf mich übertragen.«

Darüber will ich nun wirklich nichts wissen.

Doch sie ignorierte meinen genervten Gesichtsausdruck und fuhr mit ihrem Thema rücksichtslos fort. »Wenn mich ein Mann wollte, habe ich mir seine Seele genommen und diese an meine Schatten verfüttert.« Ein weiteres Lachen drang aus ihrer Kehle, dieses Mal finsterer. »Nachdem ich mich mit ihm vergnügt hatte.«

Zum Glück würde ich ihrer Dunkelheit nicht verfallen. Allein die Vorstellung, dieser Hexe beizuwohnen …

Oh Himmel, auf keinen Fall.

»Wer weiß, mit welchem Zauber du sie belegt hast?«

»Oh, sie wussten nicht, dass ich die Königin bin. Einige von ihnen haben mich noch nie gesehen und eines Nachts kam ich verkleidet zu ihnen ins Dorf. Sie glaubten, ich wäre eine ungewöhnliche Schönheit, die vom Wahnsinn der Hexe verschont geblieben war.« Sie machte eine wegwerfende Handbewegung in der Luft. »Diese Trottel. Dabei hatte ich kaum Magie angewandt, um mich unschuldig aussehen zu lassen.«

»Also hast du sie ja doch getäuscht, damit sie dir verfallen«, bemerkte ich und fragte mich gleichzeitig, warum ich überhaupt auf dieses Thema einging.

Sie blieb stehen und wartete, bis ich zu ihr aufgeschlossen hatte. Danach lief sie neben mir her. »Ich habe nur die Dunkelheit in meinen Körper gesperrt, sodass die einst wunderschöne Prinzessin zum Vorschein kam, die selbst den misstrauischsten Mann bändigen konnte.«

Dieses Mal musste ich spottend lachen. »Du liebst es, deine eigenen Herausforderungen zu meistern, oder?«

Sie zuckte mit den Schultern. »Ich liebe alles, was mir Freude bereitet.«

Genervt verdrehte ich die Augen. »Du klingst wie ein Kind.«

Sie streckte schelmisch einen Mundwinkel in die Höhe. »Oder wie eine verrückte Hexe.«

Es erstaunte mich, wie viel Selbstbewusstsein sie immer noch besaß, obwohl sich all ihre Fähigkeiten in Luft aufgelöst hatten.

Kurze Zeit später stießen wir auf das große Gasthaus, das an der Hauptstraße lag. Für Reisende war dieser Ort ideal.

»Hier sollten wir rasten können«, bemerkte ich.

Die Drachenhexe wirkte so geschwächt, als stünde sie kurz davor, erneut über dem Boden zusammenzubrechen. »Wenn du es für das Richtige hältst«, raunte sie und ging auf den Eingang des Gebäudes zu.

Bevor ich jedoch eintrat, schaute ich zu ihr. »Deine roten Augen werden auffallen, sollten sich Magier dort drin aufhalten. Kannst du sie nicht normal machen? Deine Dunkelheit unterdrücken oder wie du es eben beschrieben hast.«

Sie zog verwundert eine Braue hoch.

»Dich ›unschuldig‹ aussehen lassen.«

Sie schien einen Moment zu stutzen, dann schnaubte sie herablassend. »Ich denke, ihr Augenmerk wird auf meine blutdurchtränkte Kleidung fallen. Menschen können außerdem meine rote Augenfarbe nicht erkennen. Es sei denn, ich will es. Aber ohne meine Kräfte ist das im Moment nicht möglich.«

Bevor ich etwas erwidern konnte, stand sie bereits mit einem Fuß im Gasthaus. Zu unserem Glück war dieses mit mehreren Gästen besetzt, sodass uns nur wenige wahrnahmen. Der Wirt und ein paar Trunkenbolde drehten sich an der Theke zu uns. Ich lief voraus und sprach den Hausherrn an.

Dieser ignorierte mich und schaute zur Drachenhexe. »Grundgütiger! Was ist denn mit Euch passiert?«

Ich wandte mich kurz zu der dunklen Königin, deren Beine stark zitterten. »Habt Ihr ein Zimmer für uns? Sie muss sich ausruhen. Sie ist schwer verletzt.«

»Natürlich!«, sagte er und legte mir einen Schlüssel hin. »Drittes Zimmer rechts.« Als ich gerade mit der Drachenhexe nach oben verschwinden wollte, hielt der Wirt mich ein letztes Mal auf. Seine Augen lagen noch immer wie gebannt auf der Königin. »Soll ich Euch etwas Wasser bringen? Geht aufs Haus.«

Ich nickte dankbar. »Das wäre hilfreich.«

Während ich hinaufging, merkte ich, dass nun mehrere Gäste ein Auge auf die Drachenhexe geworfen hatten. Sie beäugten ihre Verletzungen, das blutdurchtränkte Wams. Selbst ihr einst weißes Unterhemd, das durch die Risse hervorstach, war rot.

Wir gingen so zügig wie möglich nach oben und verschwanden in der dritten Tür im linken Flur. Das Zimmer wirkte schlicht und alt. Die meisten Möbel bestanden aus weichem Holz, die Fenster waren an den Rändern schmutzig und an einigen Stellen auch verstaubt.

Als die Drachenhexe den in der Ecke stehenden Stuhl entdeckte, ließ sie sich in diesen gleich hineinfallen. Ihr Kopf sank erschöpft auf ihre Schulter.

Im selben Moment, in dem ich auf sie zugehen wollte, klopfte es sanft an der Tür. »Ich habe Wasser und Tücher, werter Herr«, erkannte ich die Stimme des Wirtes.

Ich öffnete die Tür und ließ mir die Sachen in die Hand drücken. Der glatzköpfige Mann schaute zuerst mir in die Augen und dann zur Drachenhexe, deren Wunden ihm ersichtlich Unbehagen bereiteten. »Wer hat ihr das angetan?« Er wurde nervöser. »Waren es diese schattenartigen Dinger da draußen?«

Also schienen die Menschen neben der plötzlich hereingebrochenen Nacht auch die Wesen bemerkt zu haben, die nun ihre Welt heimsuchten. Ich schluckte schwer, als ich mich wieder daran erinnerte, wer die Schuld an dem Ganzen trug. »Ja, aber man kann sie mit Licht verscheuchen.«

Er sah mich hoffnungsvoll an. »Mit Licht? Also Feuer?«

Ich wollte dem Mann nicht erzählen, dass ich der Engel war, der von König Loucas ausgebildet worden war. Damit könnte er zu viele Fragen stellen und mich in die Bredouille bringen – was mit der verletzten Drachenhexe im Moment keine gute Idee wäre. »Genau.«

Er rieb sich über das Kinn. »Habt Dank!« Dann kehrte er mir den Rücken zu und verschwand nach unten zu seinen Gästen.

Ich schloss die Tür hinter mir, hievte den Eimer Wasser und die sauberen Leinentücher zu der Drachenhexe hinüber. »Könntest du dich bitte auf das Bett legen? Ich würde gerne deine Wunden reinigen und neu verbinden.«

Sie sah mich mit trägen Lidern an. »Warum so besorgt, Engel?«

Ich schüttelte den Kopf. »Das hat nichts mit Sorge zu tun. Doch wenn sich die Wunden entzünden, werden wir für eine lange Zeit hier festsitzen und das will ich um jeden Preis vermeiden.«

Sie blies ihre gestaute Luft aus den Wangen und zuckte mit den Schultern. »Ob ich in diesem langweiligen Gasthaus bleibe oder im Orden festgehalten werde, ist mir gleich.«

Ich biss die Zähne zusammen. »Mir aber nicht«, knurrte ich, umschlang ihren Körper und hob sie auf meine Arme.

Ihr gefiel mein Vorhaben nicht und sie versuchte sich aus meinen Fängen zu winden.

Meine Berührung musste ihr zuwider sein. »Lass mich runter, Engel!«

»Du wirst mir kein Klotz am Bein sein.« Ich trug sie auf das Bett. Stumm schaute sie mich mit finsterem Ausdruck an. »Eine Entzündung wird deine Qualen nur verschlimmern. Willst du das?«

Sie schwieg und blickte zur Seite, als würde sie meine Anwesenheit nicht länger ertragen.

Ich machte mich zuerst an den Verbänden um ihren Hals zu schaffen. Die Salbe hatte bereits gewirkt und zumindest die Wunden so weit verschlossen, dass sie nicht mehr aufrissen. Ich beschloss, zuerst das Blut sanft wegzuwischen, da es noch immer zu Entzündungen führen könnte. Ohne dass ich es bemerkt hatte, war die Hexe vor Erschöpfung eingeschlafen. Ihr Brustkorb hob und senkte sich in ruhigen Zügen.

Als ich mich bis zu ihrem Brustansatz arbeitete, entdeckte ich wieder die schillernde Narbe auf ihrer Haut. Sie hatte sich nicht verändert.

Sie wirkte wie die Schuppe eines Fisches und verlieh ihr dadurch etwas Magisches. Ich fuhr mit dem Finger darüber, zog die ungerade Linie nach und versuchte zu begreifen, wie die Wunde so schnell heilen konnte. Der Dolch hätte die Drachenhexe töten müssen, doch das tat er nicht. Wer hatte also seine Finger hier im Spiel? Prinzessin Freyja aus meinen Träumen? Ravaga? Vielleicht sogar meine Engelsmacht?

Als ich mir die Prinzessin aus den Träumen wieder vorstellte, umgeben von dem wunderschönen Garten, in dem sie laut ihren Worten gefangen gehalten wurde, glitt mein Blick an der Drachenhexe hinab.

Ihre Gesichtszüge, die Körperform und die Eleganz waren bei beiden absolut identisch. Doch um die Augen der Drachenhexe lagen tiefe Schatten, ihre aschblonden Haare betonten ihr finsteres Aussehen, während das der Prinzessin dem eines Engels glich.

Während ich immer tiefer in meine Gedanken versank, spürte ich plötzlich eine Hand an meinem Arm, die meine Finger von der Drachenhexe löste. Überrascht schaute ich in die blutroten Augen der dunklen Königin. »Findest du es nicht etwas pervers, meinen Körper in diesem Zustand zu begehren?«

Ich zog die Brauen zusammen und löste mich aus ihrer Umklammerung. »Du verstehst das falsch. Ich habe nur ...«

»... meinen Körper begehrt«, wiederholte sie und zog süffisant einen Mundwinkel in die Höhe. »Hat dich König Loucas nicht gelehrt, die Finger von einer Hexe zu lassen?«

Ich gab einen schnaubenden Laut von mir. »Du bist keine Hexe mehr, denn diese würde dunkle Magie praktizieren und sich selbst heilen können.«

Die Drachenhexe wurde augenblicklich wütender. »Zügel deine Zunge, Engel.«

»Eigentlich Lucien«, korrigierte ich, um sie zu ärgern.

Sie ignorierte mich wieder und neigte den Kopf zur Seite. »Vielleicht hätte ich mich einfach von Noron verschlingen lassen sollen, anstatt derart gedemütigt zu werden.« Sie zischte. »Der Engel heilt die Hexe ... absurd.«

Ich horchte bei ihren Worten auf. »Dein Drache wollte dich fressen?«

»Ravaga hatte ihm befohlen, mich zu verschlingen, doch er tat es nicht. Stattdessen befreite er mich aus dem Fesselungszauber, sodass ich fähig war zu fliehen.«

Ich schüttelte verständnislos den Kopf. »Warte mal! Ravaga hatte dich bereits in ihren Fängen?«

Dann hatte sie mit ›um ein Haar‹ tatsächlich gemeint, dass sie während meiner Abwesenheit von Ravaga gefangen genommen wurde und anschließend entkommen konnte. Wie hatte sie *das* denn geschafft?

Sie sah mich mit hochgezogener Augenbraue an. »Ja, als du deine Kleine retten warst – wobei du ja offensichtlich versagt hast.«

»Sei still«, knurrte ich finster und entfernte etwas zu schnell den Verband von ihrem Hals, sodass sie schmerzerfüllt aufschrie.

Sie warf mir einen tödlichen Blick zu. »Kann ich etwas für deinen dummen Fehler? Du trägst ganz allein die Schuld daran.«

Ich musste ihr leider teilweise recht geben. Sie war nicht dafür verantwortlich, dass die ewige Nacht nun über alle fünf Länder herrschte. Im Grunde konnte sie nichts dafür, dass sie zu einer Hexe gemacht worden war, die durch und durch böse war. Ravaga hatte damals nicht nur die Königsfamilie ins Verderben gestürzt, sondern auch ein ganzes Land. Wenn es jemand verdient hatte, unter den unvorstellbarsten Qualen zu sterben, dann Ravaga.

Meine Gedanken schweiften wieder zu den letzten Worten der Drachenhexe, da mir etwas Wichtiges auffiel. »Denkst du, sie wollte Noron einfach nur prüfen, als sie ihm befahl, dich zu töten? Denn falls nicht, würde es nicht mit Zetts Worten übereinstimmen.«

Die Drachenhexe verdrehte die Augen. »Glaubst du denn wirklich, dass Ravaga mein Herz für diesen mächtigen

Dämon braucht? Außerdem würde ich dieser Zett nicht vertrauen. Vielleicht wollte die Hexe dich in die Irre führen, damit du einen weiteren Fehler machst.«

Ich sah sie mit einem ernsten Ausdruck an. »Genau deswegen versuche ich dich am Leben zu erhalten. Wer weiß, welcher Zauber noch auf dir liegt und entfesselt wird, wenn du stirbst. Ganz gleich, was Ravaga vorhat. Bevor ich dich töte, will ich sichergehen, dass mir kein weiterer Fehler unterläuft.«

Ihr Blick glitt zu ihrem Brustansatz. »Was meinst du damit?«, hakte sie nach. »Diese weiße Narbe habe ich doch eindeutig von deinem Dolch.«

»Wir wissen aber beide nicht, was *danach* geschehen ist«, entgegnete ich. »Oder verschweigst du mir etwas, Hexe?«

Sie zog erneut süffisant einen Mundwinkel nach oben. »Wer weiß?«

Sie spielt schon wieder mit mir.

»Gib mir deinen Arm«, befahl ich barsch, als ich während unseres Gesprächs die neuen Leinentücher um ihren Hals band.

»Ein Bad könnte ich auch vertragen«, meinte sie in einem gehässigen Tonfall.

»Da werde ich dich leider enttäuschen müssen. Hier wird es für dich keines geben.«

Nachdem ich auch ihren Arm gesäubert und die Wunden verbunden hatte, bat ich den Wirt um eine neue Bekleidung, da die Drachenhexe wenigstens ein neues Unterhemd bräuchte.

Er nickte. »In Ordnung. Ich will mal nicht so sein. Meine Frau hat bestimmt noch etwas für die Kleine über, könnte jedoch ein wenig zu groß für sie sein.«

Aus der hinteren Ecke der Bar schaute eine üppige Dame finster zum Wirt herüber, die offensichtlich seine Frau zu sein schien. Sie schnappte sich schnaubend ein paar volle Krüge und ging zu den Gästen, um ihnen diese zu bringen.

»Ich würde es Euch auch entlohnen. Versprochen«, fügte ich hinzu.

Doch der Wirt machte eine wegwerfende Handbewegung. »Nein, schon gut. So wie Eure ... Begleiterin aussah, musste sie ziemlich hart gekämpft haben. Ich gebe ihr gerne das Kleidungsstück.« Er blickte über meine Schulter zu den Leuten, die den Raum mit ihren lauten Gesprächen füllten. »Die Gäste fürchten sich seitdem davor, mein Gasthaus zu verlassen.«

Ich sah ihn bedauernd an. »Wir wollten kein Aufsehen erregen. Wir haben einfach nur nach einer Bleibe gesucht, da sie unbedingt Ruhe benötigte.«

»Das kann ich gut nachvollziehen.«

Als die üppige Dame zurück an die Theke kam, winkte der Wirt sie zu sich herüber. »Liebling, würdest du dem Herrn bitte für seine Begleiterin eines deiner Oberteile geben? Du hast doch noch alte, die du immer wieder geflickt und irgendwann in den Sack gesteckt hast.«

Ihr düsterer Blick wechselte zwischen mir und ihrem Mann hin und her. Sie sagte nichts, warf ihre Schürze auf den Tresen und lief durch eine Hintertür hindurch, die in eine Küche führte.

Der Wirt schmunzelte entschuldigend. »Sie mag keine Fremden.«

Mit einem »Ach so« als Antwort setzte ich mich auf einen der Hocker und wartete geduldig, bis die Frau des Wirtes zurückkehrte.

Während ich dem Hausherrn dabei zusah, wie er Krüge ausspülte und sie mit einem dreckigen Tuch säuberte, bemerkte ich, wie seine Frau wieder aus der Küche herausgestürmt kam. Sie lief um die Theke und knallte mir ohne Worte ein ergrautes Leinenoberteil vor die Nase.

Etwas überrascht über ihr schroffes Verhalten sagte ich dennoch in freundlichem Tonfall:»Habt Dank.«

Mehr als ein mürrisches Grunzen gab sie nicht als Antwort. Sie widmete sich wieder den Gästen und ich verschwand mit dem Oberteil nach oben.

Durch das Quietschen beim Öffnen der Zimmertür weckte ich die Drachenhexe. Sie schaute mich erschrocken mit ihren roten Augen an und schloss diese wieder, als sie erkannte, dass nur ich es war, der hereinkam. Ihre Reaktion gab mir zu denken. Bedeutete das, sie fürchtete sich? Vor Ravaga? Dem Tod? Vielleicht war sie viel mehr ein Mensch, als ihr bewusst war.

»Hier ist ein Ersatzoberteil«, rief ich und warf ihr die Leinenbluse auf das Bett.»Wenn es dir morgen so weit besser geht, dass du dich auf den Beinen halten kannst, werden wir die Gaststätte verlassen.«

»Erteile mir keine Befehle, Engel«, murrte sie und klang dabei geschwächt.

»Das ist doch kein Befehl«, beschwerte ich mich und stemmte einen Arm in die Hüfte.»Vielmehr eine Aufforderung, der du nachkommen solltest, wenn dir dein Leben lieb ist.«

Sie schwieg und ich war froh darum.

Die Drachenhexe konnte unglaublich anstrengend sein, wenn sie jemanden aus tiefstem Herzen verachtete. Sie ließ gerne andere ihren Zorn spüren. Zum Glück war sie wenigstens so vernünftig und sah ein, dass es das Beste war, mit mir mitzukommen. Ravaga würde ihr tatsächlich das Herz aus der Brust reißen.

Als ich meine Rüstung ebenfalls abstreifte, um mich schlafen zu legen, ertönte ein genervter Seufzer im Raum.»Eine Hexe und ein Engel«, sagte sie in einem mürrischen Ton.»In einem

Bett.« Sie versuchte sich auf die Seite zu drehen, um auf ihrem gesunden Arm zu liegen, doch da traten die Schmerzen um ihren Hals ein und sie fiel wieder auf den Rücken zurück. »Auch das werde ich dir heimzahlen.«

Aus irgendeinem Grund brachten mich ihre kraftlose Stimme und die Hilflosigkeit zum Grinsen. »Stell dich hinten an, Hexe. Ravaga will mich ebenfalls töten.«

Sie zischte herablassend. »Keine Sorge, das werde ich zu verhindern wissen.«

Ihr Blick glitt zu mir und blieb an meinem nackten Oberkörper hängen. Leider trug ich kein Unterhemd, das ich hätte anbehalten können.

Statt einer peinlich berührten Miene legte die Hexe ein süffisantes Schmunzeln auf die Lippen. »Aber ich werde dir so lange, wie wir zusammen sind, das Leben unerträglich machen. Dafür brauche ich auch keine Fähigkeiten.«

Ich verdrehte die Augen, schlüpfte unter die Decke und machte mir keine allzu großen Gedanken um ihre harmlose Drohung. Was hatte ich schon von einer Hexe zu erwarten, die keine Magie besaß? Für mich war sie nicht mehr gefährlich, sondern nur noch lästig.

»Kommst du nicht in Versuchung, Engel?«, ertönte ihre neckische Stimme hinter mir, als ich ihr den Rücken zugewandt hatte. »Ich meine, bei einer solchen Gelegenheit.«

»Oh bitte«, gab ich genervt von mir. Ich spürte, wie ihre Finger meinen Rücken streiften, und drehte mich schlagartig zu ihr um. »Lass das!«

Sie lachte mich aus. »Angst vor Berührungen? Seltsam … als du meine Brust begutachtet hast, schien es dir nichts ausgemacht zu haben, mich mit deinen Augen zu verschlingen.«

Ich hätte mir am liebsten das Strohkissen auf die Ohren gedrückt. »Schweig einfach, Hexe. *Bitte*.«

»Hast du denn noch nie mit einer Frau geschlafen?«, fragte sie zum Teil entsetzt, zum Teil auch keck.

Ich seufzte genervt. »Was soll diese Frage?«

»Beantworte sie mir und ich werde kein Wort mehr sagen«, sprach sie mit gehässiger Stimme.

»Das geht dich nun wirklich nichts an!«, knurrte ich.

»Ah«, erkannte sie. »Hat König Loucas verboten, es mit den adligen Damen zu …«

Langsam verstand ich, auf welche Art sie mich quälen wollte, und tatsächlich brachte mich dieses Thema zur Weißglut. Ja, der alte König Loucas hatte versucht, mich von den Adelsdamen fernzuhalten, weil er der Meinung war, dass es mir als Engel nicht vergönnt sei, eine Familie zu gründen, geschweige denn verhinderte es, mich auf jemanden einzulassen. Er glaubte, dass ich geboren wurde, um das Böse zu besiegen. Außerdem vermuteten viele der Magier, dass ich unsterblich sei, sodass ich ab meinem achtzehnten Lebensjahr niemals älter werden könnte. Es gab einige Liebschaften, doch diese hielten meistens nur für eine Nacht.

»Ihr Name war Nesta«, stieß ich hervor.

Ich glaubte, wenn ich die Hexe zufriedenstellen wollte, wäre es am besten, sie zu belügen und ihr etwas zu geben, mit dem sie sich vergnügen konnte. Es hatte nie eine Frau mit dem Namen Nesta in meinem Leben gegeben, aber für die Hexe schien es das gefundene Fressen zu sein.

»Wie interessant!«, raunte sie und ich spürte sie plötzlich ganz nah an mir.

Als ich mich zu ihr wandte, merkte ich, dass sie zu mir aufgerückt war. Sie lag zwar noch immer auf dem Rücken, doch ihre Nähe machte mich nervös.

Ich ließ mir nichts ansehen und schwieg einfach.

Bevor die Hexe die Augen schloss, warf sie mir einen süffisanten Blick zu. »Schlaf schön, Engel.«

Ganz gleich, wie sehr sie mir auch das Leben zur Hölle machen wollte, die einzigen Waffen, die sie noch einsetzen konnte, waren ihr weiblicher Charme und ihre Schönheit. Aber ich würde mich nicht so leicht von ihr kleinkriegen lassen. Meine letzte Hoffnung war der Gedanke, dass sich nach Ravagas Tod ihre beiden getrennten Seelenstücke wieder zusammenfügen würden.

Oder König Loucas nahm sich ihrer an.

DIE
DRITTE VISION

›Diese Narbe auf deiner Brust ... ich kann sie fühlen‹, hörte ich die Prinzessin erneut in meinem Kopf.

›Was soll das heißen?‹

Sie seufzte. ›Ich habe sie auch. Sie pocht auf meiner Haut, die Schmerzen sind noch auszuhalten.‹

Ich begann zu lachen. ›Du siehst sie? Du besitzt ja noch nicht einmal einen Körper und wenn du doch einen besäßest, dann wäre es meiner. Aber du wurdest weggesperrt und das soll für immer so bleiben.‹

›Du kannst es nicht so empfinden, wie ich es tue. Ich denke, wir sind uns näher, als du denkst.‹

Wenn ich meine Hand spüren würde, hätte ich sie in diesem Moment zu einer Faust geballt.

›Fragst du dich denn nie, wie ich zu dir gelangen konnte?‹

›Natürlich tue ich das! Als ob du wüsstest ...‹, zischte ich.

›Ich weiß es.‹

Wie bitte? Woher? ›Du lügst.‹

›Es ist eigentlich ganz einfach. Das Licht erschuf eine Verbindung zwischen dir und mir, weswegen ich dich nun hören, spüren, sehen und sogar deine Gedanken lesen kann.‹

Ich wollte nicht glauben, was sie da sagte. ›Unmöglich. Du weilst an einem Ort, aus dem es kein Entrinnen gibt.‹

›Mach dir keine Sorgen. Bald wird es vorbei sein‹, versprach sie mit sanfter Stimme.

›Was wird vorbei sein?‹

Der Traum entglitt mir. Es wurde still um mich herum und ich nahm erneut wahr, wie ich langsam in die Wirklichkeit zurückkehrte.

DIE DUNKELHEIT

Freyja

Als ich erwachte, tobten die Worte der Prinzessin in meinem Kopf. Sie wusste etwas und das machte mich wahnsinnig. Wie konnte sie mehr in Erfahrung gebracht haben als ich? Steckte dahinter starke Magie?

Mein Kopf wirbelte zu der anderen Seite des Bettes und ich sah, wie der Engel noch immer schlafend neben mir lag. Sein Gesicht war in meine Richtung gedreht und ich beobachtete seine ruhigen Atemzüge, wodurch sich seine muskulöse Brust hob und senkte.

Sein gutes Aussehen hatte er eindeutig dem Himmel zu verdanken. Obwohl sein rabenschwarzes Haar alles andere als zu einem Engel passte, besaß er etwas Sanftmütiges.

Um seine vollen Lippen waren leichte Bartstoppeln, an seiner rechten Schläfe entdeckte ich eine kleine, schillernde

Narbe und nach seiner Statur zu urteilen, schien er jahrelang auf den Kampf mit mir vorbereitet worden zu sein.

Warum interessiert mich das überhaupt?

Ich schüttelte den Kopf und stieg mit einem leisen Ächzen aus dem Bett.

Vor dem Spiegel betrachtete ich mein Gesicht. Der Engel hatte vor der Herberge behauptet, dass ich noch rote Augen besäße. Als ich mich jetzt ansah, stellte ich fest, dass das stimmte, obwohl ich keinerlei dämonische Kräfte in mir spürte. Seltsam … Bedeutete das, ich war immer noch unsterblich?

Ich hielt den Atem an und rief meine Flügel hervor, ohne wirklich daran zu glauben, dass ich sie noch besaß. Als sie aber tatsächlich erschienen, entfuhr mir ein überraschter Laut, der den Engel hinter mir aufweckte. Ich sah im Spiegel, wie er sich aufrichtete und mich anstarrte.

»Ich dachte, dir sei die Magie genommen worden«, meinte er argwöhnisch.

Ich drehte mich nicht zu ihm um, sondern ließ die Flügel rasch wieder verschwinden. »Eine Drachenhexe kann man nicht so schnell entmachten«, behauptete ich, um meine eigene Unsicherheit zu überspielen. Im Moment genoss ich einfach die Tatsache, dass ich anscheinend doch noch Kräfte in mir trug. Antworten auf das Warum würde ich ohnehin hier und jetzt nicht erhalten, aber ich würde dem noch auf den Grund gehen.

Zum Glück schien er sich vorerst damit zufriedenzugeben, denn er ging nicht weiter darauf ein.

Ich kontrollierte die Verbände und merkte, dass die Salbe bereits viel bewirkt hatte.

»Es ist noch immer Nacht«, sagte der Engel und gähnte.

Im Spiegel sah ich, dass er aus dem Fenster blickte.

»Was hast du erwartet? Die Sonne?«, spottete ich. »Ich mag die Dunkelheit. Sie ist viel schöner als der Tag.«

Er schnaubte. »Würde ich als ›böses Wesen‹ nicht anders sehen.«

Da ich das mittlerweile rote Unterhemd loswerden wollte, zog ich den Brustpanzer aus, es folgte die Schiene an meinem rechten Arm, danach die Wollbluse und anschließend auch mein Unterhemd.

»Herrgott, Hexe«, rief der Engel. »Es wäre nett gewesen, kurz Bescheid zu geben, dass du dich umziehst.«

»Wieso? Mein Dekolleté ist ja wohl nicht anders als das der anderen Frauen, wobei du bestimmt nicht nur jenes von Nesta gesehen hast.«

Ich hörte, wie die Fingerknöchel des Engels knackten, und grinste breit. Er erhob sich und drehte mir den Rücken zu.

»Und das Spiel geht weiter …«

»Es hat nie aufgehört.« Ich lachte finster.

Mit extra langsamen Bewegungen nahm ich die geflickte Leinenbluse vom Bett und zog diese über. Der Engel stand mit dem Gesicht zur Wand, um mich ja keines Blickes zu würdigen.

Ich betrachtete ausgiebig seinen nackten Rücken und ertappte mich dabei, wie mir ein Kribbeln durch den Körper schoss. »Du kannst dich umdrehen«, sagte ich und zog mir wieder meinen Brustpanzer an.

Die Bluse war eindeutig zu groß und roch zusätzlich nach Eisen und Schweiß. Zum Glück verdeckte meine Rüstung das meiste davon, da ich mir in dem Fetzen schäbig vorkam.

Der Engel kleidete sich ebenfalls wieder an.

»Deine Wunden? Wirst du es durchhalten bis zur nächsten Bleibe?«, fragte er, als wir beide aufbruchbereit im Zimmer standen und uns gegenseitig ansahen.

»Ich mag dir zwar menschlich vorkommen, doch ich bin nicht verweichlicht«, erwiderte ich stolz.

Wir verließen das Zimmer gemeinsam und der Engel bat den Wirt um Proviant, den er ihm abkaufen wollte.

»Geht es Euch besser, Mylady?«, wollte der Mann besorgt wissen.

All diese Sorgen … als wäre ich zerbrechlich wie Glas.

Ich warf ihm einen düsteren Blick zu. »Sehe ich etwa so aus, als ginge es mir schlecht?«

Zugegeben, der Arm und mein Hals schmerzten noch immer, doch die Pein war zu ertragen.

Der Wirt zuckte zusammen und schaute wieder zu Lucien. »Gute Reise, werter Herr.«

Der Engel nickte dankbar, legte eine Hand auf meinen Rücken und schob mich so schnell durch den Raum, als hätten wir es eilig, diesen zu verlassen.

Als wir wieder auf der Straße standen, folgten wir dieser nach Süden, Richtung Alexandria. Es würde zu Fuß Wochen in Anspruch nehmen, bis wir den Orden erreichten.

»Das Ganze ist eine Art heiliger Tempel und nicht jedermann darf ihn einfach so betreten. Doch ich denke, in dieser gefährlichen Zeit wird er vielen Adligen und vor allem dem König Schutz bieten.«

»Der König?«, zischte ich. »Wenn ich den sehe, kann ich nichts versprechen.«

»Was meinst du damit?«, fragte er skeptisch.

»Ich mag ihn nicht.«

»Dann muss man nicht gleich jemanden umbringen, Hexe!«, entgegnete er empört. »Wenn du dein Schwert gegen den König erhebst, stirbst du augenblicklich.«

Ich musste lachen. »Ich dachte, du wolltest mich beschützen.«

»Nur solange du deinen Tod nicht provozierst.« Während er das sagte, schien ihm etwas einzufallen. »Vielleicht töte ich dich einfach und verbrenne deinen Körper, dann kann Ravaga dein Herz nicht mehr essen.« Er blieb kurz stehen und sah nachdenklich in die Ferne.

Meinte er das gerade ernst?

»Möglicherweise wird mein Tod jedoch eine weitere Katastrophe herbeirufen«, gab ich zu bedenken.

»Aber deine Kräfte sind fast vollkommen verschwunden. Da wird nur noch ein winziger Rest übrig geblieben sein. Du bist so gut wie menschlich, was sollte da schon großartig passieren?« Dieses Mal war *er* derjenige, der mich verschmitzt angrinste, wohingegen mein Lächeln erstarb. »Es würde alle Probleme lösen. Ich töte die alte Hexe und alles würde sich zum Guten wenden.«

Er heuchelte nur, um den lächerlichen Versuch zu wagen, mir Angst zu bereiten. Durch meinen Tod würden ihm wichtige Informationen entgehen, die ihm im Kampf gegen Ravaga hilfreich sein könnten. Ich kannte sie länger als er.

»Das wäre ja noch dümmer als dein vorheriger Fehler, der das Ganze erst ins Rollen gebracht hat.«

Den Engel amüsierte das Gespräch, denn sein Schmunzeln verging nicht. »Wieso? Hast du Angst?«

Ich sah ihn mit finsterem Ausdruck an. »Wie bitte?«

»Du hast mich schon verstanden.«

Mit verschränkten Armen und einem selbstsicheren Ausdruck im Gesicht trat ich auf ihn zu. »Tu's doch, wenn du glaubst, damit deine erbärmliche kleine Welt zu retten.«

Er wich meinem Blick aus und schnaubte verächtlich. »Nein. Ich bin nicht du, Hexe. Ich töte nur in einem echten Kampf.«

»Soll das heißen, ich bin kein würdiger Gegner für dich?«, fauchte ich.

»Genau das soll es heißen«, gab er mit einem schiefen Grinsen zurück. Ihm gefiel es, mich mit meinen verlorenen Kräften aufzuziehen, und er versuchte mich mit meinen eigenen Waffen zu schlagen, doch diesen Sieg würde ich ihm nicht gönnen. »Das ist nur eine Phase. Sobald Ravaga tot ist, kehre ich nach Schattentod zurück und regiere wieder mein Land«, antwortete ich in einem gelassenen Tonfall.

Seine Brust hob sich, als würde er tief einatmen. »So weit werde ich es nicht kommen lassen. Nach Ravaga kümmere ich mich um dich.«

»Ravaga ist kein gewöhnlicher Feind«, entgegnete ich. »Ihre ewige Nacht hat immerhin alle fünf Lande verschlungen.«

»Das mag sein, aber ich bin alles, was die Länder noch haben. Ohne das Licht kann es keinen Sieg gegen die Finsternis geben. Außerdem wirst du ebenfalls tot sein, falls ich sterbe.«

Ich lachte spottend. »Wie kommst du denn darauf?«

Die Miene des Engels wurde so hart wie kalter Marmor. »Weil ich momentan das einzige Wesen auf dieser Welt bin, das nicht in erster Linie nach deinem Leben trachtet. Selbst im Orden würden dich alle hinrichten lassen wollen, wenn ihnen niemand die Situation erklärt. Stirbt das Licht, stirbst du also auch.«

Als mir bewusst wurde, dass ich mit ihm geradewegs auf mein eigenes Gefängnis zulief, blieb ich abrupt stehen. »Was hast du in Alexandria mit mir vor?«

Der Engel wandte sich mit einem Arm in die Hüfte gestemmt zu mir. »Dich hinter den Wall bringen. Was hast du schon für eine Wahl? Entweder zerfleischen dich hier draußen die Schatten, oder Ravaga reißt dir das Herz aus der Brust.«

Auch wenn es absolut gegen meine Natur war, musste ich zugeben, dass er recht hatte. Hier draußen fand ich ohne sein Licht nur den Tod. Wenn ich an die Schmerzen von gestern zurückdachte, wurde mir ganz seltsam dabei.

So viel Leid ... so viel Schwäche.

»Eines verstehe ich dennoch nicht ganz. Wenn Ravaga dir deine Kräfte genommen hat, weshalb ist dein Herz trotzdem besonders?«, fragte der Engel grübelnd.

Ich rümpfte die Nase und riss von einem herabhängenden Ast ein paar Blätter ab, um diese dann spielerisch auf den Boden gleiten zu lassen. »Liegt das nicht auf der Hand? Eine Hexe kann auch noch bedeutend sein, wenn sie in ihrer Vergangenheit viele Leben genommen hat. Da viele in Schattentod ihr Leben ließen, bin ich trotz meiner verlorenen Kräfte eine vollwertige Hexe.«

Er schüttelte den Kopf. »Aber du wurdest doch zu einer Hexe gemacht. Vor deinem Fluch warst du ein Mensch.«

Ich zog die Brauen wütend zusammen. »Was mein Glück war, bevor du gekommen bist und mir mein reiches Leben genommen hast!«

Er seufzte nur und lief schweigsam weiter.

Mein Herz war bereits so schwarz wie meine Seele. Durch die zahlreichen Tode wuchs die Dunkelheit, die unter meinen Rippen thronte und von Ravaga begehrt wurde. Sie wollte nicht direkt das Herz, sondern die Finsternis, die darin verborgen lag. Vermutlich würde sie diese dem Dämon Lilith geben, um ihn damit zu nähren. Ob sie mich deswegen verflucht hatte? Brauchte sie ein Wesen, das sie ihm opfern konnte?

Wir gingen mehrere Stunden, vermutlich einen ganzen Tag oder auch mehrere – das war schwer zu sagen –, durch die ewige Nacht. Die wenigen Holzhütten leuchteten beinahe so hell wie das Licht des Engels, das ich wegen meiner verlorenen Kräfte jetzt nicht mehr sehen konnte. Mit dem Feuer hielten sie die Schatten von sich fern.

»Wir fragen, ob wir hier übernachten dürfen«, schlug er vor und marschierte ins Dorf hinein. Auf einem großen Platz fanden wir ein Lagerfeuer vor, das von drei Männern besetzt wurde.

Als sie uns sahen, erhoben sie sich und ihre Mienen verrieten mir, dass wir unerwünscht waren.

»Entschuldigung, wir sind auf der Durchreise und suchen nur einen Ort zum Übernachten«, erklärte Lucien. »Außerdem ist meine Begleitung verletzt und müsste sich ausruhen.«

Ich warf ihm einen skeptischen Seitenblick zu, da ich befürchtete, dass er meine Wunden als Ausrede verwendete, um die Wahrscheinlichkeit zu erhöhen, aufgenommen zu werden. Denn um ehrlich zu sein, waren die Schmerzen auszuhalten und überstiegen meine Grenzen nur, wenn ich mich einem Kampf stellen müsste. Wir könnten unseren Weg noch immer weiterführen.

»Verschwindet! Wir haben hier schon genug Probleme, da brauchen wir nicht noch zwei Fremde.«

Der Engel wollte gerade zu einer Erwiderung ansetzen, als ich ihm zuvorkam. Diese dummen Menschen waren für mich keine Herausforderung. »Na gut, dann zeigen wir euch eben nicht, wie ihr die Schatten loswerdet.« Auf meine Lippen stahl sich ein keckes Lächeln. »Denkt ihr, wir sind umsonst auf dem Weg zum Orden? Während unserer Reise helfen wir den Dörflern, sich gegen die Dunkelheit zu wehren.«

Einer von ihnen wurde stutzig und wirkte interessiert. Die anderen beiden behielten ihre argwöhnische Haltung bei.

»Ihr besiegt diese Dinger?«

Der Engel nickte stumm.

Ich sprach weiter. »Wir müssen so schnell wie möglich zum Orden, um die Dunkelheit wieder in den Griff zu kriegen.« Ich war überrascht, wie überzeugt ich plötzlich klang. Woher kam dieser Enthusiasmus? »Aber ich kann verstehen, wenn ihr niemandem mehr traut.«

Die Anspannung der anderen beiden Skeptiker löste sich ein wenig. Einer von ihnen übernahm das Gespräch. »Also gut. Dann sagt mir erst einmal, wer ihr seid.«

»Ich bin Lucien Meridiem, ein Mitglied der königlichen Wächter. Das hier ist meine Begleitung Elea«, antwortete der Engel für mich und es verwunderte mich, dass er meinen zweiten Namen kannte. Mein voller Name lautete Freyja Elea Katalyna Tivana Albasanguis.

»Elea? Warum hat ein Mitglied der königlichen Wächter eine so hübsche Frau bei sich? Seid ihr im Auftrag des Königs hier?«, hakte der Dörfler weiter nach und mir wurde wieder bewusst, weshalb ich angefangen hatte, die Menschen zu hassen. Ihre Neugierde war unstillbar.

»Sie ist ein Mitglied des Ordens und muss unverzüglich zurückgebracht werden«, log der Engel und klang dabei überzeugend.

»Nun ja, wir müssten mit der Dorfäl…«, begann er, wurde jedoch von einer vierten Person unterbrochen, die zu uns stieß.

Es handelte sich dabei um eine alte, kleine, buckelige Frau mit weißen Haaren, die sich auf ihren Gehstock stützte. »Schon gut, Jungs. Ich habe noch eine Hütte für beide frei.« Sie sah zu uns. »Folgt mir.«

Ihre direkte Art gab mir zu denken. Hatte sie uns die ganze Zeit über zugehört? Und woher kam diese plötzliche Entscheidung, uns zu helfen?

»Wie Ihr wünscht, Älteste«, meinte einer der drei Männer.

Also war sie die Dorfälteste. Bedeutete es, dass sie das Sagen hier hatte? Wandten die Männer aufgrund ihrer Autorität nichts ein? Aber weshalb schenkte die Älteste Fremden einfach ihr Vertrauen?

Ich sollte sie im Auge behalten. Irgendetwas haftete an ihr, dem mein Instinkt nicht traute.

»Ihr seid bestimmt müde und hungrig. Ich lasse Euch von meiner Enkelin etwas zu essen und trinken bringen. Außerdem müssen die Wunden bestimmt neu verbunden werden«, sagte sie, während wir an mehreren Holzhütten vorbeiliefen und uns verstohlene Blicke zugeworfen wurden. Misstrauen loderte in ihren Augen, begleitet von Angst.

In einem kleinen, unbewohnten Häuschen befanden sich ein kleines Schlafzimmer, eine Stube mit einem Tisch und einer Kochstelle sowie ein Kamin, der uns Licht und Wärme spenden sollte. Die Dorfälteste entzündete das Holz sogleich, als wollte sie damit zuerst unsere Sicherheit gewährleisten.

»Das Waschzimmer findet Ihr im Keller, dafür war kein Platz mehr, als das Haus erbaut wurde«, grinste sie und deutete dabei auf eine modrige Holztür, die sich gleich neben dem Eingang befand.

»Sehr freundlich von Euch«, lobte ich sie und hielt meine Elea-Maske aufrecht. Sie sollte nie auf den Gedanken kommen, dass ich eine Hexe war.

Der Engel legte sein Bündel neben dem großen Tisch ab und ließ sich erschöpft in einen der Stühle sinken. »Ein Bad täte mir tatsächlich ganz gut.«

»Nur zu, junger Mann. Es steht Euch zur Verfügung«, stimmte sie seinem Vorschlag zu. »Der Zuber steht unten im Keller. Falls Ihr Wasser braucht, gleich zwei Hütten weiter findet Ihr einen Brunnen, aus dem Ihr es schöpfen könnt. Doch seid gewarnt, es ist eiskalt.«

»Wir haben ja hier eine Kochstelle, an der wir es erwärmen können«, fügte ich hinzu und schaute kurz in das Kaminfeuer, über dem ich den Haken für einen Kessel entdeckte.

»Ich sehe, Ihr findet Euch schon wunderbar zurecht«, bemerkte die Alte und wandte sich zum Ausgang. »Wenn es Euch recht ist, würde ich gerne später wiederkommen.«

»Wie bitte?«, fragte ich skeptisch. »Wieso wollt Ihr nochmals herkommen?«

Der Engel räusperte sich laut und ich wusste, dass er mich nur darauf aufmerksam machen wollte, meine Zunge zu hüten.

Als die Älteste lächelte, blickte ich in ihre dunklen Augen. »Ich bin nur neugierig. Ein Wächter und ein Mitglied des Ordens ist ein höchst interessanter Besuch.«

»Wir würden uns sehr freuen, Dorfälteste«, kam der Engel mir zuvor, aus Angst, ich würde noch mehr forsche Fragen stellen.

Sie lachte leise. »Nennt mich Nara.«

Wir nickten und Nara verließ das Häuschen.

»›Wieso wollt Ihr nochmals herkommen?‹ Willst du, dass wir wieder rausgeworfen werden?«, meckerte er.

Ich wandte den Blick von ihm ab. Er hatte mir gar nichts zu sagen. Außerdem war es nicht meine Art, den Menschen zuzusprechen, nur damit ich etwas dafür bekam. Entweder ich nahm mir, was ich brauchte, oder ich ließ es bleiben.

Zumindest *war* das einmal so gewesen.

Als er merkte, dass ich ihm nicht antworten würde, schnappte er sich ein paar Kleidungstücke und ging durch die Tür, die in den Keller führte. Nur wenige Augenblicke später kehrte er mit zwei großen Eimern zurück, um zu dem Brunnen zu laufen, den Nara beschrieben hatte.

Er ging sogar dreimal, um Wasser zu schöpfen.

Irgendwann drehte er sich zu mir, nachdem er den letzten Eimer in den Kessel geschüttet hatte, um das Wasser zu erwärmen. »Du hättest ruhig helfen können, Prinzesschen.«

Ich schnaubte belustigt. »Für *dein* Bad? Falls du es noch nicht bemerkt haben solltest, Engel, Freundlichkeit bekommt mir nicht.«

Er schüttelte nur den Kopf und schwieg. Nachdem der Zuber mit warmem Wasser gefüllt war, ging er hinunter und wusch sich.

Es dauerte eine Weile, doch irgendwann klopfte ein kleines, vielleicht gerade mal zwölfjähriges Mädchen an unsere Tür. Sie brachte uns etwas zu essen, einen Krug Bier und eine Salbe mit frischen Verbänden. Ich bemühte mich, freundlich zu sein, meine Maske nicht auffliegen zu lassen, und bedankte mich bei ihr.

Sie lächelte nur schüchtern und verschwand wieder.

Der Engel und ich aßen gemeinsam. Als ich den ersten Bissen nahm, bemerkte ich, wie lange ich schon nichts mehr gegessen hatte. Mein Körper hatte sich die ganze Zeit über von der Kraft der Seelen ernährt, sodass Essen und Trinken keine Bedürfnisse mehr gewesen waren. Da ich nun vielmehr einem Menschen als einer Hexe ähnelte, musste ich diesen körperlichen Anforderungen Genüge tun.

Nach der Mahlzeit half mir der Engel, meine Wunden zu verbinden und die Salbe aufzutragen. Sie brannte gar nicht mehr so qualvoll wie beim ersten Mal. Außerdem waren die leichten Schwellungen bereits zurückgegangen und die errötete Haut verblasste langsam.

Anschließend verharrten wir so lange am Tisch, bis es erneut an der Tür klopfte und die Dorfälteste eintrat. Mit einem freundlichen Lächeln setzte sie sich zu uns.

»Hat Euch das Brot und der Schinken gemundet?«, fragte sie höflich und wir nickten gleichzeitig. Sie lächelte zufrieden. Ihr Blick blieb auf mir haften. »Ich hoffe, die Salbe hilft. Ich habe sie selbst angefertigt, denn dank meiner Geheimzutat wirkt sie etwas schneller als herkömmliche Medizin.«

»Nun, verehrte Dorfälteste, was möchtet Ihr wissen?«, brachte es der Engel gleich auf den Punkt. Mir gefiel seine direkte Art, die mich zum Teil an mich selbst erinnerte.

Sie verlagerte ihr Gewicht auf den Stock, den sie mit beiden Händen festhielt, und beugte sich ein wenig nach vorne. »Königin Freyja und der Engel von König Loucas dem Siebten.« Lucien klappte die Kinnlade herunter, während ich breit grinsen musste. Ich wusste, dass sie etwas verbarg. Jemand musste ihr gesagt haben, wer wir in Wirklichkeit waren.

»I-ihr kennt uns?«, stammelte der Engel.

Ich verdrehte die Augen. »Mir scheint, Ihr seid auch nicht die Dorfälteste, für die Ihr gehalten werdet«, stellte ich fest.

»Als ich dein wunderschönes Haar und diese blutroten Augen sah, da erkannte ich, dass du die Drachenhexe sein musst.«

Nur ein Wesen, das über Magie gebot, konnte meine besonderen Augen erkennen. Also war sie kein gewöhnlicher Mensch.

Ihr Blick wechselte zu dem Engel. »Und deine Aura ist so hell und leuchtend, dass man sie kaum übersieht.«

»Also seid Ihr auch etwas Besonderes«, folgerte er daraus.

Blitzmerker!

Sie nickte. »Ich bin eine weiße Hexe, aufgezogen und ausgebildet von einer dunklen namens Ravaga.«

»Ravaga?«, entfuhr es mir mit knurrendem Unterton.

Nara seufzte frustriert. »Hätte ich gewusst, was sie jemals dieser Welt antun würde, wäre ich längst aufgebrochen, um sie zu vernichten. Aber ihren teuflischen Plan kannte bisher niemand.«

Der Engel zog überrascht eine Augenbraue in die Höhe. »Bedeutet das, Ihr wisst, was sie vorhat?«

Sie zuckte mit den Schultern und sah wieder zu mir. »Ich weiß, dass Freyja darin verwickelt ist, sonst wäre Ravaga nicht so besessen darauf, sie zu suchen.«

»Dann habt Ihr doch schon einiges mitbekommen«, bemerkte ich skeptisch. »Was noch?«

»Hört Ihr die Schatten nicht flüstern, Hexe?«, wollte Nara wissen.

Nein, seit dem Versagen meiner Kräfte sind sie für mich unerreichbar.

Diese Schwäche zu akzeptieren, fiel mir noch immer sehr schwer. Ich schüttelte den Kopf.

»Ravaga hat mich zwar ihre dunklen Mächte gelehrt, jedoch mache ich nur im äußersten Notfall von ihnen Gebrauch und setze sie ansonsten für das Gute ein.« Ihre dunklen Augen bohrten sich tief in meine und ich hatte das Gefühl, sie könnte mich damit in meinem Inneren berühren. »Das solltest du auch tun, Freyja. Deine Bestimmung liegt nicht in der Finsternis, sondern im Licht.«

Mir entwich ein spottendes Lachen. »Verzeiht, Älteste, aber da irrt Ihr. Ich bin für das Böse bestimmt.«

»Nein, ganz im Gegenteil. Du bist nur vom Weg abgekommen und wenn du weiterhin dem Licht folgst, gerätst du wieder auf den richtigen Pfad.«

»Ihr kennt mich gar nicht«, fauchte ich und verschränkte die Arme vor der Brust. Allerdings fiel mir in ihrem Satz eine Wahrheit auf, die ich bisher noch gar nicht bemerkt hatte. Seitdem ich immer menschlicher wurde, folgte ich einem gewissen Licht. *Luciens Licht.*

Sie legte den Kopf schief und musterte mich. »Ich weiß nicht, was Ravaga mit dir angestellt hat, aber als sie vor Jahrzehnten den Fluch über dich aussprach, hoffte sie, diesen eines Tages einlösen zu können. Für … *etwas* oder *jemanden*.«

Ich verstand kein Wort. »Diese Dämonin Lilith?«

Nara zuckte unschlüssig mit den Schultern. »Ich weiß es ehrlich gesagt nicht, dennoch hat sie etwas mit dir vor. Selbst die Schatten halten ihre Augen nach dir offen. Das kann nichts Gutes bedeuten.«

Der Engel nickte, als würde er Nara zustimmen. »Auch wenn es gegen den Befehl des Königs geht, will ich die Hexe nach Alexandria bringen, hinter den Wall, wo Ravaga an sie nicht herankommen kann aufgrund ihrer dunklen Magie.«

»Du willst mich doch einfach nur loswerden«, gab ich zynisch von mir.

»Nein, will ich nicht. Du wirst … eine gerechte Unterkunft erhalten«, sagte der Engel, blickte mir dabei jedoch nicht in die Augen, sondern auf seine Finger.

Nara seufzte. »Ob das auch die Großmeister so sehen werden? Die Magier verabscheuen dunkle Magie und wenn sie herausfinden, dass es sich bei Euch um die dunkle Königin handelt, werdet Ihr wohl nicht lange leben.«

Plötzlich wurde mir etwas klar. Es war ganz gleich, ob ich mich in der ewigen Nacht unter den Schatten herumtrieb, mir das Herz herausreißen ließ oder im Orden hingerichtet wurde. Es gab immer nur ein Ende für mich.

Den Tod.

Ich umschlang die Armlehnen meines Stuhles so fest, dass meine Knöchel weiß hervortraten. Wut keimte in mir auf, brachte mein Herz wild zum Rasen und ließ Hitze in mir aufsteigen. Ich hatte niemandem außerhalb von Schattentod etwas getan, sondern nur den Eindringlingen, die es verdient hatten, gequält zu werden. Was ich mit meinem Land anstellte, ging sie nichts an und gehörte auch nicht zu ihren Belangen. Es war nie meine Absicht gewesen, ein weiteres Land mit meiner Macht zu erobern, und dennoch wollten sie mich alle tot sehen.

Ich. Hasse. Diese. Menschen. So sehr.

Erfüllt von Zorn erhob ich mich vom Stuhl und verließ das Haus.

Mit stampfenden Schritten verschwand ich im Wald, der gleich hinter unserem Häuschen lag, und fühlte mich sofort wohler, als die Dunkelheit mich umgab.

Während ich vollkommen in meiner Wut versank und die Worte des Engels und der alten Frau meine Gedanken aufwühlten, schritt ich immer tiefer in den Wald hinein.

Irgendwann blieb ich auf einer Lichtung stehen und blickte zurück. Die Schwärze, die mich umgab, jagte mir einen Schauer über den Rücken und ich begann zu frösteln. Ich hatte in meiner Wut gar nicht an die Schatten gedacht, die hier in der Dunkelheit wohl nur darauf warteten, sich meiner zu bemächtigen. Eine tiefe Furcht kroch in meine Glieder, die sich bis zu meinem schwarzen Herzen bohrte.

Dieses Gefühl hatte ich noch nie verspürt. Menschlichkeit war eine Schwäche, die ich niemals besitzen wollte. Ohne meine Kräfte konnte ich weder die Drachenhexe sein noch eine Königin. Dieser verdammte Engel hatte mir alles genommen, was ich mit meiner finsteren Seele liebte.

Durch meine Magie war ich fähig gewesen, den Menschen die abscheulichsten Dinge zuzufügen, sie auf grauenvolle Art zu töten und ihre Seelen selbst nach ihrem Tode weiterzuquälen.

Das war es, was mich ausmachte. Das war *ich*. Die Drachenhexe. Die Herrscherin, die jeder zu fürchten hatte.

Selbst jetzt, da ich über meine Taten nachdachte, spürte ich keine Reue, keine Schuldgefühle, kein schlechtes Gewissen.

Sie waren gestorben, weil ich es so wollte. Ich vergnügte mich mit ihrem Leid, ihrer Pein und genoss den Anblick, wenn sie um ihr Leben bettelten.

Mir machte es Freude, jede Seele zu brechen, sie in Stücke zu zerreißen und im Jenseits zusammenzufügen, um sie von meinen Schatten weiter quälen zu lassen.

Ich war schlimmer als der Teufel, schlimmer als Ravaga es je gewesen sein könnte. Grausamkeit entstand nicht nur durch Schmerz und Leid. Nein. Sie war vergraben, tief im Innersten eines jeden Lebewesens. Man musste sie nur finden, ergreifen und vergrößern.

Und ich wuchs. Mit jeder weiteren Seele, die meine Dunkelheit zerfraß.

Es mochte sein, dass der Dämon mir damals die Kraft gegeben hatte, dunkle Magie anzuwenden und sie zu erweitern. Dennoch waren meine schwarze Seele, die bestialischen Schwingen und meine Unsterblichkeit der Beweis, dass ich nicht nur Magie in mir trug.

Vielleicht hatte der Dämon damals etwas getan, von dem noch nicht einmal Ravaga etwas wusste. Es wäre möglich, dass er mir außer der Magie etwas anderes Dämonisches verlieh. Sozusagen ein Monster erschuf, was auch erklären würde, wieso ich noch rote Augen besaß, obwohl ich keinerlei Kräfte mehr in mir trug.

Als ich mir darüber im Klaren war, dass nicht Ravaga der Ursprung meines Bösen sein konnte – ja, noch nicht einmal der Fluch, der auf mir lag –, spürte ich, wie mein dunkles Herz aufgeregt in der Brust schlug.

Die sich anbahnende Menschlichkeit *durfte nicht siegen.*

Prinzessin Freyja *durfte nicht siegen.*

Ravaga *durfte nicht siegen.*

»Finsternis …«, flüsterte ich und legte die Hand auf mein schwarzes Herz. »… verlass mich jetzt nicht.«

Plötzlich ertönte ein Schrei über meinem Kopf und ich erkannte die vorbeifliegende Bestie. Es war Noron, auf dessen Rücken ich Ravaga vermutete.

Sie kam, um mich zu holen.

Doch auch wenn ich wusste, dass ich keine Chance gegen sie hatte, würde ich mich ihr nicht kampflos ergeben. Ich war ihr schon einmal entkommen, wieso sollte ich das also kein zweites Mal schaffen?

Noron kreiste einmal um die Lichtung, bevor er sich hinabgleiten ließ und vor mir zum Stehen kam. Angespannt hielt ich auf seinem Rücken nach Ravaga Ausschau, konnte sie jedoch nicht entdecken.

Ich tastete instinktiv nach meinem Schwert, das natürlich nicht mehr an meiner Seite war.

»Was soll das? Wo ist Ravaga, Noron?«

Als könnte der Drache mir jemals antworten …

Noron schnaubte nur, sodass kleine Rauchwölkchen aus seinen Nüstern traten. Der schwarze Nebel umhüllte ihn und drang aus seinem Maul, als er dieses für einen lauten Schrei öffnete.

Ich hielt mir reflexartig die Ohren zu und machte einen Schritt zurück. Dabei spürte ich trotz meiner verlorenen Kräfte starke Magie, die mich umgab.

›*Dein Herz wird mir gehören, Hexe*‹, ertönte Ravagas flüsternde Stimme in der Dunkelheit, sie klang dennoch fern.

Was hatte das alte Weib nur vor?

»Freyja, nicht!«, rief der Engel hinter mir, der mir anscheinend gefolgt war. »Das ist eine Falle!«

Bevor ich mich fragen konnte, was er damit meinte, nahm ich den scharfen Atem des Drachen wahr, der meine Sinne vernebelte und meine Welt schwarz werden ließ.

LIA

Lucien

»Stopp!«, schrie ich dem Drachen noch hinterher, der sich sofort Freyja geschnappt hatte, nachdem sie vor ihm bewusstlos zu Boden gefallen war.

In seinen Klauen hielt er ihren Körper und brachte diesen vermutlich zu Ravaga.

Verdammt, wieso war sie so schnell gewesen? Ich hatte nicht einmal richtig reagieren können, da war sie schon aus der Tür gestürmt. In der Dunkelheit verschwand sie schließlich und ich verlor sie vorerst aus den Augen.

Aber wie konnte Noron nur so schnell bei ihr gewesen sein? Hatte Ravaga auf solch einen Moment gewartet?

»Lucien«, keuchte jemand hinter mir und ich wusste, dass es sich um die weiße Hexe handelte, die mir hinterhergeeilt war. »Ihr müsst ihr sofort folgen.« Sie blieb vor mir stehen und stemmte ihre Hände auf die Oberschenkel, da sie kaum Luft bekam, obwohl sie noch nicht einmal wirklich gerannt war. »Ravaga kontrolliert den Drachen gegen seinen Willen. Er wird Freyja zu ihr bringen, wenn Ihr Euch nicht beeilt.« Sie holte tief Luft. »Doch zum Glück habe ich über die Schatten etwas herausgefunden. Der Drache fliegt Richtung Norden, vermutlich zur Tundra, die im Land Snowcrow liegt. An diesem Ort befindet sich der schwarze Turm, der früher zu einem Hexenclan gehörte. Dort könnten sich womöglich noch alte Zutaten für Rituale befinden. Es wäre der perfekte Ort für eine Dämonenbeschwörung«, erklärte sie. »Auch wenn es ein Trick sein könnte, um Euch ebenfalls zu töten, dürft Ihr nicht zulassen, dass sich Ravaga ihr Herz nimmt. Wenn es stimmt, was Ihr mir erzählt habt, dann ... Gott stehe uns bei. Das wäre das Ende.«

Während Freyja davonlief, war ich ihr direkt hinterhergerannt, hatte sie jedoch nach einigen Sekunden aus den Augen verloren. Nara fand mich nur ein wenig abseits des Hauses und ich erzählte ihr in knappen Sätzen von den Ereignissen der letzten Tage, damit sie verstand, weswegen wir eigentlich hier waren. Als sie nachhakte, wie die ewige Nacht über alle Länder hereinbrechen konnte, gestand ich, dass es meine Schuld gewesen sei. Doch Nara verurteilte mich nicht, sondern riet mir, das nun einzig Richtige zu tun: zu verhindern, dass Freyja in Ravagas Hände fiel. Nach diesem kurzen Gespräch war ich einfach in die Dunkelheit gelaufen, in der Hoffnung, Freyja zu finden – doch diese eine Minute, in der ich nicht bei der Hexe sein konnte, hatte schließlich der Drache ausgenutzt.

Jetzt wollte ich gerade loslaufen, als sie mich nochmals aufhielt. »Stopp! Wollt Ihr die Tundra etwa zu Fuß erreichen? Benutzt Eure Flügel, Engel!«

Mit hochgezogener Augenbraue wandte ich mich zu ihr. »Wie?«

»Hat es Euch denn bisher niemand gezeigt?« Sie kam auf mich zu, legte ihre Hand auf das Engelsmal, und ihre kalten, rauen Finger verpassten mir eine Gänsehaut.

Wärme durchströmte mich, Licht umgab meinen Körper, und Nara nahm Abstand von mir, als befürchtete sie, davon berührt zu werden. Plötzlich spürte ich einen neuen Muskel an meinem Rücken, ein Glied, das ich bewegen und lenken konnte.

Als ich versuchte, es zu steuern, strömte Licht aus meinem Körper und bildete zwei grelle Flügelumrisse, die weiß glühten. Zum ersten Mal betrachtete ich mein eigenes Engelsleuchten, das ich zuvor selbst nicht gesehen hatte. Was hatte Nara mit mir gemacht? Eine Art Blockade gelöst?

An meinen Schwingen konnte ich keine Federn oder Schattierungen erkennen, so wie man es von den Vögeln kannte. Sie bestanden nur aus purem Licht und ließen kleine Leuchtperlen fallen, die auf dem Boden verglühten.

»Jetzt beeile dich«, riss sie mich aus meiner Faszination und spornte mich zum Flug an.

Ich ging in die Knie und versuchte mir vorzustellen, wie ich die Flügel bewegen musste, um in die Luft zu gleiten. In meinem Engelsblut schien sich eine Art Instinkt zu verbergen, der mich sofort mit dem Gefühl, zu fliegen, vertraut machte. Ich sprang vom Boden ab und spürte die kalte Nachtluft an mir vorbeiziehen.

In nur wenigen Augenblicken schwebte ich über den Baumkronen des Waldes.

Ich sah, wie Nara mir mit ihrem Gehstock winkte und rief: »Jetzt beeil dich endlich!«

Ihre Worte gaben mir den nötigen Ruck, um mich in den Norden aufzumachen. Vielleicht schaffte ich es sogar, Freyja noch einzuholen, bevor sie die Tundra erreichte.

Doch der Weg von Greystone nach Snowcrow war lang und hart. Mein Körper fror trotz der Wärme des Lichts, das mich umgab. Meine Muskeln zitterten vor Erschöpfung und sie sehnten sich nach Ruhe. In den paar Tagen, in denen ich unterwegs war, musste ich einige Pausen einlegen, um neue Kraft zu schöpfen. Dennoch kam ich beinahe fünfmal so schnell voran als mit einem Pferd. Das Fliegen hatte ungemeine Vorteile.

Als ich endlich die Grenze nach Snowcrow passierte, erblickte ich nach einiger Zeit in der Ferne den ersten Schnee und weiße Bergkronen. Die Tundra im Tal von Bargrass.

Mein Magen schmerzte vor Hunger, und hätte ich nicht die Mächte eines Engels besessen, wäre ich längst vor Kraftlosigkeit hinabgestürzt. Nur das Licht ließ mich standhaft bleiben und der feste Glaube daran, dass ich Freyja rechtzeitig erreichen würde. Doch der Drache musste schneller gewesen sein.

Der schwarze Turm hatte seinen Namen nicht umsonst bekommen. Die Mauern waren verkohlt, als wären sie Opfer eines Brandes geworden. Seine Trümmer lagen wie ein Ring um ihn herum, ebenfalls rabenschwarz und verkommen. Es war das perfekte Versteck für eine dunkle Hexe.

Ich landete etwas abseits auf einem Berg und betrachtete ihn von außen. Gab es Wachen? Diener? Weitere Schatten? Mächtigere Gegner, die mein Licht nicht scheuten?

Auf den ersten Blick wirkte der Turm unbewohnt, doch in einem der Fenster erkannte ich eine Fackel, deren Feuer an der Wand loderte.

Ravaga konnte es vermutlich kaum abwarten, Freyja das Herz herauszureißen. Ob sie mich ebenfalls erwartete? Vermutlich hatte Nara recht und Ravaga würde versuchen in diesem Turm zwei Fliegen mit einer Klappe zu schlagen.

Ich war mir sicher, dass ich Freyja hier finden würde, denn ich nahm mit meiner Lichtmagie eine Präsenz darin wahr, von der ich glaubte, dass es sich dabei um die Drachenhexe handelte.

Gerade als ich mich vom Rand abdrücken und in die Lüfte heben wollte, spürte ich einen heißen Atem in meinem Nacken. Erschrocken drehte ich mich um und stand dem riesigen Drachen gegenüber, dessen schwarze Augen gefährlich funkelten.

Ich zog augenblicklich mein Schwert und hielt es ihm herausfordernd entgegen. »Ein falscher Schritt und ich töte dich, Drache.«

Da nahmen seine Augen eine blutrote Farbe an und er bäumte sich vor mir auf. Ich wartete den Moment ab, in dem er nach mir schnappen wollen würde, doch dieser trat nicht ein. Der Körper des riesigen Tieres war angespannt und er begann den Kopf zu schütteln, als würde er sich gegen irgendetwas wehren.

Misstrauisch behielt ich die Bestie weiterhin im Auge und beobachtete, wie sie sogar zurückwich. Sie gab gequälte Laute von sich, stampfte wütend mit ihren Pranken auf den schneebedeckten Felsen und brach dann einfach zusammen. Ich sprang zur Seite, als ihr Kopf in meine Richtung fiel und ebenfalls hart aufschlug.

Was hatte das zu bedeuten?

Skeptisch nahm ich Abstand und blickte das Tier ausgiebig an. Das Rot in seinen Augen schwand und zurück blieb ein tiefes Schwarz. Mir kam es beinahe so vor, als hätte es gerade seine Kraft verloren.

›Mensch ...‹, hörte ich eine dunkle, weise Stimme in meinem Kopf, als wäre sie von einem uralten Wesen. ›... *noch kannst du sie retten.*‹

Ich sah um mich, verstand aber erst kurz darauf, dass diese Stimme vom Drachen stammen musste.

>*Die Magie wird zurückkehren. Geh oder du wirst gegen mich kämpfen müssen.*<

Langsam verstand ich. Der Drache wehrte sich gegen Ravagas Zauber, was ihn nun letztendlich geschwächt hatte. Er wollte gar nicht gegen mich antreten, da er vermutlich wusste, dass ich der Einzige war, der Freyja retten konnte.

Ich nickte dem Drachen zu und steckte mein Schwert zurück in die Scheide. »Also gut.«

Mit einem letzten Blick über meine Schulter kehrte ich ihm den Rücken zu und stieß mich vom Rand ab. Meine Flügel trugen mich beinahe wie von selbst zum Eingang des Turmes und ich landete sicher vor dessen Tor. Es war nicht abgeschlossen, also öffnete ich es einfach und entdeckte keine Männer, die den Turm bewachten.

Da ich weder Stimmen noch irgendwelche Geräusche außer dem Knistern der brennenden Fackeln hörte, wurde mir ganz unwohl.

Ob sie es schon getan hatte? Besaß sie schon Freyjas Herz?

Allein die Vorstellung, wie sie es ihr aus der Brust gerissen haben könnte, verpasste mir einen Schauer über den Rücken.

Das hatte nicht einmal Freyja verdient – *ganz besonders nicht die Prinzessin.*

Ich entschied mich, in die unteren Gewölbe zu laufen, da ich mich auf mein inneres Gefühl verließ.

Die Treppen verliefen spiralförmig und die Innenausstattung des Turms wirkte weniger verkommen als von außen. Ich stieg immer weiter die Stufen hinab, bis ich in einer Folterkammer landete, die mit alten Blutflecken und benutzten Instrumenten übersät war. Die Wände besaßen Lücken und waren teils sogar aufgerissen, sodass ein eisiger Luftzug den Weg hinunterfand. In einigen Gefängniszellen lagen Skelette, Asche fegte durch den Raum und im Gang hörte ich dumpfe Laute. Es klang mehr nach einem Fluchen als nach einer Wehklage.

Als ich mich den Geräuschen näherte, erblickte ich in einer der Kerkerzellen aschblondes Haar. Es war zu einem Zopf hochgebunden, und sie saß angekettet in einer Ecke.

Freyja.

Tatsächlich entglitt mir bei ihrem Anblick ein erleichterter Seufzer. Ich kam nicht zu spät.

Als sie mich entdeckte, klappte ihr die Kinnlade herunter und sie wirkte entsetzt. Hatte sie jemand anderen erwartet oder gedacht, mir wäre es egal, dass die Welt unterging?

Der überraschte Ausdruck in ihrem Gesicht hielt nicht lange und auf ihre Lippen stahl sich ein spöttisches Lächeln. »Konntest wohl nicht mehr ohne mich, was?«

Mich überkam ein Augenrollen. »Ich hole dich hier raus.«

»Ja, mach nur. Ist ja nicht so, als hätte Ravaga dich nicht erwartet, du Held!«, keifte sie und im selben Augenblick spürte ich eine weitere Präsenz im Raum.

»Da ist er ja«, ertönte die schöne Stimme der Hexe.

Als ich nach rechts blickte, stand sie nur wenige Meter von mir entfernt. Sie musterte mich mit stechend roten Augen und ich ahnte, dass sie für mich etwas sehr Böses geplant hatte.

»Bist du überrascht, mich zu sehen?«, fragte sie in einem süffisanten Ton.

Freyja zischte verachtend.

»Aber es freut mich, dass du in meine Falle gelaufen bist, mitten in meinen kleinen Wahrnehmungszauber.«

Da ich im ersten Moment nicht verstand, was sie damit meinte, beobachtete ich, wie ihr Blick zu meinen Füßen wanderte. Unter ihnen befand sich ein kryptisches, altes Symbol, über deren Magie mich die Großmeister in Greystone gelehrt hatten. Es handelte sich dabei um einen mächtigen Zauber, bei dem man in einer Illusionswelt landete und den Schlüssel finden musste, um ihr wieder zu entfliehen.

Sie wollte Zeit schinden.

Während ich spürte, wie mich der Zauber für sich einnahm und die Realität langsam mit der Traumwelt verschmolz, konnte ich sehen, wie sie zu Freyjas Zelle hinüberging und diese aufsperrte.

»Es wird nicht lange dauern«, rief sie selbstsicher. »Zuerst kümmere ich mich um dich, dann um den Engel.«

»Fass mich an und du stirbst, Teufelsweib!«, knurrte Freyja und zerrte an ihren Eisenketten, an die sie gebunden worden war.

Bevor ich antworten konnte, verschwand auch das letzte Stück Realität vor meinen Augen und ich befand mich vollständig in der täuschend echten Welt des Zaubers.

Vor mir lag ein wunderschöner, weißer Sandstrand. Das Meer schimmerte türkis, am Himmel war keine einzige Wolke zu sehen und die Sonne schien warm auf meine Haut.

Hinter mir befand sich ein Wald, tief und dunkel. Die Bäume standen so dicht nebeneinander, dass man zwischen ihnen kaum etwas erkennen konnte. Ich kehrte dem Meer den Rücken zu und ging zum Wald, bei dem ich das Gefühl hatte, dort meinen Schlüssel zu finden.

›Geh auf keinen Fall hinein‹, flüsterte mir eine Stimme zu und ich drehte mich erschrocken um die eigene Achse.

Woher kam sie?

»Wer ist da?«

›Vertrau mir.‹

›In einer Illusionswelt? Das fällt mir ein wenig schwer zu glauben‹, argumentierte ich in meinen Gedanken.

Die Stimme hatte ich schon einmal gehört. Sie war mir nicht fremd und klang sanft und liebevoll. ›Lucien, ich bin es. Prinzessin Freyja‹, gestand sie.

Jetzt wusste ich auch, woher ich die Stimme kannte.

Wie kam sie hierher?

›Ja, netter Trick‹, sagte ich und wollte ihr noch immer keinen Glauben schenken.

In einer Illusionswelt war alles nur eine gemeine Täuschung. Ravaga musste sich etwas sehr Schwieriges ausgedacht haben, sodass ich viel Zeit bräuchte, um den Zauber zu brechen.

›Nein, ich bin es wirklich. Als ich gesehen habe, dass du im Bann gefangen warst, habe ich dich dank deines Lichtes erreichen können. Wir dürfen nicht zulassen, dass Ravaga siegt. Nun komm!‹

›Einen Moment mal!‹, gebot ich ihr Einhalt. ›Was meinst du mit meinem Licht?‹

›Jenes, das du im Körper der Drachenhexe hinterlassen hast.‹

Ich brauchte nicht lange, um zu begreifen, was sie damit meinte. Mir wurde augenblicklich klar, wovon sie sprach. ›Die weiße Narbe in ihrer Brust. Hast du uns gerettet?‹

Sie seufzte traurig. ›Leider nein.‹

›Wer dann?‹

›Spielt das jetzt eine Rolle? Wir müssen dich aus dieser Illusion befreien. Ravagas Zauber ist mächtig!‹, rief sie aufgeregt.

Ich schüttelte den Kopf. ›Also schön.‹ Sie schwieg. ›Ich werde mich jetzt auf die Suche nach meiner Aufgabe machen.‹

›Das brauchst du nicht‹, wisperte sie. ›Sie befindet sich direkt vor dir.‹

Ich blickte zum Wald und erkannte keine Veränderung. Was meinte sie damit? Sollte ich etwa einen Ausweg finden, wenn ich hineinginge? Wo befand sich das Rätsel, das es zu lösen galt?

»Lucien«, ertönte plötzlich eine neue Stimme neben mir.

Ich wusste sofort, wem sie gehörte, auch wenn ich glaubte, sie nie wieder vernehmen zu können.

Lia stand dort mit ihren eisblauen Augen und dem wunderschönen, goldenen Haar, das ihr über die Schulter fiel. Sie trug ihr übliches Bauernkleid, deren Schürze durch das Arbeiten schmutzig geworden war, und an ihren Händen befanden sich Schürfwunden, die durch das Säen auf dem Feld zustande kamen.

Sie wirkte so unglaublich echt.

Ich ging auf sie zu und umschlang ihren Körper. Ihre Wärme, ihr süßer Duft, ihre zarte Haut und dieses vertraute Gefühl, ihre Nähe zu spüren, zerrissen mich beinahe innerlich.

»Es tut mir so leid, Lia. Das ist alles meine Schuld.«

»Schon gut«, flüsterte sie mit sanfter Stimme. »Ich bin nur so froh, dass wir die Möglichkeit haben, uns noch einmal zu sehen.«

Konnte es sein, dass Ravaga die Seele meiner Schwester benutzte, um sie mit der Illusionswelt zu verbinden? Aber weshalb tat sie das? Welches böse Spiel trieb sie mit mir?

»Ist es nicht schön, seine verloren geglaubte Schwester wieder in den Armen zu halten?«, hallte Ravagas tückische Stimme durch die Scheinwelt. »Hier kommt meine ganz besondere Aufgabe.«

Ihr boshaftes Lachen verhieß nichts Gutes. Ich zog Lia noch enger an mich.

»Töte diese kleine Seele. Durchstoße ihr Herz mit einem Blutdolch und sie wird auf ewig verdammt sein.«

Neben mir erschien, mit der Spitze im Sand steckend, der Dolch, von dem sie gesprochen hatte. Mir blieb beinahe die Luft weg. »Niemals!«

Ravagas amüsiertes Lachen nahm jeden Winkel der Illusionswelt ein. »Ich wusste, dass du das sagen würdest. Harte

Entscheidungen gehen harte Wege. Was ist dir also wichtiger? Die Welt der Menschen oder die Seele deiner kleinen Schwester?«

»Das kannst du nicht von mir verlangen!«, schrie ich ihr hinterher, doch sie war längst verschwunden.

Sie musste diese Falle die ganze Zeit geplant haben, deshalb hatte sie Lias Körper auch nicht zu Asche zergehen lassen, sondern labte sich an ihrer kleinen Seele. Damit hatte sie einen Trumpf im Ärmel, gegen den ich machtlos war. Nicht einmal meine Engelskräfte könnten mir jetzt noch helfen.

Lia begann zu weinen und schlang die Arme um meinen Körper. »Lucien, was machen wir denn jetzt?«

»Es muss eine andere Lösung geben«, murmelte ich, wusste jedoch, dass dieser Zauber viel zu mächtig war, um ihn auf eine andere Weise zu lösen.

Ich fühlte mich hoffnungslos, allein und schwach. Ich hatte Lia schon einmal verloren, und nun die Aufgabe zu haben, ihr einen Dolch durch das Herz zu rammen, nur um die Drachenhexe damit zu retten, erschien mir beinahe unlösbar. Ich liebte meine Schwester, weil sie der einzige Mensch war, der mich so akzeptiert hatte, wie ich geboren wurde – als ihren Bruder.

Ich löste mich von ihr und fiel auf die Knie in den Sand. Wütend schlug ich meine Fäuste auf den weichen Untergrund und ärgerte mich darüber, in eine so einfache Falle gelaufen zu sein.

»Stimmt es, dass die Welt dann untergehen wird und ein mächtiger Dämon euch alle vernichtet?«, fragte sie leise und kniete sich ebenfalls zu mir in den Sand.

Ich nickte zögernd. »Woher weißt du das?«

»Die Toten flüsterten es mir. Einige von ihnen wissen viel mehr über Ravaga als die anderen, da sie schon sehr lange unter den Verstorbenen weilen.«

»Hast du keine Angst?«, wollte ich wissen und schaffte es nicht, in ihre Augen zu sehen.

»Nein«, gestand sie ehrlich. »Ich spreche nur mit verstorbenen Seelen, die einst genauso menschlich waren wie ich. Wir unterstützen uns gegenseitig in der Dunkelheit, in der wir umherwandern.«

»Dann weißt du auch, wer für deinen Tod …« Ich schaffte es nicht, den Satz zu beenden, geschweige denn ihr in die Augen zu sehen. Ich hasste mich für diese Feigheit.

»Dich trifft keine Schuld«, sprach sie sanft und berührte meine Hand dabei. »Früher oder später wäre die Welt von Ravaga eingenommen worden. Sie hat es schon lange geplant.«

»Das kannst du nicht wissen. Ich hätte etwas tun müssen.« Ich kniff die Augen zusammen, als mich der innerliche Schmerz erneut überrollte. »Mutter und Vater sind vermutlich ebenfalls …«

Lia schüttelte den Kopf. »Ihnen geht es gut. Bevor Ravaga in unser Dorf kam, waren sie nach Greystone aufgebrochen. Sie werden die Stadt längst erreicht haben.«

Aufhorchend hob ich den Kopf. »Aber die ewige Nacht hat sie ebenfalls erreicht. Sie werden bestimmt nach dir suchen gehen und in der Dunkelheit haben sie keine Chance.«

»Ich glaube nicht«, seufzte Lia. »Sie sind gleich aufgebrochen, als du nach Schattentod gegangen bist. Vater wollte den König überzeugen, dass du wieder zurück zu uns kommen darfst, wenn du deine Aufgabe erfüllen solltest. Keiner der Bewohner darf die Hauptstadt Greystone verlassen – zumindest nicht, solange die ewige Nacht herrscht. Das haben mir die Verstorbenen mitgeteilt.«

Gerade als ich wieder zu sprechen ansetzen wollte, ertönte die Stimme der Prinzessin in meinem Kopf: ›*Keine Zeit, Lucien. Du musst dich langsam entscheiden.*‹

229

Wie erwartet, schien Lia sie nicht zu hören.

»Lu«, begann Lia, und die Erwähnung meines Spitznamens verpasste mir einen schmerzhaften Stich ins Herz. »Wenn wir Ravaga aufhalten, werden alle Seelen, die sie besaß, in den Himmel aufsteigen, wo sie Erlösung finden.«

»Wenn«, hauchte ich schwach und ließ die Schultern sinken. »Aber es ist wahr«, sagte sie überzeugt und berührte meine Wange. »Ich weiß, es ist viel verlangt, und auch ich habe Angst davor, was mit mir geschehen könnte, dennoch glaube ich an deine Fähigkeiten. Du wirst sie besiegen und uns alle befreien.«

»Aber dieser Dolch verbannt deine Seele«, erklärte ich und sah zu, wie sie die schwarze, gefährliche Waffe aus dem Sand zog.

Lia wollte sie mir in die Hand drücken, doch ich nahm sie nicht an.

Hadernd erhob ich mich und kehrte ihr den Rücken. »Das kannst du nicht von mir verlangen, Lia.«

»Doch, das kann ich«, konterte sie mit mehr Nachdruck. »Wenn wir dafür die restlichen Seelen retten, ist es das wert.«

Schritte kamen auf mich zu und Lia nahm meine Hände in ihre. Tränen stauten sich in meinen Augen, als ich in ihre blickte. Sie wollte mir den Dolch erneut in die Hand legen, doch ich hatte diese zu einer Faust geballt und weigerte mich, sie zu öffnen.

Sie schmiegte sich an mich und legte den Kopf auf meine Brust.

»Wieso willst du mir das antun, Lia? Ich habe dich schon einmal verloren«, sprach ich mit schwacher Stimme und spürte, wie die Tränen über meine Wangen liefen.

»Erinnerst du dich noch an Vaters Pferd?«, begann sie plötzlich.

Ich nickte nur, da ein Kloß in meinem Hals steckte und mir das Sprechen verwehrte.

»Vater hat es geliebt, über alles. Dank seiner Hilfe konnte er schneller das Feld pflügen, die Botengänge hinter sich bringen und brachte uns beiden das Reiten bei, wenn du zu Besuch kamst. Dieses Pferd war viel mehr wert als Gold. Er liebte es.« Ich erinnerte mich. Vater war glücklich, wenn er Hilfe hatte und sich auf sein treues Tier verlassen konnte. Dennoch war da etwas gewesen, an das ich mich nur noch dunkel erinnerte.

»Eines Tages, als wir ein wenig älter waren, begleiteten wir Vater auf die Jagd und nahmen das Pferd mit. An diesem Abend entdeckte uns ein Wolfsrudel, und hätte der Hengst nicht rechtzeitig unruhige Laute von sich gegeben, sodass wir wach wurden, wären wir wohl im Schlaf von ihnen getötet worden. Vater zündete das Feuer an und vertrieb die Wölfe zum größten Teil damit. Allerdings attackierte einer von ihnen das Pferd und gab somit dem Rest des Rudels durch den Duft des Blutes einen Grund zurückzukehren. Sie griffen wieder an und Vater musste eine schwere Entscheidung treffen. Er opferte das Leben seines Pferdes den Wölfen, um sich und vor allen Dingen seine Kinder zu schützen. Wir flohen und ließen den Hengst sterbend zurück.«

Es war einer der grausamsten Tage in meinem Leben gewesen. Ich wusste, dass Lia und ich wochenlang weinten, uns Albträume plagten und wir immer wieder im Schlaf die Schreie des Pferdes hörten. Vater hingegen sprach eine sehr lange Zeit nicht mehr. Wenn er draußen auf dem Feld arbeitete, tat er es mit Wut und Trauer in der Brust. Ihn nahm der Tod des Tieres mit, doch er sagte zu uns immer wieder, dass es die richtige Entscheidung gewesen sei.

Ich löste mich von Lia und schritt von ihr weg. »Du kannst dich nicht mit dem Pferd vergleichen, Lia«, sagte ich, als ich erkannte, worauf sie damit hinauswollte.

Ihre Geschichte bekräftigte umso mehr, dass es sich dabei tatsächlich um meine Schwester handelte, die ich ein weiteres Mal töten sollte.

Aber das konnte ich nicht. Dafür war ich zu schwach. Uns verbanden so viele Erinnerungen, schöne und schlechte. Wenn ich ihre Seele mit dem Dolch verbannte, gab es kein Versprechen dafür, dass sie es ebenfalls in den Himmel schaffte. Ich würde sie vielleicht auf ewig verdammen.

»Lu, du musst Ravaga aufhalten. Wenn ich die letzte Hoffnung bin, dann soll es so sein. Ich schaffe das«, versuchte sie mich zu überzeugen, doch dafür plagten mich zu sehr Schuld und Trauer.

›Sie hat recht, Lucien. Selbst ich kann dir nicht helfen, ohne des Rätsels Lösung aus diesem Banngefängnis zu entkommen. Dazu fehlt mir die Macht‹, ertönte erneut die sanfte Stimme der Prinzessin.

»Wir haben schon zu viel Zeit verloren«, flüsterte Lia und kam auf mich zu. Dieses Mal packte sie meine Hände und drängte mir den Dolch auf. Wir umschlangen beide den Griff der Waffe, ihre Finger auf meinen liegend. »Ich weiß, du kannst es schaffen. Der Himmel hat dich nicht umsonst auserkoren.«

»Bitte, verlang das nicht«, hauchte ich schmerzerfüllt. »Wir finden eine andere …«

Sie schüttelte bestimmt den Kopf und setzte die Klinge an ihre Brust an. »Es gibt keine andere Lösung.« Tränen rannen meine Wangen hinunter. »Wenn du es nicht für das Wohl der Welt tun willst, dann tu es mir zuliebe.«

Ich schaute in die glasigen blauen Augen meiner liebreizenden Schwester und rief mir noch einmal unsere Kindheitstage in Erinnerung. Wir hatten nie wirklich viel Zeit miteinander verbracht, doch jeder Moment, in dem ich sie umarmen und bei ihr sein konnte, war kostbar. Neben meinen Eltern war sie alles, was mir geblieben war, der einzige Mensch, dem ich alles anvertraut hatte. Sie gehen zu lassen, zerbrach mein Herz in tausend Splitter.

›Lucien, jetzt oder nie‹, rief die Prinzessin mir zu. ›Die Zeit wird knapp.‹

Meine Hand zitterte, als Lia langsam die Finger vom Dolch löste und die Arme neben sich hängen ließ. Ihre Schultern hatte sie gestrafft, bereit für das, was kommen würde. Sie wirkte entschlossen, mutig und irgendwie ein klein wenig traurig. Ich versuchte mir einzureden, dass ich ihr Opfer nicht vergessen würde und sie immer ein Teil meines Herzens blieb.

Ich begann die Bürde, die mir auferlegt wurde, zu hassen. In meinem Kopf verfluchte ich die Engel dafür, dass sie mich zu einem der ihren gemacht und dafür auserkoren hatten, die Menschheit vor der Dunkelheit zu bewahren. Mein Herz explodierte beinahe in der Brust vor Wut und Schmerz.

›Bitte, Lucien! Sie hat die Drachenhexe mit einem Zauber belegt. Jeder Augenblick zählt!‹, schrie die Prinzessin beinahe panisch in meinem Kopf.

»Leb wohl, Bruder«, hauchte Lia, deren Augen gläsern wirkten.

Bevor ich jedoch etwas erwidern konnte, geschah es bereits. Der Dolch drückte sich durch das Fleisch und die Knochen. Ich spürte den Widerstand in ihrer Brust, fühlte das Gewebe, das ich mit der scharfen Klinge spaltete. Lia entwich ein erstickter Schrei und sie ergriff reflexartig mein Handgelenk, als der Schmerz sie dazu trieb.

Die Klinge hatte ihr Herz durchbohrt und ihre Lider fielen kraftlos zu. Sie drohte, zusammenzubrechen, doch ich löste die Hand von der Waffe und fing sie auf, bevor sie den Sand erreichte. Für einen kurzen Moment stahl sich ein kleines, stolzes Lächeln auf ihre Lippen, als würde sie meine unverzeihliche Tat würdigen.

Ich hatte meine Schwester getötet, um das Ende der Welt aufzuhalten.

Sorgfältig zog ich den Dolch aus ihrer Brust und umschlang ihren Körper. Dabei tropften meine Tränen auf ihre zarten Wangen und ich spürte, wie sich ein tiefes Loch in mein Herz bohrte.

Die Illusionswelt löste sich langsam auf, auch Lias Körper.

»Nein, nein, bitte. Warte!«, flüsterte ich heiser und versuchte, sie bei mir zu behalten, doch letztendlich blieben nur noch ich und der Kerker übrig.

Kälte umfing mich und heißes Blut durchströmte meine Venen. Der Zorn über Ravagas Falle nahm mich so sehr ein, dass ich mich vom Boden erhob und tiefer in das Gewölbe vordrang.

Die Wut sammelte sich in meiner Brust wie ein großer, glühender Feuerball. Sie konnte nicht gebändigt werden, nicht einmal mit der Trauer um Lia.

Diese verdammte Ravaga war dafür verantwortlich. Es war *ihr* hinterlistiger Plan, die Seele meiner Schwester zu benutzen, um mich in der Illusionswelt gefangen zu halten.

Dafür würde sie büßen. Dafür würde sie sterben. Ich würde ihr eigenhändig das Herz aus der Brust reißen.

Mein Körper ließ sich von meinen Gefühlen leiten und ich betrat den nächsten Raum, als ich Ravaga erblickte, die einen Dolch hochgehoben in der Hand hielt, um diesen in die Brust von Freyja zu rammen. Beim Anblick der machtgierigen Hexe explodierte etwas in mir.

Der Zorn dürstete nach Rache, nach Genugtuung. Feine, grelle Funken sprühten aus meinem Körper und ein langer

Lichtblitz schoss zu Ravagas erhobenem Arm. Er schlug ihr den Dolch aus der Hand, der klirrend zu Boden fiel.

Die Hexe stolperte rückwärts, ein wenig überrascht über die Macht, mit der ich sie attackierte.

»Warum hast du das getan?«, brüllte ich mit knirschenden Zähnen. »Warum hast du Lia mit reingezogen?«

Die Hexe begann zu lachen und löste damit eine weitere Explosion in meiner Brust aus. Pures Licht füllte den Raum, blendete sie und zwang sie zu einem qualvollen Schrei. Unter Krämpfen gepeinigt ging sie in die Knie, hielt sich die Hände vor die Augen und klagte: »Ich bin blind.«

Hilflos fuchtelte sie mit den Armen und ihre roten Augen verblassten zu einem milchigen Weiß. Ihre Haut begann zu brennen, als wäre mein Licht so heiß wie eine Flamme.

Sie stieß gegen ein Regal hinter sich, das zu wanken anfing, sodass einige Tränke auf den Steinboden fielen und zerbrachen. Eine violette Rauchwolke umhüllte die Hexe und als ich sie ergreifen wollte, war sie verschwunden.

Verärgert schlug ich gegen das Regal und brachte es damit zum Kippen. Es erwischte einen weiteren Schrank, und wutentbrannt zerstörte ich der Hexe ihr Versteck.

»Wir werden uns wiedersehen, Engel!«, gackerte die Stimme der Hexe im Raum und ich spürte, wie sie sich dem Turm entzog. Sie war mit einem Zauber geflohen.

Keuchend kniete ich in den Scherben der Tränke und fasste mir an den Kopf. Und dafür war Lia gestorben? Damit ich die Hexe zwar erblinden ließ, sie aber nicht tötete?

»Engel«, hallte Zetts Stimme durch den Raum, deren Gestalt ich als Allerletztes vermutet hätte. Was zum Teufel tat sie hier?

»Die Schatten flüsterten, dass Ravaga es geschafft hätte, das Herz der Drachenhexe zu bekommen. Da wollte ich nach ihr sehen.«

Ich ignorierte sie. Ravaga lebte, Lia nicht. Es war alles umsonst. Mein Licht hätte die Hexe verbrennen können.

Ich hörte, wie Zett den Versuch wagte, die Drachenhexe loszumachen, die bewusstlos in ihren Fesseln hing. Von der Decke rieselte Staub herab und der Boden bebte.

»Wir werden wohl lebendig begraben«, stellte sie fest. Ihre Stimme klang vollkommen gelassen, als würde sie nicht bemerken, dass die Decke über uns zusammenbrach. Möglicherweise drehte ihr Verstand in diesem Augenblick wieder durch. »Die schwarze Festung wurde durch Ravagas Magie aufgebaut und nun, da sie weg ist, stürzt alles wieder zusammen.«

Aber ich wollte mich nicht wirklich erheben. Ich hatte ein Opfer gebracht und versagt, was die Leere in mir nur noch vergrößerte. Aus den Scherben meines Herzens wurden feine Splitter, die mich nun füllten.

»Damit wäre alles umsonst, wenn wir begraben werden.« Sie packte unvermittelt meinen Arm. Mit ihren einfühlsamen, milchig blauen Augen sah sie in meine. »Kommst du mit?«

Ich konnte mir keinen Reim darauf machen, wie Zett uns so schnell gefunden hatte. Dieses Geschöpf schien nicht nur einfach ein Mensch zu sein und auch nicht unter Ravagas Bann zu stehen, sonst wäre sie nicht hier, um uns zu retten.

Zetts Händedruck verstärkte sich, während ich mich endlich zusammenriss. Ich nickte apathisch, erhob mich und spürte das Brennen in den Knien. Die Scherben hatten sich durch das Leder gefressen und meine Haut aufgeschürft.

Dank Zetts eindringlicher Worte entkam ich meiner Starre und hob die bewusstlose Drachenhexe auf meine Arme. Während der erste Stein von der Decke herabfiel, suchte ich einen Weg aus der Festung heraus und behielt dabei Zett im Auge, damit wir es heil hinausschafften.

Als ich über die Stelle lief, an der Ravaga den Wahrnehmungszauber platziert hatte, blickte ich kurz zurück und wurde ein wenig langsamer. Doch Zett lenkte mich ab, indem sie eine Hand an meinen Rücken legte und mich zum Weiterlaufen drängte.

Ich musste während der Flucht weiteren herabfallenden Steinen ausweichen, bei großen Bruchstücken, die die schmale Treppe hinuntergerollt kamen, zur Seite springen und einige Trümmer mit meinen Lichtspeeren zerbersten lassen, um den Weg frei zu machen.

Zett blieb die ganze Zeit dicht hinter mir. Fliegen wäre keine gute Option gewesen, da ich viel zu langsam wäre, wenn ich Freyja *und* Zett tragen müsste. Außerdem stürzten ständig irgendwelche Bruchstücke hinab, denen ich nicht schnell genug ausweichen könnte. Draußen atmeten wir beide erleichtert aus, als die komplette schwarze Festung in sich zusammenfiel.

»Ravagas Kräfte sind schwächer geworden«, erklärte sie mir, während ich die bewusstlose Drachenhexe sorgsam auf den Boden gleiten ließ. »Seltsam.«

»Schwächer? Wegen meiner Lichtmagie?«, hakte ich keuchend nach.

»So schwach, dass sich die Sonne durchzukämpfen versucht«, erläuterte sie, schüttelte dann jedoch traurig den Kopf. »Jetzt wird es einen zarten Lichtstreifen am Horizont geben, wenn es Morgen wird.«

»Woher weißt du das? Und wie kamst du überhaupt so schnell nach Snowcrow?«, fragte ich skeptisch.

Zett lächelte und legte den Kopf schief. »Ich bin mehr, als es den Anschein hat. Vielleicht bin ich ja deine gute Fee, wie aus all den Kindergeschichten, die ich früher erzählt bekommen habe.«

Verwirrt schaute ich sie an. »Eine Fee? Kindergeschichten? Verdammt, Zett, was bist du wirklich?«

Sie kicherte. »Nein, für eine Fee bin ich zu gruselig.«

Ihr Verstand spielt doch wieder verrückt.

»Das bist du auch nicht. Du siehst zwar aus wie eine Untote, aber du benimmst dich nicht so. Außerdem könnte diese niemals so schnell von Greystone nach Snowcrow kommen.« Sie hätte zudem längst ihren Verstand verloren und würde nur noch den Drang besitzen, rohes Fleisch zu essen. Aber das tat sie nicht.

Zett machte einen Schritt zurück, nahe an den Abgrund. »Ist dir das so wichtig?«

Wütend zog ich die Augenbrauen zusammen. »Ja, verflucht! Woher weißt du so viel und warum redest du immer so seltsames Zeug?«

Sie grinste über beide Ohren, was eher wie eine gruselige Fratze wirkte. Als sie weiter zurücktrat, stürzte sie absichtlich den Abgrund hinunter.

Mir blieb für den Moment das Herz stehen und ich lief ihr panisch nach. Kurz vor der Klippe bremste ich abrupt ab und schaute in die unendliche Tiefe des Berges hinunter. Doch da war nichts. Keine fallende Zett, nur das endlose Weiß des Schnees.

Was zum …?

Bevor ich mir Gedanken darüber machen konnte, was das zu bedeuten hatte, erblickte ich eine schwarze Gestalt am Himmel, die aus den Bergen geflogen kam. Anhand der Drachengestalt erkannte ich sofort, wer zu uns herabstürzte. Da ich nicht genau wusste, ob er immer noch Ravagas Macht gehorchte, zog ich vorsichtshalber mein Schwert.

Der Drache landete mit einem leichten Beben im Schnee und wandte sich zu mir, ohne mich anzugreifen. ›Hab Dank, Engel.

Der Bann ist gebrochen‹, ertönte seine weise Stimme in meinem Kopf.

Ich schaute skeptisch zu ihm. »Woher weiß ich, dass du die Wahrheit sprichst?«

Er senkte sein Haupt. *›Gar nicht. Du hast aber auch keine Wahl. Der Weg nach unten ist weit und tödlich.‹*

Ich schürte die Lichtmagie in mir, sodass meine Flügel zu glühen begannen. »Danke, doch ich werde die Drachenhexe auch allein zum Orden fliegen können.«

Der Drache sagte nichts mehr und ich hielt es für eine stumme Zustimmung.

Da er immer noch keine Anstalten machte, mich anzugreifen, steckte ich mein Schwert zurück und nahm die Königin wieder auf die Arme. Im selben Moment, in dem ich vom Boden abheben wollte, ertönte wieder der Drache. *›Die Königin ist meine Herrin, deswegen werde ich euch folgen.‹*

Auch wenn es mir nicht gefiel, von dem riesigen Wesen begleitet zu werden, wandte ich nichts ein, um es nicht unweigerlich zum Kampf kommen zu lassen. Anschließend stieß ich mich vom Boden ab.

Der Kopf der Hexe ruhte auf meiner Schulter und ihre Augen waren noch immer geschlossen. Während ich sie so ruhig schlafen sah, hatte sie viel mehr von der Prinzessin, die sie in Wahrheit war, und nichts deutete auf das Monster hin, das sie verkörperte. Mir gefiel diese Frau viel mehr als das Böse, das ihr innewohnte.

Obwohl wir das Ende der Welt vorerst hatten verhindern können, fühlte ich mich keinen Deut besser. Ich wusste, dass mich die Ereignisse im schwarzen Turm für eine sehr lange Zeit verfolgen würden. Vielleicht sogar für immer.

Der Schmerz in meinem Herzen klaffte wie eine offene, blutende Wunde und peinigte mich mit jedem Gedanken an Lia.

Ihre Seele war nun verdammt und ich trug die Schuld daran. Für immer.

Nach einem Tag versagten meine Kräfte, die mich zuvor, so gut es ging, gestützt hatten. Noch immer umgab uns der dichte Schnee, dessen Kälte mich zittern ließ.

Gezwungenermaßen musste ich eine Pause einlegen und fand eine Höhle, die in ihrem Inneren vom Eis verschont geblieben war.

Als ich die Drachenhexe auf einer weniger kalten Stelle ablegte, merkte ich, dass ich keinen weiteren Schritt mehr tun könnte. Der Hinflug, der Kampf und die Illusionswelt hatten mir einfach den Rest gegeben.

›Magie hat immer einen Preis‹, hallte die Stimme des Drachen in meinen Gedanken.

Im selben Moment, in dem ich mich erheben wollte, um Feuerholz zu holen, brach ich wieder auf dem Boden zusammen und das Bewusstsein entglitt mir.

›Keine Sorge, Engel. Ich werde über euch wachen‹ war das Letzte, was ich hörte, ehe es schwarz um mich wurde.

DIE
VIERTE VISION

›Und? Wie fühlst du dich?‹, hörte ich Freyjas Stimme wieder in meinem Kopf.

Das hatte mir jetzt noch gefehlt.

›Du schon wieder‹, stöhnte ich.

›Hast du eigentlich eine Ahnung, wie knapp all das gewesen ist? Wäre Lucien nicht gewesen, wärst du jetzt tot und die Welt wäre untergegangen und stünde unter der Herrschaft eines mächtigen Dämons‹, schimpfte sie.

›Aber das ist es nicht, also hör auf, mir die Schuld zu geben‹, konterte ich. ›Außerdem ist es mir einerlei, was mit deiner geliebten Welt passiert.‹

›Du hast keine Ahnung, was er dafür bezahlen musste, um dich zu retten‹, spie sie wie heißes Feuer aus. ›Nur für dich.‹

Ihre Worte verpassten mir ein ungutes Gefühl, beinahe so etwas wie ein schlechtes Gewissen. Doch das besaßen Hexen nicht, also ignorierte ich es. ›Meinst du Lucien? Er ist ein Engel, da kann er auch mal ein bisschen was riskieren.‹

›Ein bisschen?‹, brüllte sie, sodass es in meinen Gedanken nachhallte.

›Du tust gerade so, als ob er sein Leben für mich gegeben hätte. Ich bitte dich ... empfindest du etwas für ihn?‹

›Er hätte sein Leben lieber geopfert, statt ...‹ Sie hielt für den Moment inne. ›Vergiss es.‹

Ich lachte finster. ›Dann ist es also wahr. Du empfindest etwas für dieses Lichtwesen.‹

›Natürlich tue ich das. Er riskiert so viel, nur um die Welt vor der Dunkelheit zu bewahren. Und du bist das verdammte Miststück, das ihm immer wieder schwere Steine in den Weg legt.‹

So aufgewühlt hatte ich die Prinzessin noch nie erlebt. Sie war regelrecht außer sich, auch wenn es mich nichts angehen sollte. Trotzdem würde ich immer ein Teil von ihr bleiben und sie von mir, wie ein Band, das uns auf ewig zusammenhielt.

›Nicht bevor ich sie töte‹, konterte ich selbstsicher.

›Du verfluchte Hexe! Ich sage es dir jetzt ein letztes Mal. Du bist nicht dazu bestimmt, Ravaga zu töten, sondern er‹, knurrte sie.

›Was weißt du schon ...?‹, murrte ich genervt. ›Was hat er denn so Heldenhaftes vollbracht?‹, fragte ich und ließ es wie eine Unwichtigkeit klingen. Sie tat gerade so, als wäre Lucien der Retter der fünf Lande.

Doch als Freyja schwieg, spürte ich erneut diese eigenartige, bedrückende Empfindung. Sie plagte mich regelrecht und ich fühlte mich ... verantwortlich. Aber für was? Ich hatte alles richtig gemacht. Oder?

›Prinzessin?‹, hakte ich nach, versuchte mir meine Unsicherheit nicht anmerken zu lassen.

Ihre Stimme war eine Mischung aus Zorn und Enttäuschung. ›Das kann ich dir nicht sagen. Er soll es dir selbst erzählen‹, antwortete sie.

›Du machst wirklich eine große Sache daraus, oder?‹, warf ich ihr zischend vor.

›Wenn du auch nur ein bisschen etwas von mir hättest, würdest du es verstehen. Aber du fühlst nichts, Hexe. Dein einziger Begehr sind Schmerz und Grausamkeit, was dein Herz immer wieder mit neuer Dunkelheit füllt. Deshalb entfernen wir uns weiter voneinander.‹

Als ich gerade etwas erwidern wollte, löste sich die Vision auf und ich glitt langsam zurück in die Wirklichkeit.

Dennoch verging das schlechte Gewissen nicht. Es blieb und wich nicht mehr aus dem dunklen Inneren, das mich beherrschte.

BITTERE KÄLTE

Freyja

Als ich erwachte, lag ich in einem unbequemen Bett. Mir taten noch ein wenig die Handgelenke weh, an denen die Eisenschellen befestigt gewesen waren. Während ich die Haut untersuchte, zeichneten sich Blutergüsse an den Stellen ab, an denen das Eisen meine Arme umklammert hielt. Außerdem hatte mir jemand neue Verbände um meinen Arm und den Hals gewickelt.

Ich seufzte und erhob mich aus dem Bett. Meine Drachenpanzerung lag auf einem Stuhl in der Ecke und ich trug nur meine Unterkleidung. Ich spürte, dass ein leichter Schmerz durch den Hals und den Arm schoss.

Wie lange solch eine Genesung dauert …

Der Raum war sehr einfach gehalten, womöglich das Haus einer Bauernfamilie. Außer dem Bett, einem Ankleidetisch und dem Stuhl gab es hier nichts.

Vor dem Wandspiegel strich ich mir ein wenig die Haare zurecht und band sie zu einem hohen Zopf zusammen. Meine blutroten Augen schauten mir finster entgegen. Sie wirkten aus der Nähe bestialisch, perfekt für ein Monster wie mich. Die Worte der Prinzessin hallten durch meine Gedanken wie das Echo in einem riesigen, leeren Saal. ›*Dein einziger Begehr sind Schmerz und Grausamkeit …*‹ So wird es immer sein. ›*… was dein Herz immer wieder mit neuer Dunkelheit füllt.*‹ Ich schüttelte den Kopf, um sie zu vertreiben, und verließ das Schlafzimmer.

In der Stube stieß ich auf den Engel, der nachdenklich auf einem Schemel saß und vor sich ins knisternde Kaminfeuer schaute. Draußen herrschte noch immer die ewige Nacht und nichts hatte sich geändert. Ravaga lebte ohne jeden Zweifel.

Andächtig hob ich das Kinn. »Erzähl schon. Was ist passiert?«, kam ich gleich zur Sache.

Der Engel schwieg, was mir ein wenig ungewöhnlich vorkam. Bisher hatte er sich, ohne zu zögern, geäußert, selbst wenn ich ihn geärgert hatte.

»Du ignorierst mich?«, bemerkte ich.

»Wir reden im Orden. Bis dahin spreche ich kein Wort mit dir«, gab er eiskalt zurück und machte sich nicht einmal die Mühe, sich zu mir umzudrehen.

Was glaubt er eigentlich, wer er ist?

»Spiel dich nicht so auf, Engel. Los, sag schon«, verlangte ich in einem genervten Ton und verschränkte die Arme vor der Brust.

Wenn ich nur wüsste, was geschehen war …

Mir fiel auf, dass sein Arm zitterte, und ich erhaschte einen Blick auf seine Hand, die er zu einer Faust geballt hatte. Der Engel war wütend.

»Halt einfach deinen Mund, Hexe. Wenn du nicht die ganze Welt zum Einsturz bringen würdest, wäre ich längst über alle

Berge. Aber ich tue das für die Menschen, die noch an eine Zukunft glauben – die Hoffnung schöpfen.«

Seine Stimme. So kalt, so leer.

Verdammt, was war in diesem Turm geschehen? Lag es an dem Illusionszauber, in dem Ravaga ihn gefangen gehalten hatte? Ob sie ihn gefoltert hatte?

Folter ... köstlicher Gedanke.

Doch seltsamerweise nicht im Zusammenhang mit dem Engel. Seit wann gefiel mir eine solche Vorstellung nicht? Weshalb empfand ich keine Freude? Ob es an diesem neuen Gefühl lag, das ich durch die Vision der Prinzessin erhielt?

Wie sehr ich die Menschlichkeit verabscheue ...

»Also tu mir einfach den Gefallen und lass mich in Ruhe, bis wir im Orden sind«, knurrte er zornig.

Seine Seele schrie dabei, erfüllt von Leid und Kummer. Ravaga hatte Lucien gebrochen. Sie hatte es tatsächlich geschafft. Ein zerbrochener Engel.

Wieso bereitete mir selbst diese Tatsache nicht einmal mehr Freude? Was war los mit mir?

Ich wollte weg von ihm, weg von diesem Engel, für dessen geschundene Seele ich mich nicht begeistern konnte. Hier stimmte etwas nicht und die Prinzessin hatte ganz sicher damit zu tun. Alles, was sich in meinem Inneren änderte, führte zu ihr zurück. Sie entfesselte jedes Mal ein Chaos, eine Mischung aus Hexe und Prinzessin. Seit sie meine Gedankenwelt unter Kontrolle hatte, drängte sie sich immer tiefer in meine Dunkelheit.

Draußen bemerkte ich, dass wir in keinem Dorf Rast gemacht hatten, sondern in einer abgelegenen Waldhütte. Ich schaute mich nach Schatten um, konnte jedoch keine ausmachen. Vermutlich hatte Lucien mit seinem Licht Sicherheitsvorkehrungen getroffen und sie verjagt.

Ich nahm auf einem Baumstumpf Platz und spürte gleichzeitig eine mir bekannte Präsenz.

Als ich erschrocken nach oben blickte, entdeckte ich meinen schwarzen Drachen, der auf dem schmalen Feldweg landete und dabei kleine Bäume umstieß, die durch seine immense Größe entwurzelt wurden. Ich schaute über meine Schulter zur verschlossenen Tür der Waldhütte.

Hatte der Engel nicht mitbekommen, dass er wieder hier war?

»Noch einmal entführst du mich nicht, Noron«, knurrte ich feindselig.

Der Drache senkte so weit den Kopf, dass es dabei wirkte, als würde er sich vor mir verneigen. Hatte Ravaga ihn etwa nicht mehr unter Kontrolle?

›Der Engel hat den Bann gebrochen, der mich gefangen hielt.‹

Ich schnappte erschrocken nach Luft, als ich nach so vielen Jahrzehnten die Stimme meines Drachen zum ersten Mal hörte. »Du … wagst es *jetzt* erst, mit mir zu reden?«

Er legte seinen Kopf ab und schnaubte. ›Es gab davor keinen Grund dazu.‹

Wenn ich tatsächlich darüber nachdachte, hatte Noron meistens nur eine einzige Aufgabe besessen: *Töten*. Möglicherweise hielt er es deshalb für überflüssig, mit mir zu sprechen.

Ich schürzte die Lippen. »Und Ravaga? Sie hat wirklich ihre Finger nicht mehr im Spiel?«

›Ihr Bannzauber nahm mir meinen freien Willen‹, antwortete er und seine Stimme löste eine seltsame Ruhe in mir aus.

Auf eine gewisse Weise fühlte es sich an, als hätte ich einen wichtigen Verbündeten an meiner Seite zurück. Ich schenkte seinen Worten Glauben.

Noron sah mich mit seinen dunklen Augen an und ich musterte ihn. Wir waren zwei Bestien, die ganze Städte in Schutt

247

und Asche gelegt hatten und sich am Leid ihrer Opfer weideten. All dies empfand ich plötzlich als bedeutungslos. Weshalb eigentlich? Wegen des Engels? Oder wegen des neuen Gefühls, das mich seit meiner Vision mit der Prinzessin plagte?

Ich ließ den Kopf hängen, was ich normalerweise nie tat. Eine dunkle Königin senkte niemals ihr Haupt. Doch in diesem Augenblick kam es mir eigenartig gut vor.

Noron schnaubte erneut, um meine Aufmerksamkeit zu erlangen. Der Drache rückte zu mir auf und seine Schnauze war nur eine Handbreit von mir entfernt.

Ich strich über seine Nüstern, fuhr mit den Fingern die rauen Schuppen entlang und entdeckte dabei ein paar Narben, die er sich während des Kampfes zugezogen haben musste.

Noron war nur ein Drache, *ein Tier*. Es fühlte wie jedes andere Geschöpf dieser Welt und ich hatte immer geglaubt, da es durch meine Magie erschaffen worden war, dass es nicht einmal eine Seele haben konnte. Doch das tat es. Es *fühlte*.

»Brechen wir auf?«, ertönte eine Stimme hinter mir und Lucien kam aus der Hütte. Er hatte das Feuer im Kamin gelöscht und trug auf seiner Schulter einen Seesack.

Ich verschränkte trotzig die Arme und blieb sitzen. »Und wenn ich nicht zum Orden will? Wer sagt denn, dass sie mich auch wirklich aufnehmen?« Ich schlug ein Bein über das andere. »Ich hab's nicht so mit Fremden, weißt du?«

Er schwieg und ignorierte mich, während er auf meinen Drachen zutrat.

Noron ging in die Knie, um Lucien das Aufsitzen zu erleichtern. Auf seinem Rücken befestigte der Engel das Bündel und hielt sich an ihm fest, als würden sie jeden Moment losfliegen.

Doch Noron gehorcht nur mir, sonst niemandem.

Er würde niemals …

Ehe ich den Gedanken beenden konnte, breitete der Drache die Flügel aus und stieß sich damit vom Boden ab. Erschrocken sprang ich vom Baumstumpf auf. »Halt!«

Noron landete wieder auf der weichen Erde und Lucien hob, ohne eine weitere Miene zu verziehen, seine Augenbraue. »Was ist? Willst du doch mitkommen?«

Ich würde ja meine eigenen Flügel benutzen, allerdings würde es zu sehr meinen Körper beanspruchen, der noch immer geschunden war.

»Du ... Wie machst du das?«, fragte ich entsetzt und konnte nicht glauben, dass der Engel mir nun auch noch meinen Drachen wegnahm. Zuerst mein Königreich und jetzt meinen engsten Gefährten. »Was fällt dir eigentlich ein? Noron gehört mir.«

Der Engel schmunzelte. »Der Drache hat seine Treue bewiesen. Nachdem ich selbst kraftlos zusammengesunken bin, hat er über uns gewacht. Seitdem bin ich mir ziemlich sicher, dass Ravaga ihn nicht mehr unter Kontrolle hat, denn das wäre die perfekte Gelegenheit gewesen, uns beide zu vernichten.« Er hob andächtig den Kopf. »Anfangs war es ungewohnt von ihm begleitet zu werden, doch wir lernten, uns in gewissen Dingen zu vertrauen. Während er also auf der Jagd war, habe ich mich um dich gekümmert.«

Ich zog zornig meine Brauen zusammen.

Der Engel sprach weiter: »Zu deiner Information, Hexe, du hast ganze drei Tage geschlafen und wir beide hatten etwas zu essen gebraucht.«

Ich ballte wütend die Hand zur Faust. Er bezeichnete meine Bestie gerade als seinen Schoßhund. Wie konnte er nur? »Er ist ein Drache! Kein Hund, du Tölpel!«

Er zuckte mit den Schultern. Zum krönenden Abschluss seiner Provokation klopfte er Noron lobend auf den Hals. Der

Engel wusste, wie er mich bis ins Unermessliche wütend machen konnte.

»Das weiß er und trotzdem betrachtet er mich nicht als Feind.«

Ich wollte erneut ausholen, um ihm etwas Rüdes an den Kopf zu werfen, doch stattdessen atmete ich nur genervt aus. Schweigend schwang ich mich zu ihm hinauf und setzte mich hinter ihn. Da es mir zuwider war, seinen Körper zu berühren, ergriff ich meine eigene Zacke am Rückenkamm des Drachen. Der Engel gab ihm das Zeichen zum Fliegen und wir stiegen in den dunklen Himmel empor. Die Sterne und der Mond leuchteten in dieser Nacht so kräftig, dass ich beinahe alles erkennen konnte. Die Baumkronen unter uns schimmerten silbern, die Flüsse glitzerten und die Berge wirkten wie gigantische Riesen.

Wir flogen nicht schnell, eher gemächlich. Der Engel hatte es wohl nicht arg eilig, was mich stutzig werden ließ. Wollte er es nicht unbedingt hinter sich bringen?

Plötzlich kam mir der Gedanke, dass er mich womöglich im Orden meinem Schicksal überließ, obwohl er mir versprochen hatte, mich nicht dem Tod zu überlassen. Doch nach unserem letzten Gespräch zu urteilen, schien er mich mehr denn je zu hassen.

Die Vorstellung, allein unter Fremden zu sein, beunruhigte mich. In meiner menschlichen Verfassung würde ich mich nicht wehren können. Vielleicht hegten sie einen tiefen Groll gegen Hexen. So tief, dass sie unvorstellbar grausame Dinge tun würden. Dabei war das *meine* Leidenschaft gewesen.

»Was geschieht dann?«, fragte ich in die Stille hinein. »Nachdem du mich in den Orden verbannt hast?«

»Verbannt?«, wiederholte er mit gefühlskalter Stimme und machte anschließend eine kurze Pause. »Das erfährst du erst dort.«

»Sag es mir doch einfach!«, knurrte ich und konnte es nicht leiden, wenn man versuchte, über mich zu herrschen.

Er schwieg erneut und ich beließ es dabei. Er hasste mich tatsächlich noch mehr als zuvor.

Nach einiger Zeit sprach er wieder. »Ich rede nicht mit dir, weil du ein herzloses Monster bist, Hexe. Ein Wesen, das nicht einmal einsieht, dass es längst tot wäre, wenn es niemand gerettet hätte. Genau aus diesem Grund erfährst du erst die Dinge, wenn ich es für richtig halte. Ich lasse mich nicht von dir herumkommandieren.«

»Darum geht es dir also«, schnaubte ich. »Wenn du unbedingt eine Dankesrede von mir erwartest, muss ich dich leider enttäuschen. Ich habe dich nicht gebeten, mich zu retten.«

Und obwohl sich alles innerlich gegen meine gesagten Worte sträubte und ich genau wusste, dass der Engel meinen Dank verdient hätte, blieb ich stumm.

Es war nicht mein Stolz, der mich daran hinderte, sondern mein Verstand. Die Hexe wehrte sich gegen die neuen Gefühle der Prinzessin, die langsam wie Unkraut in mir heranwuchsen.

»Ja«, gab der Engel leise von sich, und Enttäuschung schwang in seiner Stimme mit. »Ich musste es leider tun, da es sonst niemand getan hätte.«

»Ich verstehe sowieso nicht, warum es dir so sehr am Herzen liegt, diese Welt zu retten. Viele der Menschen sind ebenfalls Monster. Monster ohne Zauberkräfte. Sie töten, sie vergewaltigen, sie quälen, sie betrügen, sie lügen … Das sind auch Sünden. Du würdest sie dadurch ebenfalls retten.«

»Wenn ich damit das Gute bewahre, dann nehme ich es in Kauf«, antwortete er und ich dachte für einen kurzen Moment über seine Worte nach.

Teils klang es heldenhaft, teils auch naiv. *Niemand kann das Böse auslöschen.* Es war ein Teil dieser Welt, genau wie Prinzessin Freyja ein Teil von mir war.

Ich seufzte innerlich.

Der Engel sprach kein Wort mehr und es dauerte auch gar nicht lange, bis wir die südliche Küste erreichten und von Weitem der riesige Magierorden zu sehen war. Dank Noron konnten wir eine Reise, die mit dem Pferd eine Woche gedauert hätte, innerhalb von vier Tagen zurücklegen, da wir beinahe doppelt so schnell unterwegs waren und uns keine Hindernisse im Weg lagen.

Eine Stadt mit kleinen Häusern schützte die Front des Ordens, der sich an der Küste befand. Seine Rundbögen und kugelförmigen Dächer stachen einem direkt ins Auge und wirkten für Fremde wie ein Ort des Schutzes. In der Mitte des Gebäudes entdeckte ich einen grünen Fleck, was wohl der Heilige Garten sein musste.

Während der hundert Jahre meiner Herrschaft hatte ich mich ein wenig über meine Welt außerhalb von Schattentod erkundigt und mich für den Magierorden interessiert. Er war älter als ich und schien selbst nach dieser langen Zeit seinen Glanz nicht verloren zu haben. Hexen und böse Geister fürchteten die Macht dieses Ortes, da sie ihn nicht betreten konnten.

»Die Stadt ist überfüllt«, bemerkte der Engel. »Sie müssen vielen Flüchtenden Unterschlupf gewährt haben, da die Schatten den Wall nicht durchdringen können.«

»Hoffentlich werden wir ebenfalls durchgelassen«, murmelte ich.

»Ich bin ein Wächter von König Loucas und die Gaben meiner Engelskräfte sind in allen Ländern bekannt. Ich bezweifle stark, dass er uns keine Hilfe gewährt. Außerdem sollte ein alter Freund von mir hier sein.«

Noron landete auf einer Lichtung, von der es nur noch ein Katzensprung bis zu den Toren der Stadt Alexandria war. In meinen Gedanken befahl ich dem Drachen, in der Nähe zu bleiben, sich aber nicht sehen zu lassen. Eine so riesige Kreatur der Dunkelheit würde die Menschen nur aufscheuchen wie Ameisen in ihrem Nest.

Außerdem würde es mir nicht gefallen, wenn ihm etwas zustieße. Ich hatte Noron viel zu verdanken und es wäre schade, diesen Drachen zu verlieren.

Als wir den ersten Soldaten antrafen, begrüßte er uns mit seinem Speer und hielt ihn angriffsbereit in unsere Richtung.

»Wer seid ihr?«, fuhr er uns bissig an.

»Ich bin ein Wächter des Königs Loucas' des Siebten und meine Begleitung ist Lady Elea. Großmeister Cartis erwartet mich bereits.«

Er wird bereits erwartet? Davon hat er nie etwas erwähnt.

Ich warf dem Engel einen skeptischen Blick zu. Im selben Moment hatte ich das Gefühl, so gut wie gar nichts über die wahren Absichten des Lichtwesens zu kennen.

War es möglicherweise von Anfang an seine Aufgabe gewesen, mich zum Großmeister zu führen? Ein ungutes Gefühl machte sich in mir breit.

»Großmeister Cartis? Er …« Der Soldat überlegte kurz und zu gerne hätte ich dabei sein Gesicht gesehen, doch der Helm auf seinem Kopf verwehrte mir dies. »Seid Ihr dieser Engel, von dem alle reden?«

Lucien nickte und lächelte freundlich. »Wärt Ihr so gütig und würdet ihn bitten, zum Tor zu kommen. Ich habe ihm einiges mitzuteilen.«

»Bitte wartet so lange hier«, sagte der Soldat, salutierte und sprang auf eines der weißen Pferde, die hinter den

Stadtmauern an einem Pfosten angebunden waren, während die anderen Wachen weiterhin das Tor behüteten.

Ich sah misstrauisch zu dem Engel. »Davon hast du nie etwas erzählt«, sprach ich das Thema an, von dem ich keine Ahnung gehabt hatte.

»Hätte ich sollen?«, gab er kalt zurück.

»Ja«, zischte ich. »Was habt ihr wirklich mit mir vor?«

Der Engel zuckte nur mit den Schultern und sah mich dabei nicht einmal an. »Das wirst du noch früh genug sehen, Hexe.«

Ich zog die Augenbrauen zusammen. »Sag es mir!«

»Mein Plan war es, dich hinter den Wall zu bringen, und genau das werde ich auch tun«, kam es wie ein eisiger Wind über seine Lippen.

Eine Gänsehaut schlängelte sich an meinen Armen entlang. Mir wurde bewusst, wie unglaublich gleichgültig es ihm war, in welchem Zustand ich *in Sicherheit* gebracht werden sollte. Lucien *wollte* mich einsperren lassen – *wer weiß, ob lebendig oder tot?*

Ich machte einen Schritt zurück. »Das kannst du vergessen«, fauchte ich und er drehte sich zu mir.

Mit gestrafften Schultern und entschlossenem Gesichtsausdruck ging er auf mich zu. »Davonlaufen ist sinnlos und das weißt du, Hexe.«

Ich schüttelte wutentbrannt den Kopf. »Du kannst es ja versuchen!«

»Willst du es wirklich darauf ankommen lassen?«, knurrte er und nahm sein Schwert in die Hand. Kampfbereit standen wir uns gegenüber.

»Ich werde dir deine Hand abreißen, Engel«, drohte ich mit finsterer Stimme und stürmte mit bloßen Fäusten auf ihn zu.

Er parierte mit seinem freien Arm meinen Angriff, stieß mich zurück und sprang auf mich zu. Durch seine

Engelskräfte und meine mir zum Verhängnis werdende Menschlichkeit überlistete er mich mit Leichtigkeit – er nutzte dafür noch nicht einmal sein Schwert. Er wich einfach meinem nächsten Angriff aus und traf mit seiner Faust meinen Kopf. Letztendlich wurde alles schwarz.

Dieser Barbar. Dieser Mistkerl. Ich hasse ihn. So sehr, dass ich mir schwor, seinen Kopf abzuschlagen, wenn ich meine Kräfte zurückerlangte. Ich malte mir die grauenvollsten Qualen für ihn aus. Wenn er meinte, dass das Verspeisen eines Herzens monströs wäre, dann hatte er mich noch nicht wütend erlebt.

Für seinen Tod würde ich jedes einzelne Glied seines Körpers zerreißen, zertrümmern und ihn dabei qualvoll leiden lassen. Ich würde sein Blut trinken, ihm sein Engelsmal aus der Haut schneiden, seine himmelsgleichen, weißgrauen Augen entfernen, seine muskulöse Brust zerschneiden, ihm seine rabenschwarzen Haare vom Kopf reißen ... Er würde sich wünschen, niemals geboren zu sein.

Ich holte tief Luft, als ich mich erhob und feststellte, dass ich tatsächlich eine Gefangene war, umgeben von Gittern und kalten Steinen. In einer Ecke lag ein wenig Heu, und eine Eisenkette umschloss nun meinen Fußknöchel.

Warum musste ich so erniedrigt werden? Eine wehrlose Frau, eingesperrt im Kerker.

›*Oh, du hast es getan!*‹, ertönte eine schrille Stimme in meinem Kopf. ›*Du hast dir deine Machtlosigkeit endlich eingestanden.*‹

Die Prinzessin? Außerhalb meiner Visionen?

Schlimmer konnte es wirklich nicht mehr werden ...

›*Wie ist das möglich?*‹, murrte ich. ›*Reichen dir die Visionen nicht mehr?*‹

›*Diese Verbindung wird nicht lange halten. Deine Hexe versucht mich zu verdrängen. Aber ich will dafür kämpfen, dass wir wieder* zueinanderfinden. Wir haben es nicht verdient, getrennt zu sein.‹

Sie atmete bebend aus. ›Dennoch bist du so voller Hass, nur wegen Lucien. Er hätte dich anders behandelt, wenn du nicht waghalsig in den Wald geflohen wärst.‹

›Rede keinen Unsinn. Das war alles eine Täuschung. Er hatte es von Anfang an geplant, mich in diesem Kerker loszuwerden.‹

›Nein, das glaube ich nicht.‹ Sie klang traurig, als wäre sie sich selbst nicht mehr sicher, welches Spiel Lucien mit uns trieb.

Ich massierte mir genervt die Stirn und ließ mich auf die harte Holzpritsche fallen, die von zwei Ketten in der Wand gehalten wurde. Die Anwesenheit der Prinzessin überspannte den Bogen. Sie war mehr als fehl am Platz und ich hätte sie am liebsten so laut angeschrien, bis sie freiwillig gegangen wäre.

Aber das tat ich nicht. Denn sie verschwand nach meinem langen Schweigen von selbst und ich war dankbar dafür. Was auch immer nun in ihrem Kopf vorging – mich ließ es kalt. Sie sollte mir fernbleiben, am besten für immer.

Denn obwohl die Hexe, die in mir tobte, nicht einsehen wollte, dass das ihr Ende bedeutete, sah ich die Wahrheit klar vor meinen Augen. Ich würde mein Leben hier verbringen, denn weder mein Land noch meine Schatten oder meine Kräfte konnten mich retten.

Der Engel würde mich hierlassen, so wie der Orden dafür Sorge trug, dass dies auch bis in alle Ewigkeiten so bliebe.

Die Stunden vergingen. Ich hatte meinen menschlichen Bedürfnissen nachgegeben und es mir auf der Pritsche gemütlich gemacht. Obwohl ich die Zelle, in der ich festsaß, noch immer verachtete und mich stattdessen nach meinem Thronsaal sehnte, schaffte ich es nicht, einzuschlafen.

Mein Magen verkrampfte sich ständig und mein Herz schlug unrhythmisch in der Brust. Wenn ich die Augen schloss, sah ich mein finsteres Land Schattentod. Die vertrockneten Sträucher, die blätterlosen Bäume, die stillen Gewässer und mein über alles geliebtes Schloss im Tal.

Selbst die verabscheuungswürdigen Menschen, die zu hungrigen Bestien mutiert waren, und der kleine Widerstand, der glaubte, gegen mich eine Chance zu haben, entfachten eine Sehnsucht in mir.

Durch die Gefangennahme dachte ich wieder an die grauenvollen sieben Jahre im Turm zurück, in denen mich meine Eltern festhielten. Obwohl es so lange her war, konnte ich mich noch ganz genau an die vielen, endlosen Stunden erinnern, die ich darin allein verbringen musste.

Ich wollte so sehr zurück zu meinem leblosen Schloss. Ravaga und Lucien vergessen, die mein einst mächtiges Leben von einem Moment auf den anderen zerstört hatten.

Dabei bemerkte ich einen Unterschied zwischen der Dunkelheit und mir. Sie erkannte nicht, dass der gewaltige Hass, der mich besaß, mir mein Leben auch nicht zurückgeben würde. Ich hingegen schwelgte lieber in einer Erinnerung, in der ich eine solche Erniedrigung mit den feinsten Qualen bestraft hätte.

Eine Hexe schaute niemals zurück – *niemals*. Ich tat es trotzdem, denn es war momentan der einzige Trost und damit das erste menschliche Gefühl, das ich spüren *wollte*.

Doch kaum hatte ich Zeit, mein innerliches Chaos zu verarbeiten, ertönten auch schon die ersten Schritte auf dem Steinboden. Ich hatte der Zellentür den Rücken zugekehrt, da ich im Moment niemandem in die Augen blicken wollte. Diese Menschen machten mich krank.

»Hexe?« Der Engel.

Ich atmete angespannt aus und fühlte, wie sehr es noch in mir brodelte. Allein seine Stimme, seine Gestalt vor meinem geistigen Auge und die Tatsache, dass er nicht weit von mir entfernt war, schürten die Dunkelheit in mir. ›*Lass ihn uns in Stücke reißen, Drachenhexe!*‹, tobte sie.

»Wie gefällt dir dein neues Heim? Gemütlich?«, fragte er voller Sarkasmus.

Wie er diesen Anblick genießen muss …

Ich ließ die Augen geschlossen, konzentrierte mich auf seine Stimme, seine Aura, die ich trotz zugewandtem Rücken spürte, und weigerte mich, ihm eine Antwort zu geben.

»Möglicherweise, wenn du dich benimmst, verlegen sie dich an einen angenehmeren Ort, vielleicht sogar in ein Zimmer, in dem du dich wohler fühlst«, sprach er einfach weiter. »Schließlich wirst du deine Ewigkeit hier verbringen, selbst wenn alles vorbei sein wird.«

Für ihn war ich nicht mehr als ein ungezähmtes Biest, das nur hinter dicken Eisenstäben für andere keine Gefahr mehr darstellte. Ich sollte aufstehen, ihm beweisen, dass der Hass auf ihn eines Tages seinen Tod bedeuten würde. Doch aus einem unerklärlichen Grund tat ich es nicht. Ich war müde und wollte lieber für mich allein sein.

Obwohl Lucien längst klar geworden sein musste, dass ich nicht in Stimmung war, mit ihm zu reden, verließ er mich nicht. Er blieb sogar eine ganze Weile an den Eisenstäben stehen.

Was tat er da? Mich beobachten? Nachdenken? Sich darüber amüsieren, mich eingesperrt zu haben?

»Hexe?«, hakte er nach und in seiner Stimme schwang Unsicherheit mit.

Doch seine Anwesenheit wurde mir zu viel. Sie bereitete mir Kopfschmerzen, zerrte nur noch mehr an meinen Nerven und stieß mich hart vor die Grenzen eines Wutausbruchs.

»Verschwinde einfach, Engel! Geh deinen verdammten Pflichten nach und lass mich endlich in Ruhe.«

Kurz bemerkte ich sein Zögern, doch dann setzte er sich in Bewegung und seine Schritte verstummten auf der Treppe.

Die Stille fühlt sich so gut an.

Entspannt stieß ich die gestaute Luft in mir aus, nahm wieder einen tiefen Atemzug und spürte eine Gelassenheit in mir.

Die Finsternis und die Schwärze waren greifbar wie ein treuer Freund, der mich tröstend in seinen Armen wiegte. Sie umhüllten mich, löschten die entflammte Wut in meinem Inneren und ließen mich endlich meinem menschlichen Bedürfnis nachgehen. Ich schlief seelenruhig ein und versank dabei in meine schönen, grausamen Träume.

DER ROTE KORN

Lucien

Als ich am nächsten Morgen erwachte, kehrte die Erinnerung an die Drachenhexe zurück. In ihrer Stimme hatten so viel Hass und Verachtung gelegen, dass es mir erneut eine Gänsehaut verpasste.

War ich vielleicht doch zu weit gegangen?

Nachdem wir Alexandria erreicht hatten, war ich mir nicht mehr sicher gewesen, ob die Hexe mich durch den Wall begleiten würde. Also tat ich so, als hätte ich etwas mit ihr vor, wovon sie nichts geahnt hatte, damit sie Zweifel hegte. Als sie versuchte wegzulaufen, ergriff ich die erhoffte Gelegenheit und schlug sie bewusstlos, um sie gegen ihren Willen hinter den Wall zu schaffen. Es war für alle das Beste, wenn die Hexe in den Kerker eingesperrt wurde, ohne dabei Aufsehen zu erlangen.

Aber musste ich sie gleich in den kältesten Teil der Zelle sperren? Hatte sie nicht bereits genug gelitten durch ihre Menschlichkeit? Schließlich konnte sie nichts für ihre Bösartigkeit, da ihre Seele als Säugling geteilt worden war. Sie war nur das Mittel zum Zweck gewesen, was das Leben vieler Unschuldiger kostete.

Ich erhob mich aus dem Bett und schüttelte den Kopf.

Nein, verflucht oder nicht – sie ist das Böse. Der Feind, den es einzusperren gilt.

Großmeister Cartis, der vor ein paar Jahren in den Orden versetzt worden war, hatte es mir gestern noch einmal verdeutlicht. Nachdem er erfahren hatte, dass ich die dunkle Königin in seinen Orden brachte, war er zunächst wütend gewesen. Doch dann erklärte ich die Situation und erzählte ihm, dass Ravaga die Hexe für eine böse Dämonenbeschwörung brauchte, um den Teufel in unsere Welt zu lassen. Diese Erkenntnis ließ er einige Zeit auf sich wirken und entschied anschließend, die Hexe für immer im Verlies einzusperren.

Ich stieg aus dem Bett und schlüpfte in meine Wächterrüstung, die aus braunem Leder, einem Wams und einem Kettenschutz für Rücken und Brust bestand. Zum Schluss zog ich mir nur noch die Stiefel an und verließ mein Zimmer.

Bevor ich mich in den Speisesaal aufmachen wollte, um etwas zu essen, schaute ich noch kurz im Arbeitszimmer des Großmeisters vorbei. Der Raum war recht schlicht, mit alten maroden Regalen und Schränken versehen.

Vor dem großen Fenster saß Cartis an seinem Schreibtisch und schrieb gerade mit einer Feder einen Brief. Obwohl es schon einige Zeit her war, dass wir uns begegneten, besaß er noch immer sein grauweißes Haar und den runden Bauch. »Guten Morgen«, grüßte er mich, ohne dabei zu mir aufzublicken.

Ich stemmte einen Arm in die Hüfte und lächelte freundlich. »Morgen. Gibt es schon Neuigkeiten?«

Cartis hielt inne, legte seine Feder ab und fuhr sich nervös über den Kopf. Unter seinen blauen Augen erkannte ich dunkle Ringe und auch sonst wirkte er kraftlos. »Ich versuche die richtigen Worte für den König zu finden. Er sollte wissen, dass du in Sicherheit bist, allerdings wird es ihm nicht gefallen, wenn wir ihm berichten, dass die Hexe noch lebt.«

Ich schluckte schwer. »Wirst du ihm auch sagen, wer für die ewige Nacht verantwortlich ist?«

Er seufzte, ließ sich in seinen roten Sessel fallen und massierte sich die Stirn. Seit ich denken konnte, war Cartis immer auf meiner Seite gewesen, ganz gleich, was der König befohlen hatte. »Ich weiß, dass dich keine Schuld trifft, Lucien. Jeder von uns hätte so gehandelt. Die Finsternis hat dich reingelegt – dich getäuscht.«

Ich biss mir verärgert auf die Unterlippe. *Und ob ich Schuld daran trage!*

»Doch, wenn diese Hexe tatsächlich für Ravaga bedeutsam sein soll, dann war es eine gute Entscheidung, sie bei uns im Orden wegzusperren. So können wir wenigstens einer weiteren Gefahr aus dem Weg gehen.« Er knirschte mit den Zähnen und sah mich mit seinen hellblauen Augen an. »Ich werde dem König gegenüber nur klarstellen, dass unsere neue Bedrohung eine Hexe namens Ravaga ist und durch einen heimtückischen Plan die Macht an sich riss.«

»Das wird ihn nicht zufriedenstellen.« Ich verschränkte die Arme vor der Brust.

König Loucas würde genau wissen wollen, was geschehen war, so gut kannte ich ihn. Vermutlich könnte er mich auch aus dem Orden abziehen, damit ich in die Hauptstadt zurückkehrte. Dabei wollte ich nicht zurück – nicht ohne vorher zu wissen, wie ich Ravaga vernichten konnte. In Alexandria fand ich Dokumente über die Finsternis. Es wäre ungeschickt, hier fortgehen zu müssen.

Cartis kräuselte die Lippen. »Denkst du, ich weiß das nicht? Aber wir haben keine andere Wahl. Ich werde einen Boten schicken. Dadurch gewinnen wir Zeit.«

Er wollte also den Bericht hinauszögern, indem er den längsten Zustellungsweg wählte.

Cartis griff wieder nach seiner Feder und beendete unser Gespräch. »Wenn es etwas Neues gibt, werde ich es dir unverzüglich sagen.«

Zögernd nickte ich und verließ mit einem unsicheren Gefühl sein Arbeitszimmer.

Im Speisesaal aß ich in Ruhe und dachte darüber nach, wie ich Ravaga auf eigene Faust ausfindig machen konnte. Sie lebte, und ohne ihren Tod würde die ewige Nacht nicht verschwinden. Möglicherweise hatte Großmeister Cartis einen Plan und würde mich noch darin einweihen.

Doch während ich in meine Gedanken versank, bemerkte ich gar nicht, dass sich mir jemand gegenüber an den Tisch gesetzt hatte. Erst als ich aufsah, blickte ich in wunderschöne, grüne Augen. »Guten Morgen, Engel.«

Ich blinzelte verblüfft. Wie lang saß sie dort schon? »Lady?«

»Mein Name ist Namelia, Schurkin des Roten Korns«, stellte sie sich vor. Sie wirkte mit ihrer Lederrüstung und dem wilden Haarzopf wie eine Jägerin.

Also keine Lady.

Der Rote Korn war für seine Kopfgeldjäger und Diebe in allen fünf Ländern bekannt. Seinen Namen hatte er durch eine alte Sprache erhalten, in der das Wort ›Korn‹ so etwas wie ›Wasser‹ bedeutete. Sie nannten sich so, da sie überall, wo sie ihre Aufträge ausführten, Blutlachen hinterließen. Diese Gruppe bestand aus Verbrechern und wurde, wenn möglich, festgenommen und öffentlich hingerichtet. Nur ein Narr würde sich ihnen anvertrauen. Daher wunderte es mich, dass sie direkt preisgab, wer sie war. Ich könnte die Wachen rufen und sie auf der Stelle festnehmen lassen.

Allerdings bezweifelte ich, dass sich noch irgendwer für die Gilde interessieren würde, während draußen Schatten ihr Unwesen trieben.

»Woher weißt du, dass ich der Engel bin?«, fragte ich sie und ging erst gar nicht auf den Roten Korn ein.

Sie versuchte damit nur meine Aufmerksamkeit zu erlangen und wenn sie sich schon die Mühe gemacht hatte, mich aufzusuchen, würde sie bestimmt etwas wollen.

»Jeder spricht über dich.« Ihr Gesichtsausdruck wurde finsterer. »Für mich bist du nur ein erbärmlicher Feigling.«

Ein Schauer überkam mich. »Wie bitte?«

»Wenn du diese Welt wirklich retten wollen würdest, wäre die Drachenhexe schon längst tot.« Ein spöttisches Grinsen schlich sich auf ihre Lippen. Sie hatte ja keine Ahnung, wer nun die wahre Bedrohung war. »Aber das hast du nicht, also fragte ich mich, weshalb du es nicht tun konntest.« Sie machte eine Pause und blickte auf ihre Fingernägel. »Ich bin hinunter zum Kerker und habe sie mir angesehen, erst dann habe ich es verstanden.«

»Was denn?«, knurrte ich von ihrer Anwesenheit genervt.

»Wie wunderschön sie ist. Wäre ich ein Mann, könnte ich sie wohl auch nicht töten. Die Wachen haben auch schon ein Auge auf sie geworfen.«

Mir platzte beinahe der Kragen. »Was willst du?«

»Der Rote Korn und ich sind auf eine uralte Ruine gestoßen, in der angeblich mal ein Himmelswesen gelebt haben soll. Wir fanden eine Schatzkammer, überladen von Gold und wertvollem Schmuck. Allerdings lag da auch ein Buch auf dem Altar und niemand kann es öffnen, der kein Himmelsblut in sich trägt.«

»Du willst also, dass ich es für euch öffne?«, schloss ich daraus.

Sie nickte.»Wir bezahlen dich auch dafür, wenn es sein muss.« Ich lehnte mich mit einem Grinsen im Holzstuhl zurück und verschränkte die Arme vor der Brust. Nur eine Sitzreihe hinter ihr bemerkte ich zwei Wachen, die sich wohl nach ihrer Nachtschicht ein Morgenbier gönnten.»Dann muss es einen sehr wertvollen Inhalt besitzen, wenn ihr es unbedingt öffnen möchtet.«

Sie sah mich finster an und ihre Hände umklammerten angespannt die Tischkante, sodass ihre Knöchel weiß wurden.»Das wissen wir erst, wenn wir's öffnen.«

Ich lachte spottend.»Ich habe schon viele Geschichten über den Roten Korn gehört und weiß, dass das Lügen bei euch ein Gebot ist. Also ... was habt ihr herausgefunden?«

Ihr Kiefer spannte sich verärgert an.»Sitzen wir nicht alle in einem Boot, Engel?«

»Tun wir. Aber du möchtest anscheinend etwas von *mir*, also wirst du *meine* Bedingungen eingehen oder nie herausfinden, was sich in dem Buch befindet.«

Sie starrte noch eine Weile nachdenklich auf ihre Finger, ehe sie seufzte und mich musterte.»Gut. Wie du wünschst. Dann sage ich dir eben nicht, was sie deiner kleinen Hexe antun werden.«

Ich setzte mich aufrecht hin.»Was?«

Ihr verschmitztes Grinsen kehrte zurück.»Was ist nun? Öffnest du es für uns oder nicht?«

Möglicherweise handelte es sich dabei um eine Täuschung, damit *sie* die Bedingungen stellen konnte. Diebe gehörten zu den größten Lügnern und Täuschern, die es in den fünf Landen gab. Ich glaubte ihr kein Wort. Mit der Hexe war alles in Ordnung und sie blieb dort, wo sie niemandem schaden konnte.

Namelia versuchte mich nur herauszufordern. Sie wollte wissen, wem meine Treue galt. Dem König oder meinem Herzen. Doch ich hatte mich längst an Greystone verkauft.

Ich holte leise Luft und ließ für den Moment meinen Blick über den Saal schweifen. Der Raum war mit wenigen Menschen besetzt, trotzdem hallten die wenigen Gespräche laut von den steinigen Wänden wider. »Dennoch liegt dir das Buch immer noch sehr am Herzen und ich weiß, dass der Rote Korn alles dafür tun würde, um es zu öffnen. Selbst wenn das bedeutete, ungewollte Entscheidungen zu treffen.«

Namelia zog die Augenbrauen zusammen und ihr selbstsicheres Grinsen verschwand. »Verdammt, Lucien! Wir haben alle dasselbe Problem! Dieses Buch könnte uns vielleicht helfen oder die ewige Nacht vertreiben. Überleg doch mal.«

Sie appellierte an meinen eisernen Willen, die Welt zu retten. Die Unterhaltung musste sie bereits geplant haben. Woher sollte sie sonst Details über mich kennen? Von meinem Namen wussten nur die Hochrangigen aus Greystone, darunter auch Großmeister Cartis. Ansonsten war ich in den fünf Landen nur als ›Der Engel‹ bekannt.

»Wenn es dir so wichtig ist, weshalb erzählst du mir nicht einfach, was ihr wisst?« Ich beugte mich mit ernstem Ausdruck über den Tisch. »Pass auf, Namelia. Um mein Vertrauen zu gewinnen, wirst du mir deines als Erste entgegenbringen müssen. Der Rote Korn ist nicht gerade für seine fairen Verhandlungen bekannt.« *Eher für seine Intrigen, Listigkeiten und Meuchelmorde.*

Ich erkannte in ihrem Ausdruck einen Hauch Resignation. »Also schön.« Sie sah um sich und beugte sich dann ebenfalls über den Tisch. »Aber nicht hier. Komm in mein Arbeitszimmer, dann reden wir dort weiter. Es ist nicht für jedermanns Ohren bestimmt.«

Einverstanden nickte ich – trotz des nervösen Kribbelns in meiner Magengrube.

»Frag einfach den Barden in der Taverne nach dem Weg. Er wird dich zu mir führen.«

Anschließend erhob sie sich und verschwand aus dem Speisesaal. Ich aß meine Mahlzeit auf, leerte den mit Wasser gefüllten Becher und steuerte danach die Taverne an.

Weshalb Namelia ein solches Geheimnis aus dem Buch machte, wusste ich nicht. Aber sie hatte recht: Wir saßen alle im selben Boot. Selbst der Rote Korn würde von der Herrschaft Ravagas oder eines Dämons nicht profitieren. Sie würden genauso zu Sklaven werden und ihre Gilde wäre zerschlagen.

In der Taverne schaute ich mich nach dem Barden um, der kaum zu übersehen war. Er stand auf der Bühne und hielt eine Fidel in den Händen, mit der er ein bekanntes Volkslied spielte. Es schenkte ein wenig Hoffnung und ließ die verängstigten Menschen wieder lächeln. Die Stimmung hob sich mit jedem Moment, der verstrich.

Als die Menge begann auf Tischen und Stühlen zu tanzen, wie man es nur von einem Bauerndorf kannte, zog ich mich in eine Ecke zurück, um abzuwarten, bis der Barde sein Lied fertig gespielt hatte.

Der junge Mann war sehr dürr, klein, aber beweglich. Er hüpfte rhythmisch durch den Raum und drehte sich galant im Kreis. Als seine Vorstellung schließlich ein Ende fand, verneigte er sich vor seinen Zuschauern, die jubelten und klatschten. Anschließend kam er auf mich zu.

Er musste mich bereits bemerkt haben. »Der Engel, richtig?«
Seine Stimme klang amüsiert, beinahe wie die eines Schelms.
»Hat Euch meine Vorstellung gefallen?«

»Solange Ihr die Menschen aufheitern könnt, finde ich es
gut, was Ihr da tut. Allerdings gehört Ihr zum Roten Korn und
das kann ich nicht befürworten.«

Er grinste verschmitzt und schien sich aus meinen barschen
Worten nichts zu machen.

»Namelia? Sie sagte mir, Ihr wüsstet Bescheid.«

»Natürlich!«, rief er und verneigte sich höflich vor mir. Dabei fielen ihm einige schwarze Strähnen in die Stirn. »Wenn
Ihr mir folgen würdet.«

Ich nickte. Er führte mich aus der Taverne und wir betraten
die hinteren Gemächer des niederen Adels. Mich wunderte es,
dass Namelia sich eine solche Bleibe leisten konnte, womöglich besaß sie eine hohe Position im Roten Korn. Der Orden
wusste, dass diese Gilde ihr Unwesen zwischen ihren Mauern
trieb, doch es fiel ihnen schwer, die Mitglieder ausfindig zu
machen. Jeder konnte zum Roten Korn gehören und meistens
waren es die Menschen, die sich am unauffälligsten in die Ge-
sellschaft integrierten.

Vielleicht gelang es mir, das Buch zu stehlen und Namelia
auffliegen zu lassen. In dieser schweren Zeit war es nicht möglich, dass der Orden ein weiteres Auge auf Verbrecher-Gilden
warf. Die ewige Nacht sorgte für genug Unruhen in den Ländern.

»Hinter dieser Tür erwartet Euch bereits Namelia«, erklärte
der Barde und sah mich freundlich mit seinen braunen Augen
an. Er klopfte an das massive Holz.

Nur wenige Sekunden später wurde die Tür geöffnet und
eine Frau bat mich herein. Vorsichtig trat ich ins Zimmer und

wollte mich im selben Moment zu der Stimme umdrehen, als mir jemand einen Schlag auf den Hinterkopf verpasste. Augenblicklich wurde alles schwarz.

»Oh, Herr Meridiem. Ihr seid endlich erwacht! Zum Glück!«, rief jemand in einem erleichterten Tonfall. Es war mein Kammerdiener Emir, ein noch recht junger Bursche, der erst seit Kurzem in den Diensten des Ordens stand.

»Was ist passiert?«, nuschelte ich benebelt und bemerkte den pochenden Schmerz an meinem Kopf. Ich erinnerte mich wieder an den Hinterhalt in Namelias Zimmer, der offensichtlich von ihr geplant gewesen war. Verärgert schlug ich meine geballte Faust auf die Laken meines Bettes. »So ein Mist!«

»Herr?«, ertönte Emirs besorgte Stimme. »Ist alles in Ordnung?«

»Der Rote Korn hat mich hintergangen. Diese dreckigen ...«, knurrte ich und versuchte mich dabei zu beruhigen.

Ich hatte gewusst, dass man ihnen nicht trauen konnte. Warum hatte ich diesem Treffen nur zugestimmt?

»Wir haben Euch auf dem Flur gefunden. Ihr hattet am Kopf und am Arm geblutet. Da trugen wir Euch sofort aufs Zimmer und kümmerten uns um Eure Wunden«, erklärte er und trat auf mich zu. Mit seinen grauen Augen sah er sorgenvoll zu mir.

Ich schaute auf meinen Arm und entdeckte einen Verband, den ich abnahm. Meine Wunden waren bereits verheilt, nur der Schmerz war geblieben. Womöglich konnten sich meine Kräfte nicht vollständig entfalten, wenn ich mich unter dem magischen Wall des Ordens befand.

»Meister Cartis macht sich ebenfalls große Sorgen. Er sagte mir, ich soll ihn sofort rufen, wenn Ihr erwacht seid.«

Ich nickte und Emir stürmte aus dem Zimmer. Ein Seufzer entglitt meinen Lippen.

Du dummer Tölpel!

Wieso war ich nur auf einen solchen Trick hereingefallen?

»Lucien!«, ertönte Cartis' Stimme und er trat in den Raum. Auf seiner Stirn zeichneten sich Sorgenfalten ab und er schritt eilig auf mich zu. »Geht's dir gut, Junge? Als wir erfahren haben, dass der Rote Korn dahintersteckt, haben wir sofort einen Trupp hinterhergeschickt, weil sie offensichtlich dein Blut geraubt haben.«

»Mein Blut?«, entfuhr es mir entsetzt.

Natürlich! Deswegen hatten sie mich am Arm verletzt. Womöglich glaubten sie, dass man damit das Buch öffnen konnte. *Engelsblut. Du Narr!*

»Wir haben nicht alle gefasst, da einige entkommen sind. Mit einer Formel können sie nun ein großes weißes Feuer entfachen, womit man die Schatten endgültig töten kann. Sie verkaufen es jetzt für viel Geld an ausgewählte Leute.« Er gab einen genervten Laut von sich. »Sie hatten wohl das verschwunden geglaubte Buch des Engels Azraels mit der Anleitung für Schneefeuer entdeckt. Die ideale Waffe gegen die Finsternis.«

»Selbst in solch dunklen Zeiten denken sie nur an sich selbst«, raunte ich und ballte wütend eine Hand zur Faust. *Gemeine Dreckskerle!* »Habt ihr etwas von dem Feuer stehlen können? Damit würden wir den Wall verstärken und unsere Soldaten nicht vollkommen machtlos in den Kampf schicken.«

Er schüttelte den Kopf. »Sie stehen dort mit einem Heer, bestehend aus ihren fähigsten Leuten. Sie lassen niemanden an sich heran und ich kann nicht das Leben meiner Männer riskieren, um ein Feuer zu erobern. Wir haben wirklich viel größere Probleme. Die Schatten zum Beispiel.«

»Mist«, bemerkte ich und ließ enttäuscht den Kopf sinken.

»Bitte verzeih mir, Cartis. Ich habe mich täuschen lassen.«

Und eine weitere falsche Entscheidung getroffen.

Der Großmeister legte tröstend eine Hand auf meine Schulter. Mit seinen blauen Augen sah er mich an. »Wir haben noch den Wall und dich. Dem Roten Korn ist es zwar möglich, das Schneefeuer zu verwenden, aber er wird damit nur die Schatten bekämpfen können. Zur Rettung der Welt gehört einiges mehr dazu.«

»Da hast du recht.«

»Wir sind froh, dass sie dir kein weiteres Leid zugefügt haben. Diesen Hunden kann man nicht trauen. Fürs Erste sollten wir von ihnen verschont sein. Wir haben einige von ihnen aus dem Orden gejagt.«

»Gut.«

»Ruh dich noch ein wenig aus, wenn du möchtest. Ich muss mich noch um meine Leute kümmern«, sagte er und ging mit einem letzten Lächeln aus dem Raum.

»Braucht Ihr noch etwas, Herr?«, ertönte Emirs Stimme im Türrahmen.

Ich schüttelte den Kopf. »Nein danke.«

Er nickte, trat auf den Flur und ließ die Tür hinter sich einrasten. Ich beschloss, noch ein wenig liegen zu bleiben und darüber nachzudenken, wie ich den Orden unterstützen konnte, ohne dabei weiteres Unheil anzurichten. Die Heimtücke des Roten Korns würde mir wohl noch eine Weile zu schaffen machen.

Es dauerte nicht lange, bis mich der Schlaf übermannte.

Zum zweiten Mal stand ich vor der hölzernen Tür in der Traumwelt, von der ich wusste, dass sie mich in den Garten zu Prinzessin Freyja führte. Ich nahm meinen ganzen Mut zusammen und öffnete sie.

Erneut wehten ein Rosenduft und eine angenehme Brise in mein Gesicht, Wärme ummantelte mich und ich erkannte den prachtvollen Garten des Schlosses. Vögel zwitscherten in der Ferne, ein wolkenloser Himmel erstreckte sich über mir.

Als ich mit beiden Beinen auf der grünen Wiese stand, fiel die Tür wie von selbst zu. Mein Blick glitt über den Garten und blieb an einem Kirschblütenbaum hängen, vor dem eine Frau mit aschblonden, langen Haaren stand. Die Prinzessin trug dieses Mal ein dunkelblaues Kleid, das mich an den endlosen Nachthimmel erinnerte. Es betonte ihre schlanke Figur.

Als sie mich bemerkte, stahl sich ein freudiges Lächeln auf ihre Lippen. Sie hob den Saum ihres Kleides an und lief auf mich zu. Bevor ich überhaupt verstehen konnte, was sie vorhatte, warf sie sich in meine Arme.

Diese Frau sah der Drachenhexe so unglaublich ähnlich, als wäre sie die Königin Menams und nicht Schattentods. Ihre zarten Arme schlangen sich um meinen Körper und der Duft von Magnolien erfüllte mich.

»Prinzessin? Warum bin ich wieder hier?«

»Ich wusste, dass du nicht weggehen würdest«, sagte sie freudig.

»Was meinst du?«, fragte ich ahnungslos und löste mich aus der Umarmung.

»Die Drachenhexe sagte, du hättest sie absichtlich zum Wall gelockt, um sie danach ihrem Schicksal zu überlassen.« Ihr Grinsen wurde breiter. »Aber du bist geblieben, um sie zu beschützen.«

Wie bitte? Ich machte einen Schritt zurück. »Nein, warte. Das verstehst du falsch.«

Ich musterte sie. *Gott, was ist sie für eine Schönheit.* So rein, so unschuldig, so gutherzig. In ihrem Gesicht lagen keine Schatten, nur die himmelblauen Augen, die mich anstrahlten.

Irgendwo tief in mir hatte ich diesen zauberhaften Anblick sogar vermisst.

»Ich habe sie ins Gefängnis gesteckt, damit sie für niemanden eine Gefahr ist. Der Orden und ich überlegen uns einen Plan, wie wir Ravaga töten können.«

Die Prinzessin blinzelte erstarrt. »Du willst sie dort unten für immer eingesperrt lassen?«

Ich nickte. »Im Wall ist sie geschützt vor Ravaga.«

Die Prinzessin senkte den Kopf. »Dann willst du gar nicht unseren Fluch lösen?«

»Ich will mich nur vorerst um das wahre Böse kümmern«, erklärte ich und machte einen Schritt auf sie zu.

Sie ergriff meine Hände und sah mich flehentlich an, während ihre Augen glasig wurden. »Bitte, Lucien, lass uns nicht im Stich. Ich kann spüren, wie die Dunkelheit sie in dem Kerker Stück für Stück zerfrisst. Während du in ihrer Nähe gewesen bist, habe ich dein Licht so deutlich fühlen können, dass ich beinahe sehen konnte, wie die Drachenhexe und ich uns näherkamen.« Sie senkte traurig den Blick. »Außerdem wird sie von den Wärtern so sehr gedemütigt, dass es selbst mir einen Stich verpasst, da ich ebenfalls die Schmerzen spüre. Sie versuchen sich an ihrer Schönheit zu vergreifen – wenn du verstehst …« Mehr Worte musste sie nicht hinzufügen, da ich wusste, was sie damit meinte. Tränen glitten über ihre Wangen.

»Tut mir leid.« Ich hatte darauf vertraut, dass sich Cartis um die Drachenhexe kümmern würde. Doch wie es schien, war es ihm gleich, was die Wachen mit ihr anstellten.

Wusste Namelia also doch etwas? Hatte sie in diesem Punkt tatsächlich die Wahrheit gesagt?

»Die Drachenhexe empfindet nicht dieselbe Demütigung, die ich dadurch fühle. Ihre Dunkelheit vertreibt sie und führt sie nur noch weiter den finsteren Abgrund hinab, bis sie für mich unerreichbar sein wird«, erklärte sie mir. »Um unsere Seelen wieder zusammenzufügen, braucht es allerdings etwas mehr als die Lösung des Fluches.«

Gerade als ich sie fragen wollte, was sie damit meinte, glitt ihr Blick angstvoll zum Inneren des Rosengartens.

»Sie ist wieder hier«, hörte ich sie zu sich selbst sagen. Ich lauschte aufmerksam nach Geräuschen, konnte jedoch nichts Ungewöhnliches wahrnehmen. »Wer?«

»Das darf ich dir nicht sagen, aber du musst sofort gehen, bevor sie dich bemerkt«, drängte sie und führte mich zur Holztür, die auf magische Weise aufsprang.

»Vielleicht kann ich dich hier herausholen, Prinzessin«, schlug ich vor.

»Nein, das geht nur zusammen mit der Drachenhexe. Hier drinnen kann keine Macht der Welt etwas ausrichten.« Sie schob mich zurück ins schwarze Nichts.

»Dann sag mir, wer über dich herrscht. Ist es Ravaga? Ich werde sie töten«, versprach ich, wohl wissend, dass die Hexe und die Prinzessin wieder eins werden mussten.

Sie schüttelte heftig den Kopf. »Nein! Ihr Zauber verweigert es mir, ihren Namen auszusprechen.«

Ich ergriff ihre Hand. »Prinzessin Freyja, das hier ist ein Gefängnis, das dich quält. Lass mich dir helfen.«

Sie schaute panisch über ihre Schulter und der Garten begann zu beben. »FREYJA!«

»Oh Gott! Sie kommt!«, hauchte die Prinzessin entsetzt und schnappte sich den goldenen Griff der Tür, um diese zuzuziehen. Doch bevor sie sich endgültig von mir verabschiedete, sah sie mich hoffnungsvoll an und flüsterte: »Bitte, beschütze die Drachenhexe. Sei ihr Freund, ihr Verbündeter.«

»Was?«, entfuhr es mir fassungslos und ehe ich fähig war, etwas hinzuzufügen, hatte sie die Tür hinter sich zugezogen.

Was tat dieses Monster nun mit ihr? Sie quälen? Eine Gänsehaut überzog meinen Körper, ließ mich frösteln.

Freyja war so viel anders als die Drachenhexe im Orden. Sie besaß Güte, Zuneigung ... *Liebe*. Und ich konnte ihr nicht helfen.

Ohne dass ich es bemerkte, glitt ich aus meiner Traumwelt und wurde zurück in die Wirklichkeit befördert. Mit einem schmerzhaften Pochen im Kopf erwachte ich wie aus einem Albtraum.

Ich musste ihr helfen, der Finsternis ein Ende bereiten, auch wenn das bedeutete, Freundschaft mit dem dunklen Teil ihrer Seele zu schließen. Ich wollte sie retten. Sie hatte es nicht verdient, auf solch eine Weise zu leiden.

Entschlossen erhob ich mich aus dem Bett und zog mir meine Kleidung über. Die Drachenhexe würde mich wohl weiterhin verachten, mich hassen für das, was ich ihr angetan hatte. Doch wenn die Prinzessin sicher war, dass ich ihre Seele nicht innerhalb der Traumwelt retten konnte, sondern in der Wirklichkeit, würde ich dieser Bitte nachkommen.

Ganz gleich, wer sich mir in den Weg stellte. Sie hatte mir damals nach dem Kampf mit der Drachenhexe etwas sehr Wichtiges anvertraut. Den Ring, den ich noch immer in meinem Geldsäckchen aufbewahrte. Sie glaubte an mich und genau dasselbe wollte ich auch für sie tun. Doch noch fühlte ich mich nicht bereit, dem dunklen Teil der Hexe den Ring zu überlassen.

FREUNDSCHAFT AUF DUNKLEN PFADEN

Freyja

Mit einem gefährlichen Fauchen und meinen Flügeln hatte ich mir in den letzten Tagen die lüsternen Wachen vom Hals gehalten. Doch es würde nicht lange dauern, bis sie vollkommen überzeugt von meiner Schwäche wären und sich nahmen, was sie begehrten.

Ich hatte mir so viele Gedanken über meine aussichtslose Situation gemacht, dass ich nun Zweifel hegte. Zweifel, die eine Hexe niemals besitzen sollte.

Ich fragte mich, ob Ravagas Tod mir tatsächlich meine Kräfte zurückbringen würde, da ich ohne sie nie an die dunkle Macht gekommen wäre.

Selbst wenn ich wieder über sie verfügen würde, war ein Kampf zwischen mir und dem Engel unausweichlich. Die

Menschen würden niemals aufgeben, mich zu jagen und töten zu wollen. Sie würden neue Retter suchen, die dazu bereit wären, mich zu vernichten.

Dabei sehnte ich mich nur nach meiner dunklen Ruhe.

Gerade als ich mich auf dem harten Brett niedersetzte, ertönten erneut Schritte auf der Treppe. Nach ihrem vertrauten Klang zu urteilen, musste es sich dabei um den Engel handeln.

Nur wenige Augenblicke später stand dieser vor meiner Gefängnistür und sah mich ausdruckslos an.

Ich erhob mich und schritt mit finsterem Blick auf ihn zu. »Was willst du hier?«

»Ich habe die Erlaubnis, dich unter meinen Schutz zu stellen.« Schutz? Vor wem? Mir selbst? *Pah! Dass ich nicht lache.* »Unter einer Bedingung.«

Mit einem gehässigen Grinsen hob ich eine Augenbraue in die Höhe. »Ich füge mich keiner deiner Bedingungen.«

Der Engel presste die Lippen aufeinander, als würde er eine aufkeimende Wut unterdrücken. »Lass mich doch mal ausreden.«

Ich tat uninteressiert, ließ ihn jedoch fortfahren.

»Du wirst Tag und Nacht in meiner Nähe sein. Wenn wir Ravaga ausfindig gemacht haben, sperre ich dich in mein Zimmer, wo du auf mich warten wirst, bis ich zurückkehre. Eine Kammerdienerin wird sich dann um dich kümmern. Du wirst nicht frei herumlaufen dürfen, da sich die Leute über deine Freilassung beschweren würden, wenn sie herausfinden, wer du bist.«

Ein Lachen entfuhr mir. »Das ist alles? Und was hast *du* davon?«

Der Engel wirkte genervt. »Ich habe gehört, dass du wohl nicht so behandelt wirst, wie ich es angeordnet hatte, und daher beschlossen, das Ganze selbst in die Hand zu nehmen.« Es war nur zum Teil die Wahrheit, das sah ich in seinen Augen, in denen Unsicherheit lag. Doch alles war besser, als einen weiteren Augenblick in dieser Zelle zu verbringen.

Er steckte den Schlüssel in die Gefängnistür, während mir seine Worte durch den Kopf gingen. »Bedeutet das etwa, *du* bekommst den Ärger, wenn ich etwas anstelle?«

Er verharrte in seiner Bewegung und warf mir einen warnenden Blick zu. »Denk nicht einmal daran, Hexe. Du wirst dich benehmen, dafür bekommst du die Chance, nicht in den Gefängniszellen verrotten zu müssen.«

»Schön«, murrte ich, dachte aber nicht einmal im Traum daran, den Befehlen eines Engels zu gehorchen.

Vielleicht könnte ich endlich einen Rat von Ravaga beherzigen und die Bibliothek aufsuchen, um mehr über dunkle Magie und die Finsternis herauszufinden. Jedenfalls durfte ich meine fehlenden Kräfte nicht so leicht aufgeben.

Der Engel sah noch immer herausfordernd zu mir. »Gib mir dein Wort.«

Ich seufzte und verdrehte dabei die Augen. »Wenn du dich dann besser fühlst.« Sein Ausdruck wurde finster. »Ich werde meine Machenschaften unterlassen, versprochen.« *Menschen geben einfach viel zu viel auf Worte.*

Er sperrte endlich die Gefängnistür auf, löste die Fußfessel und ich tat einen Schritt in meine Freiheit, wovon ich nur einen winzigen Moment kosten durfte, bevor der Engel besitzergreifend mein Handgelenk umfasste und mich zur Treppe lotste.

Wir schritten ins obere Stockwerk, durchliefen einige Gänge und Korridore, um letztendlich sein Gemach zu betreten. Dort besaß er nicht nur edle Möbel, sondern auch reichlich Platz.

»Nur ein Bett?«, begann ich gleich mit einer unangenehmen Frage und warf ihm dabei ein anzügliches Lächeln zu. »Jetzt verstehe ich so langsam, weshalb du mich aus diesem Drecksloch geholt hast.«

»Hexe!«, knurrte er warnend und stemmte dabei einen Arm in seine Hüfte. »Lass deine Spielchen.«

Ich kicherte amüsiert. »Schade.«

»Herr?«, ertönte eine Stimme in der offenen Tür und ein Knabe mit zerzaustem braunen Haar verneigte sich vor dem Engel. »Ich habe wie von Euch befohlen eine Zofe eingestellt.« Hinter ihm kam ein ebenfalls junges Mädchen mit zusammengeflochtenem schwarzen Haar zum Vorschein. Ihr Gesicht war von etlichen Narben und Striemen durchzogen, als wäre sie das Opfer einer Folter geworden. Innerlich lachte die Hexe, doch äußerlich verzog ich keine Miene, sondern musterte ihre verheilten Wunden, als könnte ich ihre Geschichte lesen. »Mein Name ist Marielle.«

»Freut mich, Marielle. Du wirst dich von nun an um Lady Elea kümmern. Sie ist mein Gast«, erklärte Lucien.

Die Menschen erkannten die furchterregende Hexe von Schattentod nicht. Statt der blutroten Augen sahen sie die hellblauen Iriden der Prinzessin. Nur die Magier würden meine wahre Gestalt erkennen.

Als sich das Mädchen zu mir umdrehte, lächelte es freundlich und verneigte sich höflich vor mir. »Es wird mir eine Freude sein, Euch zu dienen, Lady Elea.«

Es amüsierte mich, dass er wieder meinen zweiten Namen verwendete, um meine wahre Identität zu verschleiern. Ich hatte dem Engel zwar versprochen mich zu benehmen, um ihm keinen Ärger einzuhandeln, doch es sprach nichts dagegen, *sein* Leben dafür zur Hölle zu machen. Schließlich lechzte ich noch immer nach Rache.

»Ein heißes Bad täte mir gut«, verlangte ich und erntete einen bohrenden Blick des Engels. Weshalb sollte ich meine beschränkte Freiheit nicht ausnutzen, wenn ich sie schon besaß?

»Sehr gerne. Wenn Ihr mir bitte folgen würdet, Lady Elea«, sagte das junge Mädchen in einem höflichen Tonfall und sie führte mich aus dem Zimmer hinaus.

»Marielle«, hielt Lucien die Zofe noch ein letztes Mal auf. In seinen Ausdruck mischte sich purer Ernst. »Wirf bitte ein besonderes Auge auf sie, in Ordnung? Sollte etwas sein, gibst du mir direkt Bescheid, ja?«

Er würde mich nicht immer im Visier haben, aber anscheinend vertraute er darauf, dass Marielle dieser Pflicht nachkam, wenn er dazu nicht imstande war. Immerhin war er noch immer der Engel und bekam Aufgaben zugetragen, die er zu erfüllen hatte.

Mit einem Grinsen schaute ich zu Lucien, bevor er mich endgültig aus den Augen verlor.

Gleich einen Flur weiter, nicht wirklich weit entfernt von Luciens Gemach, betraten wir einen aus schwarzem Stein erbauten Raum, in dem es ein mit dampfend heißem Wasser gefülltes Becken gab. Mein Blick schweifte den Gang entlang, in dem mir auffiel, dass auch Wachen an bestimmten Türen standen oder sogar Treppen überwachten. Von hier zu fliehen, würde mir nicht allzu leicht fallen, da ich erst einmal die Gänge studieren müsste, an denen keine Wachen vorzufinden waren. Ich hatte nicht vorgehabt, Alexandria zu verlassen, aber mich interessierte der Ort sehr und Lucien würde es mir nicht erlauben, mich allein umzusehen.

Das Becken war rund und beinahe so groß wie der Tisch im Speisesaal meines Schlosses. Ich atmete verschiedene Kräuterdüfte ein und spürte die Wärme, die sich bereits auf meinen verspannten Körper legte. Marielle kam zu mir und half mir, mich zu entkleiden.

»Woher hast du diese Narben?«, fragte ich nebenbei.

»Von bösen Menschen, Mylady.« Sie schien nicht gerne über das Thema zu sprechen.

»War es Folter?«, hakte ich weiter nach und ging dabei auf das warme Wasser zu. Als ich hineinstieg, wäre mir beinahe ein zufriedener Seufzer entglitten. Ich legte die Arme auf dem Beckenrand ab und schaute sie erwartungsvoll an.

Doch Marielle wich mir erneut aus. »Dann werde ich Euch nun allein lassen, Mylady.«

Sie wollte gerade gehen, als ich sie ein weiteres Mal aufhielt. Unser Gespräch war noch nicht beendet. »Du hast meine Frage nicht beantwortet.«

Sie wandte sich wieder zu mir. In ihren Augen lagen Schmerz und Verachtung. »Bitte, Mylady. Dieses Erlebnis ist nicht in Worte zu fassen.«

Oh, wie sehr ich die Grausamkeit bereits spürte. Dem Mädchen hatte man mehr als Folter angetan. Sie war geschändet und ihrer Ehre beraubt worden. Eine der furchtbarsten Demütigungen für eine Frau. *Und dabei ist sie noch so jung ...* »Dann versuch's.«

Sie atmete mit zitternden Lippen aus, eine Träne kullerte ihre Wange hinunter und sie fiel auf die Knie. »Es war mein Bruder. E-er hatte unstillbare Gelüste und ...« Schluchzer entwichen ihrer Kehle. »Bitte, Mylady. Ich kann darüber nicht sprechen, vergebt mir.«

Sie weinte auf ihre Hände, die auf dem kalten Steinboden lagen, und bettelte um Gnade. In mein Gesicht stahl sich ein süffisantes Lächeln und ich wollte mich unbedingt an ihrem Leid laben. Im selben Moment, als ein »Ich befehle dir, es mir zu erzählen« aus meinem Mund fallen wollte, überkam mich ungewolltes Mitleid.

Es war so tief und stark, dass es mir augenblicklich die Freude raubte und mein Herz schneller schlagen ließ. Aufkeimende Trauer kämpfte gegen meine Boshaftigkeit an und gewann. Ich konnte kaum atmen, als die Vorstellung über den Schmerz des Mädchens durch meine Gedanken schoss.

Ich blickte zu ihren Narben und sah vor meinem geistigen Auge, wie jemand in ihre zarte, weiche Haut schnitt und sich dabei amüsierte. Das Blut rann an ihrem Auge hinab, sie konnte sich nicht wehren, da sie von einer starken Hand festgehalten wurde. Sie schrie aus vollem Leibe, flehte um Gnade und erlitt daraufhin einen weiteren Schnitt quer über ihre Wange. Eine männliche, dunkle Stimme lachte vor Befriedigung und erfreute sich an den Wehklagen des Mädchens, dem niemand zu helfen schien.

»Mylady?«, riss mich die weinende Marielle aus meiner Trance.

Etwas rann an meiner Wange hinab und ich nahm es mit meinem Finger auf. Wie erstarrt blickte ich auf die eigene Träne, die ich zum ersten Mal in meinem Leben betrachtete.

Seit ich mich erinnern konnte, war es mir verwehrt gewesen, solch starkes Mitgefühl zu empfinden. Doch diese Träne war der Beweis, dass meine Dunkelheit Stück für Stück versiegte.

Ich tat einen tiefen Atemzug und kehrte Marielle den Rücken zu. »Geh! Wenn ich etwas brauche, rufe ich dich«, sprach ich mit finsterer Stimme.

Ich hörte, wie ihre Füße über den Boden tappten und anschließend die Tür ins Schloss fiel.

Trotz des angenehm warmen Bades wurde mir eiskalt. Ich schlang die Arme um meinen Körper und tauchte tiefer in das Wasser hinein. Das entfesselte Chaos in mir belastete mich.

Ich hatte Marielles Schmerz nachempfunden, mir sogar für den Moment vorgestellt, dass ich an ihrer Stelle wäre und jemand ein Messer durch meine Haut zöge. Denn mir war nun bewusst, dass ich einer solchen Grausamkeit schutzlos ausgeliefert war. Mein Gesicht könnte dieselben Narben tragen, denn zwischen mir und Marielle gab es keinen Unterschied mehr. Wir waren gleich.

Menschen. Zerbrechlich. Wehrlos.

Ich atmete tief ein und sank mit dem Kopf unter Wasser. Die Stille tat mir gut, trennte mich von der Wirklichkeit und ließ mich mit meinen Gedanken allein zurück. Ich versuchte mich wie früher durch meine Machtgelüste und leidvollen Erinnerungen aufzumuntern, doch sie machten alles nur noch schlimmer. All das, was ich den Menschen angetan hatte, könnte nun an mir verübt werden.

Plötzlich hatte ich das Gefühl, die verstorbenen Seelen wollten mich meines Lebens berauben und legten ihre kalten, knorrigen Finger an meine Kehle. Es kam mir vor, als zögen sie mich tiefer ins Wasser hinein, ließen es nicht zu, dass ich zurück an die Oberfläche geriet. Die Dunkelheit umwaberte mich wie eine zweite Haut und raubte mir jegliches Licht, das mich zuvor umgeben hatte.

Ich schaffte es nicht, mich zu befreien, strampelte wild mit den Beinen und versuchte nach oben zu schwimmen. Doch sie drückten mich weiter in die Tiefe, zerrten mich in eine Dunkelheit, vor der ich mich zum ersten Mal fürchtete. Ich öffnete den Mund zu einem Schrei, schluckte das Wasser und begann kräftig zu husten, was mir all meine Sinne raubte.

Da berührten starke Hände meine Arme und rissen mich von den Abertausenden Seelen los, die sich nach mir verzehrten. Im nächsten Moment durchbrach ich die Oberfläche und schnappte wieder nach Luft.

Ich hustete, spuckte das Wasser aus und spürte, wie mich jemand dabei festhielt.

Keuchend fuhr ich mir über das Gesicht und blickte in zwei graue Augen, die mich mit einer Mischung aus Sorge und Ernsthaftigkeit anschauten. »Sag mal, spinnst du? Wolltest du dich etwa umbringen?«

Der Engel.

Die Atemnot und der krampfhafte Versuch, an die Oberfläche zu gelangen, hatten an meiner Kraft gezehrt. Mein Hals brannte wie Feuer und eine ungeahnte Müdigkeit übermannte mich.

Der Engel schüttelte mich sanft. »He! Ich rede mit dir.« »Was interessiert dich das?«, drang es nur schwach aus meiner spröden Kehle. »Damit hätte ich dir einen Gefallen getan.« Er presste die Lippen aufeinander und hob mich aus dem Wasser, in das er mitsamt seinen Kleidern gesprungen war. »Rede keinen Unsinn«, knurrte er. »Dein Tod ändert gar nichts.«

Womit er auch recht hatte. Die ewige Nacht würde ich damit nicht vertreiben, doch dafür wäre Ravaga die Chance auf ihren Sieg verwehrt geblieben.

Obwohl der Engel mich nackt erblickte, schien er kein Problem damit zu haben, mich auf diese Weise zu berühren. Einzig meine Brüste wurden von meinen langen, blonden Haaren verdeckt, doch der Rest blieb ungeschützt. Mir machte es nichts aus, so entblößt in seinen Armen zu liegen, da ich als Hexe kein Schamgefühl kannte.

Der Engel trug mich auf eine gepolsterte Bank und legte eine Decke über mich. Füße tapsten über den Boden. »Marielle, kümmerst du dich um sie?«

»Ja, natürlich, Herr!«

»Begleite sie danach zu mir ins Zimmer, ja?«

Als er sich von mir entfernte, kehrte die Kälte zu mir zurück. Marielle begann, mich mit einem Tuch abzutrocknen, und kämmte anschließend mein nasses Haar. Es war seltsam, dass sich nach so vielen Jahren wieder eine Zofe um mich kümmerte. An die Zeiten am Königshof erinnerte ich mich nur noch verschwommen.

»Mylady, wenn ich Euch gerade eben verletzt haben sollte, dann bitte ich vielmals um Vergebung«, flüsterte sie und Reue umfing ihre Stimme.

Wie bitte? War *ich* nicht diejenige gewesen, die sie gezwungen hatte, von ihrem leidvollen Erlebnis zu erzählen? Hätte sie mich nicht lieber verabscheuen sollen? Vielleicht dachte sie, dass mich ein ähnlicher Schmerz wie ihrer plagte, da sie die Träne von eben auf meiner Wange gesehen haben musste.

Lucien glaubte außerdem, dass ich mir das Leben nehmen wollte, doch daran hing ich zu sehr. *Oder besser gesagt, die Hexe in mir.* Von dieser fehlte im Moment jede Spur.

»Ich habe Euch ein Kleid mitgebracht. Es sollte Euch passen«, sagte Marielle nach einer langen Zeit der Stille.

Ich erhob mich von der Bank und war überrascht, dass mein Haar bereits trocken war.

Mit verwirrtem Ausdruck schaute ich zu der Zofe, die schüchtern zum Boden sah. »Das ist eine besondere Bürste. Eigentum des Magierordens. Es gibt hier so manche Dinge, die mit Magie angefertigt wurden.«

Ich nickte nur. Marielle kam mit einem dunkelblauen Kleid zu mir. An den langen Ärmeln und dem Rock befanden sich silberne Steine, die wie ein Sternenhimmel glänzten. Die Hüfte und die Brust wurden durch das eng anliegende Korsett betont und dank der dunklen Farbe leuchtete mein Haar weiß wie der Mond. Eine Fingerschlaufe zierte meine Hand, und Marielle hängte mir eine silberne Kette mit einem azurblauen Stein um den Hals.

Als sie mit mir fertig war, führte sie mich an einen Spiegel. Die Frau darin strahlte die Anmut einer wahrhaftigen Königin aus. In ihren Augen sah ich Güte und wandte den Blick rasch von ihr ab.

Das war ich nicht. Diese Frau hatte es nie gegeben und würde niemals existieren. König Aurum und Königin Tivana hätten sich eine solche Frau gewünscht. Doch nicht in diesem Leben.

Ich verließ den Badebereich und lief mit Marielle an meiner Seite zurück zu Luciens Zimmer. Dieser hatte die nassen Kleider gegen trockene ausgetauscht.

Beim Eintreten wanderte sein Blick langsam über meinen Körper.

Als sich unsere Blicke trafen, hob ich eine Braue in die Höhe und zog einen Mundwinkel hoch. »Gefalle ich dir, Engel?«

Mit einem Schlag wurde sein Ausdruck verschlossen. »Ich bin es nicht gewohnt, dich in einem Kleid zu sehen. Das passt nicht zu dir.«

Da sind wir schon zwei.

»Ich lasse Euch allein«, meinte Marielle und schloss hinter sich die Tür.

»Sagst du mir jetzt, weshalb du versucht hast, dir das Leben zu nehmen?«, fragte er.

Doch so einfach würde er die Wahrheit nicht aus mir herauskriegen. Abgesehen davon, dass mich meine dunklen Gedanken unter Wasser gehalten hatten und es nur so aussah, als würde ich ertrinken. Jedenfalls war das die einzige mögliche Erklärung. Was genau geschehen war, konnte ich mir auch nicht ganz begreiflich machen. Es hatte sich tatsächlich so angefühlt, als wären die Seelen da gewesen und hätten meinen Körper nach unten gezogen.

Schuldete er mir nicht ebenfalls eine Wahrheit?

»Wenn du mir erzählst, was im schwarzen Turm geschehen ist, während du in Ravagas Magie gefangen warst.«

Er verzog widerwillig den Mund. »Nein. So unbedingt möchte ich es dann auch nicht wissen.«

Seine Geheimhaltung entfachte wieder die Wut in mir. »Was auch immer dir widerfahren ist, kann gar nicht so schlimm gewesen sein. Schließlich stehst du noch auf deinen zwei Beinen und konntest es nicht abwarten, mich erneut in deiner Nähe zu wissen.«

Das kecke Grinsen in meinem Gesicht trieb den Engel zur Weißglut. »Was sagst du da? Du hast keine Ahnung! Nur wegen deiner Naivität musste ich hinter dir herfliegen, um dich zu befreien. Genau aus dem Grund ließ ich dich einsperren, bevor du erneut die Flucht ergriffen hättest.«

Ich verschränkte die Arme vor der Brust. »Wie hast du überhaupt zu fliegen gelernt?«

»Ich hatte ein wenig Hilfe.« Sein Ausdruck wurde finsterer. »Ohne die ich dich niemals so schnell hätte befreien können. Das wäre auch alles nicht notwendig gewesen, wenn du einfach im Haus geblieben wärst.«

»Wie bitte?«, knurrte ich und machte einen Schritt auf ihn zu. »Du hast mich die ganze Zeit über in einem verdammten Drecksloch sehen wollen!«

Lucien setzte ebenfalls einen Fuß nach vorne und warf mir tödliche Blicke zu. »Ich hätte dich ertrinken lassen sollen.«

Kurz spürte ich ein Zucken in der Brust und meine Wut war wie weggeblasen. Weshalb hatte er es nicht zugelassen? Natürlich würde es die ewige Nacht nicht aufhalten können, aber in seinen Augen war eine Hexe nichts wert. Also wieso hatte er sich dazu entschieden, mich zu retten? »Interessantes Thema. Kannst du mir auch sagen, weshalb du mich nicht meinem Schicksal überlassen hast?«

»Meine Gründe gehen dich nichts an«, entgegnete er ausweichend.

»Was hast du denn zu verlieren, Engel?« Ein spielerisches Lächeln stahl sich auf meine Lippen. »Liegt es vielleicht daran, dass du nicht den Mut hast, deine Zuneigung zuzugeben?«

»Halte den Mund, Hexe!«, fauchte er und kam mir dabei noch näher – uns trennte nur noch eine Armlänge voneinander.

Ich würde nicht einmal daran denken, ihm auszuweichen. »Deine Augen lügen nicht. Sie verraten dich und deine Gefühle.« Ich wusste zwar, dass der Engel Gefallen an meinem Körper fand, aber niemals an der Hexe darin. Trotzdem machte ich mir einen Spaß daraus, seine Wut herauszufordern, denn er hasste dieses Thema am meisten. Für einen königlich ausgebildeten Mann hatte er sich unglaublich schlecht unter Kontrolle.

Doch ehe ich michs versah, sprang er auf mich zu und drängte meinen Körper schmerzhaft gegen die Wand. Er hatte währenddessen ein Messer gezückt und hielt mir dieses drohend an den Hals. Seine Augen loderten zwar, darin erkannte ich jedoch auch eine alte, viel mächtigere Wut, die der Grund dafür zu sein schien, weshalb er sich in letzter Zeit nicht unter Kontrolle hatte. Es musste etwas mit dem schwarzen Turm zu tun haben, dessen war ich mir sicher.

Ich forderte mein Glück heraus und wanderte mit der Hand von seiner Brust bis zu seinem Nacken, den ich kräftig packte. »Tu's!«, raunte ich und sah ihm dabei ernst in das helle Grau seiner Augen. »Still deine Rachegelüste.«

Der Ausdruck des Engels veränderte sich nicht und er ließ auch nicht locker. Er schien tatsächlich mit der Entscheidung über mein Leben oder den Tod zu ringen.

Mein Blick wanderte über sein Gesicht. Mir war bei unserem ersten Aufeinandertreffen bewusst gewesen, wie viele engelsgleiche Merkmale er besaß – aus nächster Nähe wirkten sie noch makelloser. Die markanten Wangenknochen, die reine Haut, die schwarzen Bartstoppeln und perfekten Lippen.

Ich schluckte.

Ehe Lucien etwas sagen konnte, wurde die Tür aufgerissen und eine alte Frau sah mit zusammengezogenen Brauen zu uns.

»Das würde ich lassen, Junge«, sagte sie und zeigte mit ihrem Gehstock auf den Engel. Es handelte sich dabei um Nara, die weiße Hexe aus dem Dorf.

Er ließ von mir ab und wandte sich an den unerwarteten Besuch. »Was tut Ihr hier?«, meinte er in einem brüsken Tonfall.

Naras Blick blieb ernst. »Dich im Moment davon abhalten, die Hexe zu töten. Willst du noch mehr Blut an deinen Händen kleben haben?« Anscheinend hatten sich die höflichen Anreden erübrigt – zumindest aus ihrer Sicht. Sie zuckte mit den Schultern. »Nicht dass sie es nicht verdient hätte, aber noch brauchst du sie.«

»Und weshalb habt Ihr Euch auf den Weg hierher gemacht?«, hakte Lucien nach.

»Wegen des Fluches von Licht und Schatten«, antwortete sie. »Mächtige Wesen, wie ihr beide es seid, messen sich in ihren Kräften. Tötet die Dunkelheit das Licht, überträgt sich dessen Kraft auf sie und vernichtet diese. Es ist eine Art Krankheit, die langsam den Körper einnimmt und anschließend verschlingt.«

So etwas Ähnliches hatte auch Ravaga von sich gegeben, als sie sich weigerte, mich mit einem Dolch zu töten. Den ›Schatten-und-Licht-Fluch‹ nannte sie es.

Aber was er genau zu bedeuten hatte, hatte sie nicht erklärt.

»Willst du mir damit sagen, dass das Licht des Engels mich töten würde, wenn ich ihm einen Dolch durch die Brust jage?« Bei dieser Aussage erntete ich einen skeptischen Seitenblick von ihm.

Nara nickte. »Ja, deshalb kam ich hierher, um nach einem bestimmten Buch zu suchen, das ich mir gerade eben durchgelesen habe, um meine Vermutung zu bestätigen. Lucien ist ein Seraph, zumindest glaube ich daran ganz fest, denn Cherubim haben laut unseren Schriften nie Flügel besessen.«

Ich zog eine Augenbraue hoch. »Das hätte ich dir auch so sagen können. Ravaga hat es direkt erkannt, als der Engel damals meinen Thronsaal betreten hat.«

Nara fuhr sich nachdenklich übers Kinn. »Ja, allerdings gilt der Fluch von Licht und Schatten auch umgekehrt für den Engel. Wenn er dich tötet, stürzen sich die Abertausenden dunklen Seelen, die du an die Finsternis verfüttert hast, in seinen Körper. Wenn sie ihn nicht direkt töten, könnte es passieren, dass er seine guten Gefühle verliert und auf die Seite des Bösen übergeht.«

Amüsiert schenkte ich dem Engel ein fieses Grinsen, sodass er einen weiteren Schritt zurücktrat. Er schaute zu Nara. »Und du bist dir ganz sicher?«

Die alte Dame nickte. »Genau aus dem Grund wollte ich nach Alexandria.«

»Bedeutet das jetzt, wir dürfen nicht gegeneinander kämpfen?«, fragte ich irritiert.

»Das soll es heißen. Nur das Wasser der Reinen Quelle kann euch vor einer Übertragung schützen«, erklärte sie. Für den Moment schien Luciens Entscheidung, mich noch nicht getötet zu haben, tatsächlich eine gute Wahl gewesen zu sein.

Der Engel wirkte, als wüsste er, wovon sie sprach. »Sie liegt in der Stadt Kalabress, im Land Pyronon auf dem Heiligen Berg, richtig?«

»Genau die meine ich. Bevor du gegen Ravaga antrittst, solltest du auch etwas von der Quelle zu dir nehmen, denn die alte Hexe ist nun ebenfalls ein mächtiger Gegner.« Es wurde kurz still und sie schaute uns an. »Es ist gut zu wissen, dass ihr beiden euch hinter dem schützenden Wall befindet.«

Ich schnaubte spottend. »Tu nicht, als würde dich das ernsthaft interessieren.«

Nara schlug energisch mit ihrem Gehstock auf den Boden. »Das tut es sehr wohl. Oder denkst du, ich habe das Siegel auf deiner Brust nicht bemerkt? Du kannst von Glück reden, dass der gute Teil deiner Seele damals weggesperrt wurde.«

Das konnte sie unmöglich wissen. »Woher ...?«

Sie deutete mit dem Finger auf mich. »Die schillernde Narbe auf deiner Brust. Dieses Licht und der Riss auf deinem Herzen deuten darauf hin, dass der gute Teil deiner Seele in deinem Körper eingeschlossen wurde. Denn Luciens Licht hat sich mit dem Siegel verbunden, sodass der verschlossene Teil der Seele zu ihm eine Verbindung aufbauen kann.«

Entsetzt riss ich die Augen auf und machte einen Schritt auf sie zu. »Unmöglich! Woher weißt du das?«

»Während meiner Lehren bei Ravaga habe ich schon oft solche Siegel gesehen. Die Magie des Engels muss es zum Teil aufgebrochen haben, sodass es nun sichtbar wurde«, erklärte sie. »Das Siegel hängt mit deinem Fluch zusammen und je mehr du dich der Lösung des Fluches näherst, desto eher wird es brechen und der gute Teil deiner Seele zurückkehren.«

»Wenn Ravaga tot ist, nehme ich mir meine Kräfte zurück und zerstöre den guten Teil in mir endgültig«, gab ich überzeugt von mir.

Nara seufzte schwer. »Du hast noch immer nicht verstanden, dass du nie wieder zu einer Hexe werden wirst. Du bist jetzt menschlich, für immer.«

Ich verschränkte die Arme vor der Brust. »Sei dir da mal nicht so sicher.«

Sie sah mich überzeugt an. »Es ist wahr. Das steht in den Lehren der Magie. Als Hexe solltest du sie eigentlich kennen. Ravaga hat mich vieles gelehrt und lesen lassen, weshalb ich auf diesem Gebiet sehr erfahren bin.«

Ich hegte dafür kein Interesse und die alte Hexe hatte auch nie darauf beharrt, mein Wissen zu erweitern.

Der Engel hob neugierig eine Augenbraue. »Wirklich? Können wir das Buch sehen?«

»Der Orden müsste noch ein Exemplar im Besitz haben.« Sie machte auf dem Absatz kehrt und ging auf die Treppe zu, die auf dem Weg zur Bibliothek lag.

Der Engel ergriff mein Handgelenk und zog mich mit sich. »Dich lasse ich bestimmt nicht allein.«

»Ich habe auch gar nichts anderes erwartet«, neckte ich ihn und erntete dafür einen seiner Todesblicke.

Die Bibliothek war zum Glück nicht weit entfernt und der Engel fragte einen Mönch nach dem Buch, das wir suchten. Dieser führte uns zwischen die Regale.

Der Raum war so unglaublich groß, dass ich in jedem Winkel Bücher entdeckte. Es gab Unmengen an Regalreihen, mehrere Etagen und überall standen hohe Leitern, die so weit reichten, dass ich den Kopf in den Nacken legen musste, um deren Ende zu erblicken.

»Hier hätten wir fünf Bücher zur Auswahl«, sagte der glatzköpfige, buckelige Mann und drückte Lucien einen Stapel in die Hand, der daraufhin ins Wanken geriet.

Es hätte nur ein kleiner Schubs von mir gereicht, um den Engel zu Fall zu bringen. Doch Nara schien meine schelmische Idee erkannt zu haben und warf mir einen warnenden Blick zu.

Ich zuckte bloß mit den Schultern und grinste verschmitzt.

Wir setzten uns an einen der großen, dunklen Tische und Lucien begann mit dem ersten Buch, das ihm in die Hände fiel.

»Tja, ich weiß leider nicht mehr, in welchem der fünf Teile ich etwas darüber gelesen hatte«, erklärte Nara. »Wir müssen sie uns wohl alle einmal anschauen.«

Ich verdrehte die Augen. Früher hatte meine Mutter auch darauf beharrt, dass ich viele Bücher las – bevor sie mich in den Turm sperrte. In dieser Situation hatte ich jedoch keine Wahl, da ich selbst wissen musste, ob Nara mit ihren Worten recht behielt oder nicht.

»Gut, ich stöbere Teil eins durch«, meinte der Engel, und Nara schnappte sich den zweiten.

Ich sah mir den dritten an und überflog dabei die meisten Seiten. Die Blätter waren bereits vergilbt und trocken, sodass sie leicht eingerissen waren. Das Buch lag im Besitz des Magierordens und war vor Hunderten von Jahren niedergeschrieben worden. Darin steckten nicht nur nützliche Informationen, sondern auch Geschichten der ersten Magier.

Irgendwann blieben meine Augen an einem Satz hängen und als ich die Zeilen weiter verfolgte, wurde ich in meinen Vorstellungen mitten in einen Krieg hineingezogen, in dem die Magier gegen dunkle Wesen gekämpft hatten. Da ich unbedingt wissen wollte, wie die Geschichte ausging, las ich weiter. Doch der Krieg endete anders als erwartet. Die Magier starben und die Dunkelheit gewann. Ich spürte von Neuem eine gewisse Unzufriedenheit, da ich nicht wie erhofft auf der Seite der Dunkelheit stand, sondern auf der der Magier – *der Menschen*.

Ich schüttelte den Kopf und begann wieder im Buch nach der gesuchten Information zu blättern. Doch als ich die Seite in die Hand nahm, um sie umzuschlagen, ertönte ein Räuspern neben mir.

Nara grinste. »Du brauchst nicht mehr zu suchen, Kind. Wir haben die Stelle schon gefunden, aber du warst so vertieft ins Buch gewesen, dass wir dich nicht stören wollten.«

Ich schaute sie unbeteiligt an. »Die Geschichte war langweilig. Ihr hättet mich ruhig unterbrechen können«, log ich.

Auf die Lippen des Engels stahl sich ein kleines, selbstgefälliges Lächeln. Mir war sofort klar, dass er mir keinen Glauben schenkte. »Hier findest du bestimmt genügend Geschichten, die dein Herz erobern.«

Ich knurrte leise. »Hüte deine Zunge!«

»Schluss, ihr beiden!«, mischte sich Nara genervt ein. Sie tippte mit dem Finger auf eine Stelle im Buch. »Hier steht: ›Wird einem Menschen große Macht verliehen, die ihm nicht von Geburts wegen gehört, so verfügt er über diese bis zu seinem Lebensende. Verliert er sie jedoch, kann er nie wieder über sie gebieten.‹«

Schmerzhaft zog sich mein Magen zusammen. »Das ist unmöglich!«

»Lies selbst«, murrte Nara und schob mir das Buch zu. Meine Augen überflogen die Zeilen, als würde mein Leben davon anhängen – was es auch tat.

Für immer ein Mensch.

»Sieh es mal positiv, wenn wir den Fluch der ewigen Nacht brechen und Ravaga töten, können wir es eventuell arrangieren, dass der Magierorden dich freigibt«, versuchte Nara mich aufzumuntern, doch in mir breitete sich Angst aus.

Nie wieder eine Hexe sein.

Nie wieder über Magie gebieten.

Nie wieder über Niedere herrschen.

Nie wieder das Blut anderer kosten.

Nie wieder Seelen quälen.

Etwas schnürte meine Kehle zu und ich bekam kaum Luft. Alles in mir weigerte sich, diesen geschriebenen Worten zu glauben. »Das ist eine Lüge.«

»Nein, ist es nicht«, widersprach Nara. »Die Magier haben damals die dunkle Magie praktiziert. Sie haben viele Erfahrungen gesammelt, die nun in diesen Büchern stehen.«

»Ich bin eine Hexe, Dienerin des Teufels. Meine Kräfte sind anders«, knurrte ich und warf das Buch über den Tisch, sodass es auf der anderen Seite wieder hinunterfiel. »Alles Blödsinn!«

»Es gibt nur zwei Arten von Magie, Freyja! Die gute und die schlechte«, sagte Nara und hob gestikulierend die Arme. »Das ist die Wahrheit.«

»Nein.«

Damit erhob ich mich und rannte aus der Bibliothek. Die Erkenntnis traf mich so hart, dass nicht nur Wut in mir aufkeimte, sondern sogar Enttäuschung und Trauer.

Über einhundert Jahre lang verfügte ich über mächtige Magie und nun, da Ravaga sie mir genommen hatte, fühlte es sich an, als hätte man mir mein Leben gestohlen.

Für was lohnte es sich, noch zu existieren? Für die Menschen? Diese dummen, zerbrechlichen Hüllen?

Ich wollte keine von ihnen sein. *Niemals*.

Mein innerer Aufruhr trieb mich zum höchsten Turm des Ordens. Ich lief die Treppen hinauf, als würde ich vor der Wahrheit davonlaufen, um nicht akzeptieren zu müssen, dass mein Leben durch die Fehlentscheidung dieses Engels zerstört worden war.

Oben blies der kalte Wind der Küste meine Strähnen über die Schultern und ich trat an die Mauer heran, um nach unten zu schauen. Durch die Nacht konnte ich den Boden nicht sehen und das Ende kam mir endlos vor wie ein dunkler, ewiger Abgrund.

Wie konnte es sein, dass ich noch immer die Finsternis in mir spürte trotz meiner verlorenen Kräfte? Dafür musste es einen Grund geben. Vielleicht irrte sich das Buch und es gab eine andere Möglichkeit, meine düstere Macht zurückzuerlangen.

Ich wusste natürlich, dass ich als Mensch geboren worden war, doch in mir steckte so viel mehr als eine fleischliche

Hülle. Wieso hatte ich trotz meiner Entmachtung noch meine Flügel und war noch immer unsterblich?

Ich stellte mich auf die Mauer des Turmes und blickte in die Ferne der Wälder. Hinter mir erstreckte sich das glitzernde Meer, auf dessen Oberfläche sich der Vollmond widerspiegelte. Die nächtliche Brise spielte an meinen Haaren und trotz der Kälte fror ich nicht.

»Hier bist du«, hörte ich das Krächzen von Nara, die hinter mir hergeeilt zu sein schien, da sie keuchend ein- und ausatmete. »Bevor ich überhaupt weiter darüber sprechen konnte, musstest du ja gleich losstürmen.«

Ich schaute nicht zu ihr, sondern behielt den Blick in die Ferne gerichtet. »Da gibt es nichts mehr zu sagen.«

»Willst du nicht mal dort herunterkommen? Das sieht gefährlich aus.«

»Es ist nur gefährlich für einen Menschen.«

Sprich: auch für mich. Wie lange würde es wohl dauern, bis ich wie ein Mensch dachte und fühlte?

Sie seufzte. »Also schön. Du hast einige Fragen aufgeworfen, für die ich keine Antwort habe.« Ihre Worte erlangten meine Aufmerksamkeit, sodass ich über meine Schulter zu ihr sah. »Normalerweise hätte dein Körper zu Staub zerfallen müssen, da du schon so viele Jahre gelebt hast – tat er aber nicht, da deine Unsterblichkeit fortbesteht, wie an deinen roten Augen zu erkennen ist. Außerdem hat Lucien mir erzählt, dass du Flügel besitzen würdest.«

»Und?«, hakte ich interessiert nach.

»Nun ja, das ist definitiv nicht menschlich. Also steckt irgendetwas *Unmenschliches* noch in dir«, erklärte sie. »Gib deine Macht noch nicht auf, Kind. Vielleicht treffen diese Zeilen gar nicht auf dich zu.«

Ein Lächeln stahl sich auf meine Lippen, da ich tatsächlich für den Moment erleichtert war. »Seltsam, dass Ihr meine Macht befürwortet. Wieso?«

Sie verlagerte ihr Gewicht auf den Gehstock. »Nun ja, ich war auch einmal wie du. Ich gebe die Hoffnung nicht auf, dass aus dir mal eine mächtige weiße Hexe werden könnte, die Gutes vollbringt.«

Ihr Gedanke amüsierte mich so sehr, dass ich laut anfing zu lachen. »Passt lieber auf, dass ich mich nicht an Eurer Seele labe.«

Nun lachte Nara, was mich etwas überraschte. »Mach dir da mal keine Sorgen, so weit wird es nicht kommen.«

Unsicher, was sie damit gemeint hatte, zog ich eine Augenbraue in die Höhe.

»Nun komm. Lucien regt sich über dein plötzliches Verschwinden schon genug auf«, sagte sie in einem mütterlichen Tonfall.

Ich sprang von der Mauer hinab. Für den Moment zählte für mich nur, dass durch meine anhaltende Unsterblichkeit die Theorie der alten Magier auf mich nicht zutraf.

Vielleicht bedeutete es nicht das Ende für die Hexe von Schattentod.

Es gab noch Hoffnung.

DAS SPIEL
MIT DEM
HEXENKUSS

Lucien

Es vergingen weitere Tage, und trotz der Suche nach Ravaga erzielten wir keine Ergebnisse. Sie war wie vom Erdboden verschluckt. Ich bat Großmeister Cartis, jemanden nach Kalabress zu schicken, um mir Wasser aus der Heiligen Quelle zu bringen.

Abgesehen von den vielen Misserfolgen machte Freyja mir seit Tagen das Leben zur Hölle, indem sie ihre weiblichen Reize jederzeit und überall einsetzte. Seitdem sie wusste, dass sie mich damit am besten ärgern konnte, brachte sie mich jedes Mal vor Emir und Marielle in Verlegenheit. Jetzt glaubten die beiden, dass wir eine heimliche Liebe teilten, was sich unglaublich schnell im Orden herumsprechen könnte, wenn sie etwas ausplauderten.

Cartis war überhaupt nicht über ihre Freilassung begeistert. Wäre er nicht mein Freund und würde nicht so viel Vertrauen in mich haben, hätte er meinem Plan niemals zugestimmt. Da der Großmeister mit dem obersten Erzmagier Juan Robis befreundet war, konnte er diesen überzeugen, die Hexe mir zu unterstellen. Der Rest des Rates schien über Freyjas Freilassung nicht erfreut zu sein. Das einzige Argument, das die Meinungen überwog, war, dass wir mit der weißen Narbe beweisen konnten, dass ihre Seele gespalten worden war und deshalb in ihr die Finsternis herrschte. Außerdem war Freyja keine große Gefahr, solange sie unter Beobachtung stand und über keine Kräfte mehr verfügte.

Der Fluch gab mir immer wieder zu denken und je mehr ich mir darüber im Klaren wurde, desto eher sah ich die Hexe mit anderen Augen. Jede noch so menschliche Geste, die manchmal nur für den Bruchteil einer Sekunde zum Vorschein kam, erinnerte mich an die Prinzessin. Möglicherweise hatte Nara recht und ihre getrennten Seelenstücke fügten sich langsam zusammen – auch wenn Freyja immer noch mehr Hexe als Prinzessin war.

Als Cartis uns heute wieder besuchte, musterte er die Königin skeptisch.

In ihren roten Augen funkelte etwas Schelmisches auf und ich befürchtete ebenfalls nichts Gutes.

»Großmeister, wie lange gedenkt Ihr, noch im Orden zu verweilen, um Euren adligen Hintern verwöhnen zu lassen, während da draußen bereits das Armageddon ausbricht?«, erdreistete sich die Hexe, und Cartis war so entsetzt über ihre Worte, dass er sie erst einmal nur stumm anstarrte. »Oh, verzeiht, war das zu grob? Ich würde Euch liebend gerne helfen, aber anscheinend bin ich nicht nur unnütz, sondern auch eine Gefangene.«

Cartis' Ausdruck wurde finsterer.

Mit verschränkten Armen vor der Brust warf ich der Hexe einen grimmigen Blick zu. »Hattest du mir nicht dein Wort gegeben, dich zu benehmen?«

Sie stemmte einen Arm in ihre Hüfte. »Oh, richtig. Verzeiht, Großmeister Cartis. Eine Hexe kennt keine Manieren.«

Ich seufzte schwer. »Ich komme später zu dir. In Ordnung?« Er nickte nur und warf Freyja einen letzten warnenden Schulterblick zu, bevor er mein Gemach verließ und die Tür hinter sich zuzog.

»Was sollte das? Du hast mir versprochen, keinen Ärger zu machen«, motzte ich enttäuscht und wütend zugleich.

Ihr keckes Lächeln verschwand, als hätte es eben nur dem Schauspiel gedient. »Jetzt beruhige dich. Dafür wirst du mir noch dankbar sein. Ich bin zwar keine große Hilfe, aber dafür habe ich mich ein wenig im Orden umgehört und herausgefunden, dass dein Großmeister-Freund die Suche eingestellt hat.«

»Was?«, platzte es aus mir heraus.

Sie hielt sich einen Zeigefinger vor die Lippen und zischte. »Nicht so laut.« Sie trat nah zu mir, um mir etwas zuzuflüstern. »Der Grund dafür scheinen die Schatten zu sein. Ohne Schneefeuer sind die Soldaten nicht fähig, sich zu verteidigen, und haben kaum eine Chance im Dunkeln der Nacht.«

Ich seufzte. Das hätte ich mir denken können.

»Cartis will keine weiteren Männer wegen einer planlosen Suche riskieren, die dem Finden einer Nadel im Heuhaufen gleichkommt.«

Weshalb wollte sie uns plötzlich helfen? Wegen der neuen Hoffnung auf Macht? Nara hatte kurz nach unserem Fund in der Bibliothek erzählt, dass die unmenschlichen Eigenschaften der Hexe Zweifel aufwarfen.

»Und wenn wir das Schneefeuer einfach selbst herstellen?«, fragte ich.

Die Hexe schien meinen Vorschlag zu überdenken. »Das wäre hilfreich. Aber wir haben kein Rezept dafür, oder?«

Ich nickte mit enttäuschter Miene.

»Ich könnte es beim Roten Korn besorgen und mich als reiche Adlige ausgeben«, schlug sie vor. »Im Tarnen bin ich gut, sie werden nicht merken, wer da wirklich vor ihnen steht.«

Überrascht über ihren Vorschlag sah ich sie an. »Das würdest du tun?«

Sie zögerte kurz, bevor sie es stumm bejahte.

»Und deine roten Augen?«, bemäkelte ich. »Die werden vielleicht Magiern, die zum Korn gehören, auffallen.«

Sie stemmte einen Arm in die Hüfte und legte den Kopf schief. »Wir verfügen auch über Magier, die Illusionstränke brauen. Da wäre es kein Problem seine Augenfarbe zu ändern.«

»Kein Haken?«

Ihr spielerisches Lächeln kehrte wieder zurück und ich bereute meine Nachfrage sofort. Sie konnte es einfach nicht lassen.

Sanft legte sie ihre Hände auf meine Schultern und beugte sich zu mir vor. »Nun ja«, flüsterte sie. Ihr kalter Atem hinterließ auf meiner Haut ein seltsames Kribbeln. »Ich werde es dir nie verzeihen, was du mir angetan hast, weshalb dieses kleine Spielchen, das ich mit dir treibe, niemals aufhören wird.«

Ein ungewollter warmer Schauer lief durch mich hindurch, als sie ihren Oberkörper an meinen schmiegte. »Hexe«, drohte ich ihr mit zusammengebissenen Zähnen, bevor sie einen Schritt zu weit ging.

»Deshalb nehme ich Stück für Stück deine Würde als Engel auseinander. Und was gäbe es Schöneres als einen Engel, der eine Hexe küsst?«

Ich stieß sie von mir und schaute in ihre durchtriebenen Augen. »Hast du jetzt vollkommen den Verstand verloren?«, entwich es mir beinahe donnernd.

Sie lachte amüsiert. »Willst du lieber die Chance vertun, Ravaga zu finden, anstatt mir einen einzigen Kuss zu schenken?«

Ich wich ihrem Blick aus und schüttelte den Kopf. »Auf keinen Fall wirst du mich auf diese Art demütigen.«

Sie sah mich verführerisch an. »Oh, genau das wollte ich hören, Engel. Wie sehr das an deinem Selbstwertgefühl nagen muss. Es tut schon förmlich weh, richtig?«

Diese falsche Schlange ...

Ich wusste, man konnte ihr nicht trauen. Hexen besaßen immer einen Hintergedanken.

»Wieso tust du das?«, knurrte ich und sah sie mit vollem Ernst an.

Sie lachte düster. »Weil diese Hexe so sehr zwischen dir und deinen Entscheidungen steht, dass ich dich lenken kann, wie ich will.« Sie machte eine umfassende Bewegung mit ihren Armen durch das Zimmer, in dem wir standen. »Du hast es nicht einmal über dein schwaches Engelsherz gebracht, hinzunehmen, dass ich dort unten vergewaltigt und missbraucht werde. Stattdessen lädst du mich sogar in dein Gemach ein und überredest deinen Freund dazu, mich unter deine Aufsicht zu stellen. Als ich vor wenigen Tagen unter Wasser beinahe ertrunken wäre, hättest du mich ebenfalls sterben lassen können, tatest es aber nicht.«

Ich wich ihrem Blick aus, da ich wusste, worauf sie hinauswollte. Der Grund dafür war allerdings nicht die Drachenhexe, sondern Prinzessin Freyja, die ich im Traum kennengelernt hatte. Denn wenn die Hexe starb, starb auch die Prinzessin. Das wollte ich nicht zulassen, dafür war sie mir auf eine unerklärliche Weise zu wichtig – *zu unschuldig.*

»Oh, Engel«, begann sie und ihre Hand strich für einen kurzen Moment über meine Brust. »Wir beide wissen doch, was du ganz tief in dir wirklich begehrst, nicht wahr? Dabei stünde dir nichts im Weg. Du müsstest mir nur sagen, was du willst.« Sie beugte sich zu mir und umfasste dabei sanft meine Hände. »Wir beide könnten eine Menge Spaß miteinander haben.«

Ich rückte wieder von ihr ab und verließ, ohne ein weiteres Wort zu sagen, wutentbrannt den Raum.

Sie macht mich noch verrückt!

In der Bibliothek kam ich zum Stehen und ging zwischen zwei Regalen auf und ab. Es war nicht die Art, wie sie mich mit ihrer Anzüglichkeit jedes Mal aufs Neue herausforderte, die mich wütend werden ließ, sondern die Tatsache, dass es mir auf eine unerklärliche Weise gefiel.

Ja, die dunkle Königin war eine Schönheit und natürlich begehrte ich ihren Körper, trotzdem blieb sie eine Hexe, die sich aus meinen Gefühlen einen Spaß machte. Sie versuchte einen Weg zu finden, mich zu brechen und zu erniedrigen, damit ich den Mut verlor. Ihr einziges Verlangen galt der Rache, die sie mir geschworen hatte. Mit ihren Spielchen trat sie damit nicht nur mein Selbstvertrauen mit Füßen, sondern auch mein Dasein als Engel, der über das Böse siegen und nicht davon hereingelegt werden sollte.

Als ich mich wieder etwas beruhigt hatte, beschloss ich, auf die Hilfe der Hexe zu verzichten und mir jemand anderen zu suchen, der statt ihrer das Schneefeuer besorgen könnte. Ich war auf ihre Unterstützung nicht angewiesen.

Als der Entschluss in meinem Kopf immer mehr Gestalt annahm, verließ ich die Bibliothek und kehrte zu meinem Zimmer zurück. Natürlich hatte ich nach meinem Verschwinden die Tür zugesperrt, um zu verhindern, dass die Hexe mir davonlief, während ich mich wieder beruhigte. Mit einem Schlüssel öffnete ich mein Gemach.

Als ich eintrat, befand sie sich auf einem der Stühle, auf dem sie mich mit neugierigen Augen betrachtete. »Die letzten Male hast du länger nachgedacht.« Sie grinste keck. »War wohl eine schnelle Entscheidung, hm?«

Ich stemmte die Arme in die Hüfte und stellte mich vor sie. »Du brauchst nicht zu glauben, ich sei von dir abhängig, Hexe. Es gibt genug hilfsbereite Soldaten im Orden, die sich gerne bereit erklären, den Roten Korn zu täuschen, um das Feuer zu stehlen.«

»Du willst es ohne mich durchziehen?«, hakte sie düster nach. Sie erhob sich aus ihrem Stuhl und baute sich vor mir auf. »Du begehst einen Fehler. Auch in Menam gab es Leute vom Roten Korn und ich habe einige ihrer Gedanken gelesen, als sie starben und zu Schatten wurden. Ich weiß, wie sie denken.«

»Die Soldaten des Ordens wissen, was sie tun«, argumentierte ich schwach und merkte, wie bedrohlich nah sie mir kam.

»Sie sind ahnungslos und dumm. Das Einzige, was sie gelernt haben, ist, wie man ein Schwert schwingt. Ich hingegen habe Ahnung von Lügen und Täuschung.«

Das würde ich auch niemals abstreiten, trotzdem würde ich ihr nicht geben, was sie verlangte.

»Mein Entschluss steht fest«, konterte ich entschieden und baute mich ebenfalls vor ihr auf.

»Gut, wie du willst«, beendete sie das Gespräch.

Doch damit war es nicht getan, denn ehe ich michs versah, hatte sie die Arme um meinen Hals geschlungen und ihre Lippen auf meine gepresst.

Sie hatte mich so sehr damit überrascht, dass ich im ersten Augenblick unfähig war, sie wütend von mir zu stoßen. Im zweiten …

Ich wusste nicht, was mit mir geschah. Ihre vollen Lippen fühlten sich warm und weich an und auf ihnen haftete der Geschmack von Honig. Ein berauschendes Gefühl durchströmte mich, ergriff von mir Besitz und ließ nur noch eine Begierde zu. Das Verlangen nach ihrem Körper.

Meine Hände packten ihre Hüfte, die ich näher an mich heranzog. Unsere Küsse wurden wilder und forschender, sodass ich vollkommen die Kontrolle verlor. Ich verzehrte mich so sehr nach ihr, wollte ihre Haut spüren, durch ihre samtweichen blonden Strähnen fahren und dabei diese Inbrunst nie wieder loslassen.

Die Hexe umklammerte mit einer Hand meine Schulter und strich mit der anderen verlangend durch meine Haare, was mich dazu bewegte, sie auf das Bett zu ziehen, während sich für einen kurzen Moment unsere Lippen lösten.

Ich stieß keuchend den Atem aus, als diese eigenartige Macht von mir abließ und ich die Besinnung zurückgewann.

Vollkommen erschrocken sprang ich aus dem Bett und hätte beinahe den kleinen Tisch mitgerissen, der sich hinter mir befand.

Die Hexe erhob sich und warf mir ein siegreiches Grinsen zu. Sie fuhr sich mit dem Daumen genüsslich über die Lippen. »Oh, vielleicht habe ich vergessen zu erwähnen, dass Hexen Männer nicht umsonst gut verführen können. Ihre Küsse sind ... beinahe *magisch*.«

Bevor ich vor Zorn explodierte, musste ich erst einmal mit der Tatsache klarkommen, dass ich gerade die *dunkle Königin* leidenschaftlich geküsst hatte. Und ich konnte nicht leugnen, dass es mir gefallen hatte und ihr magischer Kuss nur zum Teil Schuld daran trug.

Oh Gott, was habe ich getan? Wie konnte so etwas nur passieren? Und wieso kann sie Magie wirken?

Gerade als ich sie anschreien und auf sie losgehen wollte, schoss mir ein Gedanke durch den Kopf. War es nicht ihr Wille gewesen, genau diese Gefühle in mir hervorzurufen? Die Hexe beschwor mit Absicht meinen Zorn herbei, wusste, dass ich sie eigenhändig erwürgen würde, wenn ihre Magie mich für sich einnahm. Sie liebte es, Seelen zu zermürben.

Aber damit war jetzt Schluss.

Ab sofort wollte ich auf ihre Spielchen eingehen und versuchen, sie mit ihren eigenen Waffen zu schlagen. Dazu musste ich mit viel Kraft von meiner Wut ablassen, einen tiefen Atemzug nehmen, um die Raserei in meinem Inneren zu besänftigen.

Ich bemühte mich, aus der unangenehmen Situation trotzdem etwas Positives zu ziehen, damit ich anfing, wie sie zu denken, um in ihrem Spiel den nächsten Zug zu tun.

Es war nur ein inniger Kuss gewesen. Mehr nicht. Auch wenn sie sich innerlich dafür bejubelte und darauf wartete, dass ich sie dafür nur noch mehr hassen würde, wahrte ich meine Fassung.

Dieser Hexe musste ich endlich zeigen, dass sie mich nicht zu ihrer Spielfigur machen konnte. Trotz ihrer Unmenschlichkeit war sie noch immer eine Frau, die nach Anerkennung und Bewunderung suchte.

Als sich meine Gedanken zu einem Plan und damit einer Chance, die Hexe zu schlagen, formten, zauberte es mir ein verschmitztes Grinsen ins Gesicht. Ihr Lächeln erstarb und in ihren Augen erblickte ich eine Mischung aus Verwirrung und Skepsis.

Ich stemmte einen Arm in die Hüfte und tat genau das Gegenteil von dem, was sie von mir erwartet hätte. »Gar nicht mal so schlecht für eine Hexe.« Ich fuhr mir mit den Fingern flüchtig über die Lippen, als würde ich dadurch noch einen ihrer Küsse einfangen.

Sie sah mich perplex an, als wäre sie nicht mehr in der Lage, etwas zu erwidern. Ich spürte, dass sie angestrengt darüber nachdachte, was sie antworten könnte, da meine Reaktion sie vollkommen aus der Bahn warf.

Mein unerwarteter Schachzug bringt sie tatsächlich aus dem Konzept.

»Dir gefiel es?«, hakte sie mit fester Stimme nach und machte einen Schritt auf mich zu. Ein spitzbübisches Lächeln kehrte auf ihre Lippen zurück, als wollte sie meine Herausforderung annehmen. »Du kannst gerne noch mehr davon bekommen.«

Der Engel in mir hätte sie am liebsten von sich gestoßen, doch der Mensch riet mir zu einem weiteren klugen Zug. Die Hexe sträubte sich genauso gegen eine weitere innige Berührung wie ich. Denn ich war das Licht, das ihre Finsternis einpferchte und sie vollends vernichten konnte. Außerdem war der Verlust ihrer Kräfte meine Schuld, weswegen es ihr nur noch mehr zuwider sein musste, so zu tun, als begehrte sie mich.

Im Prinzip schlug ich sie bereits mit ihren eigenen Waffen.

Ganz gleich, wie sehr diese Hexe auch der makellosen Schönheit aus meiner Traumwelt gleichen mochte, sie war es einfach nicht. Trotzdem stellte ich mir vor, dass es Prinzessin Freyja wäre, die ich begehrte und für mich haben wollte. Nur so konnte ich meine Rolle überzeugend aufrechterhalten.

»Dann gib mir mehr«, flüsterte ich und wollte mich gerade zu ihr hinunterbeugen, als sie ihre Finger auf meine Lippen legte.

Ihr Lächeln verschwand und zurück blieb eine düstere Miene. »Ich verstehe. Du denkst, du kannst mich schlagen, Engel, aber das wirst du nicht.« Sie machte einen Schritt zurück und verschränkte die Hände vor ihrem Körper.

Ich sah sie ernst an. »Vielleicht ja doch.« Mir fiel meine Frage von vorhin ein. »Ich habe gedacht, du besitzt keine Magie mehr. Wie ist das also möglich? Selbst der Wall ließ dich mit deinen *magischen* Lippen hindurch.«

»Tja, ehrlich gesagt, habe ich gedacht, dass der Hexenkuss ebenfalls verschwunden ist wie all meine anderen Kräfte. Doch offensichtlich ist er geblieben, genau wie meine Flügel oder meine Unsterblichkeit. Ich denke, sie zählen auch nicht zu der reinen Magie, über die ich einmal verfügt habe. Es sind eher Dinge, die einfach zu einer Hexe gehören. Wie beim Drachen das Feuerspeien zum Beispiel.« Sie hob hochmütig den Kopf. »Ich habe bekommen, was ich wollte, weswegen ich auch mein Versprechen dir gegenüber halten werde. Ich besorge dir das Schneefeuer.«

»Gut«, antwortete ich erfreut und wandte mich der Tür des Zimmers zu, um loszugehen. »Dann werde ich Cartis Bescheid geben.«

Ich wusste, dass die Hexe mir meine Rolle als vernarrter Liebhaber nicht abkaufte. Dafür kannte sie mich bereits zu lange. Doch vielleicht regte es sie zum Nachdenken an, mit dem Ziel, dass sie ihr durchschaubares Spiel aufgab.

Nach einigen Stunden, als Ruhe einkehrte und ich meine Aufgaben bei Cartis erledigt hatte, wollte auch ich zu Bett gehen. Allerdings fehlte von der Hexe jede Spur. Sollte Marielle nicht auf sie aufpassen?

Ich konnte nicht Tag und Nacht ein Auge auf sie werfen. Nebenbei musste ich mich auch um Ravaga kümmern und gemeinsam mit Cartis Taktiken zusammenstellen oder neue Pläne schmieden, um auf andere Weise gegen die ewige Nacht vorzugehen.

Die Hexe nutzte jedes Mal die Gelegenheit zum Verschwinden aus, sobald ich ihr nur den Rücken zukehrte.

Gerade als ich mich aufmachen wollte, um nach den Bediensteten zu rufen, tauchte Marielle im Zimmer auf. »Sir Lucien, Lady Elea wünscht Euch zu sehen«, erzählte sie mir.

Ich hob skeptisch eine Augenbraue. »Wieso bist du nicht bei ihr, Marielle?«, fuhr ich sie etwas grob an.

Sie zuckte erschrocken zusammen. »Ähm ... Verzeihung, Sir Lu...«

»Schon gut, wo ist sie?«

»Sie nimmt ein Bad«, antwortete Marielle kleinlaut.

Mit verschränkten Armen musterte ich sie. »Ein Bad? Schon wieder?«

Will sie sich etwa erneut ertränken?

Gerade als die Angst ein weiteres Mal von mir Besitz ergriff, da ich nicht wusste, was die Hexe in dem Badebereich vorhatte, räusperte sich Marielle und sah mich ertappt an. »Lady Elea will Euch sehen, aber mehr hat sie mir auch nicht gesagt.«

Das Becken, die Hexe will mich sehen ... das stinkt geradezu nach einer neuen Heimtücke. Doch nicht mit mir!

»Gut, beeilen wir uns.«

Marielle nickte freundlich und lotste mich zu Freyja, während ich mir auszumalen versuchte, was die Hexe nun schon wieder geplant hatte. Ob sie sich an mir rächen wollte? Welche böse Überraschung lauerte hinter der Tür des Badebereiches? Weshalb ausgerechnet dort?

»Sie erwartet Euch drinnen«, sagte Marielle schnell und verschwand, bevor ich etwas hätte erwidern können.

Ein wenig mulmig wurde mir schon dabei, zumal ich nun wusste, dass sie vor nichts haltmachte. Sie würde ihr Spiel nicht aufgeben, weshalb mich ihr nächster Zug umso unruhiger werden ließ.

Ich holte tief Luft, öffnete die schwere Holztür und entdeckte einen dunklen Raum vor mir. Ich wusste, dass der Raum keine

Fenster besaß, dafür allerdings umso mehr Kerzen und Fackeln an den Wänden.

Weshalb hatte die Hexe sie alle gelöscht?

»Komm rein«, hörte ich ihre liebreizende Stimme durch den Raum schallen.

Doch ich blieb auf der Türschwelle stehen und lehnte mich gegen den Rahmen. »Denkst du nicht, du überreizt es jetzt *wirklich?*«, appellierte ich an ihren Verstand und konnte selbst durch das fade Licht des Korridors im Inneren kaum etwas erkennen.

»Du hast dich mit mir angelegt, Engel. Sag *du* mir, weshalb ich aufhören sollte«, neckte sie mich.

»Was hast du vor?«, fragte ich ernst.

»Komm zu mir, dann zeige ich es dir.«

Ich lachte amüsiert. »Nein, ganz bestimmt nicht.« Ich wandte mich zum Gehen und erklärte in einem genervten Tonfall: »Ruf nach Marielle, wenn du etwas brauchst – nicht nach mir.«

Doch bevor ich überhaupt fähig war, einen Schritt zu tun, spürte ich, wie mich zwei schmale Arme in die Dunkelheit hineinzogen, und die Tür wurde hinter mir geschlossen. Ich konnte nicht einmal rechtzeitig reagieren, ehe mich jemand gegen die Wand stieß und seine Lippen auf meine presste.

Bevor ich überhaupt verstanden hatte, was hier vor sich ging, war ich bereits erneut im Zauber des Hexenkusses gefangen. Alle Ängste, Zweifel und Sorgen ließen von mir ab, brachten Leidenschaft und Lust in mir hervor, sodass ich von ungebändigten Gefühlen eingenommen wurde.

Ein heißer Strom schoss durch meine Venen, brachte mein Blut in Wallung und entfesselte eine unstillbare Begierde in mir. Ich wollte nicht die Hexe – sondern *Freyja*, mit allem, was sie ausmachte.

Als meine Hände ihre Haut berührten, fuhr ich mit den Fingern besitzergreifend ihren Rücken entlang, bis sie auf ihrem Hintern zum Erliegen kamen.

Gott, dieser unsterblich schöne Körper ...

»Du willst spielen?«, hauchte sie zwischen unseren hitzigen Küssen. Ihre Hände krallten sich in meinen Haaren fest.

»Dann lass uns spielen.«

Sie hielt mich in ihrem Bann gefangen und je inniger er wurde, desto mehr wollte ich sie. Ich verlangte nach jeder Faser ihres Körpers, nach jedem feurigen Kuss, und ohne es zu bemerken, hatte sie mich bereits meiner Kleider entledigt.

Sie nahm meine Hand und führte mich ins Steinbecken, das mit warmem Wasser gefüllt war. Ich schlang meine Arme um ihre Taille und zog sie nah an mich heran.

Ihre Zunge bahnte sich forschend einen Weg in meinen Mund, und sie grub ihre Finger verlangend in meinen Rücken. Sie wollte genauso sehr meinen Körper, wie ich mich nach ihrem verzehrte.

Ich konnte nicht sagen, ob all dies vom Zauber des Hexenkusses ausging, doch ich begann mir zu wünschen, dass es mehr von diesen Momenten gab. Ich wollte Freyja keinen Augenblick mehr missen.

Das Wasser tobte um uns herum, während wir immer ungestümer von einer Stelle zur anderen glitten. Freyjas Mund entfuhr ein Stöhnen, das mich dazu verleitete, mit den Lippen an ihrem schmalen Hals hinunterzugleiten. Sie spannte dabei ihren gesamten Körper an und schlang ihre Arme um meine Schultern. Sie presste sich mit solcher Kraft an mich, dass ich ihre Erregung nur zu gut fühlen konnte.

Schließlich hielt ich es auch keinen Moment länger aus und drang in sie ein. Sie schrie lustvoll auf, biss sanft in meinen Hals und stieß ihre Fingernägel in meinen Rücken.

Ich hatte schon lange keine so starken Gefühle mehr empfunden, trotz der Erkenntnis, dass es sich dabei um meinen
größten Feind handelte. So sehr, wie ich Freyja hasste, liebte
ich sie auf eine unerklärliche Weise.

Ihren Körper, ihre Schönheit, ihre Willenskraft.

Auch wenn ich mich mit dem dunklen Teil ihrer Seele verei-
nigte, waren es doch ihre gutmütigen, hellblauen Augen, die
mich ansahen, wenn ich die Lider schloss.

Dies wurde mir allerdings erst bewusst, als ich erkannte,
dass sich unsere Lippen schon seit einiger Zeit nicht mehr berührt hatten.

Irgendwann musste ich am Beckenrand eingeschlafen sein, als
mich eine unüberwindbare Müdigkeit überkam. Ich war nicht
mehr Herr meiner Sinne, schaffte es noch nicht einmal, meine
Lippen, geschweige denn den Rest meines kraftlosen Körpers
zu bewegen.

Ob es Nachwirkungen des Hexenkusses waren?

Das Wasser schwappte an meine Schulter und ich spürte
eine Hand, die sich zärtlich auf meinen Arm legte.

»Lucien?«, hörte ich Freyja zum allerersten Mal seit unserer
Begegnung meinen Namen flüstern und war überrascht, dass
ihre Stimme so zärtlich klang. *Prinzessin?* »Irgendetwas
stimmt nicht.«

Ich versuchte ihr zu antworten, doch mein Körper war wie
gelähmt. Die unüberwindbare Kraftlosigkeit hatte mich fest
im Griff, sodass ich keinen Laut von mir geben konnte. Nicht
einmal meine besondere Engelssicht konnte ich aktivieren.

Hatte jemand unsere Zweisamkeit mitbekommen? Wenn
Cartis das erführe, er würde … *Nicht auszumalen, was er mit mir
anstellen würde.*

Er verabscheute die Hexe und ich hatte mich mit ihr vereinigt. Der Zauber trug nicht die alleinige Schuld an diesem Ausmaß. Freyja und ich waren ebenfalls ein Teil davon. Wir wollten *das*. Wir wollten *uns*. Für einen gewissen, unerwarteten Moment waren wir nicht Engel und Hexe gewesen, sondern Mann und Frau, die nichts mehr begehrten, als sich für einen Augenblick zu lieben.

Vielleicht hatte das gute Seelenstück mehr von ihrem Verstand übernommen, als ihr klar gewesen war. Würde das also bedeuten, die Prinzessin empfand etwas für mich?

Freyja strich mit ihrem Finger sanft über meine Wange. »Ich will nicht, dass sie dir weiterhin wehtut, Lucien«, flüsterte sie so sanft und gefühlvoll, dass ich mir nun sicher war, dass es sich dabei um die Prinzessin handelte.

Dann hatte sie also die Hexe zurückgedrängt und für den Moment ihren Körper übernommen?

Am liebsten würde ich sie in meine Arme ziehen und trösten. Aber nichts regte sich in mir.

Verdammt, wieso fühlt sich alles taub an? Was ist nur los mit mir?

Ich konnte spüren, wie sie meinen Oberkörper umschlang und ihren Kopf zwischen meinen Schulterblättern vergrub. »Bitte hasse uns nicht. Auch wenn ich die Drachenhexe am liebsten mit meinen eigenen Händen töten würde, weiß ich, dass ich ohne sie nicht vollkommen bin. Ich brauche sie. Genauso wie sie mich braucht.« ... um zu Freyja, der wahren Königin von Menam, zu werden.

Ich muss ihr helfen. Ich muss diesen Fluch brechen und ihre Seelenstücke wieder vereinen.

Ein Ruck ging durch ihren Körper. Abrupt ließ sie von mir ab, als hätte sie sich an heißem Feuer verbrannt.

»Ich muss hier raus«, flüsterte sie, entfernte sich von mir und stieg hörbar aus dem Wasser.

Die Tür wurde geöffnet und wieder geschlossen.

Danach war es still und ich versank ins Land meiner Träume.

DIE RÜCKKEHR DER DUNKELHEIT

Freyja

Es fühlte sich an, als schnürte mir jemand die Kehle zu. Mein Körper zitterte, als fehlte ihm die nötige Kraft, um einen Schritt vor den nächsten zu tun.

In Luciens Gemach fand ich in einer alten Kiste meine Rüstung wieder und an der Seite eines Kleiderschrankes mein Schwert, das ich anscheinend doch nicht verloren, sondern das er mir in Schattentod wohl abgenommen und viel zu schlecht versteckt hatte.

Als meine Stärke langsam zurückkehrte, versuchte ich, meine Fassung zu wahren, um vor Cartis' Gemach zu treten und anzuklopfen. Ich wollte von diesem Orden weg, hinaus in die finstere Schattenwelt – zu einem Ort, der mich mit Dunkelheit erfüllte.

Als der kräftige Großmeister, nur von einem Leinengewand bedeckt, an die Tür trat, sah er mich aus verschlafenen Augen an. »Hexe?«

»Ich möchte auf der Stelle zum Schneefeuer aufbrechen. Ich werde es Euch holen. Nicht als Adlige, sondern als Hexe. Der Rote Korn ist sich zwar meiner Entmachtung bewusst, aber ich werde ihnen das Gegenteil beweisen.«

Er blinzelte mich ungläubig an.

»Sagt mir, wo ich ihn finden kann.«

»Wie bitte? Auf keinen Fall! Wenn du den Wall verlässt, wirst du in Ravagas Arme laufen, sollten dir die Schatten nicht zuerst den Tod bringen«, meinte er und zog dabei die Brauen zusammen. Er musterte meine Augen, als würde er in ihnen etwas erkennen. »Du gehst nur in Begleitung von Lucien.«

»Den brauche ich nicht.«

Lucien … Ich spürte noch immer ein sanftes Prickeln auf den Lippen, seine starken Hände, die meinen Körper berührten und mich als diejenige begehrten, die ich war. Nicht als dunkle Hexe, nicht als Prinzessin, sondern als etwas von beiden.

»Nein!«, sagte er entschlossen und verschränkte die Arme vor der Brust. »Ich riskiere doch nicht wegen einer waghalsigen Entscheidung unseren Kopf.«

Gut, dann geht es nicht anders … Blitzschnell zog ich mein Schwert aus der Scheide, sodass er es erst bemerkte, als es schon an seiner Kehle lag. »Das war keine Bitte.«

Verärgert knirschte er mit den Zähnen und sah mich wütend an. »Ich hätte Euch im Kerker lassen sollen, damit meine Männer Euch bis aufs Blut …«

Um meiner Drohung mehr Nachdruck zu verleihen, presste ich die Klinge enger an seinen Hals. »Das sind nur leere Drohungen … Sagt es mir jetzt!«

Er schnaubte wütend. »Verfluchte Hexe!«

Cartis hing zu sehr an seinem eigenen Leben, um weiterhin zu schweigen und das der anderen zu beschützen. Er nannte mir den Ort, an dem der Rote Korn sein Schneefeuer verkaufte. Doch als ich von ihm abließ, rief er sofort seine Wachen herbei, die mich einfangen sollten.

Aber ich war viel zu schnell für sie und stürmte den Turm hinauf, bevor sie mich überhaupt erreichen konnten.

Auf der Mauer sog ich den Duft der Nachtluft ein. Die Enge um meinen Hals verging und ich beschwor meine Flügel herauf, die sich durch meinen Rücken pressten. Wie die dunklen Schwingen eines Drachen ragten sie über meinem Kopf auf.

Bevor ich losflog, spürte ich ein Stechen in der Brust. Lucien kam mir wieder in den Sinn und die chaotische, schwache Empfindung, die ich nicht einordnen konnte. Es geschah gleich, nachdem er von mir abgelassen und sich nach unserer Wollust am Beckenrand zurückgezogen hatte.

Es fühlte sich schrecklich an. Ich war zwischen der Sehnsucht nach seiner Nähe und der unnachgiebigen Finsternis hin- und hergerissen. Mir fehlten seine Wärme, die starken Arme, die meinen Körper umschlangen, und die Küsse, die ich noch auf meinen Lippen schmecken konnte. Als wir voneinander abgelassen hatten, umarmte mich eine unerklärliche Einsamkeit. Sie schnürte mir die Kehle zu und ich verspürte den Drang, vor etwas wegzulaufen, für das es vielleicht längst zu spät war.

Diese Vereinigung war ein Fehler gewesen – auch wenn eine Hexe so etwas niemals zugeben würde. Ich wusste immer, was ich tat und *wollte*.

Obwohl sich unsere Lippen irgendwann gelöst hatten, verebbte keins unserer Gefühle. Wir begehrten einander wie eine hungrige Bestie ihre erlegte Beute. Unsere Körper hatten nicht mehr voneinander abgelassen, sondern vergaßen für den Moment, wer wir waren und welches Schicksal uns auferlegt worden war.

Die Wirkung des Hexenkusses war zu diesem Zeitpunkt längst verschwunden. *Vielleicht hätten wir ihn auch nie gebraucht.*

Wieso wollte ich diesen Engel so sehr, obwohl ich ihn unerbittlich hassen sollte? Er hatte mein Leben zerstört und Schattentod zu Fall gebracht.

Er soll büßen. Leiden. Qualvoll sterben.

›*Lass das, Drachenhexe!*‹, ertönte eine mir bekannte Stimme im Kopf. ›*Du wirst nicht siegen können.*‹

Ich lachte innerlich, als ich das Schluchzen der Prinzessin vernahm. Meine tobenden Gedanken über das Lichtwesen mussten sie gekränkt haben. Liebte sie diesen Engel etwa?

›*Soso. Die kleine, zerbrechliche Prinzessin. Hat es dir gefallen, wie sehr er mich begehrt hat?*‹

›*Du bist ein Monster!*‹, schrie sie schmerzerfüllt. ›*Hör auf, ihm wehzutun.*‹

›*Sonst was? Wirst du herauskommen und mich umbringen?*‹

›*Dein Vorhaben wird dich nicht zurück zur Finsternis führen. Aber sie wird deine stille Dunkelheit nähren*‹, schluchzte die Prinzessin in meinem Kopf und mir gefiel es, wie sie unter ihren schwachen Gefühlen litt.

Es war so lange her, seitdem mir das Leid eines anderen wieder gefiel. *Und es tut so verdammt gut.* Ich fühlte mich mächtig. Stark und kampfbereit.

›*Bitte. Lass nicht zu, dass die Dunkelheit wieder die Oberhand gewinnt*‹, flehte sie, wohl wissend, welches blutige Vorhaben mir durch den Kopf ging.

Ich bat im Stillen die Finsternis darum, die Prinzessin aus meinem Kopf zu verbannen, um mich auf meinen Flug zu konzentrieren. Als ihre Stimme nicht mehr ertönte, schien sie sie vertrieben zu haben. Ich spannte meine Flügel an.

Befreit ließ ich mich nach vorne über den Rand fallen und fing mich während des Sturzes mit den Schwingen ab. Die Schwerelosigkeit war so berauschend, dass ich laut auflachen musste und mich meine alten Freuden überschwemmten.

Meine Klinge dürstete nach Blut, lechzte nach den zerbrechlichen Körpern der Menschen, durch die ich meine scharfe Schneide stoßen konnte. Ich sehnte mich nach schmerzverzerrten Gesichtern, Wehklagen und aus vollem Leibe erklingenden Schreien.

Da war sie wieder. Die blutrünstige Drachenhexe.

Als ich den Wall des Ordens durchbrach, spürte ich eine Leichtigkeit in mir. Die Barriere musste etwas unterdrückt haben, das ich nun deutlich zwischen meinen Rippen fühlen konnte. Es nahm von mir Besitz und flüsterte mir leise zu, auf welch grausame Art ich den Roten Korn massakrieren wollte.

Als ich nach Noron rief, dauerte es nicht lange, bis dessen mächtiger schwarzer Körper aus dem Wald schoss und ihn der alte Schattennebel ummantelte.

Am sternklaren Nachthimmel fanden wir zusammen und ich setzte mich auf seine Schultern. Hier oben konnten mir die Schatten nichts anhaben und Noron würde viel länger fliegen können als ich selbst. Meine Flügel rief ich zurück und gab meinem Drachen den Befehl, den Verkaufsort des Schneefeuers anzusteuern, um der einst so gefürchteten Diebesgilde den Garaus zu machen.

Noch glaubten sie, meine Macht wäre verschwunden, niemals würden sie mit einem Drachen und einer geflügelten Kriegerin rechnen. Im Gegensatz zu den Sterblichen hatte ich über hundert Jahre Erfahrung und demnach auch die verschiedensten Kampfkünste gelernt.

So einfach würden sie mich nicht bekommen.

IM GARTEN DER PRINZESSIN

Lucien

Als ich mein Bewusstsein erlangte und mich innerhalb der mir bekannten Traumwelt wiederfand, zögerte ich keinen Moment, um durch die Holztür zu stürzen. In meinem Kopf herrschte Chaos, immer wieder blitzte das Bild der Hexe vor mir auf, wie ihre blutroten Augen vor Verlangen in der Dunkelheit aufleuchteten und ihre sanften Hände über meinen Rücken fuhren.

Meine Füße landeten im weichen Gras des Gartens, dessen Schönheit von dunklen, düsteren Wolken getrübt wurde. Die Sonne hatte nicht einmal die Chance, sich durch die dichte, graue Decke zu drücken.

Ein eisiger Wind zog an meinen Armen vorbei und ich legte diese fröstelnd um meine Mitte. Während ich nach der

Prinzessin Ausschau hielt, hörte ich Schritte, die sich mir näherten. Voller Hoffnung wartete ich ab, wer durch den Bogen trat.

Als ich das aschblonde Haar entdeckte, das ihr beinahe bis zur Hüfte reichte, pochte mein Herz aufgeregt in der Brust. Doch in den hellblauen Augen der Frau stellte ich einige Veränderungen fest. Ihre Gesichtszüge waren eine Spur ernster, unter ihren Lidern erkannte ich leichte Schatten, die sie sehr reif wirken ließen, und ihre Haltung hatte etwas Königliches an sich.

Sie blieb abrupt stehen und sah mich mit erleichtertem Ausdruck an. Meine Beine begannen zu zittern. Wer war das? Ich konnte sie weder der Prinzessin noch der Drachenhexe zuordnen.

»Wir haben uns berührt, für einen kleinen, bedeutsamen Moment«, erklärte sie und machte einen weiteren Schritt auf mich zu, sodass wir uns ganz nah standen.

Der Duft von Rosen drang in meine Nase und verpasste mir ein warmes Kribbeln.

Diese Frau ... ihr Anblick raubt mir jeglichen Verstand.

»Prin...zessin?«

Sie schüttelte den Kopf und lächelte sanft. »Ein Teil davon, doch vereint bin ich Königin Freyja Elea Katalyna Tivana Albasanguis.« Sie hielt ihre Hand auf die weiß leuchtende Narbe, die sich nun bis zu ihrem Hals hinaufgeschlängelt hatte. »Das Siegel in mir bricht Stück für Stück. Ich kann es spüren. Wir haben es endlich geschafft, uns seit über hundert Jahren das erste Mal wieder zu berühren.«

»Deine Seele hat sich wieder zusammengefügt«, stellte ich fest, während mein Blick über ihren Körper glitt.

Sie wirkte so anders als die anderen beiden, doch offensichtlich musste sie das auch, da sie nun die Königin war, die sie immer hätte sein sollen.

Auf meine Lippen stahl sich ein Lächeln und wie von selbst glitt meine Hand zu ihrer Wange. Sie schloss die Augen und lehnte den Kopf gegen meine Berührung, bevor sie mich wieder mit einem traurigen Ausdruck ansah.

»Aber die Vereinigung der beiden Seelenstücke wird nicht lange halten. Die Dunkelheit ist im Begriff, uns zu trennen.«

»Die Finsternis will die Drachenhexe zurück«, sagte ich leise.

Freyja nickte. »Ja.«

»Wie kann ich das Siegel ganz brechen?«, fragte ich, erpicht darauf, Freyja ihr wahres Wesen zurückzugeben.

Sie schüttelte den Kopf und legte ihre Hand auf meine, die auf ihrer Wange ruhte. »Nein, lass es langsam zerbröckeln. Die Drachenhexe hat den Menschen unglaublich viel Leid zugefügt und sie sollte erst nach und nach ihre Reue verspüren. Wenn es zu schnell geht, könnte ihre Seele daran zerbrechen, da der Schmerz das Glück überwiegt.«

Ich verstand, was sie meinte. »Wo ist die Drachenhexe jetzt?«

»Auf dem Weg zum Roten Korn. Sie will dem Orden das versprochene Schneefeuer bringen. Die Finsternis versucht ihr schwarzes Herz mit weiteren Seelen zu stillen. Du musst sie aufhalten, wenn die Verbindung unserer Seelenstücke aufrechterhalten werden soll«, erklärte sie in einem ernsten Tonfall.

Ich wollte Freyja nicht verlieren, und ihre Seelenteile durften sich nicht erneut voneinander trennen. Sehnsüchtig sah ich sie an. »Ich werde sie aufhalten«, versprach ich ihr und wollte mich gerade von ihr lösen, als sie meine Hand mit ihrer verschränkte.

Mit ihren himmelblauen Augen blickte sie mich hoffnungsvoll an. »Ich weiß, dass du die Hexe verabscheust, dass du ihr den Tod wünschst und sie am liebsten auf ewig in die

Verdammnis schicken würdest.« Sie schluckte schwer. »Doch so grausam dieser eine Teil meiner Seele auch sein mag, wird er für immer zu mir gehören. Ohne ihn werde ich nicht zu meiner wahren Stärke finden – zu meinem wahren Wesen.«

Ja, das hat die Prinzessin vorhin ebenfalls gesagt.

Ich gab dem Verlangen, sie in meine Arme zu schließen, nach und zog sie an mich. Ich drückte sie an meine Brust, sog den Duft von Rosen in meine Nase, der an ihr haftete, und hielt sie fest umschlungen.

Obwohl ich nur wenige Male in die Welt der Prinzessin eingedrungen war, schrie nun alles in mir danach, einen Weg zu suchen, sie endlich aus ihrem Gefängnis zu befreien. Ja, ich verabscheute die Hexe, doch dafür empfand ich umso mehr für den guten Teil in ihr.

Diese Königin, die ich in den Armen hielt, war die Frau, die ich vorhin geküsst hatte und die auch für die Gefühle verantwortlich war, die sie in mir entfachte. Ich wollte sie nicht verlieren, da ich immer wieder daran denken musste, dass ihr die Chance auf ein glückliches Leben durch eine böse Hexe verwehrt worden war.

Sie verdiente eine zweite Chance.

»Lucien«, hauchte sie und in ihrer Stimme schwang Trauer mit. »Versprich mir, dass du mich nicht allein lässt.«

Ich nahm ihr Gesicht in meine beiden Hände. Der klägliche Ausdruck in ihren Augen hätte beinahe mein eigenes Herz in tausend Splitter zerbrochen. Tränen kullerten über ihre Wange und ließen ihre blauen Augen wie tobendes Wasser wirken.

»Niemals«, flüsterte ich und meinte es auch so.

»Ich war über hundert Jahre allein, immer eine Gefangene meiner selbst«, erzählte sie, berührte meine Hand und gab ihr einen sehnsuchtsvollen Kuss. Anschließend trat sie einen

Schritt zurück und löste sich dabei von mir. »Beschütze die Drachenhexe, denn damit wirst du auch den Fluch brechen können.«

Im selben Moment, in dem ich wieder auf sie zugehen wollte, schrie Freyja auf und grelles Licht drang aus der Narbe, die ihr Siegel symbolisieren sollte. Sie drückte sich die Hand auf die Brust und ging vor Schmerz in die Knie.

»Nein!«, rief ich und sah, wie ihr Körper in tausend kleine Lichtteile zersprang.

Voller Entsetzen blickte ich zu den leuchtenden Splittern, die wie vom Wind aufgewühlte Blätter durch die Luft flogen. Als ich darauf zugehen wollte, sirrten sie wie ein aufgescheuchter Bienenschwarm vor meinen Augen und teilten sich in zwei große Kugeln.

Sie formten sich knapp über dem Boden zu Menschengestalten und ihr geballtes Licht leuchtete schmerzhaft in meinen Augen. Schützend hielt ich mir einen Arm vors Gesicht und schloss die Lider.

Als ich spürte, dass es vorbei war, schaute ich zum Geschehen zurück. Das Licht hatte sich zu den mir bekannten beiden Seelenstücken geformt. Die Drachenhexe und die Prinzessin.

Doch was war aus der wahren Königin geworden?

Panisch schaute ich um mich.

Ob sie ...?

»Wo ist sie?«, fragte ich angsterfüllt. »Freyja?«

»Das Band wurde von der Finsternis zerschnitten«, raunte die Prinzessin und sah entsetzt zu der Drachenhexe, die mit boshaftem Lächeln zum guten Teil ihrer Seele schaute.

»Es ist bereits zu spät. Die Drachenhexe wird in eine dumme Falle laufen«, sagte der böse Teil.

Ich hob eine Augenbraue. Warum sprach sie von sich in der dritten Person?

»Für uns ist sie nutzlos geworden«, fügte sie hinzu.

In den Augen der Prinzessin erkannte ich große Furcht.

»*Du?*«

Was ging hier verdammt noch mal vor sich? Und wen meine sie mit ›uns‹?

Gerade als ich mich der Drachenhexe zuwenden wollte, kam die Prinzessin auf mich zugelaufen und schubste mich mit einer unvorstellbaren Kraft durch die Tür, als wollte sie mich vor der dunklen Freyja beschützen.

Ich flog aus dem Garten und sah noch im letzten Moment, nachdem die Tür zufiel, wie schwarzer, dichter Nebel die Drachenhexe umhüllte.

Anschließend entglitt mir der Traum und ich erwachte.

DAS SCHNEEFEUER

Freyja

Die Nacht war ruhig. Der Wind eisig. Doch dank meines brodelnden Feuers und Norons Wärme spürte ich die Kälte kaum. Die Sterne glitzerten über unseren Köpfen wie funkelnde Diamanten und der Mond leuchtete kräftiger als in den Nächten zuvor.

Als wir uns langsam dem Zielort näherten, konnte ich von Weitem ein starkes, grelles Licht ausmachen, das in den Augen schmerzte, als ich direkt hineinsah. Es stand auf einem aus Holz erbautem Podest und wurde von unzähligen Assassinen und Kriegern bewacht.

›Das hier ist kein Krieg, der ausgefochten werden muss‹, ertönte Norons dunkle Stimme in meinen Gedanken.

Ich wusste, was er damit sagen wollte, doch nichts könnte mich mehr davon abbringen, meinen Blutdurst zu stillen. »Sie werden sterben und du wirst sie verbrennen.«

›Wenn es das ist, was du willst.‹

Mit einem freudigen Grinsen auf den Lippen erhob ich mich auf den Schultern meines Drachen. Dank Norons sanften Flügelschlägen und seinem ruhigen Gleiten schaffte ich es, das Gleichgewicht zu halten. Meine eigenen Schwingen brachen aus dem Rücken hervor, spürten den Wind und beförderten mich behutsam in die Luft.

Mit Noron an meiner Seite schoss ich im Sturzflug auf das Schneefeuer zu und befahl meinem Drachen, ein Feuerspektakel zu veranstalten. Ohne Überlebende.

Ich stürzte mich auf den nächstbesten ahnungslosen Axtschwinger und rammte ihm meine Klinge durch die Brust. Er weitete angstvoll die Augen und hatte den Mund zu einem Schrei geöffnet, der jedoch nie seine Lippen verließ. Seine Lider klappten flackernd zu, als ich ihm mein Schwert entzog und sein Blut meine Rüstung besprenkelte. Ein Tropfen traf meinen Mundwinkel und ich berührte diesen mit meiner Zunge.

Es schmeckte köstlich. Süß mit einer metallischen Note.

Ich ließ den Geschmack auf meiner Zunge zergehen und trat den leblosen Körper achtlos zu Boden. Die zähe, rote Flüssigkeit tropfte von meiner Klingenspitze auf das Holz des Podestes.

»Die Drachenhexe!«, schrien sie, rannten vom Gestell herab und versuchten vor mir davonzulaufen.

Freude und Blutdurst überkamen mich. Ich liebte dieses Spiel mit den Menschen. Sie waren so einfach zu fangen, zu töten, zu … *foltern*.

Hier beim Roten Korn konnten mir keine Schatten etwas anhaben, da die Menschen sie mit ihrem Schneefeuer, das sie überall im Lager aufgestellt hatten, fernhielten. Somit konzentrierte ich mich ganz und gar auf die Auslöschung ihrer Seelen.

Obwohl ich niemals gedacht hätte, jemals wieder etwas wie Magie zu verspüren, begann mich eine beinahe greifbare Dunkelheit zu umgeben. Sie schenkte mir Kraft, Stärke und Schnelligkeit, sodass es sich beinahe so anfühlte, als würde mir die Finsternis von außerhalb ihre Macht leihen.

Alte Begierden lechzten nach weiteren Opfern und meine Klinge schnitt dem nächsten Fliehenden den Rücken auf. Blut schoss in einem Bogen empor und befleckte meinen Brustpanzer. Mit einem erstickten Laut ging der Mann zu Boden.

Ich widmete mich einem weiteren Feind. Der Blutdurst schrie nach unzähligen Opfern. Meine Klinge fand kein Ende. Sie durchbohrte jede fleischliche Hülle, kostete das genommene Leben und hörte nicht eher damit auf, bis jeder in ihrem Umkreis getötet wurde.

Wenn ich von mehreren Gegnern gleichzeitig angegriffen wurde, durchdrang das Daumengelenk meiner Flügel ihre Kehle oder bohrte sich in ihr Herz, während meine Klinge einen weiteren Körper aufspießte.

Es tat so gut. Ich fühlte mich mächtig, stark und vollkommen. Das war es, was ich liebte. Das war es, was ich schon immer gewesen war. Das war meine Bestimmung.

Als das Drachenfeuer das Feld mit seinen Flammen verschluckte, lodernde Menschen um ihr Leben schrien und sich mir nur noch eine Handvoll tapferer Krieger entgegenstellte, beschloss ich, das Ganze nun zu beenden.

Drei maskierte Männer und zwei gepanzerte Ritter standen mir gegenüber. Sie warfen mir finstere, aber auch ängstliche Blicke zu. Es gab kein Entkommen, denn das Feuer hatte mittlerweile einen schützenden Kreis um uns gezogen. Sie würden durch meine Klinge sterben oder von den Flammen meines Drachen verzehrt werden.

Die Maskierten griffen mich an. Der Erste erhielt eine tiefe Furche in seiner Kehle, der Zweite einen Stoß durchs Herz und der Dritte verlor seinen Kopf. Nacheinander fielen sie leblos zu Boden und ich stieg achtlos über ihre Körper, mit dem Ziel, meine letzten beiden Feinde zu töten.

Nur wenige Schritte entfernt blieb ich vor ihnen stehen und hörte, wie mein Drache durch den Feuerkreis trat und sich schützend hinter mich stellte. Er ließ einen furchterregenden Schrei aus, der selbst mir durch Mark und Bein ging.

Der stämmige Mann neben einer Frau fiel vor mir auf die Knie und faltete flehend seine Hände. Er bettelte um Gnade, vergoss Tränen der Angst und ich ergötzte mich an seinem Anblick.

Flehe um dein Leben, niedere Kreatur.

Die Frau neben ihm warf mir einen furchtlosen Blick zu. Sie spannte einen Pfeil und zielte direkt auf mich. Ihre Rüstung bestand zu einem Teil aus Stoff, zum anderen aus harten Panzerplatten. Doch dafür besaß sie zu viele leicht durchdringbare Stellen, an denen ich mit einem Hieb meiner Klinge ihr Leben beenden könnte.

»Dürstest du noch immer nach Blut, Hexe?«, fragte sie mit dunkler Stimme und schien ihre Angst im Griff zu haben.

Vielleicht erwies sie sich als ehrwürdige Gegnerin. Ich liebte die Herausforderung.

»Nach deinem besonders«, antwortete ich und fuhr mit der Zunge über meine Lippen.

»Namelia, sie wird dich töten!«, rief der kniende Kerl am Boden.

Sie verzog angewidert das Gesicht und ignorierte ihren Freund. »Ihr seid eine wahre Abscheulichkeit.«

Aus meiner Kehle drang ein amüsiertes, verrücktes Lachen. »Das trifft es nicht einmal annähernd.«

»Lasst es uns beenden.«

Ich umfasste den Griff meiner Klinge fester, als sie bereits den Pfeil abschoss. Bevor er jedoch meinen Körper treffen konnte, legten sich meine Schwingen um mich, die dieselbe schuppige Haut wie die eines Drachen besaßen. Der Pfeil prallte ab und fiel zerbrochen zu Boden.

»Ein dummer Fehler.« Ich stürzte mich auf sie.

Der stämmige Krieger sprang zur Seite und suchte hinter einem Holzkarren Schutz.

Die Bogenschützin duckte sich unter meinem kraftvollen Hieb weg, zog einen Dolch aus ihrem Stiefel und verpasste mir eine brennende Schnittwunde am Oberschenkel.

Ich lachte auf und wirbelte zu ihr. »Ist das alles?«

Sie wurde wütender und ging erneut auf mich los. Der frontale Angriff war ihr Todesurteil, denn damit konnte ich bis zum letzten Moment warten, um ihr mit einer ausweichenden Umdrehung einen tiefen Schnitt am Rücken zu verpassen. Sie schrie qualvoll auf und begann zu taumeln.

Als sie sich wieder zu mir wandte, bemerkte ich, dass sie kaum noch auf den Beinen stehen konnte.

»Flehe um Gnade«, raunte ich und stellte mich vor sie.

Ihre Augenlider flackerten, sie kämpfte mit dem Schmerz am Rücken und versuchte nicht die Besinnung zu verlieren. Das kleine Messer glitt ihr kraftlos aus der Hand.

Ich umfasste ihr Kinn und zwang sie dazu, mich anzusehen. Tränen rannen ihr über die Wangen und sie zitterte am ganzen Körper.

»Niemals«, presste sie zwischen den Lippen hervor.

»Dann leide«, hauchte ich und drückte meinen Mund genussvoll auf ihren.

Der Hexenkuss bewirkte bei einer Frau genau das Gegenteil. Meine Lippen sonderten ein Gift ab, das so schnell durch ihre Venen schießen würde, dass sie im nächsten Augenblick unter rabiaten Wahnvorstellungen leiden und sich am Ende selbst massakrieren würde.

Ich löste mich von ihr und sah noch eine Weile dabei zu, wie sie anfing, Opfer ihres Wahns zu werden. Ihre Augen waren leer, doch in ihrem Kopf spielten sich grässliche Dinge ab. Sie nahm das Messer vom Boden und begann sich langsam ihr Gesicht aufzuschneiden, als würde sie damit Hautunreinheiten wegschaben. Es war nur eine Frage der Zeit, bis sie an ihren eigenen Wunden starb.

»Großer Gott!«, schrie der übrig gebliebene Mann am Holzkarren, als er mit entsetztem Ausdruck zu der Frau schaute, über deren Gesicht sich unzählige Blutrinnsale zogen. Am Kinn liefen sie zusammen und tropften ihr weißes Hemd voll, das unter ihrem Lederharnisch hervorschaute.

Ich wandte mich an den verbliebenen Mann und schritt auf ihn zu. Er ging hinter dem Karren auf die Knie und hob schützend die Hände vor sein Gesicht. »Ich bitte Euch, habt Gnade! Oh großer Gott, ich will nicht sterben.«

Sein Flehen war wie Musik in meinen Ohren. »Bring mir eine Fackel des Schneefeuers und die Rezeptur.«

Er nickte und erhob sich mit weichen Knien. »Ich gebe Euch so viel Schneefeuer, wie Ihr braucht, Mylady. Aber das Buch, das die Rezeptur beinhaltet, befindet sich an einem anderen Ort. Unser Anführer, Val, hütet es.«

Ich überlegte kurz.

Val? Der Name sagte mir etwas und in meinem Kopf begann sich eine vage Gestalt zu formen, doch sie blieb vorerst nur ein dunkler Schatten.

Jemand vom Roten Korn, an dessen Seele ich mich damals erfreut hatte, musste diesen Val ebenfalls gekannt haben. Die Erinnerung wollte in meine Gedanken jedoch nicht richtig zurückkehren.

»Wo finde ich ihn?«

»In unserem Versteck. Die Klippen von Negra«, gestand er und ich war überrascht, dass er mir ein Geheimnis des Roten Korns verriet.

Bisher hatten alle Mitglieder der Gilde selbst unter den schlimmsten Folterprozessen kein Wort über den Zufluchtsort preisgegeben. Selbst diejenigen, die Schattentod betraten und dadurch von mir gefangen genommen wurden, hatten keine Erinnerung daran gehabt – zumindest die, an deren Seele ich mich labte. Ob mächtige Magie am Werk gewesen war?

Ich hielt ihm drohend meine Klinge unter den Hals.

»Sprichst du auch die Wahrheit?«

»Ja! Ich schwöre es Euch.«

»Du wirst mitkommen, und solltest du lügen, wird dich ein noch schlimmeres Schicksal ereilen als deine Freundin«, drohte ich.

Er stimmte mir mit einem weiteren Kopfnicken zu und rannte auf das Holzpodest, um mir eine Fackel mit Schneefeuer zu bringen. Als ich es in den Händen hielt, fühlte es sich kraftvoll an. Es war nicht heiß, sondern strahlte nur dieses schmerzhafte Licht aus, in das ich nicht einmal hineinschauen konnte. Man sagte, dass man dadurch erblinden würde.

Ich schwang mich auf den Rücken meines Drachen und befahl Noron, den Stämmigen in seine Klaue zu nehmen. Dieser kreischte vor Furcht und als wir losflogen, begann er weinerlich zu betteln, er möge losgelassen werden.

Wir verließen das Blutbad und ich konzentrierte mich darauf, das Schneefeuer wie versprochen zum Orden zu bringen. Cartis würde bereits auf die erfreuliche Nachricht warten.

Doch je näher ich wieder Alexandria kam, desto mehr spürte ich, wie die guten Gefühle, von denen ich glaubte, dass sie zu der Prinzessin gehörten, in mir hochkrochen. Sie veränderten meine Gedanken, säten Zweifel und verwandelten meine

Freude über das Blutvergießen in Unbehagen. Der Nebel, der mich vorhin umgeben hatte, schwand und zurück blieb wieder die menschliche Hexe, die ich seit dem Verlassen Schattentods geworden war.

Viel zu oft schossen mir die Bilder meiner Opfer durch den Kopf und hinterließen ein Pochen unter meiner Schädeldecke. Was passierte wieder mit mir? Wieso verklang alles? Woran lag dieses Auf und Ab?

Lucien kam mir in den Sinn und rief unwillkürlich seine Liebkosungen in meine Gedanken. Meine Lippen prickelten, Hitze umfing mich und ich fühlte das sanfte, leidenschaftliche Prickeln, das er mit seinen Lippen an jeder einzelnen Stelle meines Körpers hinterlassen hatte.

Wieso habe ich das getan? Was war nur in mich gefahren?

Noron landete nach einiger Zeit vor den Toren Alexandrias und ich stieg von ihm ab. Er behielt meinen Gefangenen in seiner Klaue, während dieser verzweifelt nach Hilfe schrie. Die Wachen kamen mit erhobenen Schwertern und Lanzen auf mich zu, Bogenschützen richteten ihre Pfeile auf meinen Körper.

»Hexe«, knurrten sie feindselig und rückten zu mir auf. Einer von ihnen drehte sich zum vordersten Mann um. »Sie ist voll Blut, Sir. Seid vorsichtig.«

»Ich bringe euch nur das Schneefeuer, wie versprochen. Die Magier sind in der Lage, es zu vervielfältigen. Richtet Cartis meine Grüße aus«, sagte ich und hielt ihnen die brennende Fackel hin.

»Ihr habt das Schneefeuer bestimmt verhext«, behauptete einer aus ihren Reihen.

Ich verdrehte genervt die Augen und warf die Fackel vor ihre Füße. »Für solch eine Undankbarkeit habe ich keine Zeit«, gab ich zurück und wandte ihnen den Rücken zu.

Mit einem schnellen Sprung hievte ich mich auf Norons Rücken und befahl diesem, in die Luft zu steigen. Das Licht der Fackel wurde merklich schwächer, doch bevor es endgültig verglühen konnte, rettete es eine der Wachen, indem sie es aufhob.

Bis ich mit der Dunkelheit der Nacht verschmolz, sahen mir die Soldaten noch nach, wie ich mit einem Blick über die Schulter erkannte.

Nicht weit von Alexandria entfernt würden die Klippen von Negra liegen, die für ihre steilen und tödlichen Abgründe bekannt waren. Früher hatte es dort zahlreiche Hinrichtungen gegeben, doch mittlerweile war dieser Ort wie ausgestorben.

Irgendwann während des Fluges sackte mein Gefangener in sich zusammen, da er die Höhe nicht gewohnt war und sich mehrmals übergeben hatte. Selbst Noron gab ein leises Brummen von sich, als das Flehen und Schreien des Gefangenen verstummte.

Als wir am Meer entlangflogen, erkannte ich irgendwann, dass der dunkelblaue Himmel mit zunehmender Leuchtkraft heller wurde. Dies geschah nur für den winzigen Moment, in dem die Sonne versuchte, die Nacht zu küssen. Die warme, rosa Farbe vermischte sich mit dem kalten Blau und kreierte daraus eine violette Nuance.

Ich war vollkommen fasziniert von diesem Moment und konnte den Blick von der Morgendämmerung nicht mehr abwenden. Doch kurz bevor die Strahlen der Sonne über den Horizont ragten, wurde es wieder dunkler und die Finsternis verschlang das wunderschöne Spektakel.

Es war kein richtiger Sonnenaufgang gewesen, sondern nur die ersten Sekunden davon. Danach sackte dieser wieder in sich zusammen und die Dunkelheit kehrte zurück.

Mir wurde plötzlich klar, dass ich bereits vergessen hatte, wie atemberaubend ein Sonnenaufgang sein konnte, auch wenn es nur für einen kurzen Moment war. Durch die vielen Jahrzehnte und die ewige Nacht in Schattentod waren diese Erinnerungen teils verblasst.

Ich widmete mich wieder meinem Weg und versuchte die Sehnsucht nach der Sonne zu verdrängen. Hexen brauchten kein Licht. Sie waren Kreaturen der Nacht und Diener der Finsternis.

Wir kamen endlich an den Klippen an, die eine breite Bucht umgaben. Schatten befanden sich hier keine, zumindest fielen mir keine auf. Außerdem konnte Noron sie mit seinem Feuer vertreiben.

Vorerst erkannte ich keine Fackeln oder verdächtige Höhlen, weswegen ich meinen Gefangenen hinzuzog. Noron warf ihn mir vor die Füße und ich verpasste ihm eine harte Ohrfeige, damit er erwachte.

Mit einem Schrei und einem verwirrten Ausdruck im Gesicht schreckte der Krieger auf und schaute mich mit großen Augen an.»Wir sind da. Wo ist der Eingang?«

Er kroch zum Rand des steilen Abhangs und beugte sich leicht nach vorne. Er brauchte nicht lange, um sich zu orientieren, und zeigte mit dem Finger auf ein paar Palmen nahe der Klippe.»Dort unten. An den Felsen sind Markierungen, die euch zum Höhleneingang führen. Er wird allerdings streng bewacht.«

Ich grinste in mich hinein.»Sie werden nicht lange leben.«

Mit meinen Drachenschwingen stieß ich mich vom Boden ab und als Noron mir folgen wollte, drehte ich mich kopfschüttelnd zu ihm um.»Bleib hier und pass auf ihn auf.« Ich wandte den Blick auf das ruhige Meer.»Wenn ich nicht bald zurück bin, habe ich es wohl nicht geschafft.«

Noron gab ein wütendes Schnauben von sich, sodass Rauch aus seinen Nüstern trat. Ich merkte, dass er nicht gerne sprach und sich nur dann äußerte, wenn er es für richtig hielt. Er schien mein Vorhaben nicht zu tolerieren. Trotzdem wollte ich diese Rezeptur bekommen, um damit gegen Ravaga eine Waffe in der Hand zu haben. Ohne magische Hilfe würde ich aussichtslos verlieren. Außerdem könnten in diesem besagten Buch noch mehr Geheimnisse versteckt sein, die mir zugutekämen.

Ich flog auf den kleinen Palmenwald zu und landete direkt inmitten der dicht bewachsenen Stämme. Damit mir meine Flügel nicht im Weg waren, ließ ich sie wieder knackend zwischen meinen Schulterblättern verschwinden.

Vorsichtig ging ich voran, bis ich an der Felswand landete und nach den Zeichen suchte, von denen mein Gefangener gesprochen hatte.

Tatsächlich fand ich Markierungen, die jemand mit Meißel und Hammer hineingeschlagen hatte. Sie zeigten in die Richtung des Meeres und ich folgte ihnen.

Obwohl es warm wurde, kühlte mich die frische Brise und hinterließ eine Gänsehaut. Die Sträucher begannen noch dichter zu werden, die Palmen rückten immer näher und ich musste mich zum Teil durch ihre Äste zwängen, wodurch ich mir einige Schürfwunden einfing.

Bevor ich das Wasser erreichte, zeigte ein Pfeil auf den Boden und ich entdeckte eine Luke im Sand, die jemand bereits geöffnet haben musste. Neugierig hockte ich mich zu ihr hinunter und begutachtete das erstaunlich unbeschadete Eisen. Ich fuhr mit den Fingern über den glatten Rand und bemerkte, dass diese Öffnung erst neu erbaut worden war. Dabei sollte es dieses Versteck schon seit Längerem geben. Handelte es sich dabei vielleicht um eine Täuschung?

Alarmiert erhob ich mich und ließ den Blick über die ruhige Umgebung schweifen. Vielleicht hatte mich der Gefangene überlistet und mir eine Lüge aufgetischt. Möglicherweise lag das Geheimversteck des Roten Korns nicht an diesem Ort.

Da ich mich nicht traute, hineinzusehen, aus Angst, jemand würde nach meinen Körper greifen und mich hineinziehen, schippte ich mit dem Fuß den Sand in die Öffnung, um zu prüfen, wie lange er fiel. Wie ich es bereits geahnt hatte, war das Loch nicht besonders tief, weswegen ich vermutete, dass es nur als Attrappe diente.

Gerade als ich nach Noron rufen wollte, hörte ich hinter mir ein Geräusch und spürte, wie mich etwas Hartes am Hinterkopf traf. Kurz darauf brach ich zusammen und meine Welt wurde schwarz.

Dumpfe Stimmen drangen an mein Ohr und ein heftiger Schmerz hämmerte im Rhythmus meines Herzens gegen meine Schädeldecke. Eilig setzte ich mich auf und sah mich achtsam um. Jemand hatte mich in einen Kerker gesperrt, der in einem noch furchtbareren Zustand war als der in Alexandria. Hier lagen Leichen, Skelette und Abfälle herum, die zusammen einen schauderhaften Geruch abstießen. Ich war so angewidert davon, dass ich mir die Nase zuhielt und näher ans Gitter rutschte, um dem Gestank zu entfliehen.

Ohne lange überlegen zu müssen, wusste ich, dass mich der Rote Korn gefangen hatte. Die Felsen um mich herum waren dieselben, die ich auch bei der Klippe gesehen hatte. Nach dem vielen Blut auf dem Boden zu urteilen, ließen sie ihre Feinde gerne leidvoll sterben.

Gegenüber gab es drei weitere Kerkerzellen, die allerdings unbesetzt waren. Auch neben meinem eigenen Gefängnis schien es keine Lebenden mehr zu geben. Schwere Ketten hingen von der dunklen Decke herab und auf dem Boden gab es einige Kampfspuren. Die drei Fackeln an den Wänden erleuchteten nur fade den Raum, weswegen ich beinahe die dunkle Tür am Ende des Ganges übersehen hätte.

Kaum versuchte ich, mir die Details meiner Umgebung ausgiebiger einzuprägen, wurde auch schon die Tür aufgerissen und ich blieb erwartungsvoll an den Gitterstäben stehen. Zwei leuchtend grüne Augen blickten zu mir und ich erkannte im Schatten eine schmale Gestalt, die von zwei stämmigen Männern begleitet wurde.

Als sie ins Licht trat, bemerkte ich, dass ich das Gesicht schon einmal gesehen hatte. Und zwar in den Erinnerungen von Mitgliedern des Roten Korns, die in Menam gelebt hatten und mir zum Opfer gefallen waren.

Der Mann vor mir war Valerius – auch Val genannt.

Allerdings bedeutete das gleichzeitig, dass er über ein Jahrhundert alt sein musste, denn die letzten Mitglieder des Roten Korns hatte ich ganz zu Beginn meiner Herrschaft getötet.

»Ihr seid wahrlich eine Schönheit, Königin Freyja«, begann er und seine Stimme klang heuchlerisch. »Oder sollte ich Euch lieber ›Drachenhexe‹ nennen?«

Ich setzte ein gespielt unsicheres Lächeln auf. Er sollte nicht wissen, dass mir sein Gesicht bereits bekannt war. »Und Ihr seid …?«

Er machte eine tiefe Verbeugung vor mir und sprach im gehobenen Tonfall: »Valerius Ian Terrgon.«

Ich schnappte jetzt doch ehrlich überrascht nach Luft, denn damit enthüllte er ein Detail, das mir tatsächlich noch nicht bekannt gewesen war. Seit ich denken konnte, herrschte die königliche Blutlinie Terrgon über das Land Pyronon. Dafür verblüffte es mich umso mehr, dass jemand von solch hohem Rang Teil einer Verbrechergilde war.

Brachte er damit nicht Schande über seine Familie?

»Was verschlägt einen Mann von so hohem Range zum Roten Korn?«, wollte ich wissen.

Er wandte den Kopf zu seinen beiden Begleitern und nickte ihnen zu. Damit entfernten sie sich von uns und verließen den Kerker.

Als wir unter uns waren, öffnete er seine Handfläche und entfachte darin eine grüne Flamme. »Ihr sollt meine Geschichte erfahren, meine Liebe.« Sein falsches Lächeln verpasste mir einen kalten Schauer. »Ich bin der einzige Sohn von Tarwin Terrgon dem Ersten.«

Mein ganzer Körper spannte sich an. Ich wusste aus Büchern, dass es die Blutlinie der Terrgon schon viele hundert Jahre lang gab.

»Seid Ihr ein Magier?« Ich wusste, dass es unter ihnen auch Unsterbliche gab, aber nicht alle Magiebegabten wurden als diese geboren.

Als er seine Hand zur Faust ballte, verschwand die grüne Flamme wieder. »Ausgebildet und aufgewachsen im Orden Alexandrias.«

Ich hob irritiert eine Augenbraue. »Sagtet Ihr nicht, Ihr wart der einzige Sohn? Damit wärt Ihr doch Thronerbe? Und trotzdem wurdet Ihr im Orden großgezogen?«

»Das ist korrekt.« Er verschränkte die Arme hinter dem Rücken. »Meine Mutter gebar noch ein Kind. Einen Bastard, den sie auf den Thron setzten und behaupteten, er sei der Erstgeborene. Mein Vater glaubte tatsächlich, dass das Kind von ihm wäre, und hat mich – sein eigen Fleisch und Blut – wegen meiner magischen Kräfte in den Orden verbannt.« Er schüttelte den Kopf. »So ein Narr.«

»Und wieso habt Ihr dem Orden den Rücken gekehrt und seid nun hier beim Roten Korn?«, hakte ich weiter nach.

»Ich verliebte mich«, antwortete er schulterzuckend. »Sie gehörte zu einer gesetzlosen Gruppe, bestehend aus Kopfgeldjägern und Assassinen. Doch der Orden Alexandrias verabscheute Abtrünnige und nahm sie gefangen. Bei meinem naiven Versuch, sie zu befreien, wurde ich ebenfalls weggesperrt. Zur Strafe für meinen Verrat musste ich dabei zusehen, wie sie ihr zuerst die Zunge herausschnitten, danach ihre Hände abschlugen und ihr zum Schluss tödliches Gift einflößten, das über Stunden brauchte, bis es seinen Tribut forderte.« Seine Stimme klang monoton, als hätte er dies schon unzählige Male erzählt. Dennoch konnte ich in seinen Augen einen alten Schmerz lesen.

Normalerweise hätten mich bei einer Schilderung von solcher Grausamkeit ein Hochgefühl und Sensationslust überfallen. Aber jetzt blieb dies aus – im Gegenteil, mir wurde bei diesem Gedanken eiskalt.

Aus einem mir unerklärlichen Grund stellte ich mir für einen kurzen Moment vor, wie Lucien diesem Grauen zum Opfer fallen könnte. Doch statt mich darüber zu amüsieren, zog sich ein unangenehmer Schmerz durch meine Brust und hinterließ Angst.

Valerius fuhr fort: »Ich verließ den Orden und gründete den Roten Korn.«

Auch *das* war mir nicht klar gewesen. Bedeutete es, er war auch der alleinige Anführer dieser großen Gilde? Mein Herz begann schneller zu schlagen, da mir jetzt erst bewusst wurde, welch mächtiger Mann vor mir stand.

»Seitdem verabscheue ich diese Magier und auch Hexen.« Sein Blick verfinsterte sich und er schaute mir drohend in die Augen. »Ihr habt über zweihundert meiner Männer getötet. Ihr und Euer verdammter Drache.«

»Woher wisst Ihr das?«, hinterfragte ich misstrauisch.

»Einer meiner Männer, den Ihr wohl mit hierhergebracht habt, konnte fliehen und hat mir erzählt, was Ihr angerichtet habt.«

Es wäre wohl besser gewesen, diesen Menschen auf der Stelle zu töten, statt ihn am Leben zu lassen. Außerdem dachte ich, Noron befohlen zu haben, auf ihn aufzupassen.

»Unmöglich. Er war in den Fängen meines Drachen«, widerlegte ich.

Valerius schüttelte den Kopf. »Als er spürte, dass wir Euch geschnappt haben, machte er sich auf die Suche nach Euch und flog die Klippen ab. Der Mann ergriff dann die Flucht und rannte zu unserem Stützpunkt.«

»Ich brauchte das Schneefeuer und Ihr wolltet uns keines geben.« Ich sah ihn mit erhobenem Kinn an. »Da habe ich es mir mit Gewalt genommen. Es war nicht meine Schuld. Dieses Massaker wäre niemals passiert, wenn Ihr nicht so ein Egoist gewesen wärt.«

Er machte einen Schritt zurück und behielt seinen finsteren Blick bei. »Euch wird das Lachen noch vergehen, Hexe.« Er ging auf die Tür zu, um den Kerker zu verlassen. »Leider muss ich schon gehen, sonst wäre ich gerne geblieben, um zuzusehen, wie meine Männer Euch Stück für Stück auseinandernehmen.«

Mein Körper spannte sich an. »Ihr wollt mich töten?«

»Ich habe meine Gründe.« Sein Lächeln tauchte wieder auf seinen schmalen Lippen auf. »Es hat mich sehr gefreut, Euch kennenzulernen, Drachenhexe.«

Was meinte er damit? Persönliche Gründe? Gegen Hexen? Vielleicht war ich ihm auch mit meinem Drachen ein Dorn im Auge.

Die stämmigen Burschen tauchten wieder auf und Valerius verschwand in der Dunkelheit des Korridors. Falls er es wirklich ernst meinte, mich zuerst zu foltern, bevor ich endgültig starb, stünde ich vor einem großen Problem.

Mir fehlten die Kräfte, mich aus dem Gefängnis zu befreien. Zudem wusste ich noch nicht einmal, wo *genau* ich mich im

Roten Korn befand, geschweige denn wie ich auf dem schnellsten Weg hinauskäme. Wie tief war ich unter der Erde? Gab es Gänge? Treppen? Oder nur einen Tunnel, der hinausführen würde? Noron war mein einziger Hoffnungsschimmer, also rief ich im Stillen nach ihm, erhielt jedoch keine Antwort. Ich spürte ihn noch nicht einmal.

Ob er bereits Hilfe holte? Oder vom Roten Korn gefangen genommen worden war? Aber hätte Valerius das nicht erwähnt? Hoffentlich flog er nicht noch immer ziellos umher, um mich zu finden. Hier unten würde mich niemand erreichen, besonders mein Drache nicht.

Die Männer öffneten die Tür und ich machte einen Schritt zurück. Als sie meine Arme packten, stemmte ich mich gegen ihre Kraft, merkte jedoch schnell, dass ich ihrer Stärke chancenlos ausgeliefert war. Sie schränkten mich so sehr in meiner Bewegungsfreiheit ein, dass ich nicht einmal die Möglichkeit bekam, mich loszureißen oder mich mit meinen Beinen zu wehren. Sie wichen mir aus oder verpassten mir einen schmerzhaften Stoß in die Seite.

Während sie mich aus dem Kerker zerrten, prägte ich mir jedes Detail ein, das ich auf dem Weg durch die Gemäuer erkennen konnte. Viele Türen oder Wände besaßen uralte Verzierungen oder Symbole.

Wir liefen an weiteren Gefängniszellen vorbei, in denen sich jeweils mindestens fünf Personen befanden. Die Männer stellten sich neugierig an die Gitterstäbe, um nachzusehen, wer den Gang entlangkam. Als sie mich erblickten, pfiffen oder johlten sie mir hinterher. Es fielen unangebrachte Ausdrücke, Beleidigungen und unkeusche Anspielungen, die mich allerdings kaltließen.

Am Ende des Ganges gelangten wir in die Folterkammer, die mit allerlei Geräten und Instrumenten ausgestattet war. Der

Geruch von Eisen drang in meine Nase, der vom vielen Blut stammen musste. Ratten liefen an den Wänden entlang, nagten an einer Leiche, die seit einigen Tagen schon in der Ecke liegen musste.

Mein Herz schlug mir bis zum Hals, als sie mich an eine Wand ketteten, die Arme über dem Kopf hängend, die Beine zusammengebunden. Ich fürchtete mich nicht vor dem Tod, sondern vor dem Schmerz, den ich nun in einem unerträglichen Ausmaß erdulden musste. Doch ich würde stark bleiben. So lange, bis sich mir eine Chance zum Fliehen bot.

»Mal sehen, wie viel Hexenkraft noch in dir steckt, wenn wir mit dir fertig sind«, sagte der Kleinere von beiden mit einem Messer in der Hand.

Sein Kumpel, dessen rechtes Auge durch seine geschwollene Haut nicht zu sehen war, hielt einen Knüppel in der Hand, mit dem er wohl auf mich einschlagen wollte.

Der erste Schmerz war meistens der schlimmste.

Kleingnom schnitt durch meinen dünnen Stoff, riss einige Schnüre damit auf und entfernte die Brustplatten, damit ich schutzlos war.

Mit der Klinge seines Messers fuhr er genüsslich an meinem Bauch entlang, sodass er damit eine rote Linie hinterließ, die mein weißes Unterhemd tränkte. Ich biss die Zähne zusammen, unterdrückte einen Schrei und spannte die Muskeln an. Dabei zog ich an den Armfesseln, die ich jedoch mit menschlicher Kraft niemals lösen könnte.

»Na, meine Schöne? Tut das gut?«, fragte der Gnom und ließ von mir ab.

Das Opfer eines Folterungsprozesses zu sein, demütigte mich nicht nur, sondern es kratzte auch an meinem Selbstbewusstsein. Niemals hätte ich mir vorstellen können, dass ich solcher Hilflosigkeit ausgesetzt sein würde.

Das wird ihnen noch leidtun, knurrte mein dunkles Herz.

Der Einäugige rückte zu mir und holte mit seinem Knüppel aus. Wie ein barbarischer Bauer versetzte er einen dumpfen Schlag genau auf die blutende Wunde an meinem Bauch. Ein schmerzverzerrter Schrei entglitt mir und ich hasste mich dafür.

Wieso war ich nur so schwach?

Er landete gleich hinterher einen zweiten Treffer, genau auf meine Rippen. Ich keuchte und atmete hechelnd einen Schwall Luft ein, da der Schlag mir diese aus der Lunge gepresst hatte.

Doch der Einäugige wartete nicht allzu lange, bis er den nächsten Hieb in meinem Gesicht versenkte.

Ich biss wütend die Zähne aufeinander. *Nicht. In. Meinem. Gesicht.* »Du elender, dummer Zwerg!«, keifte ich und zerrte an meinen Ketten. »Ich werde dich so sehr leiden lassen, dass du dir gewünscht hättest ...« Der Vierte traf die andere Seite meines Gesichtes.

Beide grinsten siegreich. »Du bist nichts.«

»Wir werden noch eine Menge Spaß mit dir haben.« Der Gnom kicherte und trat näher auf mich zu.

Mir tat bereits jetzt schon mein gesamter Körper weh. Alles pochte schmerzhaft, jede Bewegung fühlte sich wie ein weiterer Schlag an und ich wusste nicht, ob ich wirklich so stark sein konnte, wie ich immer behauptete.

Erneut setzte der Gnom das Messer an eine weitere freie Stelle und schnitt dieses Mal noch tiefer ins Fleisch. Ich biss mir so fest auf die Unterlippe, dass sie aufplatzte und ein Rinnsal an meinem Kinn hinunterlief.

»Ganz schön störrisch.« Einauge lachte und fuhr sich durch sein abstehendes Haar.

Sie mussten davor schon jemand anderen gefoltert haben, denn an ihrer Stoffkleidung klebte altes Blut.

»Sie wird schon noch schreien«, meinte Gnom und ging zu einem Instrumententisch hinüber, um sich eine lange, feine Eisennadel zu holen, mit der er tiefer in meinen Körper dringen konnte.

Ich keuchte und machte mich auf den nächsten Schmerz gefasst. Es musste eine Möglichkeit geben, zu fliehen. Auch wenn es absolut aussichtslos aussah, wollte mein Verstand nicht akzeptieren, dass das hier mein Ende bedeutete.

Eine leise, kleine Stimme in meinem Kopf hoffte, dass mich jemand aus diesem Folterungsprozess befreien würde.

»Elende …«, ächzte ich, doch Einauge versetzte mir einen harten Schlag mit seinem Knüppel.

»Halt die Klappe, dummes Weib«, grummelte er.

»Jetzt werden wir dich zum Weinen bringen, meine Kleine«, sagte der Gnom erfreut und stieß mir die Eisennadel in den Oberschenkel. Dabei traf er meinen Knochen.

Die Pein ergoss sich bis zu meiner Hüfte hinauf. Das bohrende, unerträgliche Gefühl trieb mir sogar Tränen in die Augen, die mir übers Gesicht liefen und am Kinn hinuntertropften. Währenddessen hatte ich mir auf die Innenseite der Wangen gebissen und schmeckte Blut. Doch ein Schrei war meiner Kehle nicht entwichen.

Die beiden schienen sich über das Spiel mit mir zu amüsieren, während ich fieberhaft darüber nachdachte, wie ich mich von diesen Fesseln befreien könnte.

»Geh weg! Du machst das nicht richtig«, murrte Einauge und schob den Gnom beiseite, der es nicht amüsant fand, wie er behandelt wurde.

Ich blickte angestrengt um mich und versuchte, das qualvolle Pochen in meinen beiden Wangen zu ignorieren. Ich sah so viele hilfreiche Instrumente, mit denen ich die beiden mit einem Schlag hätte töten können, doch ich kam an keines heran.

Ehe ich mich wieder an die Dummköpfe zurückwandte, traf mich erneut ein schmerzhafter Schlag in den Bauch. Allerdings ging Einauges Wut mit ihm durch, denn er schleuderte nicht nur ein zweites Mal den Knüppel auf meinen Körper, nein, er tat es sieben Hiebe lang.

Mir blieb die Luft weg. Das Atmen wurde schmerzhaft, und Übelkeit stieg in mir auf. Ich würgte, bemerkte, dass es sich dabei um Blut handelte, und ließ mich kraftlos in meinen Fesseln hängen.

Der Schmerz wurde zu einer Qual, der ich nicht länger standhalten konnte. Aus meiner Kehle wollte ein Schrei entfliehen, gefolgt von einem Weinen, das nicht von meiner Seele käme, sondern von meiner geschundenen Hülle.

Diese Bastarde ... ich werde sie zerstückeln. Wenn ich nur ...

Dieses Mal ging der Gnom zu weit, denn er führte mit genussvollem Gesichtsausdruck seine Nadel in meine Hüfte, wodurch er mehrere Organe durchbrach. Es sprengte meinen Kampfgeist, überstieg meine Schmerzgrenze und ließ mich aus vollem Leibe aufschreien.

»Na geht doch, meine Kleine!« Der Gnom lachte, während ich noch immer versuchte die Qual zu ertragen, die mich meiner meisten Kraft beraubte.

»Lass sie uns auf die Streckbank bringen«, sagte Einauge genervt und machte sich an meinen Fesseln zu schaffen. »Ich will ein paar Knochen brechen.«

Der Gnom nickte und zog mir die Eisennadel aus dem Leib. Ich keuchte, hechelte und wimmerte, weil ich nicht mehr wusste, wie lange dieser Schmerz anhielt.

Mir war schwindelig, mein rechter Oberschenkel brannte wie Feuer und ich wusste, dass ich nicht mehr lange durchhalten würde. Die Bewusstlosigkeit klopfte bereits an meiner Tür – der Tod war nicht weit entfernt.

Als ich spürte, wie die beiden mich packten, um mich zu einem anderen Apparat zu tragen, erkannte ich endlich die Chance, auf die ich gewartet hatte. Wenn ich mich jetzt nicht auf irgendeine Weise befreite, würden sie mich umbringen. Mir fiel nur eine unmenschliche Sache ein, die die zwei auf der Stelle töten könnte. Meine Drachenschwingen – das Einzige, was mir von meiner Macht noch geblieben war. An ihnen befanden sich dieselben scharfkantigen Daumengelenke, die auch Noron besaß. Sie würden die beiden zumindest schwer verletzen, sodass ich nur einen Hieb bräuchte, um sie zu töten – auch wenn ich es am liebsten langsam und qualvoll getan hätte.

Gerade als sie mich auf die Streckbank legen wollten, beschwor ich meine Flügel, die aus meinem Rücken schossen. Bevor die Dummköpfe überhaupt bemerkten, was vor sich ging, landete das erste Daumengelenk im Hals des Gnoms, aus dem dickflüssiges Blut quoll. Er ging sofort zu Boden.

Einauge hingegen erkannte die Gefahr, die von mir ausging, und wollte fliehen, doch ich schmiss mich wie eine Furie auf ihn. Wütend rammte ich ihm meine Fingernägel ins Gesicht, zerkratzte seine Haut und drückte sein gesundes Auge in den Kopf, sodass es wie eine Traube unter meinem Daumen platzte.

Bevor ich ihm allerdings den finalen Stoß gab, wollte ich noch eine Sache wissen: »Wo ist das Engelsbuch?«

Er hatte solche Schmerzen, dass er mir kaum antworten konnte. Ich schlug ihm auf den Mund, sodass er einigermaßen zur Besinnung kam.

»Ich weiß es nicht!«

Mit dem Daumengelenk meines Flügels verpasste ich ihm einen Todesstoß und ließ ihn am Boden ausbluten. Als ich mich von ihm erhob, schwankte ich nach rechts und stieß gegen den schweren Tisch mit den Folterinstrumenten.

Ich stützte mich mit wankenden und zitternden Beinen an ihm ab und versuchte nur noch ein letztes Mal, meine Kraft zu sammeln, um mich fortbewegen zu können.

Komm schon, Freyja! Streng dich verdammt noch mal an. Du bist eine Hexe und kein erbärmlicher Mensch.

Mein eigener Ansporn schien Wirkung zu zeigen, sodass ich mich aufrecht hinstellte und einen Fuß vor den anderen setzte.

Im Gang der Gefängniszellen traten erneut die Insassen nach vorne, um mich anzusehen. Sie riefen nach mir, bettelten um Hilfe, die ich ihnen nicht gewähren würde.

Sollen sie alle jämmerlich verrecken.

Die Menschen waren mir zuwider mit ihrer böswilligen Art, ihren Täuschungen und Lügen. Sie hatten kein Leben verdient.

Als ich zum Kerker zurückging, fand ich auf einem Tisch meine Waffen wieder. Sehnsüchtig umschloss ich den Griff meiner roten Klinge und fühlte mich gleich viel sicherer.

Mit jedem Schritt, den ich tat, floss mehr Blut aus meiner Wunde an der Hüfte. Sie war eindeutig tiefer als die in meinem Oberschenkel. Ich drückte meine Hand darauf, um den Blutverlust zu reduzieren, wusste jedoch, dass mir nicht mehr viel Zeit blieb, bis ich bewusstlos zu Boden kippte.

Ich musste das Buch vergessen und es ein anderes Mal stehlen. Überleben war wichtiger.

Die Flure waren bewacht und alles glich einem Irrgarten. Wenn ich bloß ein Fenster sähe, dann könnte ich hindurchspringen und das Weite suchen. Aber diese Räume waren unter der Erde erbaut worden, weshalb ich einen Weg nach oben finden musste.

Während des Schleichens hinterließ ich eine tropfenartige Blutspur. Meine Sinne schwanden und meine Umgebung verschwamm immer öfter vor meinen Augen.

Ich musste mich beeilen.

Mit hämmernden Schmerzen im Kopf kümmerte ich mich nicht mehr um die Wachen, sondern humpelte den Gang hinauf und traf auf eine Treppe, die spiralförmig nach oben führte. Die Wachen hatten mich längst gesehen und rannten mir alarmiert hinterher. Meine Beine kamen durch die unersättlichen Qualen nicht schnell genug voran, zitterten beim Auftreten und wollten am liebsten nach jeder Kurve zusammenbrechen. Als ich oben ankam, entdeckte ich endlich zwei Fenster am Ende des Ganges. Erleichtert eilte ich darauf zu, unterdrückte die Pein in meinem Bauch und machte einen kräftigen Sprung auf das dünne Glas zu. Dabei legte ich die Drachenflügel schützend um meinen Körper, um keine weiteren Wunden zu erleiden. Durch einen Sturzflug aus einem höheren Stockwerk hätte ich die Chance gehabt, tief zu fallen und nach unten zu gleiten, um einen größeren Vorsprung zu erlangen. Mir wäre wohl niemand nachgesprungen, der nicht ebenfalls Flügel besessen hätte, doch stattdessen fiel ich noch nicht einmal einen Meter tief und landete im kühlen Sand des Strandes. Um richtig zu fliegen, bräuchte ich mehr Kraft, die ich in meinem momentanen Zustand allerdings nicht besaß.

Durch das zerbrochene Fenster folgten mir über sechzehn Soldaten, gegen die ich keine Chance hatte. Meine Stärke würde gerade noch so reichen, um den ein oder anderen Hieb mit meinem Schwert abzuwehren.

Aber ich dachte nicht einmal daran, aufzugeben. Ich war eine Hexe, verdammt. Und ich würde mich nicht von Menschen töten lassen.

Ich erhob mich vom Boden und fasste mit zitternder Hand nach dem Griff meiner Klinge. Eine plötzliche Erschöpfung übermannte mich, sodass ich nicht einmal die Spitze heben konnte, geschweige denn es schaffte, sie einhändig zu führen.

Obwohl es mich mein Leben kosten könnte, ließ ich von meiner blutenden Wunde ab und legte meine zweite Hand an den Griff, um mich auf einen Angriff vorzubereiten.

»Ergebt Euch!«, rief der Vorderste. »Es ist sinnlos.«

Ich schüttelte den Kopf und sah dabei zu, wie er auf mich zugestürmt kam. Er hob sein Schwert und wollte es während des Sprungs auf mich niedersausen lassen, als ein markerschütternder Schrei von oben ertönte.

Noron.

Er ist hier.

Ich bin gerettet.

Erleichterung überkam mich und bevor mein Angreifer mich erschlagen konnte, wurde er Opfer von Norons Klaue. Er zerquetschte den Menschenkörper wie eine weiche Frucht in der Hand.

Schützend ließ er sich vor mir nieder und spie sein Drachenfeuer auf die restlichen Männer. Schreie ertönten, das Chaos wurde entfesselt und ich sackte zusammen. Das Schwert rammte ich dabei in den Sand und stützte mich daran ab, um nicht zur Seite zu kippen.

Plötzlich hörte ich Schritte, die auf mich zukamen, und dachte im ersten Moment an eine weitere Gefahr, die Noron übersehen haben könnte.

Allerdings fand ich mich beim Aufblicken in wunderschönen grauen Augen wieder.

»Engel«, hauchte ich schwach und ließ mich nach vorne fallen, sodass er mich mit den Armen auffing.

»Freyja, was ist verdammt noch mal passiert?«, ertönte seine engelsgleiche Stimme, die durch meine getrübten Sinne einen ganz anderen Klang bekam.

Seit wann hatte er beschlossen, mich bei meinem Vornamen zu nennen?

Er war mir gefolgt. Wieso? Trotz allem, was ich ihm angetan hatte? Verdiente ich in seinen Augen den Tod nicht? Weshalb tat er das? Und wieso wusste er, wo ich zu finden war?

Ich spürte, wie er mich auf seine Arme hob und zu Noron ging, auf dessen Rücken er mit mir stieg.

Wie hatte er mich so schnell gefunden? Hatte Noron ihn um Hilfe gebeten?

Der Schmerz war plötzlich gar nicht mehr so schlimm, als mich die Wärme von Luciens Körper umfing. Sie linderte die Qual, auch wenn diese noch immer an meinem Leben nagte.

In der Luft zog er mich enger an sich und achtete gleichzeitig darauf, mir keinen weiteren Schmerz zuzufügen.

»Noron, flieg schneller«, drängte er und mein Drache gab ihm einen Schrei als Antwort.

Ich nahm wahr, dass er dem Engel gehorchte und seinem Drängen nachkam.

»Freyja, kannst du mich hören?«, ertönte seine Stimme nur dumpf in meinen Ohren.

Ich nickte schwach, wobei meine Wangen pochten.

»Du hast … viel Blut verloren. Hat dir das der Rote Korn angetan?« Sorgen erfüllten seine Stimme.

Erneutes Nicken meinerseits.

»Warum musst du dich ständig beweisen? Kannst du das nicht lassen? Ich weiß nicht, ob ich dich jedes Mal retten kann. Auch meine Kräfte sind beschränkt.«

»Tut … t-tut …«, versuchte ich mich zu entschuldigen, merkte jedoch, dass mein Hals dabei brannte und mir das Sprechen verwehrte.

Womöglich lag es an dem Blut, das sich noch immer von meinem Magen zu meinem Hals nach oben drückte.

»Sch«, flüsterte er und seufzte schwer. »Du schaffst das.«

Was sah dieser Engel in mir? Die Prinzessin? Hatte er sich auf unsere Vereinigung im Badebereich etwas eingebildet?

Eine Träne kullerte meine Wange hinunter.

Ich hatte mir etwas eingebildet. Und diese Tatsache wurde mir in diesem Moment viel zu bewusst.

Lucien war meinetwegen hierhergekommen. Er hätte mich sterben lassen können, doch er tat es nicht und nahm den weiten Weg auf sich, um mich aus den Fängen des Roten Korns zu befreien. War das nicht bereits der Beweis für seine Zuneigung?

Ich wollte ihm danken. Die Tage zuvor hatte mich die Dunkelheit davor bewahrt, aber nun konnte ich spüren, dass es mein Herz war, das nach seiner Nähe verlangte.

Letztendlich übermannte mich langsam die Müdigkeit, und mein Körper verlangte nach Ruhe. Ich schloss die erschöpften Lider und ließ den Kopf auf Luciens Brust sinken. Ein warmes Kribbeln durchfuhr mich, als ich seinen Duft einatmete, der mich an Lavendel erinnerte.

»Freyja?«, rief er nach mir und klang dabei panisch. »Bleib bei mir.«

Wofür würde er mich schon brauchen? Ich säte nur Hass und Tod. Eine machtlose Hexe, die nach dieser grauenvollen Erfahrung endlich verstanden hatte, dass sie ohne ihre Macht ein Mensch war.

Ich bin ein Mensch.

Aus Fleisch und Blut.

Verwundbar. Besiegbar. Zerbrechlich.

Ich musste diese Erkenntnis akzeptieren, so hart sie auch war, und endlich von meiner Dunkelheit ablassen. Sie existierte nicht länger und war nur noch ein Schatten, auf den ich herabblicken konnte.

Meine Zeit als Drachenhexe war vorbei.

TRÜMMER
UND SCHERBEN

Lucien

Ich ging im Raum auf und ab. Gorius, der beste Heiler des Ordens, machte sich gerade an Freyjas geschundenem Körper zu schaffen. Seit sie in Ohnmacht gefallen war, war sie kein einziges Mal mehr erwacht, und das bereitete mir Sorgen.

»Sir Lucien, sie wird nicht schneller genesen, wenn Ihr Unruhe in das Zimmer bringt. Schwache Körper spüren diese störenden Schwingungen und werden dadurch nur langsamer heilen.«

»Verzeiht«, hauchte ich trostlos und blieb abrupt stehen.

»Geht doch hinunter in die Küche und fragt Nara, wie weit sie mit dem Tee ist«, schlug er vor und ich tat, was er verlangte.

Zwischen meinem Gemach und der Küche lagen noch einige Korridore, weshalb ich ein wenig länger brauchte, bis ich auf Nara traf, die gerade den Deckel auf eine Kanne setzte.

Mit hochgezogenen Augenbrauen sah sie mich an. »Und? Ist sie erwacht?«

Ich schüttelte bedauernd den Kopf.

Sie tätschelte meinen Arm. »Sie wird wieder. In dieser tapferen Frau steckt mehr Willenskraft, als du denkst.«

Als ich aus meinem Traum erwacht war, hatte die Stimme der Prinzessin in mir nachgehallt. Sie war so flehend und eindringlich gewesen, dass sie mich bis in die reale Welt verfolgt hatte.

›Geh zu den Klippen von Negra! Rette uns!‹

Als ich Hals über Kopf losstürzen wollte, um die Drachenhexe zu finden, war Nara es gewesen, die mich beruhigte, bevor ich etwas Unüberlegtes tat. Ich erzählte ihr von dem inneren Konflikt der Hexe und sie schien dann nachvollziehen zu können, weshalb es mir so wichtig war, dass Freyja überlebte. Nara schien die dunkle Königin sowieso mit anderen Augen zu betrachten, da sie offensichtlich ebenfalls an das Gute in ihr glaubte.

Ich seufzte und begleitete die alte Dame zurück in mein Gemach, in dem ich mich wieder ungeduldig neben Gorius stellte und ihm bei der Arbeit zusah.

Freyja sah furchtbar aus. Ihr Gesicht war angeschwollen, aus ihrem Oberschenkel und der Hüfte floss viel Blut. Die heftigen Blutergüsse in ihrem Bauchbereich waren durch innere Organverletzungen entstanden, deren Genesung lange brauchen würde. Zumindest erzählte es mir Gorius so.

Dank der Heilkraft des Magiers konnte ihr Gesicht abschwellen, doch die blauen Flecken blieben. Um ihre Hüfte und den Oberschenkel waren Verbände gewickelt worden und auf ihrer Stirn lag ein kühles Tuch, das sie vor Fieber bewahren sollte.

Trotz des unverzeihlichen Massakers, das Freyja kurz vor ihrem Aufbruch zu den Klippen Negras angerichtet hatte, sorgte ich mich um sie. Die Instinkte der Hexe in ihr hatten sie dazu getrieben und vermutlich trug ich daran ebenfalls Schuld. Schließlich hatte ich mich auf sie eingelassen und etwas getan, was ich um jeden Preis hatte vermeiden wollen. Wir hatten uns vereinigt, was vermutlich ein Chaos in ihr hinterließ.

Sie war durcheinander gewesen, als sie ging, und da sie sich an niemanden wenden konnte, überließ sie sich der Finsternis, die sie beinahe ins Verderben gestürzt hätte.

Gorius erhob sich vom Schemel und lächelte mich aufmunternd an. »Hätte sie das Schneefeuer nicht dem Orden gebracht, hätte Cartis ihr einen Heiler verweigert.« Er legte mir eine Hand auf die Schulter. »Ich schaue später wieder nach ihr.«

Bestätigend nickte ich und hörte, wie er aus dem Zimmer ging.

Nara gesellte sich zu mir und stellte den Tee auf dem Tisch ab. »Cartis hat die Suche wieder fortgeführt. Die Männer haben nun die nötige Ausrüstung, um die Schatten zu töten.«

Ich wusste nicht, wie ich es erklären sollte, doch die ganzen Nachforschungen um Ravaga interessierten mich kaum noch. Mir war es im Moment viel wichtiger, dass Freyja wieder erwachte.

Ich wollte wissen, weshalb sie zum Roten Korn gegangen war. Was hatte sie dort zu suchen? Rache? Dürstete es sie nach weiteren Opfern?

Nara legte ihre Hand auf meine. »Jungchen, leg dich hin. Du siehst ziemlich erschöpft aus. Wenn sie erwacht, wecke ich dich sofort, in Ordnung?«

Mein Blick wanderte über Freyjas Körper, der keine Veränderung aufwies. Sie schlief tief und fest, als hätte sie ihre lang ersehnte Ruhe gefunden.

Ich ging zur Pritsche, die Emir und Marielle besorgt hatten, und legte mich darauf nieder. Meine müden Glieder waren für die Ruhe dankbar und es dauerte auch nicht lange, bis ich einschlief.

Ich hoffte so sehr, dass sich mir die Möglichkeit bot, Prinzessin Freyja anzutreffen oder sogar die Königin um ihren Rat zu bitten. Vielleicht wusste oder fühlte sie mehr, was in der Drachenhexe vor sich ging.

In meiner Traumwelt landete ich zum vierten Mal in einem schwarzen Nichts, zusammen mit einer offen stehenden, verwahrlosten Tür. Neugierig ging ich darauf zu und trat ein. Über mir hingen die gleichen grauen Wolken wie zuvor, zusätzlich ergoss sich Regen über den dunklen, einsamen Ort. Der Boden war aufgewühlt, verdorrte, kahle Sträucher standen um mich herum, und rechts von mir ragte ein großer Baum in den trostlosen Himmel. Durch das laute Rauschen des strömenden Regens nahm ich kaum das Donnern des Gewitters wahr.

Doch als mein Blick zum Fuße des Baumes glitt, erkannte ich zwei Gestalten, die mir sehr bekannt vorkamen. Ich lief zu ihnen und entdeckte die Drachenhexe, die gegen den Baumstamm gelehnt war, und die Prinzessin, die danebensaß.

»Was stimmt nicht mit ihr?«, fragte ich überrascht und kniete mich zu beiden hinunter.

Die Hexe schien zu schlafen, genau wie in der Wirklichkeit.

Die Prinzessin schüttelte bedauernd den Kopf. »Sie zerbricht«, flüsterte sie traurig und legte ihre Stirn auf die Schulter der Hexe. »Sie darf nicht zerbrechen, Lucien. Wenn sie ihre Willenskraft verliert, wird sie sterben und ich werde verschwinden, für immer.«

»W-was? Nein!«, stammelte ich von Angst erfüllt. »Wie kann ich das aufhalten?«

»Der Ring«, flüsterte sie und im ersten Moment wusste ich nicht, was sie damit meinte. Doch dann führte ich meine Hand zu meinem Geldsäckchen, in dem ich ihn verstaut hatte. Ich nahm ihn heraus. »Den hier?«

Sie nickte. »Aber er wird nur die volle Wirkung entfalten, wenn du ihn der Drachenhexe in der Wirklichkeit im richtigen Moment gibst.«

»Wann ist dieser Moment?«

Sie strich ihrem bösen Ich eine Haarsträhne aus der Stirn, die durch die Nässe an ihrer Haut haftete. »Das kann dir niemand sagen.«

Ich senkte betrübt den Kopf und spürte zwei behutsame Hände an meinen Wangen.

Die Prinzessin hob mein Gesicht an und lächelte aufmunternd. »Dein Herz sagt es dir.«

»Wie?«

Sie lächelte ermutigend. »Du wirst es fühlen, ich verspreche es.«

Sie wollte gerade wieder ihre Hände von mir nehmen, als ich diese ergriff und sie in meine legte. »Sind eure Seelenteile noch immer getrennt?«

Sie presste ihre Lippen aufeinander und seufzte. »Ja. Jemand will mit aller Gewalt, dass das Siegel aufrechterhalten wird, damit die Drachenhexe niemals wieder zu ihrem wahren Wesen findet.«

Ich sah sie mit entschlossenem Blick an. »Ich werde die Königin zurückholen, versprochen. Ihr beide werdet wieder vereint sein.«

Die Prinzessin wirkte erleichtert und schlang die Arme um mich. Sie legte den Kopf auf meine Brust, und ihre Wärme umschloss mich. Es tat unglaublich gut, ihren Körper festzuhalten. Diese Berührung fühlte sich wohlig vertraut an.

»Wo ist eigentlich dein strenger Bewacher in dieser Welt?«, stellte ich eine allerletzte Frage, bevor ich mich von ihr löste.

»Überall«, antwortete sie.

Ich sah um mich. »Wo genau?«

»Du solltest jetzt gehen«, sagte sie in einem aufgezwungen freundlichen Ton und ich tat, was die Prinzessin mir riet.

Allerdings ließ mich das Gefühl nicht los, dass in dieser Welt etwas nicht stimmte.

Wieso waren alle Blumen verwelkt, der Boden karg und der Himmel tosend? Was war hier passiert?

Bevor ich einen Schritt über die Türschwelle setzen konnte, wurde ich von einem verzweifelten Ruf aufgehalten.

»Lucien!« Es war die Stimme der Prinzessin.

Angsterfüllt wandte ich mich wieder dem verdorrten Kirschbaum zu und erkannte, wie sie von einer dunklen, unkenntlichen Gestalt an den Stamm gedrückt wurde. Im Licht eines Blitzes leuchtete für den kurzen Moment eine silberne Klinge auf, die der Prinzessin in die Brust gerammt wurde.

»Nein!«, schrie ich.

Entsetzt sprang ich nach vorne und wollte ihr zu Hilfe eilen, als dicke Wurzeln aus der Erde ragten und mich festhielten. Ich zerrte an ihnen und drückte mich mit aller Kraft vom Boden ab.

Die Prinzessin sackte leblos zusammen und die schattenartige Gestalt drehte sich zu mir. Sie war so sehr in schwarzen Nebel gehüllt, dass ich nicht erkennen konnte, welche Bestie dahintersteckte.

Mein Verdacht fiel auf Ravaga, da mit ihr alles begonnen hatte.

Doch bevor das düstere Wesen mich erreichte, stellte sich jemand schützend vor mich und die Wurzeln zogen sich an meinen Füßen zurück.

»Du hast nicht viel Zeit. Ich erledige das.« Vor mir leuchtete eine rote Klinge im Schein eines Blitzes auf, und weißblondes Haar schimmerte in der Dunkelheit.

»Drachenhexe?« Mir fiel auf, dass ihr Körper nicht mehr am Baumstamm lehnte.

»Ich schaffe das schon. Aber du solltest verschwinden«, meinte sie, packte meinen Arm und verpasste mir einen kräftigen Schubs in Richtung der offenen Tür.

Bevor sich diese allerdings hinter mir schloss, warf sie mir ein dankbares Lächeln zu.

Ich schnappte mir den Griff der vermoderten Tür und zerrte daran, doch sie ging ein weiteres Mal nicht auf. Frustriert blieb ich auf dem Boden sitzen und legte das Gesicht in meine Hände.

Was passierte hier? Wer war dieses dunkle, in Nebel gehüllte Wesen? Eine weitere Hexe? Eine Bestie? Oder möglicherweise nur eine Einbildung?

Mit einem Mal löste sich meine Traumwelt auf. Die Tür verschwand und meine Welt versank in eine trostlose Leere.

Als ich erwachte, erkannte ich zuerst Nara, die der aufrecht sitzenden Freyja einen Becher an den Mund führte. Sofort sprang ich von der Pritsche und ging zu ihnen hinüber, um nachzuschauen, ob Freyja wirklich erwacht war.

Diese blinzelte mich mit ihren hellblauen Augen an.

War das etwa die Königin aus meinen Träumen? Bedeutete es, ihre Seelenstücke hatten sich wieder berührt?

Obwohl mir so viele Fragen im Kopf herumschwirrten, fand ich keine passenden Worte, mit denen ich ein Gespräch beginnen konnte. Es fühlte sich an, als würden sie in meinem Hals festsitzen.

Nara stellte die kleine Holzschale ab und strich Freyja behutsam über ihre Hand, die in ihrem Schoß lag. »Ich werde noch mehr von dem Tee kochen«, sagte sie, erhob sich und verschwand aus dem Zimmer.

Damit ließ sie uns allein und ich setzte mich auf den Schemel, auf dem Gorius immer saß, wenn er sich um Freyjas Wunden kümmerte. Selbst jetzt, da wir allein waren, blieb ich stumm.

Es ist so viel passiert.

Ich schenkte ihr ein vorsichtiges Lächeln.

»Hast du es gewusst?«, ächzte sie und schloss geschwächt die Lider.

»Was meinst du?«, fragte ich irritiert.

»Dass deine Lichtmagie eine Verbindung zur Prinzessin erschaffen würde, während du deinen Dolch in meine Brust gestoßen hast«, antwortete sie und öffnete wieder die Augen. Als sie meinen noch immer verwirrten Blick erkannte, sprach sie weiter. »In der Traumwelt habe ich es von der Prinzessin erfahren. Sie erzählte mir, dass der Dolch dem Siegel schadete. Wir können beide spüren, wie es langsam zerbricht und von der Bestie in uns zusammengehalten wird.«

Verwundert hob ich die Brauen. »Du warst dabei gewesen? Als Drachenhexe?«

Sie lachte freudlos. »Ja, aber die bin ich nun nicht mehr.«

»Wie meinst du das?«

Sie seufzte und schloss schmerzerfüllt die Augen. Ich sah, wie einzelne Tränen über ihre Wangen liefen.

Sie ... weint?

»Die ersten feinen Risse bekam das Siegel durch dein Dasein als Engel, was in dem Moment geschah, als du geboren wurdest«, erklärte sie leise. »Das Licht bedrohte meine Macht. Als Drachenhexe erhielt ich zu dem Zeitpunkt meine erste Vision.

Ich sah, wie deine Eltern dein Engelsmal entdeckten und der König dich in sein Schloss brachte, damit du ausgebildet werden würdest. Nach einundzwanzig Jahren begegneten wir uns dann endlich das erste Mal und du jagtest mir den Dolch in die Brust, sodass wir unbeabsichtigt ein Band schmiedeten. Seitdem konntest du auch in die versiegelte Welt der Prinzessin gelangen.«

Ich nickte, um ihr zu bestätigen, dass ich ihrer Erklärung folgen konnte.

»Prinzessin Freyja wurde über ein Jahrhundert lang von einer uns unbekannten Kreatur gequält, einem sehr starken Wesen – mächtiger als Ravaga.« Für einen kurzen Moment versuchte ich mir vorzustellen, wen sie damit meinte. »Es muss uralt sein.«

»Was würde passieren, wenn das Siegel komplett bräche?«, fragte ich interessiert und beugte mich zu ihr nach vorne.

Freyja schüttelte kraftlos den Kopf. »Wenn das geschähe, würden wir uns gegenseitig zerstören, denn die grauenvollen Erinnerungen an mein Leben als Hexe würde die Prinzessin nicht verkraften. Ich würde zu einem der Monster werden, das den Verstand verliert und nur noch nach Instinkten handelt.«

Ich begriff allmählich, was sie mir damit sagen wollte. Die Drachenhexe hatte ein ganzes Land ausgemerzt, das die Prinzessin liebte. Würde sie zu der Hexe in einem Stück zurückkehren, bräche es ihr das Herz. Sie käme mit ihren Sünden nicht mehr klar, würde eine solch tiefe Reue verspüren, dass sie sich vermutlich selbst das Leben nahm. Schließlich besaß die Drachenhexe kein Mitleid, kein Schuldbewusstsein, keine Furcht, keine Liebe, kein Glück.

Genau aus dem Grund waren der Drachenhexe auch Tausende Tode gleichgültig gewesen. Sie scherte sich nicht um die Menschheit.

»Wird die Prinzessin noch immer von diesem merkwürdigen Wesen gequält?«, meinte ich sorgenvoll.

»Nein. Wir verteidigen uns gemeinsam gegen das Monstrum – so lange es noch geht. Aber mit jedem Vergeltungsschlag, den ich der Kreatur zufüge, bricht das Siegel immer mehr. Ich weiß nicht, wie viel Zeit mir noch bleibt, bevor das Siegel endgültig zerbrechen wird.«

Nervös massierte ich mir die Stirn. »Wer ist dieses ... Ding? Ich habe es ebenfalls gesehen und konnte noch nicht einmal sagen, ob es menschlicher Natur ist.«

Freyja senkte nachdenklich den Blick. »Ich habe eine Vermutung.«

Überrascht richtete ich mich auf. »Ach ja?«

»Sagt dir der Name ›Valerius Ian Terrgon‹ etwas?«

»Einer der Terrgon-Familie soll dafür verantwortlich sein?«, entfuhr es mir voller Entsetzen.

Dabei hatte ich das Land Pyronon immer bewundert. Sie besaßen die größte Handelsstadt in allen fünf Landen und gaben auch jedes Jahr eines der berühmtesten Feste ab. Über sie hatte ich nie ein böses Wort vernommen.

Freyja stieß frustriert die Luft aus. »Schlimmer. Er war der erste Nachkomme der Terrgons. Doch seine Familie verstieß ihn, da er ein Magier war und wegen seiner Kräfte in den Orden gehörte, nicht auf den Thron.«

»Der ... Erste? Wie meinst du das?«

»Er wandelt schon seit einigen Jahrhunderten auf dieser Welt. Er ist älter als ich, älter als Ravaga.«

Mir klappte die Kinnlade herunter. »Wirklich? Woher kennst du ihn?«

Sie seufzte schwer. »Ich wollte uns das Engelsbuch besorgen, nachdem ich das Schneefeuer gestohlen hatte. Doch dann tappte ich in eine Falle.«

Sie erzählte mir alles über den Anführer des Roten Korns und dass er ihn auch gegründet hatte. Ich wusste zwar, dass diese Gilde bereits sehr alt war, aber nicht, dass ihr Anführer über die Unsterblichkeit verfügte. Nicht jeder Magier, der geboren wurde, erlangte ein solches Geschenk.

Als Freyja ihren Folterungsprozess beim Roten Korn erläuterte, glitt mir ein eiskalter Schauer den Rücken hinunter. Es war kein Wunder, dass ich sie in solch einem kritischen Zustand vorgefunden hatte. Doch umso mehr beeindruckte es mich, als sie mir erzählte, wie sie es aus dem Kerker herausgeschafft hatte.

»Danach kann ich mich an nichts mehr bis auf unsere Begegnung in der Traumwelt erinnern«, beendete sie damit ihren Teil der Geschichte. »Trotzdem habe ich das Gefühl, dass Valerius etwas mit der Barriere zu tun haben könnte. Ich bin mir nicht sicher, ob Ravaga damals über solch mächtige Fähigkeiten verfügte.«

»Tut mir leid, dass ich nicht schon eher da sein konnte.«

Freyja sah mich zuerst verwirrt an, drehte aber dann den Kopf weg. »Lass das bitte.«

»Was?«, wollte ich wissen.

Sie seufzte erneut. »Dich zu entschuldigen für etwas, das du nicht getan hast.«

Diese Frau vor mir war keinesfalls mehr die Drachenhexe. Zwar spürte ich noch immer ihren Trotz und die Widerspenstigkeit, doch in ihr tobten auch Reue und Furcht. Gefühle, die die dunkle Königin aus Schattentod nie empfunden hatte. Ihre Seele schien sich tatsächlich langsam wieder zusammenzufügen.

»Und hör auf mich so anzusehen, als stünde morgen der Tod vor meiner Türschwelle. Mir geht's gut.«

»Müsste ich dann nicht eher lächeln?«, neckte ich und zog einen Mundwinkel in die Höhe.

Damit entlockte ich Freyja ebenfalls ein beinahe unscheinbares Schmunzeln.

Sie schaute aus dem Fenster. »Es ist seltsam«, flüsterte sie gedankenverloren. »Als Drachenhexe hatte ich alles dafür getan, dass die Prinzessin niemals zu mir zurückkehrte, doch nun, da ein kleiner Teil von ihr wieder meine Seele heilt, bin ich froh darüber. Die damalige Freude über das Töten von Menschen ist kein Vergleich zu menschlichem Glück, das ich jetzt empfinde.«

Mein Blick flog über ihr geschundenes Gesicht und wanderte bis zu ihren Händen. An ihren Handgelenken hoben sich violette Blutergüsse ab und auch an ihren Armen entdeckte ich den ein oder anderen roten Abdruck. Selbst die Wunden, die ihr die Schatten vor einigen Wochen zugefügt hatten, waren noch immer nicht vollständig verheilt.

Als sich Freyja von ihren Gedanken löste, legte sie sich wieder flach ins Bett und schloss die Augen. Ich entschied mich, sie weiter schlafen zu lassen, und erhob mich vom Schemel.

Gerade als ich das Zimmer verlassen wollte, hielt Freyja mich auf. »Lucien.« Ich sah erwartungsvoll über meine Schulter und fand mich in hellblauen, glasigen Augen wieder. »Danke, dass du mich gerettet hast.«

Ich nickte nur und verschwand, die Tür hinter mir zuziehend, aus dem Raum. Auf dem Flur blieb ich kurz stehen und dachte über ihre Worte nach.

Sie war so anders, als ich sie kennengelernt hatte, und ihr Groll gegen mich schien nun begraben.

Wie viel Chaos herrschte jetzt wirklich in ihr? Wie stark war ihre Reue? Wie sehr litt sie darunter?

Je mehr ich mir darüber Gedanken machte, umso größer wurde mein Mitleid.

In der Bibliothek versuchte ich mich abzulenken und hielt nach alten Geschichtsbüchern Ausschau, die möglicherweise von Valerius selbst geschrieben worden waren oder Erzählungen über ihn beinhalteten. Ich wandte mich an einen erfahrenen alten Bibliothekar, dem der Name vielleicht bekannt sein könnte.

»Oh ja! Ein sehr begabter Magier, der den Orden vor Jahrhunderten verlassen hat, um seine Bestimmung zu suchen. Seitdem wurde er nie wieder gesehen.« Der Mann fasste sich nachdenklich ans faltige Kinn. »Frag doch mal den Ältesten Juan. Vielleicht kann er dir mehr über ihn erzählen.«

»Wo finde ich ihn?« Neugierde packte mich.

Ob er Valerius noch gekannt hatte? Oder war er nach ihm geboren worden?

»Um diese Zeit wird er wohl in seiner Gebetsstätte sein«, riet der alte Mann mir.

Ich dankte ihm und machte mich auf den Weg zu dem genannten Ort, der sich direkt auf einer Klippe befand.

In der Nacht wirkte das Häuschen unsichtbar, von der Dunkelheit verschluckt. Eine einzelne Flamme brannte am Eingang und die verwitterte Fassade des kleinen Gebäudes bröckelte an manchen Stellen.

Vorsichtig öffnete ich die Tür und ging hinein. Der Innenraum erinnerte an eine Kapelle mit einigen Holzbänken und einem kleinen Altar am Ende des Raumes. Bunte Fenster wurden von den Kerzenleuchtern angestrahlt, und ein Bild mit Engeln und Wolken zierte die Decke über mir. Säulen und Wandmaserungen waren mit goldener Farbe verziert.

Ich entdeckte den Ältesten am Altar kniend. Mit einem Räuspern zog ich die Aufmerksamkeit auf mich und schritt auf ihn zu. »Ältester Juan?«

Er hatte die Hände zu einem Gebet gefaltet, den Kopf gesenkt und die Augen geschlossen. Anhand seiner sich bewegenden Lippen erkannte ich, dass er etwas murmelte.

Ich wartete geduldig, bis er fertig war.

Irgendwann erhob er sich und schaute mich mit hochgezogenen Augenbrauen an. »Ah, der Engel«, begann er und seine Stimme klang dunkel und alt. Seine Haut war faltig, das Haar grau und dünn. Er strich sich über den langen Bart, als er mich von Kopf bis Fuß musterte. »Du bittest um einen Rat, richtig?«

»So in etwa«, gestand ich. »Eigentlich will ich nur wissen, ob Euch der Name ›Valerius Ian Terrgon‹ etwas sagt.«

Er lachte auf. »Du hast wohl herausgefunden, dass er noch lebt, oder? Tja, dieser Halunke ist der Kopf des Roten Korns. Obwohl wir keine Mitglieder dieser Verbrechergilde im Orden dulden, haben wir bei ihm eine Ausnahme gemacht.«

Ich hob eine Braue hoch. »Warum?«

»Schwierige Zeiten, schwierige Entscheidungen. Valerius versprach, uns das Engelsbuch auszuhändigen, wenn wir ihnen Schutz im Wall boten.« Er seufzte. »Aber wir haben uns zu lange an der Nase herumführen lassen und ehe wir uns versahen, hatten sie dich hereingelegt und dein Blut gestohlen.«

»Dann wusstet Ihr bereits von dem Buch?«, fragte ich empört. »Es wäre hilfreich gewesen, es mir mitzuteilen.«

»Wir wollten erst sichergehen, ob es uns überhaupt nützlich sein würde«, gestand er und schüttelte dabei enttäuscht den Kopf. »Wie sich jedoch herausstellte, haben wir alles nur noch schlimmer gemacht.«

»Wisst Ihr nun etwas über den Anführer des Roten Korns?«, wechselte ich zum alten Thema zurück.

Er zuckte mit den Schultern. »Aufzeichnungen gibt es keine, aber ich weiß, dass er mit dunklen Mächten paktiert.« Der Blick des Ältesten verfinsterte sich. »Ich habe es in seinen Augen gesehen. Seit der grauenvollen Hinrichtung seiner Geliebten folgt er dem Pfad des Teufels. Sein Ziel ist es, eines Tages die ganze Welt zu beherrschen. Es gibt nichts auf der Welt, was er mehr hasst als uns Menschen.«

Er betrachtet sich also als höheres Wesen.

»Wusstet Ihr das erst, *nachdem* Ihr ihm Einlass in den Orden gewährt habt, oder bereits *davor?*«, hinterfragte ich unsicher.

Er deutete auf die Holzbänke, auf die wir uns setzen sollten. Ich kam seiner stillen Bitte nach und nahm neben ihm Platz.

»Ich wusste schon lange, dass Valerius mit innerlichem Schmerz nicht gut umgehen konnte, weshalb er zu einem verbitterten, rachsüchtigen Mann wurde.« Er ließ sich in die Lehne zurückfallen und blickte zum Altar, als würden sich dort die alten Erinnerungen einer längst vergessenen Zeit abspielen. »Als Valerius' Geliebte auf dem Markt hingerichtet wurde, war ich gerade einmal elf Jahre alt. Der junge Magier war im ganzen Orden für sein herausragendes Talent bekannt gewesen. Sie hatten zu ihm aufgesehen, ihn sogar als Großmagier küren wollen, womit er eine hohe Anstellung bekommen hätte. Doch das Schicksal meinte es nicht gut mit ihm. Drei Tage später ließ man Valerius aus dem Gefängnis und man bot ihm an, seinen Fehler wiedergutzumachen, indem er sein Talent an den Orden verkaufte – anders gesagt, ihm ewig diente. Doch Valerius war so voller Hass, dass er dem Orden den Rücken kehrte und schwor, sich eines Tages für den Tod seiner Geliebten zu rächen. Wir wussten, dass Valerius ein mächtiger Magier ist und wir seine Drohung ernst nehmen sollten, doch er tauchte nie wieder auf. Die Jahrhunderte zogen ins Land und man vergaß ihn mit der Zeit. Doch nicht ich.«

Vor dreihundert Jahren hörten wir zum ersten Mal von einer großen, gefährlichen Gilde namens ›Roter Korn‹, die in allen fünf Landen ihr Unwesen trieb. All die Jahre hatte man ihr Hauptquartier nicht ausfindig machen können und das ist leider auch bis heute so geblieben.«

»Die Klippen von Negra waren es nicht?«, entfuhr es mir.

Er schüttelte bedauernd den Kopf. »Nein. Nur ein unbedeutendes Waffenlager. Wir haben nach eurer Ankunft ein paar Männer hinterhergeschickt und herausgefunden, dass sie dort nur Gefangene festhielten und unerlaubten Handel betrieben.«

»So ein Mist«, bedauerte ich. »Jetzt sitzen uns schon zwei Feinde im Nacken. Ravaga und der Anführer des Roten Korns.«

Er nickte. »Es wäre besser, wenn du dich zuerst um die ewige Nacht kümmern könntest. Die Menschen leiden unter den Angriffen der Schatten und wenn wir nicht bald etwas dagegen unternehmen, werden noch mehr Tote folgen.«

Er hatte recht. Der Rote Korn musste warten. Hoffentlich nutzte er diese Schwäche nicht als eine Gelegenheit zum Gegenangriff aus. Der Wall war die einzige, sichere Schutzbarriere in den ganzen fünf Landen. Cartis hatte mir erzählt, dass sie mittlerweile keine Flüchtlinge mehr hineinließen, da die Stadt viel zu überfüllt war.

»Wir hoffen auf ein Zeichen der Hexe, damit wir sie endlich töten können«, murmelte der Älteste und erhob sich von der Bank. »Wenn du erlaubst, würde ich gerne noch ein bisschen beten. Vielleicht erhören uns ja die Engel.«

Ich zog eine Braue in die Höhe und schaute ihm dabei zu, wie er sich wieder vor den Altar kniete.

Seine Erzählungen waren zwar interessant gewesen, doch sie brachten mich kein Stück weiter. Valerius war *ein* Problem, aber im Moment nicht das größte.

Enttäuscht entschied ich mich, die kleine Gebetsstätte zu verlassen und zu Freyja zurückzukehren.

Draußen atmete ich die frische Meeresbrise ein und stellte mich an den Abgrund der Klippe. Ich erkannte, dass am Horizont zartes Licht den Himmel erhellte. Das Dunkelblau der Nacht wurde um mehrere Nuancen heller, und ich begriff, dass es sich dabei um die Morgendämmerung handelte. Der kleinste Hoffnungsschimmer, den es nur einmal am Tag zu sehen gab.

Als ich den Blick auf den Strand richtete, bemerkte ich dort eine kleine, schwarze Gestalt, die zu mir hinaufzuschauen schien. Nach genauerem Hinsehen entdeckte ich zotteliges Haar und durchlöcherte Lumpen, die mich erahnen ließen, um wen es sich dabei handelte.

Überrascht, Zett zu sehen, beschloss ich, sie zur Rede zu stellen. Wie kam sie nun schon wieder hierher? Es war ein unglaublich langer Weg von Snowcrow – wo sie den Abgrund hinuntergestürzt war – bis nach Alexandria, das an der Küste lag.

Wie hatte sie den Sturz überhaupt überlebt?

Ich beschwor meine Engelsflügel und spürte, wie mich mein grelles Licht umhüllte. Mit einem Sprung beförderte ich mich von der Klippe und hob mich in die Lüfte.

Der kühle Wind zog an mir vorbei und ich glitt zum Strand hinab. Aufgrund Zetts mir unbekanntem Wesen behielt ich erst einmal einen sicheren Abstand zu ihr. Allerdings fiel mir das viele, getrocknete Blut an ihr auf.

Erschrocken riss ich die Augen auf. »Zett?«

Sie sah mich mit kaltem Ausdruck an. »Die Männer werden nicht zurückkehren.«

Ich hatte keine Ahnung, wovon sie da sprach. »Welche Männer?« Fassungslos schüttelte ich den Kopf. »Und warum lebst

du noch? Ich habe gesehen, wie du dich die Klippen hinuntergestürzt hast. Kein normaler Mensch hätte das überlebt!«

Sie seufzte schwer. »Fragen ohne Antworten. Immer wollen
sie alle wissen, wieso, weshalb und warum ... Die Männer,
Lucien, sie sind tot. Verstehst du das?«

Ich begriff, dass ihr seltsamer Verstand sie wieder beherrschte, weshalb es sinnlos war, aus ihr die Wahrheit quet-
schen zu wollen.

Womöglich hatte Freyja recht gehabt und Zett war das Opfer
eines höheren Wesens. Ich musste mitspielen, auch wenn ich
lieber ganz andere Fragen stellen wollte.

»In Ordnung. Aber du musst mir schon erklären, welche
Männer du meinst.«

»Diejenigen, die für dich das Wasser aus der Heiligen Quelle
holen wollten. Ich habe mit eigenen Augen gesehen, wie
Ravaga sie abfing und zerstückelte. Ihre Köpfe hat sie auf
Speere gespießt und sie vor den Eingang der Quelle gestellt,
um weitere Menschen daran zu hindern, hineinzugehen. Sie
will, dass du keine Möglichkeit bekommst, von dem Wasser
zu kosten«, erklärte sie in einem vollkommen ruhigen Ton, als
wäre sie besänftigt.

Woher sollte ich wissen, dass sie die Wahrheit sagte? »Aber
weshalb bist du dann voller Blut?«

Sie presste die Lippen aufeinander und schaute zu ihren roten Händen, an deren Fingernägeln noch Hautreste hingen.
»Ich ... hab ihre Körper gegessen. Sie dufteten so gut ...« Sie
hob die Nase und schloss genüsslich die Augen. »... und ich
hatte Hunger. So großen Hunger.«

Ich machte einen Schritt zurück, da ich mir langsam denken
konnte, was Zett war. »Verdammt, bist du etwa eine Untote?«

Zumindest würde es erklären, weshalb sie den Sturz überlebt hatte. Untote starben ähnlich wie Hexen durch das Feuer.

Ihre Gliedmaßen setzten sich wieder zusammen, wenn sie brachen oder sie vom Körper abgetrennt wurden. Allerdings waren das bisher auch nur Erzählungen von Reisenden oder Geschichten aus Büchern.

Sie legte den Kopf schief. »Nein, ich bin doch nicht untot.« Vielleicht nahm sie es selbst nicht wahr. »Kannst du Schmerz spüren?«

Sie schüttelte den Kopf. »Nein, schon sehr lange nicht mehr.«

Das bekräftigte meine Vermutung noch mehr. »Zett, ich weiß nicht, ob ich dir trauen kann. Woher soll ich wissen, dass es stimmt, was du mir erzählst? Versteh das nicht falsch, bisher bin ich dir für jegliche Hilfe dankbar, aber du tauchst immer an Orten auf, an denen man dich nicht vermutet. Wie kannst du so schnell von einem Ort zum anderen reisen?«

Zett zog ihre Augenbrauen zusammen. »Immer stellst du so viele Fragen, dabei will ich nur helfen.« Sie wirkte beleidigt und holte etwas hinter ihrem Rücken hervor. Es war ein kleines Töpfchen. Sie stellte es vor ihren Füßen im Sand ab. »Ich dachte, weil die Männer nun tot sind, kehre ich eben mit dem Wasser der Heiligen Quelle zurück.«

»Woher weißt du überhaupt davon?«, wollte ich angespannt wissen.

»Siehst du!«, rief sie aufgebracht. »Immer diese Fragen!« Sie hielt sich die Ohren mit den Händen zu und schüttelte heftig den Kopf. »Kannst du einmal keine stellen?«

Ich biss mir auf die Unterlippe und schwieg. Offensichtlich hatte ich sie verärgert – oder die höhere Kreatur, die ihren Verstand kontrollierte. Aber wie übernahm man die Kontrolle eines solchen Wesens? Aus der Ferne? Oder musste man dazu in der Nähe sein?

371

Vorsichtig blickte ich um mich, doch Zett zog erneut die Aufmerksamkeit auf sich. »Ich brauche jetzt Ruhe.« Sie wandte sich zum Meer. »Das Wasser ist heute besonders still.« Anschließend schritt sie ins kühle Nass und als sie knietief darin stand, drehte sie sich noch ein letztes Mal zu mir um. In ihren Augen lag eine tiefe Trauer. »Ich habe dich ehrlich gesagt gern gehabt und wollte dir wirklich nur helfen. Aber es tut weh, in deinen Augen Argwohn zu erkennen.«

Bevor ich etwas erwidern konnte, tauchte sie mit ihrem gesamten Körper unter und verschwand in der Schwärze des ruhigen Wassers. Fassungslos starrte ich auf die Stelle, an der sie verschwunden war, und wartete darauf, ob sie auftauchte.

Doch Zett kam nicht wieder.

Mit einem mulmigen Gefühl in der Magengrube erhob ich mich in die Luft und flog knapp über der Wasseroberfläche, doch es fehlte jede Spur von Zett.

Wo war sie hin? Hatte sie sich dieses Mal wirklich umgebracht?

Ich flog zurück an den Strand, behielt noch eine Weile die Umgebung im Auge und hoffte, dass die seltsame Frau irgendwo wieder auftauchte.

Vergebens. Sie kehrte aus dem Meer nicht zurück.

Das war doch alles absolut merkwürdig. Wer war Zett? Und wieso wollte sie mir helfen? Woher wusste sie überhaupt von den Soldaten, die Cartis geschickt hatte? Vielleicht sollte ich ihn aufsuchen und fragen, ob er etwas aus Kalabress gehört hatte.

Doch bevor ich dem Strand endgültig den Rücken zukehrte, fasste ich den Behälter mit dem Heiligen Wasser ins Auge. Ob sie die Wahrheit sprach? Tatsächlich hatte Zett mir nie schaden wollen, sondern war einfach zum richtigen Zeitpunkt am richtigen Ort gewesen. Dennoch würde sie durch ihre Taten nicht mein Vertrauen gewinnen.

Sollte ich den Behälter also mitnehmen oder am Strand zurücklassen? Was war, wenn es sich dabei tatsächlich um das Wasser der Heiligen Quelle handelte? Cartis würde keinen zweiten Trupp schicken, um welches zu holen.

Mit einem schweren Seufzer nahm ich den kleinen Tontopf an mich, in dem tatsächlich klares Wasser war. Hoffentlich konnten mir die Magier weiterhelfen.

Ich entschied mich, zurück zur Klippe zu fliegen, an der mich auch der Wall erneut in seinen Schutz schloss.

Anschließend machte ich mich zu Cartis auf, der gerade an einem der großen Tische in der Bibliothek ein Buch las. Als er meine Anwesenheit bemerkte, sah er erfreut zu mir auf.

»Lucien«, begrüßte er mich und deutete mit der Hand auf einen freien Platz neben sich. »Setz dich doch.«

Ich nickte und tat, worum er mich bat. Dabei stellte ich den kleinen Tonbehälter auf dem Tisch ab. »Cartis, hast du schon etwas von deinen Männern gehört? Wegen des Wassers aus der Heiligen Quelle?«

Er schüttelte den Kopf und schaute mich besorgt an. »Nein, aber der König hat geantwortet.« Mein Magen zog sich zusammen. »Keine Sorge. Ich lasse mir etwas einfallen, um ihn zu besänftigen. Am dringendsten will er wissen, was mit der Hexe geschehen ist. Das wird eine schwierige Angelegenheit und ich werde es nicht übers Herz bringen, ihn zu belügen, doch vielleicht kann ich dem Thema ausweichen.«

Mir entfuhr ein schwerer Seufzer. »Ich danke dir.«

Cartis wirkte neugierig. »Wieso fragst du wegen der Männer? Ist etwas vorgefallen?«

Unsicher biss ich mir auf die Unterlippe. »Würdest du eine Brieftaube nach Kalabress schicken? Nur um nachzuhorchen, ob deine Männer die Quelle erreicht haben?«

Cartis rutschte nervös auf dem Stuhl herum. »Wieso sollte ich das tun?«

Ich wusste, dass ich ihm von Zett berichten sollte. Vielleicht hatte er eine Idee, wer sie war.

Beginnend mit einem tiefen Atemzug erzählte ich Cartis alles, was ich mit Zett erlebt hatte und woher ich sie kannte. Ich beschrieb unsere erste Begegnung in Schattentod und ihre Vermutung über Ravagas böses Vorhaben. Anschließend berichtete ich ihm von der Rettung in Snowcrow und zuletzt von ihrem Auftauchen am Strand.

Nachdem ich meine Geschichte beendet hatte, nickte er nur und rieb sich nachdenklich über das Kinn. »Sie könnte eine Untote sein, doch es gibt viele Dinge, die darauf nicht zutreffen. Zum Beispiel verliert ein Untoter nach einer gewissen Zeit seinen Verstand endgültig, sodass er nur noch ans Töten denkt und Jagd auf Menschen macht. Ich kann mir nicht erklären, was sie für ein Wesen ist, aber du solltest ihr dennoch nicht trauen.« Sein Blick fiel auf den Tonbehälter. »Ist das das Wasser, welches sie dir mitgebracht hat?«

»Ja.«

»Wir sollten es auf Gifte untersuchen. Gorius wird sich darum kümmern.« Er atmete beunruhigt aus. »Dann hast du also von ihr die Theorie, was Ravaga mit der Drachenhexe vorhat?«

Ich zuckte mit den Schultern. »Anfangs war ich misstrauisch, doch in Snowcrow bekam ich schließlich meine Bestätigung, als ich erneut Ravaga begegnete und sie gerade dabei war, das Herz der Drachenhexe zu nehmen.«

»Ich werde eine Brieftaube losschicken«, meinte Cartis und fuhr sich über den kahlen Kopf. »Was auch immer dieses Wesen ist, wir sollten vorsichtig sein.«

Zett beschäftigte mich mehr denn je, denn ihre Erscheinung wirkte unheimlich und zweifelhaft. Obwohl sie mich schon mehrere Male unterstützt hatte, konnte ich mich nicht dazu überwinden, ihr zu vertrauen.

Wieso reichte mein Engelslicht nicht dafür aus, ihre wahre Gestalt zu durchleuchten? Weshalb kam ich mir jedes Mal so machtlos vor, wenn ich versuchte gegen die Dunkelheit anzukommen? War ich wirklich so naiv? Hatte ich in Loucas' Schloss überhaupt nichts gelernt?

Schließlich holte mich Cartis aus meinen kreisenden Gedanken, indem er mir brüderlich eine Hand auf die Schulter legte. »Was ist los, mein Junge? Du wirkst bedrückt.«

Ich verzog die Mundwinkel zu einem traurigen Lächeln. »Sag mir, Cartis. Wieso ist die Dunkelheit so trügerisch? Weshalb kann ich sie nicht durchschauen? Bin ich nicht der Engel, der die Finsternis vertreiben sollte?« Ich schüttelte den Kopf. »Sie spielt mit mir und lenkt mich zu ihren Gunsten.«

Cartis seufzte und klopfte mir tröstend auf die Schultern. »Niemand wird Herr der Finsternis – bis auf den Teufel persönlich. Genau aus dem Grund darfst du niemals an dir selbst zweifeln. Es mag sein, dass die Finsternis dich täuscht, dich in ihre absurden Fallen lockt und dir Schmerz bereitet, den du zu verhindern versuchst.« Sein Lächeln wirkte hoffnungsvoll. »Aber warst nicht du es, der die Drachenhexe aus den Fängen von Ravaga befreit hat? Hast nicht du die Nebelbarriere bezwungen und der dunklen Königin die Stirn geboten? Du hast Menschen das Leben gerettet, ob du es glaubst oder nicht. Viele Bewohner des Landes setzen all ihre Hoffnungen in deine Fähigkeiten, weil sie genau wie du an das Gute glauben.«

Cartis' Worte schienen wirklich etwas in mir zu berühren. Hoffentlich behielt er recht und ich konnte all dem ein Ende setzen.

»Dennoch verlor ich meine Schwester«, gab ich zu bedenken. »Und bin schuld daran, dass nun alle fünf Lande einem Fluch unterliegen.«

»Aber *ohne* dich wäre alles nur noch schlimmer gekommen. Du magst im Moment nicht an dich glauben, doch eines Tages wirst du das. Loucas hat dich das Kämpfen und das Wissen gelehrt, doch das macht dich nicht zu einem Krieger. Der König hat dich nur vorbereitet und nun liegt es ganz bei dir, was aus dir wird.«

Ich nickte. »Danke, Cartis.«

Er lächelte zum Abschied und ich ging zu Freyjas Gemach zurück.

Tatsächlich freute ich mich auf eine gewisse Weise, in mein Zimmer zurückzukehren, um erneut bei ihr zu sein. Seit ich der wahren Königin in der Illusionswelt begegnet war, ließ mich ein unerklärlich gutes Gefühl nicht mehr los. Immer wieder, wenn ich mich an sie zurückerinnerte, kroch mir ihr Rosenduft in die Nase, meine Finger fuhren durch ihre aschblonden Haare und meine Hand lag auf ihrer warmen Wange.

Als ich das Zimmer betrat, schlief Freyja. Nara saß am kleinen Tisch und trank einen Kräutertee. »Oh, du bist zurück?«

Mit einem knappen Nicken ließ ich mich neben sie in den Stuhl fallen. »Ich bin wieder Zett begegnet.«

Sie hob überrascht die Augenbrauen. »Und? Was wollte sie dieses Mal?«

Seit Nara vor wenigen Tagen nach Alexandria gekommen war, hatte ich ihr zwischendurch ein wenig von meiner Reise berichtet. Darunter entsprechend auch von Zett. Nara konnte sich allerdings ebenfalls keinen Reim auf ihr rätselhaftes Wesen machen.

»Sie berichtete mir, dass die Soldaten von Ravaga getötet worden sind, damit mir niemand das Wasser aus der Heiligen Quelle bringen kann. Sie selbst hat mir dann allerdings einen Behälter mitgebracht.«

Nara kratzte sich am Kopf und stellte ihren Tee auf dem kleinen Beistelltisch neben ihr ab. »Merkwürdig. Woher wusste sie denn überhaupt, dass du welches brauchtest?«

Ich seufzte schwer. »Ich habe keine Ahnung. Zett ist begabt darin, einfach zu verschwinden, wenn ich anfange, Fragen zu stellen. Sie kann das nicht ausstehen.«

Nara kräuselte die Lippen. »Eigenartig. Ich würde ihr auch nicht trauen. Wo ist das Wasser nun?«

»Cartis lässt es auf Gift prüfen.«

Sie tippte mit ihren langen Fingernägeln nervös auf dem Tisch herum. »Auch wenn ich es nicht gerne zugebe, aber sollte es stimmen, was sie sagt, werden wir das Quellwasser brauchen.« Sie senkte den Blick. »Beten wir, dass es nicht vergiftet ist.«

VERTRAUEN
UND LIEBE

Freyja

Es vergingen mehrere Tage und dank der Zuwendung durch Heiler Gorius waren die meisten meiner Wunden am Genesen. Zumindest brauchte ich nicht mehr im Bett zu liegen und konnte mich im Orden frei bewegen.

Trotzdem war ich am liebsten allein. Durch die Heilung meiner zerbrochenen Seele kämpfte ich gegen Gewissensbisse an und erlitt fürchterliche Albträume. Immer wieder hing ich an dieser mit Ketten besetzten Wand, wurde auf schmerzhafte Art gefoltert und verpönt. Gnom und Einauge lachten mich aus, verprügelten mich mit dem stumpfen Knüppel und stachen, so oft sie konnten, ihre Eisennadel in meine Glieder. Im Traum schrie und weinte ich. Ich flehte, dass es aufhören mochte.

Meistens wurde ich dann von Lucien wach gerüttelt. Beim letzten Mal war ich noch nicht Herr meiner Sinne gewesen und hatte geglaubt, Lucien sei Einauge. Ich schlug nach ihm, biss ihm in die Hand und merkte erst kurz darauf, dass ich erwacht war.

Seitdem war es für andere besser, wenn ich allein blieb. Der Kummer und die Pein zerfraßen mich von innen. Vor meinen Augen sah ich immer wieder den Tod von unzähligen Menschen, durchbohrte mit meiner Klinge wehrlose Körper, leckte ihr Blut von meinen Fingern ab und quälte die verstorbenen Seelen mit grauenvollen Erinnerungen.

Ich fing sogar an, meine Eltern zu vermissen, und trauerte um den Tod meiner Mutter, deren Hand ich nicht hatte halten können, als sie ging. Für meinen Vater hegte ich noch Hoffnung, denn es war möglich, seinen schlafenden Körper zu erwecken. Dank seinem verzauberten Sarg und dem besonderen Versteck alterte sein Körper nicht – seine Seele war dafür seit über hundert Jahren gefangen.

Als Lucien an einem Morgen ein wichtiges Gespräch mit Cartis führte, wobei es um eine Antwort auf den Brief des Königs ging, wartete ich geduldig in seinem Gemach auf ihn. Doch während ich aus dem Fenster starrte, tippelten leichte Füße über den Boden und jemand klopfte außerhalb des Raumes an der Tür.

»Mylady?«, ertönte Marielles Stimme.

»Komm herein«, erlaubte ich ihr.

Sie trat ins Zimmer und schaute sich im Raum um. Suchte sie nach Lucien?

Nervös stellte sie sich mit ausreichendem Abstand ans Bett.

»Mylady, ich bin hier … ähm …«, begann sie, doch sie schien Angst zu haben. Ihre feingliedrigen Arme zitterten und sie hielt sie beschämt hinter dem Rücken verschränkt.

Erwartungsvoll hob ich eine Augenbraue und lächelte sie dabei aufmunternd an. Ich brachte es einfach nicht über mich, dieses unschuldige Mädchen mit meinen strengen Blicken zu strafen. Schließlich hatte sie allen Grund, Angst vor mir zu haben. Ich war keine freundliche Herrin in den letzten Tagen gewesen.

»Du bist hier, weil …?«, versuchte ich ihr ein wenig zu helfen.

Doch Marielle kniff die Augen zusammen und kam mit eiligem Schritt auf mich zu. Sie legte eine wunderschöne weiße Blume neben mich auf das Bett und nahm anschließend wieder Abstand von mir. »Die ist für Euch. Sie soll Euch Trost spenden.«

Bedeutete das etwa, sie bekam meine Albträume, Schreie und Wehklagen ebenfalls nachts mit?

Voller Verwunderung blickte ich auf die Blüte und legte sie behutsam in meine Hand. »Sie ist wunderschön. Vielen Dank«, sagte ich mit freundlicher Stimme und meinte es auch wirklich so.

Das Gefühl, von jemandem beschenkt zu werden, war unbeschreiblich. Noch nie zuvor hatte ich eine solche Empfindung wahrgenommen, da ich mir zuvor als Drachenhexe alles genommen hatte, was ich wollte, und jeder mich hasste oder verabscheute. Doch diese einzelne Blume war mehr wert als jedes Glücksgefühl, das das Böse in mir jemals hervorgerufen hatte.

Marielle stieß einen erleichterten Seufzer aus. »Das freut mich sehr, Mylady.«

Als sie gerade aus dem Zimmer verschwinden wollte, hielt ich sie noch einmal auf. »Marielle, warte.«

Sie blieb abrupt stehen und drehte sich noch einmal zu mir um. In ihren Augen erkannte ich erneut Angst, die sie wohl nie ganz ablegen würde.

»Es tut mir aufrichtig leid, dass ich dich damals dazu gezwungen habe, mir den schlimmsten Teil deiner

Vergangenheit zu erzählen. Ich verspreche dir, dass das nie wieder vorkommen wird.«

Beschämt strich sie eine schwarze Strähne hinter ihr Ohr. Auf ihre Lippen legte sich ein kleines Lächeln. »Es war nicht weiter schlimm, Mylady.«

»Doch, das war es. Es ist respektlos und grausam, nach deiner Vergangenheit zu fragen. Bitte verzeih mir.«

Sie nickte dankbar, machte auf dem Absatz kehrt und verschwand mit einem »Wenn Ihr etwas braucht, dann zögert nicht, mich zu rufen, Lady Elea« aus dem Raum.

Noch eine ganze Weile starrte ich mit einem glücklichen Lächeln auf die Tür. Diese Freude ließ nicht mehr von mir ab und obwohl es nur eine Tulpe war, fühlte sie sich weitaus bedeutsamer an als eine einfache Blume.

Marielle hatte sie mir aus freien Stücken geschenkt, damit ich in meinem Schmerz Trost fand.

Und das tat ich.

Genau in diesem Moment.

All meine Sorgen und Reue waren für einen Augenblick verschwunden, als hätte es sie niemals gegeben.

Euphorisch suchte ich in einem der Schränke nach einem Behälter und fand einen Trinkbecher, in den ich ein wenig Wasser goss und die Tulpe hineinstellte. Ich platzierte sie auf dem Tisch, legte mich anschließend ins Bett hinein und betrachtete sie seelenruhig.

Die Drachenhexe lag falsch. Menschliches Glück und Zuneigung waren die schönsten Empfindungen, die Gott den Menschen jemals gegeben hatte. Nicht einmal die Finsternis konnte dabei mithalten.

Als ich eingenickt sein musste, weckten mich Luciens Schritte, die ins Zimmer gelaufen kamen.

Ich setzte mich aufrecht hin und ließ die Füße über dem Boden baumeln, während er neben mir Platz nahm. »Wie war das Gespräch mit Cartis?«

Er fuhr sich erschöpft durchs schwarze Haar. »Ich werde wohl nicht ewig hierbleiben können, doch der König befürwortet es, dass ich beim Magierorden bin und nun gegen Ravaga vorgehe. Dennoch ist er nicht erfreut darüber, so wenig Informationen von uns zu bekommen.« Er rieb sich genervt über die Stirn. »Cartis und ich haben nun gemeinsam eine Antwort verfasst, mit der wir selbst nicht wirklich zufrieden sind, doch sie verschleiert fürs Erste, was mit dir geschehen ist.«

Mit einem Nicken gab ich mich einverstanden. Lucien zögerte nur eine Hinrichtung hinaus, da der König bestimmt einer von vielen war, der diese fordern würde.

Er atmete angespannt aus und sah zum Boden. »Cartis hat zudem die Ergebnisse des Quellwassers erhalten. Es ist sauber. Kein Gift. Allerdings kehrte heute eine Brieftaube aus Kalabress zurück. In der Nachricht stand, dass die Höhle, in der das Wasser ist, verflucht sei und vor ihrem Eingang die Köpfe unserer Soldaten aufgespießt auf Speeren Vorbeigehende abschreckten.« Er verschränkte die Hände im Schoß und beugte sich mit dem Oberkörper leicht nach vorne. »Zett hat die Wahrheit gesagt.«

Mir klappte die Kinnlade herunter, als die Vorstellung in meinem Kopf lebendig wurde. »Das ist ja grauenvoll. Und was nun?«

Luciens Blick schweifte durch den Raum. »Wir haben immer noch keine Anhaltspunkte, was Ravaga betrifft, aber dafür das Wasser der Heiligen Quelle.«

Wo befand sich dieses Miststück nur? Wenn sie wirklich blind war, so wie Lucien es mir erzählt hatte, konnte sie nicht weit gekommen sein.

Allerdings waren seitdem so viele Tage vergangen …

»Da ist noch etwas anderes, über das ich mit dir reden möchte, Freyja«, begann Lucien und sah mir sorgenvoll in die Augen. »Deine Albträume, die inneren Kämpfe mit deinen Gefühlen … Das kann nicht so weitergehen. Du musst darüber sprechen, sonst frisst deine Reue dich innerlich auf. Du hast selbst gesagt, dass es dich in den Wahnsinn treiben oder du Selbstmord begehen könntest.« In seinem Ausdruck lag Angst. »Das kann ich nicht zulassen.«

Ich schluckte und senkte den Blick. Ja, meine Gedanken trieben mich in den Wahnsinn, aber diese Empfindungen konnte ich nicht einfach abstellen. Sie waren nun ein Teil von mir.

»Ich habe unzählige Leben genommen, mein eigenes Land vernichtet, meine Eltern verschmäht, beinahe das Armageddon beschworen und damit fast die Welt zerstört.«

»Freyja.« Er nahm meine Hände in seine. Seine Berührung fühlte sich so unglaublich gut an. »Bitte erinnere dich daran, dass es niemals deine Schuld gewesen ist. Ravaga hat dir das angetan. All diese Leben hat sie zu verantworten. Nicht du.«

Ich schüttelte den Kopf und löste mich von seiner Berührung. »Ich liebte es. Zu töten. Zu quälen. Zu herrschen. Das war *ich*.«

Er drehte sich noch ein Stück in meine Richtung, sodass sich unsere Nasen beinahe berührten. »Ohne den guten Teil deiner Seele. Du wurdest beraubt und benutzt«, sprach er, überzeugt von einer Wahrheit, für die ich noch nicht bereit war.

Zitternd erhob ich mich. Die furchtbaren Tatsachen auszusprechen, löste in mir eine noch viel größere Reue aus.

Ich war das gewesen.

Ganz allein.

Lucien folgte mir. »Bitte hör auf, dir Vorwürfe zu machen. Du wurdest als Prinzessin geboren und wärst zu einer

383

gerechten, herzensguten Königin herangewachsen, wenn Ravaga deine Seele nicht gespalten hätte.«

Ich biss mir unsicher auf die Unterlippe. »Denkst du, sie ist die Kreatur, die das Siegel erschaffen hat? Wenn ja, dann ist sie viel mächtiger, als ich angenommen hatte«, bemerkte ich und schlang die Arme um meine Mitte. Mir wurde wieder schlecht – ein Gefühl, das ich beinahe nach jedem Albtraum spürte.

Ohne Vorwarnung zog Lucien mich zu sich und ich bettete meinen Kopf auf seine Brust.

Ich behielt die Arme immer noch bei mir und schaffte es einfach nicht, seine Umarmung zu erwidern.

»Du hast mir auch großen Schmerz zugefügt, meine Seele für einen Augenblick gebrochen«, murmelte er.

Ich schloss die Augen und hörte sein Herz pochen. Dabei rann mir eine Träne über die Wange und ich atmete einmal tief durch, um mich von den entsetzlichen Erinnerungen loszureißen.

»Du wolltest damals wissen, was sich in dem schwarzen Turm abgespielt hat?«

Ich nickte und sah überrascht zu ihm auf.

Sein ernster Ausdruck verpasste mir einen eisigen Schauer. »Ich erzähle es dir.«

Während er mir alles schilderte – sachlich, detailliert und von Anfang bis Ende –, erinnerte mich seine Stimme stark an jene von Valerius Ian Terrgon, als er vom Tode seiner Geliebten sprach.

Doch in mir wuchs das Grauen mit jedem Wort, das ich hörte.

Wegen meiner Unvorsichtigkeit hätte ich nicht nur beinahe die Welt zerstört, sondern hatte dadurch auch seine Schwester in die Hölle geschickt. Einen Ort, an dem eine Seele auf die grausamsten Arten gefoltert wurde. Es waren ruhelose Seelen, die nur von einem mächtigen Lichtwesen befreit werden konnten. Sie würden zwar nicht in das Himmelreich aufsteigen, doch sie würden sich in nichts auflösen, wo sie kein Leid mehr ertragen müssten.

Ich fühlte mich für Lias Schicksal verantwortlich. Worte vermochten mein Schuldbewusstsein nicht auszudrücken.

Lucien hatte seine Schwester geliebt, genau wie ich meine Eltern liebte. Ich würde das Geschehene nicht mehr rückgängig machen können. Lias Tod zählte zu den tausendfachen, unverzeihlichen Sünden, die ich nie wiedergutmachen konnte.

Obwohl Liebe für mich neu war, fühlte es sich dennoch so an, als hätte sie schon immer zu mir gehört. Vermutlich lag es daran, dass meine Seele gegen das Monster, welches das Siegel behütete, ankämpfte. Was auch immer mich verflucht hatte, hinderte meine Seelenteile daran, sich wieder zu vereinen – *vorerst*.

»Du musst das nicht tun«, hauchte ich und drückte mich von ihm weg. »Lucien, du musst mich nicht trösten, nur weil du befürchtest, mich sonst dem Wahnsinn zu überlassen.« Sorgen lagen in seinem Gesicht. »Ich verdiene den Tod mehr als jeder andere.«

Er schüttelte den Kopf. »Hör auf damit, Freyja.«

Ich sah ihn mit festem Blick an. »Dann sag mir, wieso du meinen Tod verhindern willst? Ich habe es nicht verdient, auf einem Thron zu sitzen, der in einem gottverdammten verlassenen Schloss steht. Ich würde es nicht einmal selbst übers Herz bringen, mich in einen Raum voller grauenvoller Erinnerungen zu setzen, weil so viele Menschen ihr Leben gelassen haben.«

Er ließ noch immer nicht locker und schaute mich weiter an.

»Also sag es mir! Wieso willst du mich so unbedingt am Leben lassen? Ich besitze keine Macht mehr, sondern nur noch eine Seele, die mich innerlich quält.«

Sanftheit kehrte in seinen Ausdruck zurück. »Weil ich es nicht leugnen kann. Ich kann's einfach nicht.« Er trat wieder auf mich zu und legte eine Hand auf meine Wange. »Ich habe dich so sehr verabscheut, mir etliche Todesarten für dich ausgemalt. Doch dann bin ich der Prinzessin im Traum begegnet und wurde daran erinnert, dass du für all diese scheußlichen Taten nichts konntest.« Er holte tief Luft. »Ich sagte mir, wenn du die Prinzessin gewesen wärst, hättest du alles in deiner Macht Stehende getan, um Lia vor dem Tod zu bewahren. Es wäre nie so weit gekommen.«

Meine Augen wurden mit jedem Wort, das über seine Lippen glitt, größer. Er war so sehr davon überzeugt, dass ich in all den Jahren nur unter einem bösen Fluch stand, der mich manipuliert hatte.

»Ich konnte dich also nicht quälen, wenn ich dabei ständig an deine gute Seite dachte. Sie gab mir die Hoffnung, dich mit anderen Augen zu betrachten. Als die Königin, die du hättest werden sollen. Gut, liebenswürdig, weise, gerecht.«

Ich versuchte mich aus seiner Umarmung zu winden, weil ich nicht hören wollte, dass ich eine zweite Chance verdient hatte. Doch er hielt mich fest an sich gedrückt. »Bitte, Lucien! Lass das ...«

Er nahm mein Gesicht in seine beiden Hände, sodass ich zu ihm aufschauen musste. »Wieso willst du dich bestrafen, Freyja?«

Mein Herz pochte und der Hass gegen mich selbst kochte in mir. Ich schloss die Lider und bemerkte, wie eine Erinnerung die Oberhand gewann. Vor meinem geistigen Auge erschienen die Drachenhexe und ihre blutgetränkte Klinge.

»Weil ich es verdient habe.«

Ich hatte diesem Mann schließlich allen Grund gegeben, mich zu hassen, doch er tat es nicht. Er hegte keinen Groll gegen mich.

Meine Lider flackerten und ich sah ihn schemenhaft vor mir. Er schüttelte den Kopf. »Aber das ist genau das, was du *nicht* sollst. Wenn du dich selbst verabscheust, wird deine Seele zerbrechen.«

Sie ist schon längst dabei.

Ich presste die Lippen aufeinander und versuchte, gegen meine Trauer anzukämpfen. Dieses Chaos machte mich einfach fertig.

»Freyja, sieh mich an«, forderte mich Lucien auf und ich blinzelte, öffnete die Augen jetzt ganz, um meinen Blick auf ihn zu fokussieren. Allerdings rannen mir dabei Tränen über die Wangen. »Ich *will* und *kann* dich nicht aufgeben, weil ich jetzt weiß, dass du kein Monster bist, sondern eine willensstarke Frau, die das Opfer eines dunklen Fluches wurde.«

Wieso konnte ich mich nicht mit den Augen sehen, mit denen mich Lucien ansah? Ich gab mir wirklich Mühe, ihm zu glauben, mich an seine Worte zu klammern, als wären sie mein einziger Anker ... doch es fiel mir so schwer.

Luciens Daumen strich behutsam über meine Wange, während er die Stirn an meine legte. »Versprich mir, dass du dagegen ankämpfen wirst. Lass dich nicht von deinem Reuegefühl zerstören. Dir sollte die Chance vergönnt sein, mit deiner vollständigen Seele zu leben. Die Finsternis und Ravaga haben dich beeinflusst, doch jetzt hast du die Möglichkeit, ganz allein über dein Schicksal zu bestimmen.«

»Ich versuch's«, hauchte ich schwach.

Um zu kämpfen, brauchte ich eine Waffe. Ein Gefühl, das gegen Hass und Reue standhielt. Also horchte ich in mich hinein und suchte nach dem stärksten Gedanken, der mir bewies, dass es sich zu leben lohnte.

Ich schaute in Luciens von Kummer erfüllte Augen und erkannte, dass *er* es war, für den ich kämpfen wollte.

Er gab mich nicht auf.

Er begrub seinen Groll für mich.

Er riskierte sein Leben, obwohl er es nicht musste.

Lucien schlang seine Arme um mich, strich über mein Haar, und ich ließ mich auf dieses geborgene Gefühl ein.

Früher hatten mir viele Menschen ihre Liebe schenken wollen, doch ich hatte sie immer abgelehnt, da ich selbst keine empfinden konnte. Sogar meine Mutter hatte mich oft im Arm gehalten, obwohl ich ihr jedes Mal gesagt hatte, wie sehr ich sie verachtete. Sie hielt mich dennoch. Weil sie mich liebte und ich ihr wichtig war. Sie hatte niemals den Glauben verloren, den Fluch eines Tages brechen zu können.

Und wegen des Kummers, den ich ihr bereitet hatte, war sie gestorben.

Wir verharrten eine Weile so. Schweigend, doch unsere Herzen schlugen im gleichen Takt. Es fühlte sich an, als bräuchten wir keine Worte mehr.

Im selben Moment, in dem sich Lucien von mir löste, umfing mich Kälte und ich sehnte mich in seine Arme zurück.

»Ich sollte in die Bibliothek gehen und nach dem Buch suchen, um das mich Cartis gebeten hat«, sagte er leise und ich sah dabei zu, wie er meine Hand losließ.

Mich ergriff Sehnsucht und ich machte unwillkürlich einen Schritt auf ihn zu. Er sah mich erwartungsvoll an. »Kommst du danach wieder?«

Lucien lächelte sanft, was ein unbeschreibliches Kribbeln in meinem Magen auslöste. Diese grauen Augen, die engelsgleichen Gesichtszüge … Wie hatte die Drachenhexe nur so etwas Wunderschönes ausblenden können? »Ja.«

Ein erleichtertes Lächeln stahl sich auf meine Lippen und ich sah verlegen zu Boden.

»Was?«, fragte er.

Ich schaute wieder zu ihm auf. »Wenn du bei mir bist, komme ich nicht dazu, an die Vergangenheit zu denken. Für einen Moment kann ich meine Taten vergessen.« Trauer überkam mich. »Doch wenn du weg bist ...«

Lucien schritt wieder auf mich zu und in seinen Augen lag eine Mischung aus Leidenschaft und Sehnsucht.

Bevor ich überhaupt begreifen konnte, was er vorhatte, legte er seine rechte Hand in meinen Nacken und zog mich mit der anderen dicht an sich.

Von meinen Emotionen vollkommen eingenommen, schlang ich meine Arme um seinen Hals und spürte, wie er seine Lippen sanft auf meine presste. Wärme durchströmte mich und hinterließ in meinem Körper ein angenehmes Kribbeln.

Ich schmiegte mich an ihn, wollte mehr von seinen Berührungen, mehr von seiner Geborgenheit und dem Gefühl, geliebt zu werden.

Liebe ...

Wenn das Liebe war, wollte ich, dass es niemals endete. In Luciens Nähe fühlte ich mich aufgehoben, gemocht und akzeptiert. Ich wusste, dass mein Hexenkuss durch das Verschwinden der Drachenhexe erlosch und damit die Fähigkeit, jemanden zu verzaubern.

Luciens Gunst musste aufrichtig sein. Ich konnte mir nicht vorstellen, dass seine Hände, die vorsichtig über meinen Körper strichen, und die leidenschaftlichen Küsse Teil eines falschen Spiels waren.

Als sich unsere Lippen voneinander lösten, erkannte ich in seinen Augen eine Mischung aus Trauer und Angst. Seine

Hände lagen noch immer an meinen Wangen und meine Arme hielten seinen Nacken umschlungen. »Freyja, ich muss es wissen.«

Seine Stimme klang verzweifelt, was mir einen schmerzhaften Knoten in den Magen drehte. Was meinte er damit? Ich spürte eine seltsame Leere in der Brust, und Angst keimte in mir auf. »Was?«

Behutsam strich er mir eine blonde Strähne aus dem Gesicht. »Ich will wissen, ob du wirklich wieder *du* bist. Und damit meine ich die wahre Königin von Menam, die ich in der Traumwelt kennengelernt habe.«

Ich verstand. Er hegte noch immer Zweifel darüber, ob die Hexe mich kontrollieren könnte. Doch das tat sie nicht mehr. Zwar nahm ich ihren kleinen Widerstand wahr, der sich gegen den verlorenen Teil der Seele wehrte, aber letztendlich war das Gute in mir stärker.

»Die Prinzessin hat dich seit deiner Geburt beobachtet, dich angefangen zu mögen, zu verstehen ... zu *lieben*. Nun ist sie wieder ein Teil von mir, und ihre Entscheidungen sind auch meine. Genau wie ihre Gefühle«, offenbarte ich ihm und merkte, wie schwer es mir fiel, über meine Empfindungen zu sprechen. Die Worte lagen mir schwer im Hals, denn die geschwächte Hexe protestierte dagegen. Sie wollte das Gute in mir wieder vernichten.

»Wie viel Zeit muss vergehen, bis die Prinzessin und die Hexe wieder eins sind?«, fragte er.

Ich schüttelte ratlos den Kopf. »Ich weiß es nicht. Die Prinzessin und die Drachenhexe brauchen noch ein wenig Zeit, bevor das Siegel endgültig gebrochen werden kann. Doch die Kreatur versucht es mit aller Macht aufrechtzuerhalten. Wenn wir nicht bald Ravaga finden und wissen, wer dieses Monster ist ...«

»Ich glaube, ich weiß, wo Ravaga ist«, ertönte eine Stimme und ließ unsere Köpfe zur Tür schnellen.

Nara stand dort und sah uns mit hochgezogenen Augenbrauen an – was wohl darauf zurückzuführen war, dass Lucien und ich uns immer noch sehr nahe gegenüberstanden. »Du ... weißt, wo sie ist?«, fragte Lucien verblüfft und ließ mich los, um sich ihr zuzuwenden. »Wie ...«

Nara zuckte mit den Schultern. »Ich bin eine weiße Hexe, mein Junge, und ich kenne Ravaga sehr gut. Zudem habe ich einen Weg gefunden, wie ich die Schatten belauschen kann – und die haben viel zu erzählen, glaub mir. Sie haben keinen Ort genannt, sprechen jedoch ständig von einem heiligen Zepter eines Erzmagiers. Ich habe daraufhin viele Stunden in der Bibliothek verbracht und weiß nun, dass dieses Zepter in der Nähe einer verlassenen Grabstätte liegt, die das ideale Versteck für Ravaga darstellen könnte. Die Tundra in Snowcrow.«

Nara legte den Kopf schief. »Dabei scheint sie wirklich nicht weit gekommen zu sein. Dein Licht muss sie sehr viel Kraft gekostet haben. Ihr müsst also zurück in den Norden. Die Grabstätte liegt in der Nähe einer kleinen Stadt namens Odenbridge.«

Odenbridge war auch nicht weit entfernt von Kalabress.

»Wenn sich dein Verdacht bewahrheiten sollte, sind wir dir zu ewigem Dank verpflichtet«, sagte Lucien erleichtert. »Gut, dann werde ich Cartis Bescheid geben, er soll eine Nachricht an Gardann, die Hauptstadt des Landes Snowcrow, geben. Vielleicht können sie bereits einige Soldaten aussenden, damit wir nicht allein gegen die Hexe kämpfen müssen.«

Nara nickte ebenfalls und Lucien eilte aus dem Raum, um zu Cartis zu gehen. Ich folgte, da ich es kaum erwarten konnte, dieser falschen Hexe ein Ende zu setzen.

Wir fanden Cartis im Versammlungsraum der Magier, wo er gerade eine Zusammenkunft einberufen hatte, um die aktuelle

Situation zu besprechen. Lucien öffnete die schweren Flügeltüren und unterbrach damit die Konferenz.

»Wir haben eine Vermutung, wo sich Ravaga versteckt halten könnte.« Knapp sechszehn Augenpaare starrten uns erwartungsvoll an. Viele davon waren hochrangige Magier. »Nara glaubt, dass sie sich in einer Grabstätte in der Nähe von Odenbridge aufhält. Nach unserem letzten Kampf habe ich sie durch mein Licht schwer verletzt. Es wäre also möglich, dass sie nicht weit geflohen ist.«

»Das ist ein verdammt weiter Weg, Lucien!«, warf Cartis ein und der Engel nickte.

»Deshalb bitte ich dich, eine Nachricht an Gardann zu senden, um Truppen zur Grabstätte zu schicken. Wenn sie wirklich dort ist, können wir sie endlich angreifen und besiegen.«

Er fasste sich nachdenklich ans Kinn und wechselte den Blick zwischen Lucien und mir. »Und die Hexe?«

»Sie ist keine Hexe mehr«, erklärte Lucien und ballte eine Hand zur Faust. *Nein, die bin ich wirklich nicht mehr.* »Ihr Fluch ist gebrochen.« *Na ja, fast.*

»Sie hat unzählige Leben genommen«, protestierte ein Magier am Tischende.

Luciens Miene verfinsterte sich und seine Flügel begannen sich unwillkürlich zu manifestieren, während er sich schützend vor mich stellte. Wie er so dastand, als leibhaftiger Engel, verpasste mir ein Magenkribbeln – und schindete Eindruck bei den Magiern, die merklich kleiner wurden.

»Nein, das hat Ravaga ihr angetan«, grollte er mit energischer Stimme. »Freyja wurde als Königin geboren, nicht als Hexe. Sie wurde verflucht und verlor die gute Hälfte ihrer Seele.«

»Lasst uns allein«, bat der Großmeister die Magier und sie erhoben sich widerwillig von ihren Sitzplätzen. Mit finsteren

Mienen zogen sie an uns vorbei und ich erwiderte ihre argwöhnischen Blicke.

»Setzt euch beide«, murrte Cartis, ersichtlich genervt von unserer Anwesenheit.

Luciens Flügel verschwanden und wir folgten seiner Aufforderung. In diesem Moment wünschte ich mir die Hexe herbei, die dieses Gespräch mit Gelassenheit angegangen wäre, doch die Königin empfand nun Angst und Unbehagen.

Ob er Lucien Glauben schenkte?

»Du kannst nicht einfach hier hereinplatzen und den Magiern erzählen, dass aus einer Hexe ein …« Er schaute mich von Kopf bis Fuß an, als würde er etwas an mir abschätzen wollen.»… Mensch wurde, der fühlt. Das klingt höchst unglaubwürdig.«

Luciens Miene wurde wieder härter, doch er sagte kein Wort.

»Es geht sowieso das Gerücht herum, dass die Drachenhexe dich mit ihrer Schönheit verzaubert hat«, fügte der Großmeister hinzu.

»Was?«, entfuhr es mir entsetzt.»Das ist eine Lüge.«

Cartis seufzte.»Ich muss ehrlich gesagt gestehen, ich weiß auch nicht mehr, was ich glauben soll.« Er wandte sich an mich und musste dabei seinen Stuhl zurückrücken, um seinem Bauch Platz zu machen. Mit seinen blauen Augen betrachtete er mich erneut, dieses Mal eine Spur intensiver.»Seid Ihr wirklich nicht mehr die Drachenhexe? Und wenn ja, wie ist das passiert?«

Meine Lippen wurden zu einer schmalen Linie.»Das ist kompliziert. Es hängt mit meinem Fluch zusammen, der langsam zerbricht.« Mein Blick wanderte kurz zum Engel.»Luciens Licht hat auch etwas damit zu tun. Jemand hat meine Seele gespalten, sodass nur der böse Teil in mir herrschte und der gute weggesperrt wurde. Doch seit ich Lucien begegnet bin, wachsen die beiden Stücke langsam zusammen. Seine Lichtmagie heilt mich sozusagen.«

Das stimmte auch nicht ganz, doch es wäre zu aufwendig gewesen, ihm die ganze Wahrheit aufzutischen.

Er ließ sich meine Worte kurz durch den Kopf gehen.»Aber Ihr seid kein Mensch. Meine Männer erzählten, Ihr würdet Flügel besitzen, und Ihr weilt noch immer unter den Lebenden, obwohl Euer Körper längst hätte zu Staub zerfallen müssen.«

Dafür hatten wir alle keine Erklärung. Meine Unsterblichkeit, meine Flügel ... ich wusste ja selbst nicht, wieso ich diese noch besaß, obwohl ich keine Dämonenkräfte mehr in mir trug.

Lucien sprach weiter:»Cartis, lass uns zu dieser Grabstätte aufbrechen. Dort können wir vielleicht Antworten auf unsere Fragen finden und die ewige Nacht brechen. Bitte. Wir haben schon viel zu lange gesucht.«

Der Großmeister lehnte sich in seinem Stuhl zurück und senkte den Blick. Nervös tippte er mit dem Finger auf sein fülliges Kinn und massierte sich anschließend die Stirn.»Wie sicher können wir uns sein, dass Ravaga sich dort befindet?«

Lucien verzog unschlüssig die Lippen. Seine Hände umklammerten die Lehnen des Stuhls fester.»Nicht vollkommen. Es ist nur eine Vermutung, trotzdem müssen wir ihr nachgehen. Menschen sterben weiterhin durch die umherwandernden Schatten.«

Cartis nickte zustimmend.»Ja, sie verlieren an Hoffnung. Sogar unsere Männer.« Er machte eine Pause und stieß seine gestaute Luft aus den Wangen.»Also gut. Ich werde Gardann eine Nachricht schicken.«

»Danke«, sagte Lucien erfreut und zugleich erleichtert. »Wir werden auch sofort aufbrechen, um die Grabstätte aufzusuchen.«

»Zusammen?«, fragte Cartis überrascht. Sein Blick glitt erneut über mich und langsam fühlte ich mich dadurch entblößt. »Was ist, wenn es eine Falle für sie ist?«

»Wir hoffen, dass es keine ist«, meinte der Engel.

»Mir gefällt das nicht.«

Die grauen Augen sahen flehentlich zu mir, als würde er innerlich auf Cartis' Seite stehen, da ich hinter dem Wall vor Gefahren geschützt wäre. »Freyja, vielleicht …«, begann Lucien mit unsicherer Stimme.

Ich schüttelte entschieden den Kopf und sah beide mit entschlossener Miene an. »Nein. Ich komme mit.«

Cartis schnaubte herablassend. »Nimm dir nicht zu viel heraus. Schließlich ist es dein Herz, das die Welt untergehen lässt. Überleg dir also genau, was du tust.«

Er musste Respekt vor mir haben, das spürte ich. Meine Klinge hatte womöglich beim letzten Mal Eindruck hinterlassen.

Lucien biss sich auf die Unterlippe und drehte den Kopf weg, ehe er aufstand. Er hätte wohl gerne etwas entgegnet, doch er kannte mich bereits zu gut, als dass er mich auf irgendeine Weise hätte aufhalten können.

Ich erhob mich und verließ zusammen mit dem Engel den Raum. Er schwieg nur so lange, bis wir wieder in unserem Gemach waren und ich mir meine Rüstung zusammensuchte, wovon die Panzerungen fehlten, da ich diese im Kerker des Roten Korns zurücklassen musste.

»Freyja, deine Wunden sind noch nicht genesen. Vielleicht solltest du nochmals Gorius aufsuchen, damit er mit seiner Heilkraft etwas nachhilft.«

Mit einem Kopfschütteln begann ich das Mieder aufzu-
schnüren und streifte es anschließend ab. »Nein«, entgegnete
ich stur. »Ich werde das schaffen.«

Lucien erwiderte darauf nichts. Wenn ich mir etwas in den
Kopf gesetzt hatte, würde ich es auch durchziehen, ganz
gleich, wie gut meine Chancen dafür standen.

»Soll ich Marielle rufen? Sie kann dir beim …«

Doch bevor er seinen Satz beenden konnte, hatte ich sämtli-
che Kleidung von mir gestreift und stand splitternackt im
Raum.

Lucien grinste. »… oder auch nicht.«

Ich erwiderte sein Lächeln und sah zu der weiß schillernden
Narbe hinunter, die an der Stelle meines Herzens prangte. Das
Siegel, das langsam bröckelte, war nicht sichtbar, sondern nur
spürbar. Ich wusste, dass es in mir war, und je mehr ich von
der Prinzessin in mir fühlen konnte, desto eher brach es.

Mit einem Schritt hatte Lucien die Distanz zwischen mir und
ihm überbrückt. Seine Finger glitten sanft über die Narbe und
hinterließen dabei ein erregendes Kribbeln auf meiner Haut.

Seine Hand wanderte an meinem Hals hinauf, bis sie auf
meiner Wange zum Erliegen kam. Ich schloss bei seiner Berührung die Lider, und nur einen Augenblick später lagen seine
Lippen begierig auf meinen. Mich durchfuhr ein warmer
Schauer und ich gab mich dem Gefühl hin, von Lucien begehrt
zu werden.

Beinahe wie von selbst verschränkte ich meine Hände in seinem Nacken und schmiegte mich an seinen Körper. Lucien
zog mich noch fester an sich, sodass es zwischen meinen Beinen kribbelte.

Mein Verlangen nahm mich so sehr ein, dass meine Finger
an seiner Brust entlangglitten und unter seinem Hemd verschwanden. Doch ehe ich dazu kam, einen weiteren Schritt zu

tun, hatte Lucien meine Handgelenke gepackt und sich von meinen Lippen gelöst.

Amüsiert lächelte er mich an. »Ich glaube, wir müssen das hier verschieben.«

Ein wenig enttäuscht war ich schon über seine Reaktion, trotzdem hatte er damit nicht ganz unrecht. Für Zweisamkeit war keine Zeit. Ich presste die Lippen aufeinander und senkte den Blick. »Denn ich habe noch eine kleine Überraschung für dich, die ich dir unbedingt zeigen wollte. Warte hier.«

Lucien wandte sich ab, ehe er das Zimmer verließ und die Tür hinter sich schloss.

Während sich Lucien um meine Überraschung kümmerte, zog ich die Unterkleider meiner Rüstung an. Ich war dankbar dafür, dass Marielle sie in den letzten Tagen gesäubert und geflickt hatte.

Gerade als ich die Rüstungsteile anlegen wollte, kehrte Lucien mit einem Bündel zurück.

»Was ist das?«, fragte ich ihn neugierig.

»Sie sind ein Geschenk des Ältesten«, antwortete er und legte das Bündel auf das Bett. Als er es auspackte, kamen azurblaue Ledereinsätze zum Vorschein. »Er wollte sich noch für das Schneefeuer bedanken. Die Panzerungen sind magisch verarbeitet und erstellen einen Schild bei Fernangriffen.«

Ich blinzelte überrascht.

»Greif zu.« Lucien grinste verschmitzt. »So etwas bekommt man nicht alle Tage.«

Ich befestigte die Schnallen an meinen Schultern und legte die Brust- und Rückenpanzerung um mich, ehe ich mich im Spiegel betrachtete. Die eisblauen Iriden passten zudem perfekt zu der glänzenden Farbe der Rüstung und ich wirkte weniger Furcht einflößend. Auf dem Leder lag eine Schicht, die im Licht schimmerte.

»Blau gefällt mir an dir besser als rot.« Lucien lächelte und betrachtete ebenfalls mein Antlitz im Spiegel. »Ich hoffe, du bist bereit für Ravaga. Sie wird alles dafür tun, dein Herz zu bekommen.«

»Es wird nicht wie die letzten Male ausgehen. Versprochen. Dieses Mal bleibe ich bei dir.«

Wir lächelten uns beide an.

»Das hoffe ich«, sagte Lucien sanft.

Mir fiel noch etwas anderes ein. »Das Wasser der Heiligen Quelle. Nara sagte, du solltest davon trinken, ehe du gegen Ravaga antrittst.«

»Stimmt«, antwortete er und ging zum Schrank, in dem er das Gefäß aufbewahrt hatte. Er nahm es an sich und goss etwas in einen der Becher, in dem vorher noch Tee gewesen war. »Es schmeckt leicht bitter«, bemerkte er, während er davon kostete.

Ich zwinkerte ihm zu. »Besser, als von der Dunkelheit ergriffen zu werden.«

»Da hast du recht.« Er schmunzelte, kam auf mich zu und drückte mir den Becher in die Hand. »Nimm ebenfalls einen Schluck. Möglicherweise kann die Finsternis dir auch etwas antun, jetzt, da du auch den guten Teil deiner Seele in dir trägst.«

Ich nickte und trank den Rest aus.

»Lass uns aufbrechen«, murmelte er.

Schneefeuer nahmen wir keines mit, da dies zu umständlich wäre, und wenn ich von Lucien getrennt werden sollte, gäbe es da noch immer Noron, der die Schatten mit seinem Feuer verjagte.

Wir packten Proviant ein, verabschiedeten uns von Nara und riefen vor den Toren nach Noron, der nicht lange auf sich warten ließ. Der Boden bebte, als er auf dem Waldweg landete, und der Drache stieß einen freudigen Schrei aus.

Als wir aufstiegen und sich Noron in die Lüfte hob, fühlte sich das Fliegen und das Band zu meinem Drachen plötzlich anders an.

Früher war Noron für mich nur ein Werkzeug gewesen, um die Menschen zu unterwerfen. Als Hexe hatten mich nur seine Erfolge mit Stolz erfüllt. Doch ich hatte mich nie um Wunden gekümmert, die er erlitt, wenn er von einem Kampf zurückgekehrt war. Obwohl Noron sich selbst heilte, blieben Narben zurück, wenn keine Verbände oder Kräuter den Genesungsprozess unterstützten. Manchmal hatte ich ihm sogar befohlen, sich in eine weitere Schlacht zu stürzen, selbst wenn er kaum noch die Kraft dazu besaß. Trotzdem tat er es, weil er mich als seine Herrscherin respektierte. Die Abscheulichkeit, der er es zu verdanken hatte, dass er existierte. Er bekam diese Zuneigung nie erwidert.

Bis heute.

Ich legte eine Hand an den Hals des riesigen Geschöpfes und fuhr sanft über seine rauen Schuppen. In meinen Gedanken versprach ich ihm im Stillen, meine Fehler wiedergutzumachen und ihn nie wieder in Schlachten zu führen, in denen er zu meinem Vergnügen Menschen das Leben nahm.

Die Tundra war noch ein gutes Stück weit entfernt, doch wenn wir eine Pause benötigten, suchten wir uns eine abgelegene Stelle im Wald.

Wir rasteten an einer Höhle, vor der Noron genügend Platz fand, um es sich im feuchten Gras gemütlich zu machen. Lucien hatte ein Lagerfeuer entzündet, um ein wenig Licht zu erzeugen.

»Ich bin die Nacht leid«, flüsterte er und starrte gedankenversunken in die Flammen.

Tatsächlich verspürte ich diese Pein noch nicht, war jedoch neugierig darauf, wie es sich anfühlen würde, nach so langer Zeit wieder den Sonnaufgang zu sehen. Ich wollte die rotorangenen Farbtöne entdecken, zusehen, wie sie sich durch das Schwarz der Nacht schlängelten, um das Licht in die Welt zurückzubringen.

Mein Blick wanderte zum Engel, der noch immer ins Feuer starrte. »Worüber denkst du nach?«, fragte ich.

Er schloss die Lider und riss zwischen seinen Füßen einen Grashalm heraus. »Ich möchte dir etwas geben, Freyja.«

Ich schaute ihn verdutzt an. »Was denn?«

Lucien rutschte zu mir herüber und kramte aus seinem Geldsäckchen etwas heraus, das er in seiner geballten Faust noch versteckt hielt. »Erinnerst du dich an alles, was die Prinzessin mit mir besprochen hat?«

Ich hob eine Braue. »Nun ja, es sind eher nur Bruchstücke«, gestand ich und konnte mich tatsächlich an keine Details erinnern, sondern nur an grobe Splitter, die zusammen nichts Ganzes ergaben.

»Sie meinte, ich soll dir dies hier geben, wenn es mir mein Herz sagt.«

Was hatte ich damit wohl gemeint? Die Prinzessin musste in all den Jahrhunderten – getrennt von ihrer anderen Seelenhälfte – eigene Pläne geschmiedet haben, die ich noch nicht einmal *jetzt* kannte, obwohl wir uns wiedergefunden hatten.

»Wie kann dir jemand etwas im Traum geben, das du in der Wirklichkeit in Händen hältst?«, hinterfragte ich. »Magie?«

Lucien zuckte mit den Schultern. »Ich habe keine Ahnung.«

Er sah mir tief in die Augen. In ihnen erkannte ich Zweifel, die ihn deshalb zögern ließen. »Allerdings hatte es sich nach einer einmaligen Chance angehört und jetzt befürchte ich, ich könnte zu früh handeln.«

Ich legte meine Hände um seine Faust und schaute ihn ernst an.»Dann tu's nicht. Die Prinzessin muss einen Grund gehabt haben, dies ausgerechnet *dir* zu geben. Vielleicht kannte sie bereits das Schicksal, das uns erwartete.«

Er zog die Beine an seinen Körper und stemmte die Arme auf seine Knie.»Aber wenn ich es dir jetzt nicht gebe, wann dann?«

Ich nickte verständnisvoll und löste mich von ihm. Als Lucien langsam seine Hand öffnete, entdeckte ich einen schwarzen Ring, mit einem weißen Stein darin. Er funkelte wie ein Diamant und ich hatte ihn zuvor noch nie gesehen.

Lucien legte ihn in meine Handfläche und atmete erleichtert aus.»Das war ja einfach.«

Ich begutachtete das seltene Stück und merkte, dass es aus besonderem Material bestand. Er war wahrscheinlich von unschätzbarem Wert, schon allein wegen des wertvollen Edelsteins.»Soll ich ihn tragen?«

Lucien zuckte nur mit den Schultern, wirkte jedoch genauso verunsichert wie ich.

Was wollte die Prinzessin mir damit sagen? Wohnten dem Schmuck Kräfte inne? Besaß er gute oder schlechte Auswirkungen? War es das Risiko wert, ihn anzulegen?

»Wir wissen nicht, was passiert, vielleicht solltest du noch damit warten«, fügte Lucien hinzu und ich war ihm dankbar, dass wir dieselbe Meinung teilten.

Ich verwahrte den Ring in einer kleinen Seitentasche und entschied mich dafür, ihn mir nach dem Sieg über Ravaga an den Finger zu stecken.

»Lass uns schlafen«, schlug ich vor und machte es mir auf dem Boden gemütlich.

Bevor ich die Augen schloss, bemerkte ich, dass Lucien mich beobachtete. Ich erwiderte seinen Blick, zwischen uns fiel kein Wort.

In meinem alten Leben als Hexe hatte es immer nur das Ziel gegeben, bis in alle Ewigkeit mein Dasein auf dem Thron zu fristen. Fern von Kriegen, fern von Problemen. Ich brauchte nur die Schreie meiner Toten zu hören, um mit meiner Welt zufrieden zu sein.

Doch als Königin, die Frau, die ich hätte von Anfang an werden können, stand mir noch so viel mehr bevor. Ich schätzte zum ersten Mal das Leben, kannte meine Grenzen, meine Ängste, meinen Mut. Ich entwickelte Träume, Wünsche und Pläne, für die ich damals als Hexe noch nicht einmal einen Gedanken verschwendet hatte.

Es fühlte sich an wie das Erwachen aus einem langen Albtraum. Der Preis für Glück, Freude und Liebe war hoch. Für dieses Geschenk spürte ich nun viel zu deutlich, dass ich so zerbrechlich wie Glas war. Wie ein Mensch.

Doch ich wusste, dass ich mich auf eines verlassen konnte. Das Licht.

DUNKLE
SCHATTEN

Lucien

Nachdem wir das achte Mal dabei zugesehen hatten, wie die Sonne versuchte sich einen Weg zum Horizont zu bahnen, aber wieder versagte, wussten wir, dass die Tundra nicht mehr weit entfernt lag.

Die Stadt Odenbridge leuchtete wie eine lodernde Flamme. Überall hatten sie riesige Scheiterhaufen aufgestellt, an den Mauern eine Kette aus Fackeln befestigt und die Waffen mit Feuerpfeilen ausgestattet, um sich vor den Schatten zu schützen. Die Kunde vom Schneefeuer schien sie noch nicht erreicht zu haben.

Wir flogen jedoch weiter, um nach der Grabstätte Ausschau zu halten. Nach einigen Anläufen entdeckten wir sie in den Bergen, wo sie unter dem dichten Schnee begraben lag.

Noron landete vor den zerfallenen Säulen, die durch ihren Einsturz den Eingang der Grabstätte verschüttet hatten.

403

Ich zog den Wintermantel enger um mich und sprang in den kniehohen Schnee hinab. Ein eiskalter Wind streifte durch die Berge, der ein unangenehmes Brennen auf meiner Haut hinterließ.

Ich wartete, bis Freyja ebenfalls von Noron abstieg und neben mich trat. Sie hatte ihr hellblondes Haar zu einem Zopf geflochten. Ihre Wunden waren in den vergangenen Tagen weiterhin gut verheilt, sodass sie stärker als bei unserem Aufbruch war.

Ihr Blick glitt argwöhnisch über die zerfallene Grabstätte. »Denkst du, wir finden einen Weg hinein?«

Ich nickte. »Ravaga hat es schließlich auch geschafft, trotz ihrer Blindheit.«

»Die Schatten haben ihr geholfen. Sie sind nun ihre Augen«, antwortete sie und ging auf die Grabstätte zu.

Nachdem wir die Ruinen untersucht hatten, entdeckten wir Fußabdrücke, die an der Seite des Eingangs vorbeiführten. Als wir ihnen folgten, erspähten wir eine kleine Lücke in den Trümmern, die hineinführte.

Freyja ging in die Hocke und quetschte sich unter den zerbrochenen Säulen hindurch. Ich blieb dicht hinter ihr und versuchte, keine der Steinstücke zu berühren, aus Angst, sie könnten zusammenbrechen und uns zermalmen.

Ich erleuchtete die Umgebung mit meiner Lichtkugel, als wir an der Schwelle des offenen Tores standen. Im Inneren der Grabstätte trafen wir auf weitere Trümmer, zusammengestürzte Decken und verschüttete Gänge. Sie nahmen uns die Entscheidung ab, in welche Richtung wir gehen sollten, denn es gab nur einen Weg hinein.

Die Grabstätte des einst mächtigen Königs und Magiers von Snowcrow entpuppte sich als reinstes Labyrinth. Denn seine Nachkommen wurden ebenfalls an diesem Ort begraben und jeder von ihnen erhielt eine eigene Grabkammer. Stellenweise waren diese durch Einstürze zerstört worden.

Wurzeln und Pflanzen, die Schutz vor der eisigen Kälte suchten, bahnten sich einen Weg durch die Risse der Wände. Als wir vor einem tiefen Loch zum Halten kamen, schoss ich meine Leuchtkugel in den schwarzen Abgrund hinab und wartete darauf, bis diese auf den Boden traf.

Doch es passierte etwas vollkommen anderes. Die Dunkelheit verschluckte mein Licht wie ein Tier, das seine Beute verschlang.

»Was zum …?«, wisperte Freyja neben mir und beugte sich weiter über den Abgrund. »Noch mal.«

Ich beschwor eine weitere Lichtkugel und warf sie wieder hinab. Es geschah erneut. Die Dunkelheit verschluckte sie, als würde sie das Tor zu einer anderen, finsteren Welt betreten.

»Das ist Magie. Möglicherweise dunkle. Das Werk von Ravaga?«, rätselte ich.

Möglicherweise könnte sie sich dahinter verstecken. Ich beschwor meine Flügel und stellte mich an den Rand des Abgrundes.

»Was hast du vor?«, rief Freyja überrascht und sorgenvoll zugleich.

»Ich möchte es mir näher ansehen.«

»Bist du verrückt? Wir wissen nicht, ob es dich verschlingen wird, wenn du ihm zu nahe kommst.« Zwischen ihren Schulterblättern kamen ihre Drachenschwingen hervor. »Du gehst nicht allein.«

Ich seufzte. »Flieg über mir. Wenn etwas geschieht, kannst du rechtzeitig handeln.«

Sie nickte und ich ließ mich bis zu dem Punkt hinabgleiten, an dem meine Lichtkugel verschwunden war. Vor mir breitete sich eine schwarze, zähe Oberfläche aus, die durch das sanfte

Licht in meiner Hand funkelte. Sie erinnerte mich an flüssige Tinte.

»Das ist ein Portal«, hörte ich Freyja von oben rufen. »An den Wänden erkenne ich die alten Symbole wieder, die ich in Büchern studiert habe. Allerdings habe ich keine Ahnung, wohin es uns führen wird.«

Ich zog meine Augenbrauen zusammen. »Zumindest wissen wir, was es ist.«

»Wir sollten weiter. Das Risiko ist es nicht wert«, schlug sie vor und flog zurück zur Oberfläche.

Ich wollte ihr gerade folgen, als sich etwas um meinen Fußknöchel schlang und mich daran hinderte. Panisch schlug ich heftiger mit den Flügeln und sah unter mich. Schwarze Schlingen drangen aus dem Portal und wanden sich immer weiter meinen Körper hinauf.

»Freyja!«, rief ich und erkannte bereits, dass sie auf mich zustürzte.

Sie packte meine Arme und zerrte an mir, um mich von der starken Magie zu befreien.

Meine Glieder schmerzten, als beide Seiten ihren Zug verstärkten und ich das Gefühl hatte, mein Körper würde entzweit. Ich schrie auf und Freyja ließ etwas locker, als sie bemerkte, dass sie mir wehtat.

Meine Beine versanken im Portal und Freyja schlug immer wilder mit den Flügeln. »Lass los«, brachte ich zwischen meinen zusammengepressten Zähnen hervor.

»Auf keinen Fall!«, entgegnete sie und umfasste meine Arme noch fester.

»Freyja«, bat ich sie dieses Mal, da ich verhindern wollte, dass sie dasselbe Schicksal ereilte. Angst kroch mir in die Glieder. Durch den schmerzvollen Druck bekam ich beinahe keine Luft mehr. »Wir haben keine Wahl.«

Als ich diese Worte aussprach, ließ Freyja mich los und das Portal verschlang meinen Körper. Das Letzte, was ich erblickte, bevor sich die Öffnung vor meinen Augen schloss, war ihr entsetzter Gesichtsausdruck.

Ich fiel nicht lange, sondern landete kurz darauf unsanft mit dem Rücken auf hartem Stein. Meine Lichtflügel konnten den Sturz ein wenig abfedern, doch der Aufprall hinterließ besonders am Hinterkopf und am Gesäß einen pochenden Schmerz. Noch war die Gefahr nicht vorüber und mit einem Ächzen erhob ich mich kampfbereit vom Boden.

Vor mir entdeckte ich Gitterstäbe, deren Anblick mir klarmachte, dass ich auf direktem Wege in eine Gefängniszelle gestürzt war.

Dahinter erhellten einige Fackeln den Raum, Wasser tropfte von der Decke und in einer dunklen Ecke bemerkte ich die Umrisse einer sitzenden Gestalt.

»Ha, hab ich dich!«, ertönte Ravagas Stimme, die von Zorn und Rache erfüllt war, sodass mir unvermittelt eine Gänsehaut über den Rücken kroch. »Bevor dich jemand finden wird, ist es längst zu spät. Mein Plan hat perfekt funktioniert und diese dumme weiße Hexe hat dem Flüstern meiner Schatten in ihrer Naivität blindlings Glauben geschenkt. Dachtet ihr wirklich, ich wäre so unvorsichtig und würde so klare Spuren hinterlassen?« Sie stieß ein gehässiges Lachen aus. »Es war ein Leichtes, euch hierher zu locken, fast schon zu einfach für meinen Geschmack. Es ist amüsant, wie wenig mich die Drachenhexe nach all den Jahren zu kennen scheint. Die Grabstätte war nur ein Vorwand, damit du mir in die Hände fällst.«

»Wo sind wir? Wo hast du mich hingebracht?«, hakte ich nach.

»Dieser Ort befindet sich weit von der Grabstätte entfernt. Freyja hat keine Ahnung, wo dich das Portal hingebracht hat.

Gleich nachdem du hindurchgefallen bist, habe ich es geschlossen, um sicherzugehen, dass uns niemand mehr folgen wird«, erklärte sie in einem amüsierten Tonfall.

Panik erfasste mich. Ravaga hatte all dies geplant. Würde sie mich töten? Ob sie von der Heiligen Quelle getrunken hatte, um meiner Lichtmagie zu widerstehen, wenn sie mein Leben beendete?

»Was hast du vor?«, knurrte ich und umfasste die kalten Gitterstäbe vor mir.

»Weißt du, als ich sagte, ich bräuchte Freyjas Herz, meinte ich damit eigentlich deines. Im schwarzen Turm wollte ich Freyja aus dem Weg schaffen, Menam die letzte verbliebene Königin nehmen und mich danach um dich kümmern, da ich der festen Überzeugung war, du würdest deine kleine Schwester nicht töten.« Sie schnalzte mit der Zunge. »Da hatte ich mich wohl geirrt.«

Aber Zett war sich darüber sicher gewesen, dass Ravaga das Herz der Drachenhexe brauchte. Wie konnte sie sich darin nur irren?

»Wir wollen nicht nur das Armageddon herbeiführen, sondern auch den gesamten Himmel auslöschen, um die Welt zu unterjochen«, fuhr Ravaga fort. »Dafür müssen wir die Engel zu uns locken. Das können wir nur, wenn wir dir auf dem Heiligen Berg dein schlagendes Herz entreißen, wo wir es mit einem Blutdolch durchstoßen.«

Ich schluckte und legte eine Hand auf die Brust. »Du bist schwächer als ich, Ravaga. Du wirst diesen Kampf nicht gewinnen.«

Sie begann laut zu lachen und erhob sich aus der dunklen Ecke. Ihre schlanke, schöne Gestalt kam zu meinem Kerker herüber und ich entdeckte die milchig weißen Augen. Meine Lichtmagie hatte sie tatsächlich blind gemacht.

»Du glaubst immer noch, ich wäre das Übel dieser Welt?«
Sie schmunzelte amüsiert. »Du bist nicht viel blinder als ich,
Engel. Du hast gar nichts verstanden.« Wenn sie nicht das Böse war, wer dann? »Von wem sprichst
du?«
»Du erkennst es noch nicht einmal jetzt. Selbst Freyja weiß
von ihrem Schicksal nichts. Sie denkt, sie wäre ein Mensch, der
von einer bösen Magie verflucht wurde.« Ravaga schüttelte
den Kopf und grinste gehässig. »Dabei beweisen ihre Flügel
und die Unsterblichkeit das Gegenteil. In ihr schlummert eine
unheilvolle Macht, die direkt nach ihrer Geburt von einem
mächtigen Wesen in einem Ring versiegelt wurde.«

*›Bitte, Lucien. Denk an meine Worte und gebe ihr den Ring nur,
wenn es dir dein Herz befiehlt‹*, wiederholte die Prinzessin ihr
Anliegen in meiner Erinnerung. *›Es ist die einzige Chance, Licht
und Dunkelheit in Einklang zu bringen.‹*

Der Ring!

Es war der Ring, den mir Freyja gegeben hatte. Ich konnte
nur auf mein Herz hören, wenn die Drachenhexe mir etwas
bedeuten würde. Der Ring sollte in die guten Hände der Königin fallen, was glücklicherweise vor wenigen Tagen auch
geschehen war. Wenn Freyja also eine enorme Macht besaß,
die ihr damals genommen wurde, was war sie dann in Wirklichkeit? Wenn kein Mensch, *was* sonst?

»Sie sollte niemals wieder an diese Kraft gelangen, da sie uns
nur im Weg stünde«, fuhr Ravaga fort und glitt mit ihren Fingern über die Gitterstäbe. »Deshalb nutzten wir das Kind, indem wir ihre Seele entzweiten und den guten Teil tief in der
dunklen Seite vergruben. Nachdem dies getan war, gab ich ihr
einen Teil meiner eigenen Macht, damit sie in ihrem Land Unheil anrichten konnte, um die Engel zu erzürnen. Durch die
Tausenden von Seelen, die sie quälte, zwang sie den Himmel

dazu, ein Lichtkind zu erschaffen, das dazu auserkoren war, das Dunkle zu besiegen. Einen Seraph.«

Dann hatte es niemals einen Fluch und einen Dämon gegeben?

Mir raubte es beinahe den Atem, aber ich erwiderte nichts, während meine Gedanken verrücktspielten. Wer steckte verdammt noch mal dahinter? Wen meinte Ravaga mit ›wir‹?

»Ich erhielt den Auftrag, dich gefangen zu nehmen und dir das Herz zu entreißen, doch gegen dein Licht war ich machtlos.« Sie lief im Raum auf und ab, vollkommen beschwingt von ihrer eigenen Geschichte. »Also entwickelte ich einen Plan, in dem ich so tat, als bräuchte ich Freyjas Herz, um einen Dämon zu beschwören. Damit hast du deine gesamte Aufmerksamkeit auf die Drachenhexe gerichtet und dich um dein eigenes Leben weniger gekümmert.« Sie lachte finster. »Ich musste also nur auf den unachtsamen Moment warten, in dem ich die Drachenhexe entführen und dich damit zwingen würde, ihr zu folgen. Ich verriet den Schatten, dass ich mich im schwarzen Turm aufhalten würde, worauf die weiße Hexe natürlich ebenfalls direkt hereinfiel.« Sie schüttelte den Kopf. »Dieses undankbare, dumme Weib.«

»Du hast also alles von Anfang an geplant«, schlussfolgerte ich wütend.

Sie nickte und sah in meine Richtung. »Denkst du nicht, wenn ich Freyjas Herz wirklich gebraucht hätte, dass ich es mir schon viel eher genommen hätte? Wir waren ein ganzes Jahrhundert lang allein – es hätten sich viele Gelegenheiten ergeben. Das kam dir wohl gar nicht in den Sinn, wie? Du warst viel zu sehr auf die Drachenhexe fokussiert, um nach rechts und links zu schauen.« Sie warf sich ihr langes, schwarzes Haar über die Schulter. »Ich musste einfach nur warten, bis du dich bereit fühltest, gegen sie anzutreten, und nach Schattentod kamst.«

»Du verfluchte Furie!« Ich ärgerte mich über meine eigene Engstirnigkeit, die dazu geführt hatte, dass Ravagas Plan aufging. »Du hast von ›wir‹ gesprochen. Wer steckt mit dir unter einer Decke? Sag es mir!« Wieder durchflutete ihr wahnsinniges Lachen den trostlosen Raum. »Keine Angst, mein Engel. Du wirst es bald erfahren.«

Ich ließ den Kopf sinken und dachte angestrengt darüber nach, ob mir Ravagas Worte Aufschluss darüber gaben, wer hinter dem großen, dunklen Plan steckte. Es musste jemand sein, der von Anfang an dabei gewesen war. Jemand, den ich einfach nur übersehen hatte.

»Zerbrich dir nicht dein hübsches Köpfchen, Engel«, sagte Ravaga und hatte wieder in der dunklen Ecke Platz genommen. »Du wirst erkennen.«

DIE BÜRDE EINER KÖNIGIN

Freyja

Als ich in der Grabstätte spürte, wie sich Lucien von mir losriss, wollte ich wieder nach ihm greifen, doch ich schaffte es nicht. Wir wurden getrennt.

Er verschwand im Inneren des Portals und ich entschied mich, ihm nachzufliegen, doch es war bereits geschlossen.

Voller Angst ließ ich mich auf die fest gewordene schwarze Masse nieder und schlug wild mit den Armen darauf ein. »Lucien!« Nichts geschah. »Kannst du mich hören?« Wieder nichts.

Mein Herz pochte so furchtsam, dass ich in Panik verfiel. Wer oder was befand sich hinter diesem Portal? Ravaga?

Ich ließ den Kopf auf meine Arme nieder und atmete schwer aus.

Was sollte ich nun tun? Falls die alte Hexe dahintersteckte, könnte das Portal zu irgendeinem Land führen.

Meine Zweifel würden ihn nicht retten. Das wusste ich. Deshalb erhob ich mich vom Portal und flog nach oben, sodass ich auf dem schnellsten Weg die Grabstätte wieder verließ. Draußen erblickte mich Noron und hob aufgeregt den Kopf. Er schien bereits zu spüren, dass etwas schiefgelaufen war. Ich kletterte auf den Rücken meines Drachen. »Wir müssen hier weg.«

Doch wohin? Zurück zum Orden? Nach Menam? Ich hatte keine Ahnung und verzweifelte innerlich, während wir einfach in irgendeine Richtung flogen.

Grauenvolle Vorstellungen bahnten sich einen Weg in meine ungeordneten Gedanken. Wenn Lucien in Ravagas Händen wäre, könnte sie ihm unvorstellbares Leid antun, während ich unnütz umherflog, um ihn zu finden.

Das war alles meine Schuld. Wieso hatte ich ihn so nah an das Portal gelassen? Wir hätten es umgehen sollen. Die Gefahr, die von ihm ausging, hätte mir sofort klar sein müssen.

Oh Gott, wieso war ich nur so naiv?

Meine Brust schmerzte, mein Magen verkrampfte und Tränen rannen über meine Wangen.

›*Freyja?*‹, ertönte plötzlich die Stimme der Prinzessin in meinem Kopf. Dabei hatte ich gedacht, wir wären bereits zu sehr miteinander verschmolzen.

›*Ja?*‹

›*Verzweifle nicht. Manchmal ist die Lösung, die man sucht, direkt vor den eigenen Augen*‹, sprach sie liebevoll und für einen kurzen Moment glaubte ich, sie lachen zu hören.

›*Was meinst du damit? Weißt du, wo Lucien ist?*‹, rief ich voller Hoffnung.

›*Das ist meine letzte Vision, Freyja. Meine allerletzte. Wir werden nie wieder miteinander sprechen, weil ich nun fühlen kann, dass du bereit bist, deinem Schicksal entgegenzutreten.*‹

Das Herz schlug mir bis zum Hals.

Was wollte sie mir damit sagen? ›Welchem Schicksal?‹

›Du bist viel mächtiger, als du glaubst. Du bist nicht nur die Drachenhexe, du bist auch eine unsterbliche Königin. Zusammen könnt ihr die Welt retten‹, erklärte sie entschlossen.

›Die Welt?‹

›Erinnere dich, Freyja. Du musst dich erinnern. Nutze das Geschenk der Liebe, dann wirst zu erkennen, von welchem Schicksal ich spreche.‹ Damit beendete sie ihre letzte Vision und verschwand aus meinem Kopf.

Was meinte sie mit dem ›Geschenk der Liebe‹? Lucien?

»Ich verstehe nicht«, hauchte ich und senkte betrübt den Kopf, da ich mir aus dem Rätsel der Prinzessin keinen Reim machen konnte.

Gerade als wir über einen Waldabschnitt flogen, entdeckte ich etwas Leuchtendes zwischen den Bäumen und ging diesem auf die Spur. Zwischen den Baumkronen erblickte ich einen ganzen Soldatentrupp mit Fackeln in den Händen.

Cartis' Unterstützung! Ich musste ihnen sagen, dass die Grabstätte eine Falle gewesen war.

Ich befahl Noron, über den Baumkronen zu bleiben, während ich mich in den Wald hinabstürzen ließ und meine Flügel mich auffingen.

Leichtfüßig kam ich auf dem Boden auf und brachte den ganzen Trupp zum Stehen.

Als sie meine Schwingen erkannten, schreckten sie zurück.

»Ein Dämon!«, rief der Erste.

Ich hob verdutzt eine Augenbraue. In den meisten Fällen wurde ich als Hexe beschimpft, aber doch nicht als Dämon. So mächtig wirkte ich nun auch wieder nicht.

»Ihr müsst umkehren. In der Grabstätte gibt es nichts zu bekämpfen. Es war eine Falle«, erklärte ich.

»Wie bitte? Woher …? Wer seid Ihr?«, fragte der Vorderste.

»Freyja, Königin von Menam«, beteuerte ich und stemmte eine Hand in die Hüfte.

»Dann seid Ihr die Drachenhexe!« Die Soldaten erhoben ihre Lanzen. »Ergebt Euch!«

Ich breitete meine Flügel aus und spürte, wie ihnen angst und bange wurde. Sie wichen erneut zurück und niemand von ihnen traute sich, den ersten Schritt zu tun.

»Halt!«, ertönte eine Stimme zwischen ihnen. Ich erkannte, dass jemand auf einem schwarzen Pferd zwischen ihnen hindurchritt.

Ein Mann in glänzender Ritterrüstung und blondem, zu einem hohen Zopf gebundenem Haar näherte sich mir. Furchtlos brachte er sein Ross vor mir zum Stehen und stieg ab.

Er kam auf mich zu und verneigte sich tief. »Königin Freyja, es freut mich, Eure Bekanntschaft zu machen. Ich bin Hauptmann Bartell. Aber Ihr dürft mich gerne Arian nennen.«

Verblüfft über seine höfliche Art starrte ich ihn an. Er war noch sehr jung, vermutlich kam daher seine Naivität Fremden gegenüber.

Bereiteten ihm meine Flügel keine Angst oder kannte er die fürchterliche Geschichte über Menam nicht? Hatte er überhaupt eine Ahnung, wie viele Menschen ich auf dem Gewissen hatte?

Als ich meine Stimme wiederfand, riss ich mich zusammen und antwortete freundlich: »Die Freude ist ganz meinerseits, Arian.«

Ein Lächeln stahl sich kurz auf seine Lippen, bevor er ernst fragte: »Ihr sagtet, dass die Grabstätte eine Falle gewesen sei? Was ist geschehen? Seid Ihr nicht in Begleitung gewesen?«

Ich nickte. »Das ist wahr. Wir wurden getrennt. Lucien – der Engel – wurde in ein Portal gezogen.« Ein Seufzer entglitt mir. »Ich habe jetzt keine Ahnung, wo er ist.«

Arian wirkte besorgt. »Wer, glaubt Ihr, hat das getan?«

»Wenn jemand zu so etwas fähig ist, dann Ravaga«, knurrte ich dunkel. »Sie muss all das geplant haben.«

Er legte nachdenklich den Kopf schief. »Sollte sie absichtlich den Engel durch das Portal geholt haben … Wisst Ihr auch, für was sie Lucien braucht?«

»Nein.« Ich spürte, wie die Hoffnung in mir schwand. »Er könnte gefangen gehalten werden, da ich nicht sagen kann, wohin das Portal führt.«

»Habt Ihr nicht nachgesehen?«, fragte er verdutzt.

Ich sah den Hauptmann herausfordernd an. »Natürlich habe ich das. Zumindest habe ich es versucht, doch jemand hat es gleich nach Luciens Verschwinden geschlossen.«

»Das ist ärgerlich«, stimmte er mir zu. »Möchtet Ihr mit mir kommen? In Gardann gibt es weise und starke Magier, vielleicht können sie Euch helfen«, schlug er mir vor.

»Woher diese Zuversicht, Arian? Bereitet Euch meine Gestalt keine Angst?«

»Nein. Cartis versicherte mir in dem Schreiben, dass von Euch keine Gefahr mehr ausginge. Der Großmeister ist mein Freund und ich vertraue auf sein Wort, weswegen ich Euch auch nicht mit Argwohn begegne, Königin Freyja.«

Cartis sprach *für* mich? Hatte er vor unserem Aufbruch nicht Misstrauen gehegt? Lag es an Lucien? Vertraute er dem Engel so sehr?

»Verzeiht, Arian, aber ich habe dafür keine Zeit. Die Großmeister werden eine solch mächtige Hexe nicht ausfindig machen können. Selbst nicht mit ihrem Zauber. Sie wird Barrieren errichtet haben, die sie versteckt halten.«

»Ich verstehe.« Er reichte mir seine Hand, die ich freundlich entgegennahm. »Dann werden wir zurück nach Gardann gehen. Auf ein Wiedersehen, Königin Freyja.« Trotz der schönen

416

Rüstung trug er keine Handschuhe, was ich etwas ungewöhnlich für einen Ritter fand. Als ich einen kurzen Blick darauf warf, erkannte ich einen goldenen Ring an seinem Finger. Er bemerkte meinen Argwohn und fügte hinzu:»Der Ring meiner Frau. Ich trage ihn immer bei mir.«

Ich nickte und ließ von ihm ab.»Dann lasst sie nicht zu lange warten, Hauptmann«, sagte ich mit einem Schmunzeln.

Er erwiderte es.»Deswegen trage ich ihn. Ich bin nur selten zu Hause. Der Ring gibt mir das Gefühl, dass sie bei mir ist.« Er stieg zurück auf sein Pferd und hob seine Hand, um die Aufmerksamkeit seiner Männer auf sich zu lenken.»Wir kehren um!«

Ich blieb stehen und senkte nachdenklich das Kinn. Ein Gedanke war mir durch den Kopf geschossen, als er den Ring erwähnt hatte. Lucien kam mir wieder in den Sinn und seine Worte: ›*Sie meinte, ich soll dir dies hier geben, wenn es mir mein Herz sagt.*‹ Freyjas Stimme mischte sich in meine Gedanken. ›*Nutze das Geschenk der Liebe, dann wirst du erkennen, von welchem Schicksal ich spreche.*‹

Das war es, was sie mir sagen wollte. Das Geschenk der Liebe war nie ein Gefühl gewesen, sondern Luciens Ring, den er mir gegeben hatte.

Kann das die Lösung sein?

Werde ich ihn damit finden?

Aufgeregt flog ich durch die Baumkronen, zurück auf Norons Rücken. Mit zitternden Händen nahm ich den Ring aus meiner Seitentasche und betrachtete ihn zwischen den Fingern. Ganz gleich, was dieses Schmuckstück verbarg, wenn nur der Hauch einer Chance bestünde, Lucien damit zu finden, würde ich das Risiko eingehen.

Für ihn.

Für uns.

417

Ich atmete einmal tief durch, nahm den Ring und schob ihn langsam an den Finger meiner rechten Hand. Im ersten Moment geschah nichts, doch plötzlich leuchtete der Diamant in einem grellen Licht auf. Eine Kraft durchfloss meine Adern und bahnte sich einen Weg zu meinen Gedanken. Bilder blitzten vor meinem geistigen Auge auf.

Die Sonne schien mir ins Gesicht und ich hob den Arm, um die Strahlen abzufangen. Ich stand auf dem Balkon des Schlosses und ließ meinen Blick über die blühenden Rosengärten schweifen. Vater ging gerade mit Tante Olicia den Kiesweg entlang und sie hatten sich offensichtlich einen Witz erzählt, sodass sie beide lachen mussten.

Ich wandte desinteressiert den Blick ab und kehrte in mein Zimmer zurück. Sogleich kam der Kammerdiener meiner Mutter herein und erinnerte mich daran, dass ich Musikstunde hatte, wobei ich Instrumente verabscheute.

Er gab sich erst zufrieden, wenn ich ihm ein deutliches Nicken zuwarf und er damit das Zimmer verließ. Allerdings hatte ich keine Lust auf meine Musikstunde und wollte mir mit etwas Spannenderem die Zeit vertreiben.

Ich lief durch die mosaikbestückten Korridore und erreichte am Ende des Ganges die große Treppe, die ins Erdgeschoss des Schlosses führte. Gerade als ich den ersten Schritt auf die mit rotem Teppich überzogene Stufe tat, hörte ich von oben dumpfe Stimmen. Sie kamen aus dem dritten Stockwerk.

Neugierig machte ich auf dem Absatz kehrt und schlich bis zur letzten Etage. Hier oben befanden sich alte Zimmer, leer stehende Räume und im Normalfall trieb sich dort niemand herum.

Doch die Stimmen wurden lauter und ich hob den Saum meines Kleides an, um mich noch leiser zu bewegen. Die Tür eines leer stehenden Zimmers stand offen und ich warf einen Blick in den Raum hinein.

Ich erkannte einen schlaksigen Mann, der jemandes Hand hielt und ihn mit sanftem Ausdruck ansah. »Bald können wir auf ewig zusammen regieren. Nur du und ich ...«, *flüsterte er und legte seine Hand an die Wange seines Gegenübers. Ich vermutete, dass es sich dabei um eine Frau handelte.* »Wenn die Welt erst einmal uns gehört, kann uns nichts und niemand mehr aufhalten. Nicht einmal diese dummen Engel.« *Als er den Kopf etwas drehte, erkannte ich seltsam stechend grüne Augen.*

Engel? Die Welt? Das klang nach einer Machtergreifung. Wer steckte dahinter?

Der Mann war mir unbekannt. Zumindest hatte ich ihn noch nie im Schloss gesehen. Ob er ein Gast meiner Eltern war?

Ich beugte mich noch ein Stückchen weiter nach vorne, um erkennen zu können, wer die andere Person war. Doch als ich langes, gewelltes Haar erblickte und das rubinrote Kleid wiedererkannte, verpasste es mir einen schmerzhaften Stich in der Brust. Ich spürte, wie mir etwas den Hals zuschnürte und ein erstickter Laut meine Kehle verließ. Sofort schauten auch die eisblauen Augen der Frau in meine und ich starrte sie wie gebannt an.

Das konnte nicht sein.

Nein, nicht sie.

Das war unmöglich.

In mir schien etwas zu zerbrechen. Was hatte sie mit alldem zu tun? Sie und dieser Kerl? Aber ... wieso hatte ich all die Jahre nichts gemerkt?

»Ergreife sie! Sie darf nichts davon erfahren«, *knurrte die Frau, von der ich dachte, dass sie mir unterlegen sei.*

Doch da dachte ich falsch.

Sie besaß nicht nur ein falsches Gesicht, sondern zog auch ihre ganz eigenen Fäden, wobei keiner wusste, wer bereits ihre Marionette war.

Die Erinnerung löste sich auf und pure Energie durchströmte mich. Sie nahm jede Faser meines Körpers ein, brachte mein Blut zum Rauschen und schoss wie heiße Glut durch meine Venen, sodass ich schmerzvoll aufschrie.

Die neue Kraft in mir war fremd und doch so vertraut, als wären wir über eine lange Zeit voneinander getrennt gewesen. Mein gesamter Körper verkrampfte sich, ich beugte mich nach vorn und drückte eine Hand auf meine Brust, von der ich glaubte, dass sie jeden Moment explodierte.

Mir schossen weitere Erinnerungen durch den Kopf.

Ravaga war nie mein wahrer Feind gewesen, sondern eine mir so vertraute Frau, dass ich von ihr nie geglaubt hätte, sie gehörte der Finsternis an. Die grünen Augen des Mannes in meiner Erinnerung stammten von Valerius, dem unsterblichen Magier.

Ich fasse es einfach nicht.

Gott, wie konnte ich nur so blind sein?

Der Schmerz verebbte und ich setzte mich keuchend aufrecht. Noron wirkte beunruhigt und gab ein lautes Schnauben von sich.

Ich spürte die neue Kraft in mir, beschwor sie und streckte die Hand mit dem Ring aus, um mir ein Portal vorzustellen.

Durch das ›Geschenk der Liebe‹ erschuf ich ein Band zu Lucien, sodass ich wusste, an welchem Ort er sich befand. Seine Sicherheit stellte ich vor alles andere. Ich rief mir seine Stimme, seine Berührungen und sein Antlitz in meine Gedanken, um dem Portal mehr Stärke zu verleihen.

In kleinen, feinen Wirbeln zeichnete sich vor mir ein riesiger, hellblauer Kreis ab, den ich fasziniert anblickte. Meine damalige Kraft war kein Vergleich zu der, die jetzt in mir lebte.

Ich klopfte Noron beruhigend auf den Hals und bat ihn, mir zu vertrauen. Er nahm Anlauf und flog durch das von mir erschaffene Portal.

DER WAHRE SCHEIN

Lucien

Ravaga hatte sich seit einer Weile nicht mehr von ihrem Platz wegbewegt. Zwischendurch versuchte ich die Gitterstäbe durch meine Lichtmagie zerbersten zu lassen, doch in ihnen steckte ebenfalls eine Macht, die gegen Zauber jeglicher Art immun war.

Ich dachte ständig darüber nach, was Freyja durch den Kopf gehen könnte. Ob sie mich suchte? Würde sie mich finden? Wenn ich mich nicht einmal mehr in Snowcrow befand, in welches Land war ich dann geraten?

Gerade als ich mich aus der Ecke erheben wollte, erfüllte eine schwarze Nebelwolke den Raum. Darin leuchteten gelbe Kreise, die wohl die Augen der Kreatur darstellten. Sie blickten mich neugierig an.

Ravaga erhob sich und gesellte sich zu der dunklen Kreatur. »Er weiß es noch immer nicht« Die Hexe kicherte wie ein kleines Kind. »Wir sollten keine Zeit verlieren.«

Bei näherer Betrachtung fielen mir einige Merkmale auf, die mich an das Wesen in Freyjas Traumwelt erinnerten. Die dunkle Aura, die die Kreatur umgab, verpasste mir eine Gänsehaut.

Selbst hinter den Gitterstäben konnte ich die Macht spüren, die von dem Wesen ausging. Ein prickelndes Knistern flutete die Atmosphäre und hinterließ auf meiner Haut ein sanftes Kribbeln. Ich hatte so etwas noch nie gesehen, geschweige denn in Büchern davon gelesen. Was auch immer es war, es gehörte nicht in diese Welt.

»Jawohl, Herrin«, gehorchte Ravaga und ich war verblüfft darüber, da ich keine Stimme vernommen hatte. Sie schienen per Gedanken miteinander zu kommunizieren.

»Es ist so weit, Engel«, rief die Hexe aufgeregt.

Die Tür zu meiner Gefängniszelle sprang auf und ich wappnete mich, um ihr mit meinem Schwert das Herz zu durchstoßen. Doch bevor ich überhaupt etwas unternehmen konnte, stand die Kreatur vor mir und aus ihrem Nebel kroch ein dürrer, knochiger Arm, der sich mir langsam näherte. Ich wollte mich wehren, jedoch war mein Körper mit einem Mal wie gelähmt.

Das Wesen war unglaublich mächtig. Ich hatte nicht einmal bemerkt, dass es einen Zauber über mich legte. Es kontrollierte meinen Körper und berührte mit seinen schmutzigen, krallenartigen Händen meine Wange. Die schwarzen Nägel gruben sich in meine Haut, drangen schmerzhaft bis zu meinem Knochen durch.

Die Qual zog sich wie ein feuriges Brennen durch den gesamten Schädel. Ich konnte mich nicht wehren, sondern nur aus voller Leibeskraft schreien und beten, dass der unerträgliche Schmerz ein schnelles Ende fand.

Kaum hatte ich innerlich darum gefleht, verebbte die Pein und ich verlor das Bewusstsein.

Ein Pochen wütete unablässig unter meiner Schädeldecke, das wohl eine Nachwirkung des Zaubers war.

Als ich mit einem Ächzen die Augen öffnete, erblickte ich über tausend Menschen, die sich auf einem weitläufigen Platz auf einem hohen Berg befanden und zu mir hinaufsahen. Sie schützten sich mit Schneefeuer, das sie auf Fackeln rund um den Platz aufgestellt hatten, gegen die ewige Nacht. Schaulustige. Bei einer Hinrichtung?

Meine Arme hingen über meinem Kopf in kalten Eisenketten, die an einer dicken Eisensäule befestigt waren, und jemand hatte meinen Oberkörper entblößt, sodass er ungeschützt dem kalten Regen ausgesetzt wurde, der auf mich niederprasselte. An meinen Füßen rasselten ebenfalls Ketten.

Vor mich trat ein Mann mit schlaksigem Körper, einem spitzen Kinn und leuchtend grünen Augen. Seine schulterlangen, dunkelbraunen Haare hatte er im Nacken zusammengebunden. Seine Gestalt jagte mir einen eiskalten Schauer über den Rücken und seine Aura kitzelte meine Haut, hinterließ darauf ein sanftes Brennen.

»Ich hoffe, du bist bereit für den Tod«, raunte er finster und sein kalter Atem strich über meine Wange, da er sich nah zu mir beugte. »Grüß deine liebreizenden Engel von uns.«

»Wer seid Ihr?«, fauchte ich und zerrte an den Fesseln. Doch sie ließen sich nicht lösen.

Er machte eine höfliche Verbeugung vor mir. »Man nennt mich Valerius Ian Terrgon, Anführer des Roten Korns.«

Mir blieb für den Moment die Luft weg. »Dann steckt Ihr also dahinter!«

Er lachte schelmisch. »Nur zum Teil.«

Wollte er damit die Kreatur andeuten? Ravaga hatte sie Herrin genannt. Sie war also weiblich. Mir kam die Geschichte von Juan in den Sinn, als dieser über Valerius' Vergangenheit erzählt hatte.

»Steckt *sie* dahinter?«, fragte ich mit knirschenden Zähnen. »Eure tote Geliebte? Ich weiß nicht, wie Ihr es geschafft habt, sie wiederzubeleben, aber auf jeden Fall müsst Ihr dem Teufel einen hohen Preis bezahlt haben.«

Meine Worte ließen Valerius etwas zurückweichen. »Du bist auf der richtigen Spur, Engel. Allerdings etwas zu spät.«

Er wandte sich an die Schaulustigen, bei denen es sich um die Mitglieder des Roten Korns handeln musste. »Kommt, meine Freunde! Lasst uns gemeinsam den Himmel erzürnen.«

Die Menge schrie begeistert auf.

Ein dunkler Nebel bildete sich vor mir und ich spürte eine zweite Präsenz. Als sich die Wolke zu lichten begann, erkannte ich gewelltes, aschblondes Haar.

Hoffnung keimte in mir auf und ein Lächeln stahl sich auf meine Lippen.

Sie war gekommen! Freyja hatte mich gefunden.

Sie hatte mir den Rücken zugekehrt und als sie sich zu mir umdrehte, erstarrte alles in mir.

Dieses Gesicht.

Diese Augen.

Diese Ähnlichkeit.

Nein, nein, nein. Das konnte nicht wahr sein.

Die Gemälde der Königsfamilie von Menam schossen mir durch den Kopf.

Sie?

Vor meinen Augen fügten sich langsam die fehlenden Puzzleteile zusammen und ergaben trotz ihrer erschreckenden Erkenntnis ein großes Ganzes.

»Sie ... sie ist Eure Tochter ... W-wie konntet Ihr nur?«, stammelte ich vor Entsetzen und ließ mich in meine Ketten fallen.

Da stand sie vor mir. In ihrem Gesicht lag ein intriganter Ausdruck, der trotz ihres lieblichen Aussehens zu ihrer Boshaftigkeit passte.

Tivana. Die einstige Königin von Menam und Mutter von Freyja.

Sie lachte leise und machte eine Handbewegung vor ihrem Gesicht, als sie einen Zauber zu wirken schien. Als ich dann das Gesicht von Zett erblickte, wurde mir speiübel. »Ich war immer in deiner Nähe, mein kleiner Engel.«

Sie hatte mich getäuscht. Uns alle. *Sie* war es, die mir erzählt hatte, dass Ravaga Freyjas Herz brauchte, um einen mächtigen Dämon zu beschwören. *Sie* wusste auch ganz genau, dass Ravaga uns in eine Falle am schwarzen Turm locken würde.

Sie war es, die mir das Wasser der Heiligen Quelle brachte, das verhindern sollte, dass die dunkle Macht auf mich überging, wenn ich Ravaga getötet hätte.

»Freust du dich, mich wiederzusehen?« Sie lachte vergnügt und umfasste besitzergreifend mein Kinn. »Es ist fast schon zu schade, diesen wunderschönen Engelskörper mit Blut zu beschmutzen, wenn wir dir dein Herz aus der Brust reißen.«

Ihre Finger fuhren über meinen nackten Oberkörper, bis sie an meinem Hosenbund endeten.

Ich wagte kaum zu atmen. Diese Frau war wahnsinnig.

Statt Zetts Gesicht tauchte wieder Tivanas Antlitz auf. »Doch nach deinem Tod werde ich noch unzählige Engelskörper mit meinem Schwert durchbohren dürfen, bis zum letzten Mann«, erfreute sie sich an ihrem Vorhaben. »Das Ritual zur Wiedererweckung der Dämonenkräfte wurde schon vor Jahrhunderten vollzogen.«

425

Valerius gesellte sich hinzu. »Der Teufel schenkte mir meine Geliebte wieder und wir versprachen ihm im Gegenzug die Vernichtung der Engel«, erklärte er und legte den Kopf in den Nacken. »Und heute werden wir unser Versprechen einlösen.«

»Ihr seid vollkommen wahnsinnig«, rief ich entsetzt. »Damit vernichtet Ihr alles Leben. Niemand außer Euch wird mehr übrig bleiben!«

Tivana verwandelte sich in den schwarzen Nebel zurück, der mir nochmals bestätigte, wer für Freyjas Seelenspaltung und das Rauben ihrer Macht verantwortlich war. Sie hatte dies all die Jahrhunderte lang geplant, selbst die Geburt ihrer Tochter.

»Ist Aurum ihr Vater gewesen?«, verließ es kraftlos meine Lippen, da ich nun endlich verstand, von wem Freyjas Unsterblichkeit und die Drachenschwingen abstammten. Sie war nie als Mensch geboren worden und für ihre Mutter nur ein Mittel zum Zweck. Auf ihr lag kein Fluch, sondern Dämonenkräfte waren für ihre Macht verantwortlich.

»Denkst du im Ernst, ich würde die Kräfte meines Kindes versiegeln, wenn sie zur Hälfte ein Mensch wäre?«, antwortete sie empört.

»Warum hast du sie dann überhaupt in die Welt gesetzt?«, knurrte ich.

Sie lächelte verschlagen. »Wer hätte denn sonst die Welt bedrohen sollen? Wir mussten uns im Hintergrund halten, unseren Plan ausweiten, Strategien entwickeln und abwarten, wann der Himmel endlich seine kleinen Lichtsklaven herunterschickt, während Freyja Menam vernichtet. Abschließend kamst du ...«

»Aber Valerius wollte sie zu Tode foltern ...«, entfuhr es mir zornig.

»Von da an hatte sie bereits keinen Nutzen mehr für uns gehabt. Ihre Existenz war nur dafür da, uns einen Engel auf die Erde zu senden.«

Ich keuchte verärgert. »Du hättest mich am Strand an der Küste töten sollen, Tivana. Oder fürchtetest du meine Kräfte?«

»Zum Teil, doch die Zeit war noch nicht reif. Wir wollten es am höchsten Punkt des Berges tun, damit keiner der Engel deinen Tod verpasst. Es soll ein Exempel und eine Kriegserklärung werden.«

Sie wandte sich von mir ab und gesellte sich zu ihrem Geliebten, der das Publikum für das große Spektakel anheizte.

Ich ließ den Kopf hängen und kämpfte gegen die Verzweiflung in mir an.

Hatte mein leiblicher Vater nicht erkannt, welch heimtückischer Plan dahintersteckte? Beobachtete er nicht die Welt vom Himmel aus? Waren die Engel wirklich so naiv?

Ich versuchte mir einzureden, dass irgendwo an diesem trostlosen Ort Hoffnung auf mich wartete. Doch beim Anblick des kriegerischen, tödlichen Heers des Roten Korns, der Dämonin und ihres unsterblichen Magiers erlosch dieser verheißungsvolle Funke.

Ich hörte, wie Trommeln ertönten und mir zu erkennen gaben, dass Tivana und Valerius mit dem Ritual beginnen wollten. Beide drehten sich mit einem boshaften Grinsen zu mir um und umstellten mich.

Valerius packte meine Haare und zog sie nach hinten, sodass ich gezwungen war, in den Himmel zu starren, dessen strömender Regen mir auf das Gesicht prasselte.

Tivana zückte einen Blutdolch und setzte die Klinge nahe meinem Herzen an.

Ich verspürte eine unglaubliche Angst. Es lag nicht an der Furcht vor dem Tod, sondern an dem Schmerz, der mich erwarten würde. Ich fragte mich, wie es sich anfühlte, bei lebendigem Leibe das Herz herausgerissen zu bekommen. Würde ich bereits an den Qualen zugrunde gehen? Oder erlöste mich eine Ohnmacht von der Folter? Auch wenn es feige klang, ich wünschte es mir.

Trotz des kalten Regens verglühte ich vor Hitze. Ich spannte meine Muskeln an, versuchte mich von den Fesseln zu befreien, obwohl es hoffnungslos war.

Die Klinge war kalt, als Tivana diese auf meine Haut presste. Sie übte mehr Druck aus, sodass sich die Spitze bis zu meinen Rippen durchbohrte. Ich biss mir auf die Unterlippe, schmeckte mein Blut und unterdrückte den Schrei, der in meiner Kehle festsaß.

Doch die Menge verlangte nach meinem Flehen und so durchbrach die Klinge den ersten Knochen in meiner Brust, entlockte mir einen Schmerzenslaut.

Tivana umfasste den Griff mit ihrer ganzen Hand und zog den Dolch durch meine Rippe, um meinen Brustkorb zu spalten.

Ich brüllte jetzt aus Leibeskräften, Tränen traten mir in die Augen, ich spannte meinen Körper an und zog mit meiner gesamten Kraft an den Eisenfesseln, während ich spürte, wie sich meine Flügel manifestierten. Die Menge tobte, als sie meine Engelskraft erblickte.

Aber Tivana stoppte nicht.

Ich flehte zu den Engeln.

Wie konnten sie nur ein solches Grauen dulden, wo sie mich doch in diese Welt gesetzt hatten, um eine Aufgabe zu erfüllen?

Ein Blutschwall drückte sich aus der klaffenden Wunde an meiner Brust und mir wurde schwindelig. Ich wünschte, ich würde sterben. Ich wollte meine Augen schließen und nie wieder erwachen. Es nahm einfach kein Ende.

Ich erbat meine Ohnmacht, doch sie trat nicht ein.

Eine warme Flüssigkeit lief aus meinem Mundwinkel und ich schmeckte mein eigenes Blut, röchelte, als ich kaum noch Luft bekam.

Mit einem Mal schlug ein Blitz genau neben Tivana ein, die vor Schreck zurückwich. Ich blinzelte, versuchte durch den Schleier meines Schmerzes etwas zu erkennen.

Es folgte das Geräusch von kreuzenden Klingen.

Ein erstickter Laut.

Ein Name.

Ein weiterer Blitz.

Schreie. Der Geruch von Feuer. Brennende Körper.

Ich würgte Blut aus meiner Kehle, ließ mich in meine Ketten fallen und sog gierig Luft ein.

Jemand rief nach mir, doch ich konnte nicht antworten.

Eine Frau schrie vor Schmerz.

Die Geräusche verstummten um mich herum, mein Körper wurde taub.

Mehrere Menschen rannten an mir vorbei und suchten das Weite.

Grelles Licht durchdrang die Dunkelheit und ich schloss reflexartig die Augen.

Jemand ergriff grob meinen Arm, löste meine Fesseln und legte mir eine Waffe in die Hand. Als mir ein fauliger Geruch in die Nase kroch, erkannte ich diesen und wusste, dass er zu einer Hexe gehörte.

Ravaga.

Bevor ich meine Augen wieder öffnen konnte, durchstieß meine Waffe etwas Hartes, und warme Flüssigkeit ergoss sich über meiner Hand.

Ich blinzelte gegen das Licht an und bemerkte Ravaga, die mit einer Mischung aus Wahnsinn und Freude in meine Richtung schaute, als wäre sie nicht mehr Herr ihrer Sinne.

Sie hatte den Dolch in meiner Hand durch ihre eigene Brust gestoßen, dort, wo ihr Herz einst schlug.

Schwarze Fäden schlängelten sich von der Eintrittsstelle aus wie Schlangen um meinen Arm und verschwanden unter meiner Haut.

»Nein!«, schrie jemand verzweifelt und im nächsten Moment wurde meine Welt schwarz.

DAS DUNKLE ENGELSMAL

Freyja

Wenige Augenblicke zuvor …

Mit dem ersten Blitz verschaffte ich mir die Aufmerksamkeit aller Anwesenden. Die Magie, die mir nun innewohnte, war übermächtig, da ich sowohl Dämonen- als auch Magierblut in mir trug. Ich fühlte die Macht, als wäre sie eine starke Hand, nach der ich greifen konnte.

Mit Noron an meiner Seite machte ich den ersten Schritt durch den Regen auf Valerius und Tivana zu.

»Du verabscheuungswürdiges Monster!«, rief ich erbost zu dem Podest, auf dem sie Lucien angekettet hatten. »Dafür werdet ihr beide bezahlen.«

Es tat weh, meine Mutter anzusehen und zu wissen, dass sie eine Dienerin des Teufels war. Sie sah genauso aus wie vor einhundert Jahren. Ihre eisblauen Augen und die aschblonden

Haare waren dieselben wie meine. Nur ihre Gesichtszüge unterschieden sich in ihrer Härte, und dunkle Schatten betonten ihre Lider.

Valerius lachte vergnügt auf. »Du scheinst dich zu erinnern, mein Kind.«

Tivana knurrte herablassend. »Sie hat ihre Macht zurückerlangt. Wie konnte das geschehen?«

Ich zog mein Schwert aus der Scheide und trat grimmig auf sie zu. Valerius stellte sich schützend vor meine Mutter. »Flieh, ich werde das hier regeln.«

Tivana nickte, machte auf dem Absatz kehrt und rannte statt vom Podest hinunter in die Richtung von Lucien. Bevor ich handeln konnte, holte Valerius bereits mit seinem Schwert aus, um mich zu erschlagen. Rechtzeitig parierte ich den Hieb und beschwor meine Magie herauf.

Ich schleuderte eine Magiekugel gegen seinen Bauch, sodass er in einem hohen Bogen durch die Luft gewirbelt wurde. Er gab einen erstickten Laut von sich und kam krachend hinter dem Podest auf.

Schnaubend wandte ich mich meiner Mutter zu, die sich gerade an Luciens Fesseln zu schaffen machte. Sie wollte ihn wohl mitnehmen, doch das würde ich um jeden Preis verhindern.

»Lucien!«, rief ich, um seine Aufmerksamkeit auf mich zu lenken.

Gerade als ich eingreifen wollte, hörte ich durch meine übernatürlich geschärften Sinne das Surren eines Pfeils, der in meine Richtung geflogen kam. Schützend legte ich die Flügel um meinen Körper, sodass die gefährliche Waffe an mir abprallte.

»Verbrenne den Roten Korn, Noron!«, befahl ich meinem Drachen, der sich mit seinem Feuer auf die Menge stürzte, die in ein angsterfülltes Geschrei fiel.

Ich hob meine Hand und formte einen Blitz in meinen Gedanken. Wie ein Speer stürzte dieser auf den Boden hinab und schleuderte meine Mutter zur Seite.

Diese erhob sich sofort wieder und funkelte mich mit ihren blauen Augen an. »Verfluchte Missgeburt!«

Der Blitz hatte sie am Arm verletzt, sodass sie sich nun die blutende Wunde zuhielt.

Ich lachte kalt. »Habt nicht ihr beide diese Missgeburt erschaffen?«

Sie machte einen Schritt auf mich zu und ballte die Hände zu Fäusten. »Du hättest längst tot sein müssen.«

Diese Monster waren nicht meine Eltern.

Aurum war mein *wahrer* Vater – auch wenn uns nicht das Blut miteinander verband. Er war der einzige Mensch, der mich wirklich geliebt hatte – bis ich ihn in einen Sarg sperrte.

Tivana wollte zu einem weiteren Angriff übergehen, doch Valerius stellte sich ihr in den Weg, um sie am unverletzten Arm zu packen und mit ihr die Flucht zu ergreifen.

Ich wollte den beiden hinterherrennen, doch sie sprangen durch ein Portal, das der Magier mit einer Handbewegung erschuf und sich direkt wieder hinter ihnen schloss.

Wütend knirschte ich mit den Zähnen und zerschnitt mit meinem Schwert die Luft.

Feiglinge!

Noron konnte sich nicht um alle Feinde kümmern, denn sechs Männer stiegen das Podest hinauf, um sich mir entgegenzustellen.

Ich ließ die Wut über die Flucht von Valerius und Tivana meine Kontrolle übernehmen und tötete die Männer innerhalb weniger Augenblicke mit Magie und meiner Klinge. Blut befleckte das Holz, doch der Regen spülte es über den Rand des Podestes.

Ich stürzte mich in die Menge und löschte einen nach dem anderen aus, der sich mir entgegenstellte. Schreiende, wehklagende und verängstigte Menschen rannten ziellos umher. Jeder, der meinen Weg kreuzte, wurde sofort vernichtet. Der Rote Korn hatte es nicht verdient zu überleben.

Mein Drache spie eine Feuerfontäne nach der anderen auf sie und bevor der Regen die Flammen gelöscht hatte, waren die Gegner, die nicht meiner Klinge und meiner Magie zum Opfer fielen, verbrannt oder in den Abgrund des Berges gestolpert.

Nachdem Noron und ich ein wahres Gemetzel hinterlassen hatten, drehte ich mich zu Lucien um und erkannte neben ihm eine Frau mit schwarzem Haar, die gerade einen seiner Arme befreite.

Ravaga.

Ehe ich etwas unternehmen konnte, hatte die Hexe ihm einen Dolch in die Hand gedrückt und stieß ihn sich selbst in die Brust. Leblos fiel sie zu Boden, während Lucien die Klinge fallen ließ.

Ein »Nein!« entfuhr mir, als ich auf Lucien zulief. Er hing beinahe regungslos in seinen Fesseln, in seiner Brust klaffte eine tiefe blutende Wunde. Aber er atmete noch. Noch lebte er.

Rasch löste ich die Ketten und er fiel in meine Arme. Ich kniete mich mit ihm auf den Boden, während der Regen auf uns niederprasselte. Sein Atem war kaum noch vorhanden, das Blut quoll aus seiner Brust und ich legte meine Hand darauf.

Sein Engelsmal hatte sich schwarz gefärbt, was bedeutete, dass die Dunkelheit nun von ihm Besitz ergriffen hatte. Sie würde sich langsam an seiner Seele verzehren, ihn auf die Seite der Finsternis ziehen und je nach Ravagas Stärke, möglicherweise sogar seinen Tod fordern.

Trotz meiner neuen Kräfte wusste ich nicht, ob und wie ich heilende Magie wirken konnte. Dazu musste man ausgebildet sein, an seine Kräfte gewöhnt werden und wissen, mit welchen Gedanken man sie dazu bewegte, das zu tun, was man wollte.

»Lucien«, hauchte ich angsterfüllt und strich ihm über die Wange. Er erwachte nicht und wenn ich nichts unternahm, würde er in meinen Armen sterben. »Lass mich nicht im Stich!«

Ich drückte mit der Hand die blutende Wunde zu, doch sie war zu tief. Meine Mutter wäre beinahe an sein Herz gelangt, das nur noch schwach in seiner Brust schlug.

Tränen liefen über meine Wangen und ich flehte innerlich meine Kräfte an, sie würden mir helfen. Nur dieses eine Mal. Sie sollten ihn heilen.

Aber nichts dergleichen geschah. Ich wusste nur, wie man schwarze Magie anwandte. Doch an die weiße Magie hatte ich nie einen Gedanken verschwendet. Weshalb auch? Ich war kein Wesen, das Leben rettete, sondern sie nahm. In mir floss dunkles Blut.

Noron trat an meine Seite und beugte sich über Luciens reglosen Körper. Sein Blick wanderte zu mir und er stieß einen kleinen Laut aus, als ob er mir etwas sagen wollte.

›Drachen können keine Magie wirken‹, ertönte seine dunkle, tiefe Stimme in meinem Kopf, die bedeutungsvoll durch meine Gedanken schwang. ›Aber die Macht der Heilung ist in ihrem Blut. Und du bist eine Drachenhexe.‹

Ich überlegte, was er damit meinte. Es gab Geschichten darüber, dass Drachen über geheime Kräfte verfügten und wenn man in ihrem Blut badete, außergewöhnliche Dinge geschähen. Wunden schlossen sich, die Haut wurde undurchdringbar oder man verfügte sogar einen Moment lang über magische Kräfte. War an den Ammenmärchen etwas dran?

Tivana mochte meine leibliche Mutter sein, genau wie Valerius mein Vater war, doch diese Schwingen an meinem Rücken stammten eindeutig von einem Drachen ab. Ich konnte mir allerdings auch später darüber Gedanken machen. Wenn ich also zum Teil ein Drache war und Drachenblut heilen konnte ...

Norons schuppige Haut war zu dick und raubte zu viel Zeit, bis ich diese durchdrungen hätte, um mir sein Blut zu leihen. Daher schnitt ich mir in den Arm, sodass mehrere Tropfen meines Blutes auf Luciens Wunde fielen.

Ich befahl dem Blut mit meiner Magie, ihn zu heilen, den Schnitt zusammenzufügen.

Und tatsächlich – Luciens Wunde begann sich langsam zu schließen und ich atmete erleichtert auf.

Ich legte mein Ohr an seine Brust und horchte nach seinem Herzschlag, der ruhig und fest wurde.

Mit einem dankbaren Lächeln wandte ich mich Noron zu, der ein zufriedenes Brummen von sich gab.

Ich nahm Luciens Hand und blickte auf sein Engelsmal, das nun statt weiß schwarz schimmerte. Grauen überkam mich.

Lucien war hereingelegt worden. Das Wasser, das wir getrunken hatten, konnte nicht von der Heiligen Quelle stammen.

Ich musste ihn zurück zum Orden bringen, der glücklicherweise nicht weit vom Heiligen Berg entfernt lag – auch wenn dieser mir keinen Zutritt mehr gewähren würde, da ich nun wieder Magie in mir trug.

Entschlossen hievte ich Luciens bewusstlosen Körper auf Norons Rücken und der Drache hob sich in die Lüfte. Das

Erschaffen des Portals, das mich hierherbrachte, hatte mich einiges an Kraft gekostet und es wäre unklug, meine Fähigkeit erneut herauszufordern.

Während ich nahe über den Wolken flog, fiel mir auf, dass sich die Sonne am Horizont mit all ihrer Kraft nach oben schob. Ihr Licht vertrieb die Schwärze der Nacht, ließ die Sterne und den Mond verblassen. Das Farbspektakel zauberte mir ein glückliches Lächeln ins Gesicht. Seit über einem Jahrhundert sah ich zum ersten Mal wieder die Sonne aufgehen. Ihre Wärme kitzelte meine Haut und die Welt nahm ihre gewohnte Farbenpracht an. Das Grün der Blätter leuchtete im Schein der Strahlen, Blumenwiesen sprossen in all ihren Nuancen und gewannen ihre Farben zurück. Es kam mir so vor, als würde die Natur aus einem ewigen Schlaf erwachen.

Durch Ravagas Tod kehrte der Tag zurück, und die ewige Nacht war damit gebrochen. Doch auch wenn die Menschen nun glaubten, das Böse sei besiegt, war die Wahrheit eine andere. In den Schatten lauerte noch immer die eigentliche Bedrohung der fünf Lande und wartete nur darauf, eine weitere Chance zu ergreifen, um den Himmel zu erzürnen.

Nachdem die Sonne ihren höchsten Punkt am strahlend blauen Himmel erreicht hatte, landete ich mit Noron vor den Toren Alexandrias. Zum zweiten Mal schreckten die Soldaten vor dem riesigen Ungetüm zurück und als sie mein Antlitz wiedererkannten, kam eine einzelne Wache nach vorne gelaufen. »Ihr schon wieder?«

»Könntet Ihr Lucien Meridiem bitte zu Gorius, dem Heiler, bringen? Seine Wunden müssen versorgt werden«, bat ich ihn.

Ohne Widerworte schritt er vorsichtig an den Drachen heran und ich reichte ihm den Engel, als er seine Arme nach ihm ausstreckte. Er gab ihn an einen seiner Männer weiter, der zusammen mit Lucien auf einem Pferd Richtung Orden galoppierte.

Erleichterung überkam mich.

»Dann seid Ihr für das Verschwinden der Nacht verantwortlich?«, hakte er nach und aus seiner Stimme war jegliches Misstrauen verschwunden.

Ich nickte. »Ravaga ist tot.«

Dass uns noch eine viel größere Bedrohung bevorstand, behielt ich erst mal für mich. Sie sollten durchatmen und sich über den kleinen Sieg freuen. Die Ernüchterung käme früh genug.

Erleichterte Laute ertönten zwischen den Soldaten.

Auch wenn ich mir ziemlich sicher war, dass Tivana und Valerius fürs Erste Zeit brauchten, um einen neuen Plan zu schmieden, musste ich zurück nach Menam. Durch den Ring war die Barriere meiner guten Seele aufgehoben, die sich nun mit dem anderen Stück verbunden hatte. Alles in mir schrie, dass ich nach Hause zurückkehren und meinen Vater befreien sowie den Schaden, den ich in meinem Reich hinterlassen hatte, ordnen musste.

Wenn ich das innere Chaos gezähmt hatte, würde ich zu Lucien zurückkehren und dem Orden erzählen, was geschehen war – wenn es der Engel nicht schon selbst getan hatte.

»Dann ist es also vorbei?«, fragte er erfreut.

Ich wollte nicht auf seine Frage eingehen, um ihm nicht die Hoffnung zu nehmen, die er gerade gewonnen hatte. »Könntet Ihr Cartis ausrichten, dass ich für eine kurze Zeit in mein Schloss nach Menam zurückkehren werde? Der Wall wird mir keinen Zutritt mehr gewähren – nicht, bevor ich zu einer weißen Hexe werde.«

Ich stieg auf Noron und sah, wie der Soldat deutlich mit dem Kopf nickte, bevor sich mein Drache in die Lüfte erhob und über die Baumkronen hinwegfegte – zurück in ein seelenloses Land.

Lucien besaß nun die Dunkelheit in sich, was mir Sorgen bereitete. Konnte man diesen Prozess überhaupt aufhalten? Wie lange würde es dauern, bis er ihr erlag? Wochen? Jahre? Ich würde es nicht ertragen, Lucien an die Finsternis zu verlieren, dafür war er mir zu wichtig geworden.

Etwas Starkes entwickelte sich gerade zwischen uns, für das ich allerdings noch keine Worte fand. Als er mich geküsst hatte, war ich mir sicher gewesen, dass es sich dabei um tiefe Leidenschaft handelte, doch als er von Ravagas Portal verschluckt wurde und ich um sein Leben gebangt hatte, hatte es sich viel mächtiger angefühlt.

Möglicherweise verband uns nicht nur Liebe zueinander, sondern auch ein bedeutsames Schicksal, das wir nur gemeinsam bewältigen konnten.

In Menam würde ich mich meinem inneren Chaos stellen müssen.

Es war wichtig zu lernen, meine Kräfte für das Gute einzusetzen. Ich wollte den verdorrten Bäumen ihr grünes Kleid zurückgeben, die verängstigten Tiere aus ihren Verstecken locken und den noch übrig gebliebenen Menschen neue Hoffnung schenken.

Doch würden sie mir jemals verzeihen, was ich ihren Familien und Freunden angetan hatte?

DANK

Ich mochte schon immer das Böse. Es zog mich nicht nur an, sondern es faszinierte mich auch auf eine gewisse Weise. Die Drachenhexe hat sich irgendwann in meinem Kopf manifestiert, bis ich ihre Geschichte zu erzählen begann. Doch sie machte es mir nicht einfach. Freyja ist aufsässig, trotzig, hochmütig und oft einfach nur nervig, aber im Laufe der Geschichte hat sie sich geändert und wurde mir selbst als Leser wieder viel sympathischer. Als Autor mag ich beide Freyjas, sowohl die böse als auch die gute.

Es hat mir wirklich Spaß gemacht, bis zum Ende auch nicht damit herauszurücken, wer das wahre Böse ist und versucht, die Welt ins Chaos zu stürzen. Nun bin ich mehr denn je gespannt darauf, was Freyja als Nächstes vorhat und ob Lucien die Dunkelheit aus seinem Körper vertreiben kann.

Ich danke Corinne und Andi für die Chance, dass sie auch eine weitere Reihe in ihrem Sternenhimmel leuchten lassen. Ganz besonders dir, Corinne, für das tolle gemeinsame »Brainstorming« und die hilfreichen Tipps, die noch mal viel mehr aus der Hexe herausholen konnten.

Mein nächstes Dankeschön widme ich der lieben Jay, die ein wunderschönes Cover mit faszinierenden Details entworfen hat.

Danke, Natalie, für dein Lektorat. Ich bin immer wieder erstaunt darüber, wie sehr wir die Geschichte nochmals verbessern und wie fließend diese dann klingt. Die Zusammenarbeit mit dir macht einfach riesigen Spaß! Ich freue mich schon auf Band zwei.

Ein Danke bekommt auch die liebe Jenny, weil sie bisher all meine Bücher immer Korrektur liest. Fühl dich von mir gedrückt.

Der Gauner kriegt eine dicke Umarmung, da ich ihm dieses Buch gewidmet habe und natürlich sehr hoffe, dass es böse genug für ihn gewesen ist. Haha.

Ich danke meinen Testleserinnen Maya, Susi, Ricky, Beate, Myra, Natalie, Jenny und Rica, die »Die Drachenhexe« gelesen haben und mir ihr ehrliches Feedback darüber mitteilten.

Und zu guter Letzt danke ich dir, weil du diese Geschichte beendet hast. Es erfüllt mich jedes Mal mit unbeschreiblicher Freude, wenn es Menschen da draußen gibt, die sich die Zeit nehmen, um mein Werk zu lesen. Als Autor betrachtet man das Ganze sehr kritisch, weil man immer mit Angst in eine Veröffentlichung geht und glaubt, dass das geschriebene Buch niemals gut genug sein wird. Es ist dann jedes Mal wieder schön, wenn es Menschen gibt, die einem die Angst nehmen, indem sie dir einfach nur ehrliches Feedback zu deinem Werk geben.

Genau aus dem Grund danke ich dir, dass du die Geschichte von Freyja und Lucien gelesen hast, und hoffe natürlich, dass sie dir auch gefiel. Wirst du in Band zwei auch wieder dabei sein?

DIE AUTORIN

J. K. Bloom schreibt schon, seit sie elf Jahre alt ist. Das Erschaffen neuer Welten ist ihre Leidenschaft, seitdem sie das erste Mal ein Gefühl für ihre Geschichten bekam. Sie ist selbst abenteuerlustig und reist sehr gern. Wenn sie ihre Nase nicht gerade zwischen die Seiten eines Buches steckt, schreibt sie, beschäftigt sich mit ihren zwei Katzen oder plant schon die nächste Reise an einen unbekannten Ort.

Kontakt:
Facebook: www.facebook.com/jkbloom.author
Instagram: www.instagram.com/j.k.bloom

Mehr von der Autorin ...

Wächter der Runen (Trilogie)

High-Fantasy

Als Taschenbuch und E-Book

Finn ist Kopfgeldjäger und sein nächster Auftrag lautet: Finde die Abtrünnige Ravanea und liefere sie dem Imperium lebend aus.

Für Finn eigentlich keine große Herausforderung, doch dann stößt er auf immer mehr Ungereimtheiten. Warum sucht das Imperium seit Jahren erfolglos nach ihr? Welches dunkle Geheimnis umgibt sie, dass der Herrscher alles daransetzt, sie lebend zu fangen?

Je mehr er über Ravanea in Erfahrung bringt, desto stärker regt sich in Finn etwas, das für jeden Kopfgeldjäger das Todesurteil bedeuten kann: Zweifel, ob er tatsächlich das Richtige tut.

Weitere Titel aus unserem Fantasy-Programm

C. M. Spoerri & Jasmin Romana Welsch
Conversion (Band 1): Zwischen Tag und Nacht
28. August 2016, Sternensand Verlag
442 Seiten, broschiert

Dystopie
Als Taschenbuch und E-Book

Jasmin Romana Welsch
Absolution: Wie man eine Sünde überlebt
28. Februar 2016, Sternensand Verlag
224 Seiten, broschiert

Urban Fantasy
Als Taschenbuch und E-Book

Jessica Bernett
Elayne (Band 1): Rabenkind
9. März 2018, Sternensand Verlag
252 Seiten, broschiert

Historische Fantasy
Als Taschenbuch und E-Book

Stefanie Scheurich
Deceptive City (Band 1): Aussortiert
22. Juni 2018, Sternensand Verlag
440 Seiten, broschiert

Dystopie, Jugendroman
Als Taschenbuch und E-Book

Stefanie Scheurich
Streuner: Verflucht liebenswert
16. Februar 2018, Sternensand Verlag
442 Seiten, broschiert

Urban Fantasy
Als Taschenbuch und E-Book

Nicole Schuhmacher
Ein Tess-Carlisle-Roman (Band 1): Jägerseele
23. März 2018, Sternensand Verlag
358 Seiten, broschiert

Urban Fantasy
Als Taschenbuch und E-Book

Besucht uns im Netz:

www.sternensand-verlag.ch

www.facebook.com/sternensandverlag